Pierre Carlet de Marivaux, geboren am 4. Februar 1688 in Paris, ist am 12. Februar 1763 ebenda gestorben.

Der Roman *Le Télémaque travesti*, der in Frankreich erst in einer Marivaux-Ausgabe des Jahres 1956 vollständig enthalten ist, wird in der vorliegenden Ausgabe unter dem Titel *Die Abenteuer des jungen Brideron* erstmals in einer deutschen Übersetzung vorgelegt.

Einem beliebten Genre der Zeit entsprechend, hatte der Autor eine Parodie auf das damals heftig diskutierte Prosaepos *Die Abenteuer des Telemach* von Fénelon geschrieben. Doch bedarf es keineswegs der Kenntnis dieses pathetischen Werkes, in dem sich Odysseus' Sohn auf die Suche nach seinem Vater macht, um mit Genuß die Abenteuer zu lesen, die zu Beginn des 18. Jahrhunderts Brideron, ein junger einfältiger Landbursche, gemeinsam mit seinem närrischen Onkel Phokion auf der Suche nach dem alten Brideron besteht. Ihre Welt ist von der idealisierten der Griechen weit entfernt. Es ist eine bäurische Welt, in der es ungemein drastisch und realistisch zugeht und deren Moral von den Notwendigkeiten des Lebens bestimmt wird, nicht aber von edlen Theorien.

Das Buch, eine spannende Mischung von Alltagsbanalitäten und Grausamkeiten, Tragischem und Komischem, vermittelt nebenbei auch ein anschauliches Bild der damaligen Verhältnisse in der französischen Provinz. Die kräftige, bilderreiche Sprache trägt das ihre dazu bei, daß der Leser nicht nur »auf den Weg des Nachdenkens« gebracht wird – so die erklärte Absicht des Autors –, sondern darüber hinaus noch großes Vergnügen bei der Lektüre empfindet.

insel taschenbuch 1035

Marivaux

Die Abenteuer des jungen Brideron

Pierre Carlet de Marivaux

DIE ABENTEUER DES JUNGEN BRIDERON

Eine Parodie

Aus dem Französischen
übersetzt und
mit einem Nachwort
herausgegeben von
Gerda Scheffel

INSEL

insel taschenbuch 1035
Erste Auflage 1988

Vertrieb durch den Suhrkamp Taschenbuch Verlag
Umschlag nach Entwürfen von Willy Fleckhaus
Satz: LibroSatz, Kriftel
Druck: Nomos Verlagsgesellschaft, Baden-Baden
Printed in Germany

1 2 3 4 5 6 – 93 92 91 90 89 88

DIE ABENTEUER DES JUNGEN BRIDERON

Vorbemerkung

Der vorliegende Roman, dessen Originaltitel *Le Télémaque travesti* lautet, ist eine Parodie auf das Prosaepos *Les aventures de Télémaque* (1699) des französischen Prinzenerziehers Fénelon. Obwohl die Kenntnis dieses Buches nicht die Voraussetzung für das Verständnis des Folgenden ist, findet der Leser am Ende des Bandes eine kurze Zusammenfassung des Werkes.

Vorwort des Autors

Ich weiß nicht, ob die Verehrer Homers diese Parodie des Telemach als ein frevlerisches Produkt empfinden werden, das ins Feuer gehört. Vielleicht würde ihre überschwengliche Bewunderung für den göttlichen Homer den Autor dieser burlesken Parodie und seinen gottlosen Geist ins Nichts zurückbefördern, wenn ihre Verwünschungen so viel ausrichten könnten wie einst der Zorn der Feen; doch zu meinem Glück verfügen die Anbeter des göttlichen Homer als Mittel der Rache gegen die Profanierung seiner Göttlichkeit nur über Groll, und dessen Wirkung reicht über das Wort nicht hinaus.

Ist es nicht seltsam, daß auf ein Verbrechen wie das meine Straflosigkeit folgt? Zu meinem Glück befinden sich die Gegner dieser unglückseligen Religion weder in dieser Welt in Gefahr noch in der anderen. Homer, dir ist ein Kult zuteil geworden, der häufig ebenso hingebungsvoll ausgeübt wird wie der wahre Kult Gottes; ich wage sogar zu behaupten, noch hingebungsvoller. Doch wenn die Mißachtung dieses Kults nicht geahndet wird, dann bist du also nur ein Mensch? Sprecht, Anbeter, ist es eine Lästerung, dies zu denken und zu schreiben? War Homer ein Mensch? Eine überspannte Vorstellung wird euch sagen, nein. Doch antwortet wahr und zutreffend. Ja, werdet ihr nun sagen, zweifellos; er war ein Mensch, der durch einen unnachahmlichen Geist den der anderen bezaubert hat, so sehr, daß er ihnen Lobeshymnen entlockte, die weit über die Grenzen der Vernunft gehen. Man hat ihn den göttlichen Homer genannt, und dieses Beiwort ist die Folge einer zum äußersten getriebenen Bewunderung; doch diese Maßlosigkeit ist der Beweis seiner Überlegenheit über alle Geister: er erhob sich über die gewöhnlichen Gedanken. Er hat es verdient, daß man sich seinetwegen bis zum Irrtum hinreißen ließ. Da haben wir's: die Bezeichnung göttlich ist also eine Art geistiger Ausschweifung, eine Narrheit, in die man seinetwegen verfallen ist. Vielleicht könnte man euch beweisen, daß diese in der früheren Zeit entschuldbare Narrheit in der unseren eine Torheit sondergleichen ist. Doch wie auch immer, was für ein Mensch, dieser Homer! Alle verständigen Leute sind sich darüber einig. Ihr solltet also einem Manne Dank wissen, Messieurs, der alle Anstrengungen gemacht hat, um aus dem Wunderbaren, dem Erhabenen und dem Heroischen bei Homer das Komische herauszuholen! Tue ich ihm Unrecht? Seine Helden bleiben bewundernswert, während jene, die ich an ihre Stelle setze, lächerlich sein werden.

Aber, werdet ihr mir sagen, respektlos wie Sie sind, haben Sie sich Ihre Mißgeburten nach diesen Helden ausgedacht. Der große Mann, der es nicht verschmäht hat, Porträts der Weisheit und des Heldischen nach den Vorbildern unseres Homer zu zeichnen, hat das nicht getan. Worauf ich antworte, daß jeder seine eigene Art hat, die Dinge darzustellen, und daß jede gleichermaßen lobenswert ist, sofern sie gleichermaßen lehrreich ist. Diese Worte überraschen euch, euer erzürnter Geist hütet sich, in einer schrecklichen Zerstörung der Charaktere, die ihr bewundert, Nützliches zu vermuten. Hier ist jedoch die erste Lehre, die sie euch gibt.

Ihr werdet darin die Nichtigkeit weltlicher Größe kennenlernen und sehen, wie leicht man Dingen ein lächerliches Aussehen geben kann, die trotz der trügerischen und glänzenden Art, mit der man sie euch darstellt, auf der gröbsten und verachtenswertesten Albernheit beruhen, nämlich der Eitelkeit. Diese Entdeckung wird euch unmerklich zu dem Eingeständnis führen, daß im Grunde gerade jenen Helden Verachtung gebührt, deren Tugenden in Wahrheit nur dem Hochmut geopferte Laster sind, nämlich dem Hochmut, nur achtenswerte Leidenschaften zu haben. Bewundert ihr Menschen, die nach Tugend streben, nicht weil sie ihr folgen wollen, sondern allein wegen der Bewunderung, die sie erregt?

Ich bringe euch auf den Weg des Nachdenkens, das genügt. Ich werde nichts über Homer sagen und auch nichts über die übertrieben gute Meinung, die man von ihm hat. Sein Geist und seine Kenntnisse standen so hoch über dem, was man zu seiner Zeit zu wissen und sich vorzustellen vermochte, daß mich die ungewöhnliche Achtung, die man damals vor ihm hatte, nicht wundert. Den folgenden Jahrhunderten ist es noch zu verzeihen, daß sie ihn anbeteten. Der Geist, der sich durch den Lauf der Zeit und reichere Erfahrungen entwickelt hatte, fühlte sich angenehm geschmeichelt, noch neue, durch die Größe der homerischen verursachte Ideen zu entdecken. Die Achtung, die man damals ihm gegenüber empfand, war ein Geschenk der Eigenliebe als Gegengabe für die Befriedigung, die er ihr verschaffte. Doch heute, da alle Schätze des Geistes und der Einfallskraft nahezu ausgeschöpft sind, wäre es da vernünftig, unsere Reichtümer, wenn auch nicht gerade zu verachten, so sie doch mit jenen der Epoche Homers zu vergleichen? Diese hatte noch, dank seiner Werke, das Recht, von ihren Reichtümern beeindruckt zu sein, doch heute sind diese nur noch ein kleiner Teil der unsern, ja es war sogar viel Anstrengung nötig, damit man sich ihrer überhaupt bedienen konnte. Aber brechen wir ab. Ein Vorwort, das Homer nach seinem wahren Wert beurteilte, und ein Buch, das seine Helden entlarvt – das wären zu viele Verbrechen auf einmal.

Der parodierte Telemach

ERSTES BUCH

Es gibt so komische Dinge auf der Welt, daß manche, wenn sie auch wahr sind, kaum glaubhaft erscheinen; und jene Leute, die wegen der besonderen Narrheit eines Geschehens meinen, es sei nicht wahr, kennen offensichtlich die Menschen nicht. Deren Einfallsreichtum ist so fruchtbar im Ersinnen von Verrücktheiten, ihr Geist dreht sich so leicht in diese Richtung, daß es keine Geschichte gibt, vorausgesetzt, sie ist möglich, für die wir nicht auch ein Beispiel unter uns fänden. Alles, was man an großen Dingen von den Menschen berichtet, sollte uns sehr viel verdächtiger erscheinen als das, was man an Groteskem und Närrischem erzählt. Ein Mithridates, ein Pompejus sind edle Persönlichkeiten, deren Leben vielleicht nur nach der natürlichen Vorstellung dargestellt ist, die wir von Größe und Seelenadel haben. Nun könnten zwar die Menschen dieser Vorstellung gleichen, doch unglücklicherweise ist es für uns leichter, das Große und Vollkommene zu empfinden, als es auszuführen. Es gibt einen bestimmten Grad der Tugend, der das Nonplusultra des Menschen ist; darüber hinauszugehen ist zwar möglich, doch lehrt uns die Erfahrung, daß dieser Schritt kaum mehr ist als Theorie. Anders verhält es sich mit den närrischen Handlungen des Menschen; die Schnelligkeit, mit der es ihn hinreißt, schwach zu sein, stößt auf kein Hindernis, auf keinen Vorbehalt in seinem Geist. Das ist sozusagen sein Mittelpunkt, und bei ihm findet die Tugend nur Verwendung in dem Zwang, den er sich antut, ihr zu folgen. Doch überlassen wir diese Dinge den Metaphysikern und kommen wir zu unserer Geschichte. Ich werde mit ihr beginnen, nachdem ich den Leser über das Folgende in Kenntnis gesetzt habe.

Es handelt sich hier um den parodierten *Telemach*. Trotz

allem, was ich soeben über die Möglichkeiten närrischer menschlicher Handlungen gesagt habe, könnte irgendein stirnrunzelnder Mensch die Frage nicht unterdrücken, ob meine Geschichte wahr sei. Ich werde weder mit Ja noch mit Nein antworten. Vielleicht trägt die Ungewißheit, in der ich den Leser lasse, nicht wenig dazu bei, daß sein Vergnügen an der Lektüre anhält; so ist der Mensch nun einmal: eine wahre närrische Handlung, die sich vor seinen Augen abspielt, bereitet ihm häufig weniger Freude als eine erfundene. Der Geizige in der Komödie erscheint ihm lächerlicher als der Geizige in seiner Umgebung, und die moralischen Makel, die man ihm im Spiel zeigt, empfindet er deutlicher als die in der Wirklichkeit. Der Grund für diese falsche Empfindung liegt vielleicht in seiner Verwirrung, doch ich überlasse es wiederum den Philosophen, diese aufzudecken.

Man wird in dieser Geschichte die gleiche Folge von Abenteuern finden wie im echten *Telemach*. Ich begründe den Ruhm des meinen auf dem des ersten: er war das Entzücken aller, und so könnte ein wenig Neugier beitragen, daß der meine gelesen wird. Doch bevor ich beginne, ist es angebracht, den Leser auf den Unterschied der Personen vorzubereiten und ihm klarzumachen, was den seltsamen Abenteuern meines Telemachs vorausgeht.

In den *Abenteuern des Telemach* wird für den Aufbruch von Odysseus' Sohn die Abwesenheit seines Vaters und die Verfolgung der Penelope durch ihre Freier vorausgesetzt. Als Telemach auf der Insel der Kalypso ankommt, scheint er nur wegen der Ähnlichkeit mit seinem Vater, der vor ihm auf derselben Insel gewesen war, von der Göttin geliebt zu werden.

Hier ist das Gegenstück zu diesen Voraussetzungen, und danach werden wir unsere Abenteuer auf die gleiche Weise beginnen.

Ein junger Dorfbürger, dessen Vater abwesend war, wuchs auf unter der Fürsorge eines Verwandten mittleren Alters und einer nicht mehr ganz jungen Mutter; dieser Verwandte, ein empfindsamer Mensch und von einer gewissen Geistesverfassung, ihr werdet bald sehen, welcher, hatte früher einige Zeit in Paris verbracht. Was seinen Zögling betraf, so war dieser über die Maßen reich und damals siebzehn Jahre alt; als Welterfahrung hatten ihm sein Verwandter und seine Mutter bisher nur einen Umkreis von zehn oder zwölf Wegstunden zugebilligt, oder besser gesagt, nur die Umgebung seines Dorfes.

Der Verwandte war also einst in Paris gewesen; dort hatte er, seiner Geistesart entsprechend, alles bewundert, was er Großes und Edles gesehen hatte; besonders die Tragödien hatten ihn entzückt, und aus alldem hatte sich in seiner Phantasie eine Liebe zum Erhabenen gebildet, von der er im Folgenden einen völlig falschen Gebrauch machte.

Er erzog Timantes (so hieß der junge Mann, sein Neffe) seinen Ideen entsprechend, und zum Glück für ihn hatte die Natur dem Neffen einen zur Verführung geeigneten Charakter verliehen.

Timantes war noch ein Kind, als sein Vater, Monsieur Brideron, seine geliebte Gattin, oder seine Penelope, verließ, um einem nach Ungarn ziehenden deutschen Regiment zu folgen, in dem er eine Kompagnie gekauft hatte. Er gehörte zu jenen Männern, die bis ins Greisenalter leichtfertig und verrückt bleiben und die, als Besitzer eines großen Vermögens, so viele Laufbahnen einschlagen, wie ihr unsteter Geist ihnen eingibt. Dieser hatte Lust, fremde Länder zu sehen.

Man wußte nicht, was aus Monsieur Brideron geworden war; seine Frau seufzte in treuem Gedenken seit langem über seine Abwesenheit; täglich erflehte sie vom Himmel die Rückkehr des Abenteurers; sie hatte nur unbestimmte Nachrichten von ihm erhalten, die ihr weder seinen Tod noch sein Leben bestätigten. Ihr großes Vermögen übte auf das Herz vieler adliger Landbewohner der Umgebung die gleichen Reize aus wie Penelopes Schönheit auf ihre Freier; sie wurde von den Ihren belagert, und das doppeldeutige heftige Verlangen nach

Madame Brideron oder ihren Talern hatte mehr als einmal zu Streit geführt; ihre Freier drängten sie, sich zu entscheiden, indem sie sie mit guten oder schlechten Begründungen überzeugten, daß der Gegenstand ihrer Tränen bereits von dieser Welt in jene übergewechselt sei. In einem solchen Fall ist die Ungewißheit, so treu ein Eheweib ihrem Manne auch immer sein mag, eine schwere Last, Geist und Körper leiden darunter. Madame Brideron befand sich genau in diesem Zustand. Trotz ihrer Treue, trotz des geheimen Vergnügens an ihren Verehrern, deren Zahl sie ihren Reizen zuschrieb, kam ein mühsam unterdrückter Rest Geschmack an der Ehe ihrer keuschen Absicht, auf einen ungewissen Ehegatten zu warten, in die Quere.

Jedoch hatte die verliebte Frechheit ihrer Freier einen solchen Grad erreicht, daß sie sich bereits ungezwungen von allein bei ihr einluden und ohne Hemmungen über den Taubenschlag, das Pökelfaß und den Hühnerhof der schwachen Witwe verfügten; all das unter dem schönen Vorwand, ihr Gesellschaft zu leisten und sie zu erfreuen.

Der junge Brideron wuchs unter der täglichen Erziehung des Onkels heran. Der gute Mann las zu dieser Zeit die *Abenteuer des Telemach*. Die Übereinstimmung der Lage seines Neffen mit der des jungen Fürsten verblüffte ihn; er bewunderte, auf welche Weise der Zufall eine so vollkommene Ähnlichkeit in ihr Schicksal gebracht hatte: eine von ihren Freiern bedrängte Mutter, ein Erbe, das gierigen Räubern ausgesetzt ist, ein verschwundener Ehemann und, mehr als alles andere, ein Mentor (denn als solchen betrachtete er sich), der fähig war, das Verhalten seines Zöglings zu leiten. Von seiner Geistesbeschaffenheit bis zum Wahn war es nur eine winzige Spanne. Diese Spanne verschwand bei der Lektüre des Buches. Mentors herrliche Persönlichkeit bewegte ihn und weckte in ihm wieder den verirrten Geschmack, den er an der edlen Tugend fand. Er ist also erfüllt von der Begierde, die Übereinstimmung zu vervollkommnen, die der Zufall offensichtlich so gut in die Wege geleitet hatte; alles stand für ihn günstig, seine Lehren und die Natur hatten seinen Neffen dazu befähigt, jene Leidenschaft in sich aufzunehmen, die er ihm einflößen wollte. Er brauchte nicht lange daran zu arbeiten.

Eines Tages gingen sie zusammen spazieren und beklagten die Ärgernisse, die ebenso durch Monsieur Briderons Abwesenheit verursacht wurden wie durch die Schwachheit seiner Frau. Der Onkel stieß traurig einen Seufzer aus, und während er seinen Neffen in einer zärtlichen Aufwallung umarmte, die aus dem Vorgefühl der Narrheit kam, die er im Schilde führte, sagte er zu ihm:

»Ach, mein Sohn, hier ist ein Buch, in dem die Abenteuer eines jungen Fürsten niedergeschrieben sind, dessen Lage der deinen glich. Es scheint, daß die Übereinstimmung dir die gleichen Taten, die gleichen Wagnisse vorschreibt. Lies seine Geschichte, lieber Sohn, lies sie, damit du vielleicht Lust bekommst, ihn nachzuahmen. Du wirst sehen: zwar hat Mentor, sein Führer, ihm ausgeredet, sich auf die Suche nach seinem Vater zu machen, doch verdankt er den Ruhm und die Weisheit, die er erlangt hat, gerade dieser Suche. Wenn ich dich dieselbe Entscheidung treffen sehe wie er, kann ich vielleicht wie dieser Mentor denken, der Himmel bringt häufig die Weisheit der Menschen zu Fall, mein Sohn, und ich erlaube dir, ungehorsam mir gegenüber zu sein.«

Nach diesen Worten, die die Entwicklung des Wahns in seinem Hirn noch vorantrieben, öffnete er das Buch und gab es seinem Neffen, der, da er durch seinen Onkel daran gewöhnt war, für heldische Größe und Seelenadel zu schwärmen, die Geschichte von Telemach sofort verschlang. Er las sie mehrmals hintereinander und nahm in seinen träumerischen Augenblicken die nötige Dosis an edlen Gefühlen und Überspanntheit zu sich, um Lust auf Abenteuer zu bekommen.

Die Verzauberung war vollkommen, sein Onkel erschien ihm als Mentor. Er teilte ihm seine Absicht mit, seinen Vater zu suchen. Der Onkel, obwohl entzückt und außer sich vor

Freude, hütete sich, den Entschluß des kühnen jungen Mannes sofort zu billigen. Da er von diesem Augenblick an zum Mentor bestimmt war, wollte er jenen unbedingt nachahmen; er riet seinem Neffen also mit folgenden Worten von seinem Entschluß ab:

»O junger Brideron!«, denn das O war äußerst wichtig bei der Nachahmung seiner Redeweise, »O junger Brideron, bist du dir bewußt, was du zu tun gedenkst? Weshalb durch die Lande ziehen, ohne zu wissen wohin, um einen Vater zu suchen, der bestimmt von allein zurückkehrt? Du wärest schön genasführt, wenn deine Mutter sich wieder verheiraten würde. Und du wirst sehr leiden, du Heißsporn, wenn du nicht auf meinen Rat hören willst.«

Diese Vorhaltungen waren nicht ganz so edel ausgedrückt, wie sie sein sollten, doch der neugebackene Mentor war mindestens fünfzig Jahre gewohnt, sich auf bäurische Weise auszudrücken, und seine Verwandlung in Mentor war gerade erst ein paar Stunden alt. Er konnte nicht anders: die Begeisterung blähte ihn häufig auf; doch die Gewohnheit zog ihn ebenso häufig wieder aufs natürliche Maß zusammen. Seine Rede bewirkte nur das, was sie verabredet hatten, sie war allein von der unerbittlichen Liebe zur Form diktiert.

»Kluger Freund«, antwortete der Neffe, »Ihr seid wie immer weise, ich merke es. Aber Ihr könnt machen, was Ihr wollt, ich bin starrköpfig, ich muß von hier aufbrechen, mein Vater hätte schon längst zurück sein müssen. Ich will unbedingt wissen, ob seine Augen offen sind oder geschlossen. Außerdem verbringe ich hier meine Tage wie ein Esel, dabei habe ich die Gabe, groß und weise zu werden; ich muß sie nützen und unsere Truthähne im Stich lassen.«

»Also gut, brechen wir auf«, entgegnete der Onkel. »Du wirst leiden, es soll so sein; ich habe dich gewarnt, du hättest auf mich hören können.« Sofort wurden die notwendigen Maßnahmen ergriffen, sie brachen auf. Zwei ausgewählte Stuten waren die Gefährtinnen ihres erhabenen Schicksals, Münzen und Bankscheine die umsichtig bedachten Hilfsquellen für das Leben, das sie in Angriff nahmen. Sie werden auch auf einer Insel der Kalypso landen. Eilen wir ihnen voraus, um deren Göttin und die Nymphen kennenzulernen.

Zu dieser Zeit wohnte eine Witwe auf dem Land, Vormund zweier junger Nichten und Mutter zweier Töchter; die vier jungen Damen waren ungefähr vom gleichen Alter. Die Dame selbst war eine kräftige Frau von vierzig Jahren, die sehr schön gewesen war und es auch immer noch war für jene, die sie nicht in ihrer Glanzzeit gesehen hatten. Wie alle schönen Frauen war sie stets sehr verliebt in ihre Schönheit gewesen. Zu dieser Eigenliebe müßt ihr noch die Lektüre einer Unmenge von Romanen fügen, so wie sie bei den Damen vom Lande üblich ist; sie fügt der Liebe zu den eigenen Reizen noch diesen schmachtenen Ausdruck hinzu, der sie alle auszeichnet und in den Augen der Stadtbewohner lächerlich macht.

Unzählige Männer der Gegend hatten sie angebetet; die Gewohnheit, hofiert zu werden, süße Sehnsüchte zu wecken, hatte sie unmerklich dazu gebracht, nicht mehr ohne schmachtende Verehrer auszukommen. In ihrem Herzen herrschte Müßiggang, wenn es nicht verliebt war; doch das Schwinden ihrer Reize hatte all jene zum Rückzug bewegt, deren Feuer ihr Frühling entfacht hatte.

Zehn Jahre war es her, da hatte der Zufall den Vater Brideron mit seinem Regiment in diese Gegend geführt. Er hatte bei der besagten Dame, die ich Mélicerte nenne, Quartier genommen. Er war ein stattlicher, schöner Mann; Mélicerte war verführerisch; sie gefielen sich gegenseitig, als sie sich sahen, sie verliebten sich ineinander; und die beiden Tage, die das Regiment an dem Ort verbrachte, genügten, daß Monsieur Brideron sich entschloß, den Kranken zu spielen, um sich damit das Vergnügen zu verschaffen, die liebenswerte Witwe länger zu genießen.

Doch da in dem Herzen dieses Luftikus' die Leidenschaften, oder besser die Phantastereien ständig wechselten, hatte er kaum entdeckt, daß Mélicerte sich nur in aller Form hingeben würde, als er auch schon Liebe und Geliebte im Stich ließ und voller Begierde, die Welt zu sehen, von der Unglücklichen weglief, auch auf die Gefahr, ihr ewigen Schmerz zu verursachen.

Doch hielt dieser gar nicht so lange an. Mélicerte beklagte den Verlust des Geliebten aus vollem Herzen, weinte den ersten Monat, langweilte sich dann zwei Wochen und tröstete sich innerhalb von zwei Monaten.

Die Kalypsos sind selten; die wirkliche ließ ständig ihre Grotte von ihren traurigen Klagen widerhallen. Unsere sterblichen Frauen machen es anders; ihr Zimmer, das sie erst seufzen hört, sieht bald, wie sich das Schauspiel verändert, und der Zeuge ihrer Seufzer ist schon einen Tag später häufig auch der Zeuge einer neuen Liebe.

Wie dem auch sei, ob Mélicerte sich nun früher oder später getröstet hat, gewiß ist, daß sie Monsieur Brideron zärtlich geliebt hatte und er ihr der teuerste aller Verehrer gewesen war. Wenn sie nun auch ihre Liebe überwunden hatte und die Zeit, diese unfehlbare Medizin gegen die Krankheiten des Herzens, ihre Leidenschaft hatte vergehen lassen, so hatte diese doch so tiefe Spuren eingegraben und eine gewisse heimliche Freude, den Schmerz einer verlassenen und verratenen Romanheldin zu empfinden, unmerklich die Erinnerung an ihren Ungetreuen, den sie schließlich mit so viel Zärtlichkeit betrachtet hatte, so lebendig erhalten, daß sie ihn in seinem Sohn wiedererkennen wird; wir werden ihn ihr bald vor Augen führen.

Ein Schiffbruch warf Telemach auf die Insel der Kalypso. Wir werden jetzt die Ankunft des jungen Brideron bei Mélicerte sehen, eine Ankunft, die man sich erst nach vielen abenteuerreichen Tagen oder Monaten vorstellen darf und nachdem er seinen Onkel wiedergefunden hat, von dem er infolge eines Verhängnisses lange Zeit getrennt war und der ihn jetzt begleitet.

Mélicertes Schloß lag hinter einem dichten Wald. Unsere

beiden Abenteurer durchquerten ihn gerade, als sie von Räubern angehalten wurden, die sich ihrer Börse und ihrer Kleidung bemächtigten: da haben wir ihren Schiffbruch.

Dieser Zwischenfall brachte die weise Gelassenheit von Phokion, so nenne ich den Onkel, ein wenig in Verwirrung, er ließ den Kopf hängen. Unglück gibt das Denkvermögen zurück, doch ein verirrter Geist behält es nicht lange. Phokion stemmte sich gegen die Trauer und erinnerte sich zum Glück für seinen Seelenfrieden daran, daß der Weg, den Mentor seinen Telemach geführt hatte, voller Mißgeschicke und Leid gewesen war. Dieser Gedanke löste Freude an seiner Rolle aus, er hielt seinem Zögling eine Moralpredigt.

»Ich sehe, o Brideron, daß du die Ohren hängenläßt«, sagte er zu ihm, »du hast jetzt nicht mehr Mut hast als ein Huhn. Ach, mein Sohn, mag's gehen, wie es will, wir müssen es durchstehen; Geduld ist eine große Tugend; die Räuber lassen sie dir; sie haben sie gegen unsere Kleidung und unser Geld getauscht.«

Diese Moral mißfiel unserm werdenden Telemach ein wenig; offen gesagt, fühlte der arme Kerl deutlich, daß der Telemach in dem Buch, das er gelesen hatte, mutiger war als er, doch ist es leichter, ein Fels auf einem bedruckten Blatt Papier zu sein, sich in Kalbsleder gebunden gelassen zu zeigen, als bei lebendigem Leibe und voller Gesundheit. Das hatte der kleine Wirrkopf nicht bedacht; wenig fehlte, und er hätte im Eifer seines Kummers unseren Stoiker mit seiner Predigt zu den Irren geschickt, dermaßen vernunftwidrig erschien ihm der Gedanke, die Geduld als einen angemessenen Ersatz für das Geld und die Kleidung zu betrachten, die sie verloren hatten. Doch die Vernunft, die ihm hin und wieder die Augen öffnete, leuchtete nur für einen kurzen Moment in seinem Hirn, und rasch erfaßte ihn wieder der Wahn. Er versank in langes Nachdenken, dann hob er die Augen zu Phokion, der immer noch an einem Baum lehnte, und sagte mit einer Träne auf jeder Backe: »Ach, teurer Onkel, sie haben mir unser Geld weggenommen, meinen Rock und meine Weste, jetzt steh' ich im

Hemd; wenn das so weitergeht, bin ich bald ganz nackt.« »Tröste dich, mein Sohn«, erwiderte Phokion. »Braucht man denn Kleider, um weise zu sein? Die liefert der Händler, aber alles Gold von Peru bessert nicht das kleinste Körnchen Verirrung. Es ist keine Kunst, gelassen zu sein, wenn uns nichts fehlt. Denk an Pierrot, den Kuhhirten bei deiner Mutter; wenn der seine Suppe und sein Brot hatte, sagte er kein Wort, er rührte sich nicht von der Stelle. Aber wenn sich sein Essen um zwei Minuten verzögerte, dann ließ er seine Kühe im Stich, rannte wie ein Verrückter zum Haus und verlangte danach. Ach, lieber Sohn, du verstehst nicht mehr als Pierrot davon; dein Bild ist wie seines: wirst du dein ganzes Leben diesem kleinen Gauner gleichen? Wie weit bist du von der Weisheit des berühmten Telemach entfernt! Welch ein Abstand zwischen Pierrot und diesem Fürsten! Doch dich trennt von Pierrot nur unser Weg.« Brideron wollte darauf etwas entgegnen, als ein leerer Karren durch den Wald fuhr. Ein kleiner Junge war sein Phaethon.

»Mein Freund«, sprach Mentor ihn in ernstem, sanftem Ton an. »Wo befinden wir uns? Wem gehört dieser Ort? Können wir hier Asyl finden?«

»Ei, Monsieur«, entgegnete ihm der kleine Lümmel, ein Müllerssohn, der zur Mühle seines Vaters zurückfuhr, »ei, Ihr seid in einem Wald; er gehört dem Herrn, der sein Besitzer ist, und ich weiß nicht, ob Ihr dort ein Asyl finden könnt, denn sowas habe ich hier noch nie gesehen.«

»Die Pest soll den Halunken holen«, schrie Telemach ungestüm, »er weiß nicht, was das heißt, Asyl finden! Als hätten wir von einem fremden Tier geredet!« »Nicht so heftig«, entgegnete Phokion und sah den ungestümen Telemach mit einem Blick an, der diesem Ungestüm eine Lektion erteilte. Dann wandte er sich zu dem Müllerssohn und sagte: »Mein Kind, . . .« »Euer Kind«, schrie der Schelm und ließ die Peitsche knallen, »hol's der Teufel, das werde ich meinem Vater sagen, und ich wette, er läßt es Euch rasch widerrufen.«

Diese Worte hätten beinahe allen Respekt, den Brideron vor seinem Erzieher hatte, hinweggefegt. Doch Phokion, der den Sturm erkannte, der sich in der Tiefe der Seele seines Zöglings zusammenbraute, warf ihm mit großem Nachdruck zwei Blicke zu, die ihn wieder zum Glanz seiner Rolle zurückführten. Dann näherte er sich dem kleinen Müller, erklärte ihm, daß man sie bestohlen habe, und bat ihn, sie in dem Karren bis zur Mühle zu fahren; der Junge willigte ein und ließ sie barmherzig in seinen holpernden Wagen steigen.

Lassen wir jetzt unsere beiden ausgeplünderten Leute bis zu Mélicertes Schloß fahren und beginnen wir mit unserer Geschichte.

Die Abenteuer des jungen Brideron

Traurig und verträumt dachte Mélicerte immer noch an das Glück, das sie in der Zeit ihrer Liebe zu Monsieur Brideron dem Älteren genossen hatte; häufig weckte sie ihr Kummer noch vor Tagesanbruch; das Süßholz, das man ihr raspelte, langweilte sie; den Rasplern gegenüber war sie kurz angebunden, und sie kümmerte sich weder um ihren Teint noch um ihren Schmuck. Meist war sie schlecht frisiert und verschmähte es nicht einmal, sich dem Staub auszusetzen, der beim Umschaufeln der Getreidehaufen aufflog; sie fürchtete auch die brennenden Sonnenstrahlen nicht mehr. Sie lieferte ihre Haut der Gefahr des Bräunens aus und sah den Erntearbeiten zu; das war nicht mehr die zarte Schönheit, die die frische Luft so fürchtete: Hauskleider, keine Schminke, keine Armbänder, keine Ohrgehänge mehr, niemandem wollte sie mehr gefallen. Häufig ging sie durch die Alleen eines weitläufigen Parks, um hier zu träumen, oder in einen Obstgarten, in dem ihr zu Monsieur Briderons Zeiten jeder Baum seine Früchte dargeboten hatte. Von diesem Obstgarten aus folgten ihre Augen traurig einem von zwei Hecken gesäumten Hohlweg, in dem sie ihren flatterhaften Anbeter seinem Streitroß hatte die Sporen geben und trotz des tiefen Schlammes schneller als der Blitz entschwinden sehen.

Sie stand in diesem Obstgarten, die Augen auf den Hohlweg gerichtet, als ein recht kläglicher Anblick sie aus ihren Träumereien riß: es war ein Karren, von einem Jungen gelenkt, der den Hohlweg hatte vermeiden wollen und daher seinen Gaul über ein Gerstenfeld führte, das Mélicerte gehörte. Zwei Unbekannte saßen darin, von denen der eine, jung, wenn auch nur im Hemd und mit traurigem Gesicht, doch freundlich und hübsch war; der andere war alt und von ernstem, doch recht verständigem Aussehen. Mélicerte betrachtete prüfend den jüngeren der beiden und bemerkte, daß er dem Treulosen, dessen Andenken in ihrer Seele nicht erlöschen wollte, sehr ähnlich sah; er hatte die gleiche Größe, seine lebhaften dunklen Augen, seinen kupferroten Teint; als er auf den Beinen war, fand sie, er habe auch seine Bewegungen. Erregt von dieser Ähnlichkeit geht sie auf die Gruppe zu und verbirgt ihre Verwirrung hinter folgenden gereizten Worten: »He, Bursche, und ihr beiden da, die ihr auch nicht besser seid, wißt ihr, daß ich euren Karren in den Schlamm schmeißen lassen kann, wenn ich rufe? Was für eine Unverschämtheit, ein eingesätes Feld so zu verwüsten! Ich habe alle auspeitschen lassen, die das gemacht haben.«

Hinter diesem gespielten Zorn versuchte sie, die unruhigen und neugierigen Blicke zu verbergen, die sie auf den jungen Fremdling warf.

Der kleine Fuhrman hielt bei diesen Worten an und sagte betreten: »Ich bitte Euch recht sehr um Verzeihung, Madame, aber ich dachte nicht, daß ich Euch treffen würde; das nächste Mal fahre ich stracks geradeaus.«

Während dieser kurzen Entgegnung stieß Phokion, dem der Anblick der von ein paar jungen Mädchen umgebenen Mélicerte und ihr Zorn sehr lebhaft Telemachs Ankunft auf Kalypsos Insel ins Gedächtnis riefen, stieß also Phokion dem Brideron die Faust ins Kreuz, damit er antworte, denn es war an ihm zu reden; aber der junge verstörte Einfaltspinsel stand da, mit gekrümmtem Rücken, gesenktem Blick, beide Hände in seinen Hut vergraben, so bewegungslos wie eine Statue. »Auf!« sagte Phokion zu ihm. »O du Memme! O du Esel! O du Trampel und Rindvieh in einem! hast du die Sprache verloren?«

Diese Anwürfe ließen den erstarrten Burschen wieder munter werden; er rappelt sich auf, springt aus dem Karren und macht mit beiden Beinen einen Kratzfuß. »Madame«, ruft er, »oder besser: O Ihr, wer immer Ihr sein möget, denn Ihr seht so groß aus, daß man nicht gut erkennen kann, wer Ihr seid!« »Guckt euch den an«, unterbrach der kleine Bauernlümmel, »ist Madame vielleicht ein Faß?«

Brideron warf einen wütenden Blick auf den frechen Kerl und fuhr fort: »Also Ihr, wer immer Ihr sein möget, habt Mitleid mit einem unglücklichen Burschen, den man eben in dem verfluchten Wald, aus dem wir kommen, ausgeplündert hat. Wenn Ihr den Grund meines Unglücks erfahren wollt, so wisset, o Schönheit, die Ihr um zehn Fuß die Schönheit einer Königin übertrefft, daß ich auf der Reise bin, um meinen Vater zu suchen«.

»Und wie heißt er, Euer Vater?« fragte Mélicerte hastig. »Er heißt Monsieur Brideron«, entgegnete der junge Brideron, »Dorfbürger und augenblicklich Hauptmann in einem deutschen Regiment, wenn er noch lebt, und Gott gebe ihm Frieden, wenn er tot ist. Ich suche ihn also; niemals hat in unserer Gegend ein Mann so viel Aufsehen erregt, stets hat er beim Vogelschießen den Sieg davongetragen, er war gefürchtet wies Gewitter, keiner traute sich, ihm auf den Fuß zu treten, er zog den Degen so schnell wie seinen Hut; seine Ratschläge waren besser als die eines Advokaten; dank ihm hat auch der gute Monsieur Vignard seinen Prozeß gewonnen, den er sonst verloren hätte, wenn nicht mein Vater auf der Welt gewesen wäre. Geduldig und sanft wie ein Schaf. Eines Tages ist ihm ein Dorn in den Fuß gedrungen: fragt meinen Onkel hier, ob er etwas anderes gesagt hat als ›au‹, als er herausgezogen wurde. Ach, der große Mann wollte in den Krieg ziehen, weil ihm das Blut in den Adern zischte wie das Pulver in der Flamme. Seit dieser Zeit haben unsere Augen ihn nicht mehr gesehen, unsere Hände ihn nicht mehr berührt. Und vielleicht zwingt ihn ein elender Türke, das Land zu düngen oder zu ackern. Vielleicht liegt er auch in einem Graben verscharrt. Seine Frau beweint ihn, seine Knechte beweinen ihn, und wir beweinen ihn, mein Onkel und ich. Wenn der Zufall seinen Weg hier vorbeigeführt hat, sagt uns, was Ihr wißt, und verachtet nicht seinen unglücklichen Sohn, denn wäret Ihr unglücklich, so würde es Euch sehr grämen, wenn man Euch verachtete.«

Phokion runzelte ein wenig die Stirn bei dieser Rede; sie

erschien ihm zu gewöhnlich. Wenig fehlte, und er hätte wieder eine feierliche Ansprache gehalten, doch er fürchtete, die getreue Nachahmung zu verletzten, denn bei dieser Gelegenheit blieb Mentor stumm wie ein Fisch; man mußte sich also mit dem begnügen, was gesagt war, und das Ganze mit Gleichmut ertragen.

Mélicerte war zunächst von der außergewöhnlichen Art überrascht, in der Brideron sich ausgedrückt hatte, doch schob sie das Neue daran seiner Jugend und der mangelnden Erfahrung des Sprechenden zu, und trotz seines Zustandes rührte die Ähnlichkeit der geliebten Züge ihr Herz; sie führten ihr das getreue Abbild des Treulosen vor Augen, den sie so innig geliebt hatte, und das Schicksal behielt ihr noch eine ebenso zärtliche Leidenschaft für den Sohn vor wie für den Vater.

»Ihr seid in einem traurigen Zustand«, entgegnete sie Brideron, »folgt mir in mein Schloß. Ich will Euch Gutes tun und Euch Nachricht von Eurem Vater geben; kommt, liebes Kind, Ihr dauert mich, und ich liebe Euch bereits wie eine Mutter.« Nach diesen Worten folgte Brideron Mélicerte, welche die sie umgebenden vier jungen Mädchen durch ihre Fülle und die Rundung ihrer Hüften ebenso überbot wie Kalypso die Nymphen durch ihre Größe. Brideron verschlang sie mit seinen Blicken, er bewunderte die freie, leichte Art, mit der sie das starke Gewicht dieses Körpers trug, die Beweglichkeit ihres Fußes, der jedoch von einem groben, breiten Schuh umschlossen war und den ein sehr kurzer Rock fast bis zur Wade entblößte, die runden feisten Arme, deren Fleisch eine lebendige Farbe hatte; schließlich bewunderte er ihre Schönheit, der man die Kämpfe ansah, die sie täglich gegen die Sonne führte, gegen frische Luft und Staub, und die trotz all dieser Angriffe immer noch zu obsiegen schien.

Bald trat man ins Schloß. Eine Treppe, nicht großartig und kühn, sondern schlicht, eng und eigentümlich wegen ihrer verschiedenen dunklen Windungen, führte zu den Privatgemächern.

Die Schlafzimmer des Schlosses glänzten in einer natürlichen Schönheit, die fast nichts der Kunst verdankte. Gold, Silber und Marmor waren aus diesen Räumen verbannt, und Frische, große Sauberkeit und eine kluge Anordnung der Möbel ersetzten eine überflüssige Pracht.

Alle Betten waren in eine dunkle Ecke geschoben, wie um zu unterstreichen, daß Schlaf und Dunkelheit einander Freunde sind.

Unter den anderen Möbeln sah man kunstvoll gearbeitete Strohstühle, die in schöner Unordnung zwischen einigen Polsterstühlen umherstanden, deren Muster antik und seltsam war; ihre durch die lange Benutzung zwar eingedrückten, aber nicht beschädigten Sitze zeugten von der Geschicklichkeit des Handwerkers, der hier mit seinen Nägeln eine ewige Dauer befestigt zu haben schien. Man sah eine Tapisserie, die der Wand die Hälfte des Vorzuges ließ, das Zimmer zu schmücken. Betrat man diese Zimmer, so wurden die Augen nicht wie in prächtigen Gemächern durch das helle Tageslicht geblendet, das durch die breiten Fenster dringt; hier teilten sich Licht und Dunkelheit den Platz, sie kämpften miteinander, die Helligkeit fand sich verdunkelt, die Dunkelheit erhellt; sie blieben im Streit, und dieser Streit bot den angenehmen Eindruck von Tag und Nacht zugleich.

Doch war das nicht alles. Die Verständigkeit und Bescheidenheit der Zimmer zeigten sich in den geringsten Dingen. Alte Wohnstätten werden von kleinem Ungeziefer heimgesucht, das die Möbel ebenso anfrißt wie die Tapisserien. In diesem Schloß half man der Unannehmlichkeit mit einem halben Dutzend Katzen ab, deren spärliche Nahrung Anlaß für die Niederlage der Mäuse war und für ein ständiges Miauen, das die verschüchterten Ratten in ihre Löcher zurücktrieb. Waren die Katzen abwesend, so stellte man geschickt Mausefallen auf, ein unfehlbares Mittel gegen das Leben dieser Möbelfeinde. Von einem Zimmer gelangte man über drei Stufen hinunter in ein anderes: überall der gleiche Kampf der Nacht mit dem Tag. Hier ersetzten einige recht hübsche, wenn auch mit der Zeit gedunkelte Bilder die Wandtapisserien.

Von diesem Zimmer aus wurde man über drei Stufen nach oben in ein Kabinett geleitet, für dessen Größe der Architekt den Raum bemessen haben muß, den ein sitzender Mensch einnimmt, der sich noch frei bewegen kann; darüber hinaus war kein Millimeter Platz mehr, hier konnte man keine Mühe verschwenden: der Ort war der Ruhe gewidmet, denn es war nicht möglich zu stehen, man mußte sitzen.

Es war der Raum, der zu dem von Mélicerte für Brideron bestimmten Zimmer führte; dieses war geräumig und mit zwei Betten von majestätischer Höhe ausgestattet, die einander gegenüberstanden.

»Bald ist Zeit zum Abendessen«, sagte die Dame zu ihm, »versucht, mein Sohn, noch ein oder zwei Stunden zu schlummern.«

Nach diesen Worten zog sie sich mit ihrem ganzen Gefolge zurück.

Als Phokion und Brideron allein waren, bewunderten sie die verschiedenen Gegenstände, die sich von den Fenstern aus ihren Blicken boten. Sie sahen umher und bemerkten den bescheidenen kleinen Alterssitz einer Bäuerin, die, von einigen Kindern umgeben, jedem von ihnen ein Stück Brot und einen Napf Milch austeilte. Dann machte sie einem der Kinder seinen zerbrochenen Holzschuh wieder ganz, einem anderen zog sie einen groben, etwas verdreckten, doch brauchbaren Strumpf an. Eines der Kinder bekleckerte sich gierig mit seiner Milchration. Briderons Appetit regte sich beim Anblick der essenden Kinder, und er hätte gern wie sie einen vollen Milchnapf in der Hand gehabt.

Auf der anderen Seite sah man die Ställe, in die die trägen Ochsen und Kühe langsam zurücktrotteten. Hirte und Hirtin, von der heißen Sonne gebräunt, folgten miteinander scherzend ihrer Herde. Die Hirtin warf einen kleinen Stein nach dem Hirten, der sich durch einen Schlag mit dem Hut auf ihre

Schulter für ihre Bosheit rächte. Von Zeit zu Zeit unterbrachen sie ihre Scherze durch einen kräftigen Schrei, um die Herde zusammenzuhalten.

Weiter unten stand eine Scheune, aus der man das Schlagen der Drescher vernahm; waren sie erschöpft, so setzten sie sich auf einen Getreidehaufen; dann breiteten sie einen Zipfel ihres Rockes aus und holten aus einem Korb einen Imbiß, der aus Käse bestand und einem nahrhaften, schwarzen Brot. Ein angeschlagener Krug, in dem mit Wasser gemischter Wein war, gab ihnen zu trinken, und das halb bacchische, halb wässrige Getränk stillte auf sehr gesunde Weise ihren Durst. In der Mitte des Hofes befand sich ein großer Fischteich; daneben sah man einen riesigen Misthaufen, weise Vorsichtsmaßnahme gegen die Erschöpfung des Bodens.

Brideron war damit beschäftigt, alle diese Dinge zu betrachten, als Phokion, der einen Blick auf eines der beiden Betten geworfen hatte, bemerkte, daß man dort Kleidungsstücke für sie hingelegt hatte. Der schönere Rock war zweifellos für Brideron bestimmt. Genaugenommen war er ziemlich unmodern, doch sein Schnitt erschien ihnen extravagant. Der Vater von Mélicertes verstorbenem Ehemann hatte ihn eigens für die Hochzeit anfertigen lassen; er war prächtig mit Silberstickereien verziert, die nur durch die Zeit etwas rötlich geworden waren. Als Brideron ihn sah, glaubte er, er würde sich mit allem Gold Indiens bedecken, und da er seine Ungeduld nicht bezähmen konnte, zog er ihn an und betrachtete sich; er knöpfte ihn auf, unschlüssig, wie er ihn tragen sollte. Der brave Phokion musterte ihn, suchte seinen Neffen und fand ihn nicht mehr; der Anblick des Silbers blendete ihn, verführte ihn. »O Telemach!« rief er, hingerissen vor Bewunderung. »Der bin ich noch nicht«, entgegnete Brideron selbstzufrieden, »aber psst! ich bin auf dem besten Weg dazu!«

Bei dieser Antwort errötete Phokion über die Schwäche, die ihn ebenso überkommen hatte wie seinen Neffen, dessen Eitelkeit er bemerkte; und da er sich noch rechtzeitig an jene erinnerte, die Telemach bei gleicher Gelegenheit gezeigt hatte, sowie an Mentors Ermahnung, stemmte er die Fäuste in die Hüften und sagte zu Brideron:

»Was sehe ich? Du spielst den Stolzen, weil dein Rock bestickt ist. Seht ihn euch an, den eitlen Gecken! er trägt seinen Sonntagsrock; er bläht sich auf; er ist so stolz wie der Gockel auf dem Mist. Sachte, sachte, mein Freund, ich sage dir, du bist ein Tor, und wenn du so weitermachst, wirst du niemals weiser sein als ein Gimpel.«

»Verdammt, das war etwas«, entgegnete Brideron, »Ihr habt mich ertappt; pfui über mich, pfui über den ganzen Kleiderstaat und über den Schneider, der all das Silber auf den Rock genäht hat. Da seht Ihr, wie das die Seele verdirbt; kein Wunder, daß Ihr mir stets gesagt habt, die Frauen seien nur kleine Geister, weil sie den Schmuck genauso lieben wie die Katze den Käse. Aber ich mache es nicht wieder, lieber Onkel; kommt, Ihr braucht nicht mehr böse zu sein. Ja, ich bitte den lieben Gott darum, daß er uns beide an unserem ersten Reisetag vom Regen bis auf die Knochen durchweichen läßt, falls ich mich jemals wieder wie ein Geck verhalte. Aber sagt, sind wir nicht Glückspilze? Die gute Frau, bei der wir sind! Ohne sie säßen wir ganz schön in der Patsche, was meint Ihr dazu?«

»Was ich dazu meine?« fragte Phokion. »Ich meine, daß du ein Esel bist.« »Oho!« entgegnete der Neffe. »Was ist denn in Euch gefahren? Ich hätte nie vermutet, was Ihr da sagt.« »Ja, ein Esel, mein Sohn«, wiederholte Phokion. »Laß sie gehen, die gute Frau, sie wird alles verderben. Du bist auf der Suche nach der Weisheit und deinem Vater; die Pest soll mich holen und dich dazu, falls du jemals die eine oder den andern findest, wenn du unserer Gastgeberin glaubst. Damit du's weißt, sie ist ein wahres Krokodil, das dir und deiner Weisheit den Todesstoß versetzen wird; und wenn diese beiden Dinge nicht mehr existieren, gebe ich für den ganzen Kerl keinen Pfifferling mehr. Ja, sie wird dich töten, weil sie dich wie einen richtigen Nichtsnutz leben lassen wird, der sich über nichts Gedanken macht. Du wirst zu einem Lumpenkerl. Ach, mein Kind, es wäre besser für dich, man hätte dir einen guten Karren voll Erde auf den Leib gekippt, als du führst jetzt ein verfressenes Leben.« Kaum hatte er diese Worte gesprochen, als ein kleiner Lakai in einer Livree, deren Farbe zusammen mit Fettflecken und Rissen ein buntes Allerlei ergab, sie in Mélicertes Auftrag fragte, ob sie zum Essen kommen wollten. »O ja«, sagte Brideron, »Gott erhalte dich, und sie auch, wir kommen.«

Sie kehrten also zu Mélicerte zurück, die gerade den Tisch deckte, gemeinsam mit den vier jungen Mädchen, deren etwas zu stark gebräunter Teint durch zwei Finger dicken Puder in den Haaren gemildert wurde; auch auf ihrer Stirn lag eine dünne Schicht. Ihre außerordentlich hohe und ein wenig schiefe Frisur ließ einige Haarsträhnen ihre eigenen Wege gehen, und die geringe Aufmerksamkeit für dieses Arrangement zeigte, wie wenig die schönen Mädchen sich ihre Schönheit von der Kunst holten. Ja, in allem schienen sie sich auf die Natur zu verlassen; ihre Hände hatten nichts verloren von dem, was der Gebrauch zu allen möglichen Dingen ihrer milchigen Weiße hinzugefügt hatte, und weit entfernt von den eitlen Bemühungen jener, die mit der Schere in der Hand beim Schneiden ihrer Nägel sie bis zum Ansatz verfolgen, ließen die liebenswürdigen Landkinder die ihren nach Belieben wachsen. Eine alte Frau, etwas triefäugig, ein vom hohen Alter untrennbares Gebrechen, trug in einer großen Schüssel eine gebratene Gans auf; der kleine Lakai, von dem schon die Rede war, folgte ihr mit einem Salat, dessen freigebig gespendeter Essig jede Herzschwäche behoben hätte, während das spärliche Öl eher als Möbelpolitur geeignet war. Kurz darauf wurde ein Kaninchen gebracht, dessen weißes Fleisch bewies, daß es lange ein Hausgenosse gewesen war und sein Leben dem Vergnügen hatte opfern müssen, Briderons Gaumen zu kitzeln. Der Nachtisch bestand aus Käse und Creme ohne Zucker, denn bei Mélicerte wurde die natürliche Qualität der Gerichte nicht durch irgendwelche Beimischungen verdorben. Konfitüren, deren Töpfe man sonst nur zu den vier großen Festen des Jahres öffnete, wurden aus einem Schrank geholt, dessen Schlüssel Mélicerte nur sich selbst anvertraute aus Furcht, die Naschsucht ihrer jungen Mädchen zu wecken. Zum Trinken milderte ein ausgezeichnetes Brunnenwasser das Feuer eines dickflüssigen, zugleich roten und schwarzen Weines.

Zum Nachtisch stimmten die vier jungen Mädchen ein mehrstimmiges Lied an, das sie von Zeit zu Zeit unterbrachen, damit jedes von ihnen ihre Stimme einzeln zur Geltung bringen konnte. Von diesem Lied gingen sie über zu hundert anderen, ernsten und komischen. Bald sangen sie von Pierrots Klagen, der wie ein Schloßhund über Mathurines, seiner Liebsten, Herzlosigkeit heulte, denn sie hatte ihn mit dem Besenstiel aus ihrem Haus gejagt, und lautes Gelächter erscholl als Intermezzo. Bald sangen sie die Geschichte vom Mädchen mit dem Milchtopf, und Perrettes Sprünge wurden durch die leichten, wenn auch etwas grellen Kadenzen und Läufe ihrer Stimmen wunderbar ausgedrückt. Eines der Mädchen begann danach das Lied: »Gib einen Mann mir, liebe Mutter, du weißt ja warum.« Dann sang das fröhlichste der Mädchen: »Zu Hilfe, Mutter, da kommt der Wolf! Es ist um mich geschehn.«

Schließlich endete das Singen mit einem Lied nach einem Text, den Mélicerte selbst verfaßt hatte, als sie vom alten Brideron verlassen worden war. Es lautete so:

Es hat mich der Gauner verlassen,
Dafür werd' ich ihm eins verpassen.
Doch werd' ich deshalb nicht sterben,
Mir etwa das Leben verderben.
Man sollte wie ein Hund ihm folgen,
Und käme er nicht zurück zu mir,
Zerreißen ihn wie ein wildes Tier.
Denn leider, wie ihr alle wißt,
Ohne Treue mein Brideron ist.
Leb denn wohl, meines Herzens Lust,
Kummer und Gram sprengen mir die Brust,

Leb wohl, du schöne Liebe.
Als ich dich sah auf deinem stolzen Roß
Wie du davonstobst aus dem Schloß,
Da starb ich fast; ich war so todesmatt
Wie eine Kuh, der man das Maul verbunden hat.

Als Brideron den Namen seines Vaters nennen hörte, brach er wie ein Kind in Tränen aus; sein Erzieher hatte einen Augenblick zuvor nicht vergessen, ihn darauf aufmerksam zu machen, daß an dieser Stelle Tränen rinnen müßten; es wurde nicht an ihnen gespart. »Ach, mein armer Vater«, rief er weinend, »wo habt Ihr Euch verkrochen, daß man Euch so wenig findet wie eine Stecknadel in einem Heuhaufen? Vielleicht, großer Mann, haben die Räuber Euch ebenso ausgeplündert wie mich; vielleicht nagt Ihr am Hungertuch, während ich mir hier den Wanst vollschlage.«

Er hätte noch endlos so weiterlamentiert, hätte Phokion nicht mit einem kräftigen Tritt gegen das Schienbein die Maschine abgestellt. Mélicerte ärgerte sich, daß man das verdammte Lied ausgegraben hatte, das jetzt das Fest verdarb. »Die Pest soll dich holen, dumme Gans«, sagte sie zu jener, die es gesungen hatte, »taub und stumm sollst du werden! Kommt wieder zu Euch, armes Kind; wenn sie von neuem anfängt, stopf' ich ihr meinen Pantoffel ins Maul; rasch, ein anderes Lied.«

Man gehorchte sofort. Eine ihrer Nichten sang sehr passend:

Wer hier auf dieser Welt nicht liebt,
Der ist nicht wert der Welt,
Und wer gar niemals Achtung gibt
Auf Venus' Rosenzelt,
Der ist ein Ochs und wildes Schwein,
Der kann fürwahr kein Mensche sein,
O nein, so bin ich nicht.

Und eine andere fuhr fort:

Drum liebe nur, wer lieben kann,
Und kehre sich nicht dran.

Nachdem die Mahlzeit beendet war, erhob man sich, und da es schon sehr spät war, sagte Mélicerte zu dem jungen Mann: »Adieu, mein Herzchen, ich wünsche Euch, daß Ihr vierundzwanzig Stunden schnarchen könnt und nicht mehr an Euern Vater denkt; wahrhaftig, er hat mich gesehen, wie Ihr mich hier seht, doch hat er sich wie ein Tölpel benommen. Als er mir sagte, er sei Witwer, denn diesen Bären hat mir der Gauner aufgebunden, sag' ich zu ihm: ›Wenn man im Leben etwas beenden will, muß man Schluß machen: Schloß, Möbel, Hühnerhof, Truthennen, Ställe, Schweine, Rinder, Pferde und Stuten, mein ganzes Getreide mitsamt dem Stroh, mein Bett und mich darin, alles gehört Euch, wenn Ihr vor dem Vikar ja sagen wollt!‹ Daran erinnere ich mich genau, weil nämlich der Pfarrer damals mit einem gebrochenen Bein im Bett lag. Doch er kümmerte sich nicht um meine Liebe, und das war gut so, denn er war ja mit seiner Frau versorgt. Ihr aber, mein Seelenstern, der Ihr mir die Erinnerung an den Liederjan zurückgebt, Ihr solltet die Traube pflücken, solange Gelegenheit ist, nicht immer ist Weinlese. Denn was wollt Ihr zu Hause machen? Euer wackerer Vater hat vielleicht eine Kanonenkugel in die Gedärme bekommen, und Eure Mutter wartet auf ihn bis zum Sankt Nimmerleinstag. Außerdem bleibt sie so sicher Witwe, wie ich tanze: ich kenne die Frauen, und ich wette, in diesem Augenblick liegen vier Schenkel in ihrem Bett. Glaubt mir also und legt mir in meines auch zwei rein, in allen Ehren; ich werde Euch lieben und hätscheln. Doch jetzt ist es genug, die Nacht bringt Rat, befragt Euer Gewissen.«

Nach dieser Rede entgegnete der überraschte Brideron zunächst nichts, doch flüsterte er Phokion leise zu: »Diese Larve, Ihr habt mich zu Recht vor ihr gewarnt. Aber da macht sie die Rechnung ohne den Wirt.«.

»So antwortet mir doch etwas«, sagte Mélicerte zärtlich.

»Ach ja, Madame«, entgegnete Brideron, »man redet ja auch mit seinem Pferd; Ihr sollt also wissen, große dicke Schönheit, daß das Lied über meinen unglücklichen Vater mich so gegrämt hat, daß ich meine Bettücher heute nacht mit meinen vielen Tränen so durchnässen werde, als steckten sie im Waschzuber. Das muß sich erst beruhigen, dann reden wir von der Sache; jetzt kann ich nur schlafen und weinen. Gute Nacht.«

Mehr verlangte Mélicerte nicht. Sie erwiderte sogar: »O das liebe kleine Männerherz, o das liebe brave Kind! Ach, Ihr seid ein Goldschatz. Aber übrigens, ich denke, es ist noch zu früh zum Schlafengehen, die Hühner sind noch auf: reden wir von etwas Lustigem, mein Sohn, erzählt mir zum Beispiel Euern kleinen Lebensweg, das würde mir Spaß machen; rasch, Stühle herbei, und einen Sessel für meinen Sohn. Nehmt den hier, auf dem hat Euer Vater oft genug seinen Hintern gehabt.«

»Ei, meine Königin«, bemerkte Brideron, »es gibt nichts, was so lang ist wie die Geschichte meines Lebens; ich brauche dafür einen Tag und ein Jahr, und ich bin am Einschlafen.« »Wach auf, mein's Herzen Schöne«, summte Mélicerte. »Selbst wenn Ihr mehr Abenteuer erlebt hättet, als es Getreidekörner in meinen Kornspeichern gibt, was Ihr davon wegnehmt, ist nicht mehr da, auf, angefangen!« »Also gut«, sagte Brideron und gähnte, »hört zu, Madame.

Ich brach von zu Hause auf, um etwas über meinen armen Vater zu erfahren. Ich wohnte zunächst bei Leuten, die mir nichts erzählten, weil sie nichts wußten, das ärgerte mich. Es handelte sich hier nicht um einen Spaß. ›Verdammt‹, sagte ich zu Phokion, meinem Onkel, der hier neben mir sitzt, ›mag es kommen, wie's will, ich werde so lange laufen, wie die Erde mich trägt.‹ ›Du bist ein dummer Esel‹, antwortete mir dieser weise, ›du willst nicht, daß es dir gut geht, aber weißt du auch, was du da machst? Die Wege sind voller Werber, die werden dich zum Soldaten machen, und außerdem, wie viele Flüsse und Meere gibt es auf der Welt, die man überqueren muß! Zum Kuckuck, die überquert man nicht wie unsern Schloßhof. Dein Vater hat vielleicht seine Haut zu Markte getragen auf seiner Reise; du könntest leicht deine Ohren dabei einbüßen. Du willst diesen Vater finden, aber ich sage dir, daß du nichts anderes finden wirst als ...‹ Verzeihung, Mesdames. ›Kehren wir nach Hause zurück, das ist am sichersten, dort werden wir gemütlich warten, während wir essen, trinken und schlafen, wann immer es uns beliebt. Wenn dein Vater nicht begraben ist, kommt er zum heimischen Herd zurück, um dort zu sterben, und wenn er es ist, sei Gott seiner Seele gnädig; dann mußt du alle diese Fresser, die das Geld deiner Mutter verzehren, nach Hause jagen, und weiß Gott, was man dann Gutes und Schönes von dir sagen wird! man wird dich loben wie einen Fastentag.‹

Ihr seht, Madame, Phokion sprach wie ein Orakel. Aber ich war sturer als ein Bock, ich fühlte nichts von dem, was er mir sagte, und machte alles nur nach meinem Kopf. Doch der wackere Mann ist ebenso gut wie weise; ich dachte, er würde mich im Stich lassen, aber keineswegs. Wir sind also auf der Reise. Zunächst kamen wir durch die schönsten Dörfer; es gab dort so wenig Kot wie auf Eurem milchweißen Gesicht; ich war entzückt; doch Gott straft den Übermütigen. Wird der Himmel nicht dunkel, und von dunkel nicht schwarz? Und da fällt auch schon ein Regen auf uns herab, als wären wir Dachtraufen. Der Bart dampft, und Hut und Rock ebenso. Unsere Pferde schnauben wie die Kühe. Aber Ihr werdet noch anderes zu hören bekommen: ein Dutzend wie Häscher gekleidete Banditen kommen auf uns zugerannt. ›Fang sie‹, schreit der eine, ›schlag sie tot‹, ein anderer. Ha, was für ein Getöse, wenn ich daran denke! ›Laß uns verschwinden‹, sagt Phokion so gelassen, als wäre er beim Meßopfer, ›die Leute verwechseln uns.‹ ›Warum setzen sie keine Brille auf?‹ entgegne ich, ›seht doch die Affen, ich zittere.‹ ›Pech für dich‹, sagt er, ›auf, mein Sohn, verdammt, jetzt brauchst du Mut; wir müssen für die Schuldigen bezahlen; stell dir vor, der Teufel sei hinter dir her.‹ ›Wenn es nicht der Teufel ist, dann sind es seine Kinder‹, bemerke ich. ›Das ist ein und dasselbe, mein Sohn‹, sagt er, ›die Kinder taugen nicht mehr als der Vater.‹

Während wir so redeten, gelangten wir in einen niederen

Wald, in dem wir ein tiefes Loch in der Erde fanden. Ich wollte mich hineinzwängen, doch reichte der Platz nicht für mein Pferd und mich. So ein Pferd ist ein richtiges Vieh, es begreift nicht einmal, wenn man es fangen will. ›Besser ist, wir verirren uns, dann verlieren wir die Kerle.‹ Mit diesen Worten stob Phokion wie ein Eilbote durch den Wald davon, ohne zu wissen, wohin. Der Teufel, heißt es, ist nicht immer einem armen Mann auf den Fersen. Unsere Häscher verloren die Spur, und wir setzten eilends unsern Weg in der Ebene fort. Ich schwor beim Stab des ersten Pilgers, daß ich mich in Zukunft nicht mehr auf mich verlassen würde als auf ein verrottetes Brett. ›Ach, was für ein rappliges Vieh doch ein junger Mann ist‹, sagte ich zu Phokion, ›was für eine verdammte Pest diese Jugend! Die Grauköpfe wie Ihr, lieber Onkel Phokion, sollen leben, die rühren sich wenigstens nicht vom Fleck; sie sind nicht versucht, so wie wir über die Stränge zu schlagen; aber laßt nur, wenn wir hier mit heiler Haut davonkommen, seid Ihr meine Stütze und sollt mich wie einen Blinden führen; und wenn meiner Jugend der Kamm schwillt, wird meine Vernunft ihr das Maul stopfen; ich sage meine Vernunft, denn davon habe ich auch einen Teil, nur meine Jugend ist das Vierfache dagegen.‹

›Oho‹, entgegnete mir der gütige Alte, ›Gott sei gelobt, ich triumphiere. Ich hab's ja gewußt, du Heißsporn, daß du noch zu Kreuze kriechen wirst, aber still. Jetzt ärgerst du dich, und ich bin gutmütig. Aber ich kenne dich, wenn du wieder freie Bahn hast, dann hopp und los. Adieu, lieber Freund, alles wird zerrissen, Halfter und Trense. Wirklich, dein Vater, auf dessen Suche du bist, war niemals so.‹ ›Ich hätte ihn gern hier‹, antwortete ich, ›damit ich sehe, ob sein Gesicht jetzt nicht eine Elle länger geworden ist.‹ ›Keinen Zoll‹, erwiderte Phokion. ›Um die Wahrheit zu sagen, er wäre zwar zwei Meilen geritten, um einen Graben zu vermeiden, aber wenn er davorstand, sprang er drüber.‹

Während wir so redeten, sahen wir uns um, ob unsere

verdammten Häscher uns nicht folgten. Tatsächlich, wir entdeckten sie, die Lumpen, aber so weit weg, daß sie wie Ameisen aussahen. ›Oho‹, rief Phokion, ›da sind ja unsere komischen Käuze; vielleicht haben sie Fernrohre, verstecken wir uns lieber in der Meierei, die dort in zweihundert Schritt Entfernung liegt.‹ Um schneller hinzukommen, Madame, mußten wir querfeldein reiten. Ein paar Weizenfelder waren uns im Wege, aber warum lagen sie auch da? Nach den Weizenfeldern kamen wir zu einem jungen Weinberg, und krach, peng, die Rebenpfähle splitterten. Plötzlich, als wir an nichts Böses dachten, tauchten vier starke Kerle vor uns auf und ergriffen die Zügel unserer Pferde. ›Hola, ihr Lumpen‹, riefen sie, ›ihr zertrampelt unsern Weinberg, aber wir werden euch dafür die Wämser zertrampeln.‹

Mit diesen Worten brachten sie uns zu dem Meierhof. ›Messieurs‹, sagte Phokion zu ihnen, ›ihr braucht nur den Schaden abzuschätzen, wir bezahlen ihn.‹ ›Nichts da‹, entgegneten sie, ›keine Angst, wir geben euch noch auf euern Buckel, was wir aus eurer Börse holen.‹ Während sie so redeten, kamen wir auf dem Meierhof an; der Meier war da, wir wurden ihm vorgestellt. ›Hier, Herr‹, sagten die Bauern, ›hier haben wir zwei Zieraffen erwischt, die wie schlechte Christen über euern Weinberg hergefallen sind; kein Pfahl tut mehr halten, verdammisch.‹

Der Mann schien ein braver Greis zu sein. ›Das ist sehr verwegen‹, bemerkte er. ›Die beiden Halunken gehören mit dem Stock erschlagen.‹ ›Gut so‹, sagte einer der Bauern, ›ich werd' ihnen ganz allein ein halbes Dutzend Rippen brechen.‹

Bei diesem Vorschlag trat Phokion mir leise auf den Fuß und sagte: ›Du bist jetzt wie Telemach, den der brave alte Acestes, als er diesem vorgestellt wurde, zur Sklaverei verdammte; aber still, wir werden uns genau wie er aus der Affäre ziehen‹; denn Ihr müßt wissen, Madame, daß ich meinen Vater suche, genau wie der junge Fürst den seinen gesucht hat, denn den ahme ich nach, und wir haben die gleichen Abenteuer. He, zum Teufel, habt Ihr nicht die Geschichte seines Lebens gelesen, seid Ihr nicht Kalypso, ist Euer Schloß nicht die Grotte, und diese Jungfrauen da, sind das nicht Eure Nymphen?«

Mélicerte lächelte über diese Worte, und Brideron fuhr folgendermaßen fort:

»Nachdem der Herr des Meierhofes den Befehl gegeben hatte, uns durchzuprügeln, sagte Phokion zu ihm: ›Weiser Sterblicher, mäßigt Euern Zorn; Räuber hatten sich an unsere Fersen geheftet, und wir waren auf der Flucht vor ihnen, als wir durch Euern Weinberg ritten.‹ ›Rasch‹, entgegnete der Alte, ›macht nicht so viele Umstände, verprügelt sie.‹

Bei diesen Worten bewaffneten sich die Kerle mit Knüppeln. Der Eifrigste von ihnen zertrümmerte mir mit nur zwei Schlägen gleich die rechte Schulter. ›Au! au!‹ rief ich bei jedem Schlag. ›Erbarmen! das reicht schon für mehr als zwanzig Pfähle. Um Gottes willen, Monsieur, hört mich an.‹ ›Also gut, lassen wir ihn reden‹, sagte der Alte darauf zu den Berserkern, die uns bearbeiteten.

›Wenn Ihr wüßtest, wer ich bin‹, sagte ich zu ihm, ›dann wäre Euch lieber, die Knüppel hingen noch an den Bäumen. Ich heiße Brideron. Mein Vater ist bei der Armee, oder ich weiß nicht wo, ich suche ihn. Von hier aus sind es nur zwei Meilen bis zu uns; meine Mutter lebt noch; ich bin ihr Sohn, und das hier ist mein Onkel.‹

›Ist er nicht Hauptmann, dieser Brideron?‹ fragte der Alte.

›Ihr habt es erraten‹, antwortete ich. ›Verflucht‹, schrie er, ›das ist der Galgenstrick, der hier vorbeigekommen ist, vor vielen Jahren schon. Er hat hier gewohnt und mir im Keller ein neues Faß Wein angestochen, weil ich ihm nur einen Rest gegeben hatte. Der Teufel hat dich hergeführt, denn hier bist du an den Falschen geraten.‹ ›Die Pest soll die Ähnlichkeit holen‹, sagte ich darauf ganz leise zu Phokion. ›Jetzt wird man mich für den Fehler meines Vaters strafen, so wie mein Vorbild auf dem Grab von Anchises geopfert werden sollte, wegen der Taten des Seinen!‹ ›Esel‹, antwortete Phokion, ›habe ich nicht genau wie Mentor eine unverfängliche Prophezeiung, die uns vor allem rettet?‹

Während wir so sprachen, sahen wir, daß die Bauern Anstalten trafen, uns auszupeitschen, doch ihr Herr sagte zu ihnen: ›Sperrt sie ein, ich brauche Leute, wir werden sie arbeiten lassen.‹

Nach dieser Drohung sagte Phokion folgendes: ›O Herr dieses Hauses, hört mich an. Wenn Euch die Jugend dieses Unschuldslammes nicht erbarmt, dann erbarmt Euch wenigstens Eurer selbst; die Kenntnisse, die ich in der Kunst der Weissagung erworben habe, lassen mich so klar sehen wie in Quellwasser, daß, noch ehe drei Tage vorüber sind, ein Trupp Barbaren in diesen Landstrich einfallen wird; sie werden Eure Schafe entführen und töten und Eure Tore eindrücken, wenn Ihr sie nicht verrammelt. Bewaffnet also alle Eure Bauern, sonst werdet Ihr Eure Herden so leicht verlieren wie einen Sou in einer zerlöcherten Rocktasche. Aber, o Greis, erinnert Euch daran, daß man denen nicht den Hahn zudreht, die einem Hab und Gut retten; und wenn ich lüge, Hölle und Teufel, dann könnt Ihr mich wie eine Speckseite an die Decke hängen.‹

Der Herr des Meierhofes war höchlichst erstaunt über die Worte. ›Was zum Teufel meint er mit seinen Barbaren?‹ schrie er. ›Sind wir bei den Vandalen? Ich behalte euch noch drei Tage hier, in denen sollt ihr so viel Salz in euer Essen bekommen, daß ihr richtig gepökelt seid, wenn ihr nach eurem Wunsch an der Decke hängt.‹

Inzwischen verbreitete sich die Weissagung in der ganzen Gegend; all die armen Bauern ringsumher liefen hierhin und dorthin, der eine auf diese Wiese, der andere auf jene: man sah Stuten, denen ihre Füllen und Fohlen, das ist ein und dasselbe, Madame, denen die also munter wie die Schmetterlinge hinterherliefen; die Hirten oder Stallknechte, die sie führten, gaben den Müttern kräftige Stockhiebe. Die Frauen schrien, die Mädchen zitterten; alle sagten, ein Hexenmeister hätte geweissagt, daß die Barbaren über das Land herfallen würden, und die jungen Mädchen fürchteten, sie würden bei ihnen anfangen. Selbst der Hahn und seine Hühner wurden in den Pferdestall, oder besser in ihren Hühnerstall gesperrt. Ein paar Gutsherren und Pächter machten sich lustig über das, was Phokion gesagt hatte, doch wir lachten uns eins ins Fäustchen, denn obwohl Phokion diese Weissagungen auf gut Glück gemacht hatte, wußten wir genau, daß alles so geschehen würde, weil es damals bei Acestes auch so geschehen war. Wir schliefen also in aller Ruhe. Bevor der dritte Tag zu Ende ging, sahen wir von der Meierei aus zwei Dutzend Banditen, die mit guten Flinten bewaffnet näherkamen.

›Oho‹, rief da Phokion, ›sind das nun Barbaren oder Mispeln?‹ Kaum hatte er die Worte ausgesprochen, als wir die Leute bei den Bauern eindringen und alles wegschleppen sahen, was sie an Brauchbarem fanden. Sie trieben ein paar Schafe weg von denen, die sie nicht hatten einsperren wollen. Schließlich kamen die Banditen bis zu unserm Meierhof, und da sie ihn für recht gut ausgestattet hielten, versuchten sie, gegen unseren Willen hineinzukommen. Phokion, der sich bei diesem Ungestüm an Mentors Mut erinnert, schnaubt wie ein Wildschwein; er zieht sich den Hut bis auf die Ohren, steckt seine paar Haarsträhnen drunter, krempelt die Rockärmel hoch und bindet seine Kniebänder fest; während er mit einer Miene, die selbst den Teufel in Schrecken versetzt hätte, ›verfluchte Kanaillen‹ schreit, ergreift er einen alten Säbel und drückt mir eine Heugabel mit drei Eisenzinken in die Hand. ›Nur herein‹, schreit er, ›wenn sie uns als Barbaren behandeln, empfangen wir sie als Briderons.‹

Indessen drücken die Banditen das Tor ein; wir rennen beide mit den Bauern hinaus, die Leute aus dem benachbarten Dorf laufen herbei. Phokion setzt sich an unsere Spitze. Ach, Madame, wenn Ihr den alten Fuchs hättet sehen können, wie er gleich einem Besessenen mit seinem Säbel um sich haut und uns anfeuert: ›Los! drauf zu! wir wollen den Türken ihre infamen Eingeweide durchlöchern, mir nach!‹ Und peng und krach, bald hieb er auf einen Kopf, bald auf einen Arm. Wenn ich mich dranmache, bin ich gefährlich wie ein Stier, aber hol's der Teufel, gemessen an ihm war ich nur reines, klares Wasser. Die Bauern nahmen sich ein Beispiel an ihm und taten ihre Pflicht. Mit meiner Gabel brachte ich den Anführer der verfluchten Bande zur Strecke; er war so groß wie ich und auch ebenso hübsch. Er sah aus, als wollte er mich wie ein Lamm auf seine Schultern laden, er rannte auf mich zu, um mir mit dem Stock eins über den Schädel zu ziehen, aber ich empfing den Schlag nur auf der Schulter, weil ich geschickt bin, und rammte ihm meinerseits meine Gabel in die Kehle; er fiel zusammen wie ein Getreidesack, pluff. Der arme Teufel! ich werde ihn nie vergessen: fluchend streckte er die Beine aus, sein Blut spritzte aus seinem Mund wie der Wein aus dem Faß, und seine Banditenseele verließ ihn durch die drei Löcher, die ich in ihn gebohrt hatte. Zwei Pistolen hingen an seinem Gürtel, die befestigte ich an meinem, dann tauschte ich meinen Hut gegen seinen, weil der ganz neu war.

Danach räumte Phokion mit den andern vollends auf; ein paar rannten weg und wurden offensichtlich später gehenkt. Teufel, diese Schlacht ließ Phokion als Prophet erscheinen, und alle kamen, ihn als Sendboten zu begrüßen.

Der Herr des Meierhofes wußte nicht, was er uns Gutes tun sollte: ›Meine lieben, meine wahren Freunde‹, sagte er, ›verdammt, was ihr alles wißt! Warum werdet ihr nicht Soldaten, dann brauchte man keine Kanonen mehr. Doch ich werde euch begleiten lassen, wenn ihr wieder aufbrecht, denn wenn euch die Flüchtigen allein antreffen, werden sie euch wie eine Ochsenhälfte in Stücke säbeln.‹

Kaum hatte er diese Worte gesprochen, als ihm ein zwanzig Jahre alter Rheumatismus in die Knochen fuhr. ›Au!‹ schrie er, ›mein Übel piesackt mich, heilt mich, ihr guten Kinder.‹ Phokion hatte ein geheimes Mittel gegen Rheumatismus, doch er drehte den Kopf weg und machte mir verständlich, daß Mentor zwar einst gegen die Barbaren gekämpft, aber keinen

Rheumatismus geheilt hatte. Denn wißt Ihr, Madame, wer hü gesagt hat, darf dann nicht hott sagen. ›Mein Gott‹, sagte ich zu ihm, ›heilt den armen Mann, niemand wird es erfahren.‹ Er tat es mit ein paar Kräutern, die er auflegte, obwohl die Knechte glaubten, er könnte das Übel so wenig heilen wie ein Holzbein. Die Frau des Pächters lag im Bett, sie hatte Durchfall. ›Tut dem Feldscher sagen, Herr‹, sagte ein Bauer, ›dasser den Durchfall von Madame auch ebenfalls kurieren soll, weil dasse unten alles von sich gibt, wasse oben reinsteckt.‹ ›Hol's der Geier‹, entgegnete der Herr, ›das geht ja nicht auf deine Kosten, sie soll sich selbst kurieren. Unsere kleine Claudine hat das Fieber, der soll er eine Medizin geben.‹ ›Na schön‹, sagte der Bauer, ›er wird ihr was geben, was nichts helfen tut, genau als wie die andern.‹

›Still!‹ rief Phokion, ›oder ich hexe dir den Harngrieß an.‹ ›Gott's Donner, laß ihn gehen, Meister Jacques‹, bemerkte ein anderer, ›kuck lieber nach, ob dasser dir nich schon gegeben hat, wovonner spricht.‹

Phokion, der den Rheumatismus geheilt hatte, wollte nichts mehr machen. ›Ihr müßt wissen‹, sagte er zu dem Meier, ›daß wir große Herren von einst nachahmen; die Medizin verstößt dagegen. Aber was Claudine angeht, sei's drum.‹

Er gab ihr einen Kräutersaft zum Schwitzen. Inzwischen sagte der Meier zu uns: ›Zum Henker, mir fallen die Stockschläge ein, die ich euch habe verpassen lassen, wir wollen eure Schultern mit Branntwein einreiben.‹ ›Trinken wir ihn lieber‹, antwortete ich, ›das ist genausogut.‹ Er wurde gebracht, und Phokion und ich schlürften jeder ein volles Glas, denn wir schlecken sowas wie Zuckerwasser. ›Verdammt‹, sagte Phokion, ›das ganze Treiben hier ist im Grunde nichts für Leute wie uns; du bist ein besch . . . Telemach und ich ein bekackter Mentor.‹ Während wir uns so unterhielten, fing Claudine an zu schreien: ›He! Zu Hilfe! das Wasser kommt, ich ertrinke!‹ ›Man soll sie umziehen‹, bemerkte Phokion, ›die dumme Liese weiß nicht, daß sie ihr ganzes Übel ausschwitzt.‹ ›Da kann sie lange schwitzen‹, brummte Meister Jacques.

Man rieb sie ab, das Fieber machte sich auf und davon und gesellte sich zum Rheumatismus. Danach beschlossen wir weiterzureisen. Vorher soffen wir noch wie die Fässer; der Meier steckte uns jedem einen Glasring an den Finger und schenkte uns einen Sack Hafer für unsere Pferde, dazu einen Rest Hammelkeule und das Gerippe einer Gans.

›Na‹, sagte Phokion zu mir, ›das geht doch gut: unser Telemach empfing von Acestes vor seiner Abreise tausend Geschenke, und der hier gibt uns was zum Beißen, das ist wunderbar! Aber hör zu, Brideron: Telemach hatte die Absicht, wieder in sein Land zurückzukehren, als er Acestes verließ; verhalte du dich ebenso; die Reise wird so wenig stattfinden wie die von Telemach, das ist so sicher, wie daß du vier Finger und einen Daumen an der Hand hast. Aber pssst! Halt den Mund. Acestes schenkte unserem Fürsten für seine Reise ein Schiff, mal sehen, ob uns der gute Mann nicht auch etwas für unsere Reise besorgt.‹

Was er sagte, traf ein; der gute Mann gab uns zwei Bauern mit, die uns in die nächste Stadt bringen sollten, über die unser Weg nach Hause führte.

Wir brechen also auf. Doch es war mir bestimmt, daß ich geduldig wie ein Schaf werden sollte. Telemachs Schiff wurde von einer ägyptischen Flotte aufgebracht: hört, was der Zufall machte, um uns wie diesem Fürsten etwas auszuwischen.

Unsere beiden Führer waren vor langer Zeit mit einem Pächter in Streit geraten, der ihnen im voraus eine Arbeit bezahlt hatte, welche sie dann im Stich gelassen hatten. Der Sohn dieses Pächters begegnete uns zusammen mit zwei anderen Burschen. ›Oho, da sind ja unsere Gauner, ich erkenne sie wieder‹, rief er. ›Sie haben meinem Vater das Wort gebrochen. Auf, Kanaillen, rückt das Geld wieder raus, das ihr nicht verdient habt.‹ ›Seht euch das Bübchen an, ihn juckt der

Buckel‹, entgegneten unsere Leute. ›Wir sollen ihn wohl kratzen? Dein Geld ist im Wirtshaus.‹

Bei dieser Antwort stürzten sich der Pächterssohn und seine beiden Kameraden mit ihren Stöcken auf uns und droschen wild auf uns ein. ›Was!‹ schrie Phokion, ›wer sagt denn, daß der Rücken von Monsieur Brideron dem Jüngeren zum draufschlagen da ist? Auf, Sohn eines Hauptmanns, zieh dein Messer.‹ So tat ich, und der Himmel ist Zeuge für die Wunden, die ich schlug.

Inzwischen hagelte es nur so von Stockschlägen auf meinen Rock, aber ich zählte sie nicht. Wir wären Sieger geblieben, wenn sich nicht zwei vorbeikommende Freunde unserer Spitzbuben auf ihre Seite geschlagen hätten. Schließlich machte Phokions Nase mit der Erde Bekanntschaft, und ich wurde mit einem Tritt gegen das Schienbein ebenfalls dorthin befördert. Wir wurden gefesselt und geknebelt und so von unsern Gegnern in die Stadt gebracht, in die wir sowieso wollten. Einer von ihnen war drauf und drann, seine Seele zu verlieren, die durch ein Loch, das man ihm in den Kopf geschlagen hatte, entweichen wollte. Teufel, war diese Stadt schön! Häuser, so hoch wie vier Ruten, und so viele Straßen wie Buchstaben in einem Buch, kleine und große. Einer schrie ›Wasser! Wasser!‹, ein anderer ›Kauft Krüge!‹ und wieder ein anderer ›Gazetten, Gazetten!‹. Ich hätte aus vollem Halse gelacht, wenn ich nicht gefesselt gewesen wäre. ›Alte Hüte zu verkaufen!‹ rief eine Frau. ›Reißigbündel!‹ Man sah Männer, die als Pferde dienten oder als Maultiere, was weiß ich. Eine unendliche Menge von Dingen, die Ihr nicht glauben werdet, Madame, auch wenn ich bis zur Auferstehung schwören würde.

›Wie schön das ist!‹ rief Phokion. ›Du wirst nie ahnen, warum so viele seltene Dinge hier sind.‹ ›Ich wette doch‹, entgegnete ich, ›weil sie hier besser hinpassen als anderswo.‹ ›Du hast getroffen‹, sagte er, ›aber daneben. Also, um dich zu unterweisen, wie es meine Aufgabe ist: weil jene, die hier regieren, ihre Zeit nicht mit Bagatellen vertrödeln. Siehst du,

Brideron, du wirst eines Tages eine Familie haben, nimm dir ein Beispiel an ihnen. Wenn du immer nur die Karten in der Hand hältst, wie du es früher gemacht hast, dann geht alles drunter und drüber, du kommst auf den Hund. Man muß vor Tage aufstehen und weder seine Knechte noch seine Töchter aus seinen beiden Augen lassen; die einen begaunern dich, und die andern verschaffen dir Schwiegersöhne, die du so wenig zu sehen bekommst wie den Heiligen Nikolaus.

Einem Familienvater, der Säufer ist, einem Faulpelz, der so wenig an sich denkt wie an den Großmogul, dem sei Gott gnädig, er wird gerupft; seine vernachlässigten Kinder haben nur Holzschuhe und zerlöcherte Strümpfe an den Füßen, du siehst sie rotznasig, verdreckt, zerlumpt zu Mittag ihr Brot mit ein bißchen ranziger Butter essen. Kurz, um es zusammenzufassen: um ein Haus gut zu führen oder eine Stadt, ist Weisheit nötig. Möge Gott sie dir verschaffen. Mentor würde nicht besser reden.‹ ›O mein Gott, mein guter Onkel‹, rief ich, ›ich glaube, es rappelt bei Euch, wenn Ihr Kinder seht, die ich nicht habe und deren Vater man vielleicht ebenso hängen wird wie ihren Propheten. Ach, mein armes Haus, daß ich deinen Laubengang nicht mehr wiedersehe! Adieu, mein Vater, mein Freund, und du, meine armselige Mutter, dein Sohn wird vielleicht zur Strecke gebracht werden. Mut, mein Onkel, wir müssen von dieser Welt in die andere springen. Laß uns Anlauf nehmen.‹

Ich weinte, während ich so redete. Doch der weise Mann, den Ihr hier seht, ein wahrer Bramarbas, sprach zu mir folgendermaßen: ›Was sagst du da, du kleine Kreatur, du Erdenwurm, du schwarzes Schaf der Briderons? Du weinst? Dein Mut läuft aus wie ein gesprungener Krug. Steck deine Tränen wieder ein, feige Seele, wie ein Schwert in die Scheide, die Hoffnung soll dir dabei als Scheide dienen. Denn ich, der ich so klug bin wie ein Schultheiß, ich sage dir, daß du noch das kleinste Stückchen Gips in deinem Hause wiedersehen wirst, und damit du's weißt, wenn dein Vater hier wäre, er würde keine Miene verziehen und dir den Schädel einschlagen, auch wenn er deshalb auf die Strafbank zu sitzen käme.‹

Diese Worte waren wie Lebenswasser für mich, sie brachten mich wieder auf die Beine. Phokion wies mich dann auf das lebhafte Treiben in der Stadt hin. ›Alles arbeitet hier‹, sagte er zu mir, ›selbst der kleinste Fratz; die Trägheit ist ein Maulwurf, sie verdirbt alles im Lauf des Lebens. Der Teufel soll sie holen. Sieh dir mal diese Händlersfrau dort an. Wie sie sich mit den kostbaren Borten auf ihrem Rock vor ihren Kunden spreizt. Sie ist reich. Und stolzer, als es ihr zustünde, wenn sie nichts verkaufte. Sie hat ein gutes Mundwerk.

Siehst du dort, an dem andern Stand, die drei Lumpenkerle, die sich tummeln, um die Stoffballen herunterzuholen? Wer ernährt sie? Ein vom Fett aufgedunsener Bürger, der, statt einer bescheidenen Suppe und einem Pfund Fleisch vier oder fünf in seiner Schüssel hat, weil er wie ein Quecksilber umhersaust und wie ein Dutzend Leute lügt, was ich nicht billige, zum Teufel. Und soviel ist sicher: um Geld zu verdienen, ist ihm alles recht. O glückliches, dreifach gesegnetes Volk, dessen Ratsherren die Stadt in musterhafter Ordnung halten.‹

Man führte uns zunächst vor einen kleinen Richter, der uns zu seinem Vorgesetzten schickte. Der Sohn des Pächters beschuldigte uns vor diesem, wir hätten ihn und seine Kameraden erschlagen wollen, um zwei diebische Tagelöhner zu unterstützen.

Der Richter hörte ihm aufmerksam zu. Ich hatte den Eindruck, als sähe ich Sesostris, den König, vor den Telemach geführt wurde. Der brave Richter wirkte sehr gutmütig, und ohne seine Robe und sein Barett wäre er Sesostris wie gespuckt gewesen. Als der Pächterssohn schwieg, zog er seinen grinsenden Mund zusammen, ein halbes Dutzend Falten grub sich in seine Stirn. Man konnte ihm nur eine einzige Sache vorwerfen: es hieß, er habe einmal einer Frau, die so hübsch war wie Ihr, Madame, aber die ihren Mann hatte ermorden lassen, schöne

Augen gemacht. Er sprach folgendermaßen: ›Du sagst, der junge Schlingel da und der alte Fuchs hätten dich erschlagen wollen; eine ernste Sache.‹ ›O großer Areopag‹, rief ich aus, denn ich hatte irgendwo gelesen, daß der Areopag ein großer Richter sei. ›O Ihr, der Ihr genauer noch als ein Zirkel seid und weiser als eine Schule mit ihrem Lehrer, seht meine Jugend, öffnet die Augen vor dem Sohn vom Hauptmann Brideron. Ihr wißt sicher vom Krieg in Ungarn; nun, dorthin ist er gezogen, nachdem er uns verlassen hat. Ich bin auf der Suche nach ihm, ich weiß nicht, ob er nur noch die Knochen an den Beinen hat oder überhaupt nur Holz; er ist so wenig zurückgekehrt wie die Auster in ihre Schale, und ich fahnde nach ihm über Berg und Tal.‹ Daraufhin erzählte ich ihm, wie man mich gefangengenommen hatte. ›Zum Teufel‹, sagte der Pächterssohn, ›ich weiß nicht, ob er der Sohn eines Hauptmanns ist oder eines Sergeanten, aber auch wenn er der Sohn von einem Vater wäre, der zur Leibwache gehörte, er hat mich mit den beiden Gaunern da auf der Straße ermorden wollen; wir sind alle zum Krüppel geschlagen, und einem Kameraden weicht vor der Stadt die Seele zum Kopfe 'raus.‹ ›Verwünscht‹, bemerkte der Richter, ›es ist trotzdem schade um den jungen Specht; wenn er unschuldig ist, soll man ihn laufenlassen, ist er schuldig, soll er auf die Galeeren geschickt werden; Gott segne die Offiziere und ihre Kinder; ich liebe das Schwert, vorausgesetzt, es steckt in der Scheide. Sagt meinem Sekretär, er solle die Sache zu Ende bringen.‹ Wir wurden also dem Sekretär vorgeführt. Und nun müßt Ihr wissen, daß der nichts taugte, überhaupt nichts, nicht einmal so viel wie ein abgenagter Knochen. Urteilt selbst: er hieß Thomas. Der Sohn des Pächters hatte ihm unter der Hand Geld gegeben, damit er uns für schuldig befände; mit Geld erreicht man alles. Er schikanierte uns mit Fragen. Dieser Luzifer wollte erreichen, daß wir uns schuldig bekennen, aber Phokion verwirrte ihm mit klugen Antworten den Kopf, er blieb immer fest auf den Füßen und schwankte so wenig wie ein neu gebautes Haus.

Was tat er? er nahm uns einzeln zur Seite. ›Nun, mein Sohn‹, sagte er zu mir, ›erzähl mir mal deine Sache, du brauchst nichts zu befürchten.‹ ›Das könnt Ihr anderen weismachen‹, entgegnete ich ihm, ›hebt Euer Geschwätz für einen andern Dummkopf auf. Ich bin kein Spatz, den man mit der Leimrute fängt.‹

Hol's der Teufel, ich weiß nicht, wie er es anstellte, aber schließlich wurden wir verurteilt, ich, um Gräben außerhalb der Stadt auszuheben, und Phokion, um im Bergwerk zu graben.«

»Ach, das arme Kind!« rief Mélicerte. »Ausgerechnet wo Ihr mir doch so empfindlich gegen Stockschläge zu sein scheint; was habt Ihr nun gemacht?« »Zum Henker«, entgegnete Brideron, »da, wo man angeschirrt ist, muß man ziehen. Ich wurde Handlanger und war also bei den Gräben, die auf dem Land in der Nähe eines kleinen Dorfes lagen; es war das häßlichste Gelände, das sich denken läßt. Ich schaufelte und schaufelte; nicht so sehr, weil geschaufelt werden mußte, als wegen eines verdammten Aufsehers, der Befehl hatte, uns wie einen Teppich auszuklopfen, wenn wir geruhsam schaufelten, was bewirkte, daß ich aufpaßte. Ich hatte um mich herum nur arme Kameraden und die Bauern der Gegend, die häufig kamen und uns ins Gesicht lachten. ›Die Pest soll alle Pächter holen‹, rief ich, wenn ich den Spaten in den Boden hieb, ›dieser Thomas und die Gräben sollen zur Hölle fahren.‹ Aber das war so gut wie auf den Boden gespuckt.

Eines Tages, nachdem ich eine schlechte Nacht verbracht hatte wegen der Flöhe und Wanzen, die alle mit uns in unseren Hütten hausten, schlief ich vor Müdigkeit an meiner Folterstätte ein: ich konnte von Glück sagen, daß ich nicht durchgebleut wurde. Mein armer Geist träumte, und ich glaubte, ein mir unbekanntes Gespenst zu sehen, aus dem folgende Worte kamen:

›O Sohn des Kriegers Brideron, ich komme extra her, um mit dir zu sprechen. Junger Mann, schaufle, laß dich schlagen wie Gips und von den Wanzen auffressen, der Wolf wird es niemals tun. Ich verkünde dir, daß deine Mutter dich mit der Spindel in der Hand erwartet, daß ihre Freier nichts erreicht haben, daß du deinen Vater vor seinem Kamin sitzen, in die Glut spucken und sein Pfeifchen rauchen sehen wirst. Freue dich über dein Unglück, du bist ein großer Tölpel, aber du wirst von all deinen Übeln so leicht genesen wie ein Pferd vom Rotz. Ich habe gesprochen, profitiere davon. Adieu, armer Teufel.‹

Daraufhin verschwand das Gespenst, und ich erwachte äußerst vergnügt. Die guten Aussichten, die man mir verkündet hatte, flossen in mein Herz wie Wein durch die Gurgel. Ich begann wieder mit meiner Arbeit und erfreute alle meine Kameraden mit Geschichten, von denen sie nichts verstanden. ›Nur Mut!‹ sagte ich zu ihnen, ›es ist immer noch Zeit zu fallen, wenn wir am Boden liegen.‹

Meine gute Laune gewann mir die Freundschaft des Aufsehers, und ich versuchte, um meinen Trost zu verstärken, eine Pfeife und Tabak zu finden. Der Tabak ernährt den Körper und den Geist; wenn man raucht, Madame, dann läßt der Rauch einen insgeheim denken, daß alle Dinge hienieden rauchen und sich verflüchtigen wie Tabak.

Die Stunde des Mittagessens überraschte mich bei diesem Bedürfnis: ich verschlang mein Bröckchen Brot. Danach entfernte ich mich ein wenig von unserer Arbeitsstelle und trat in einen Obstgarten, um Äpfel zu stehlen, denn man hätte sie mir nicht geschenkt.

Dort begegnete ich einem alten Mann mit einer von Tabak geschwärzten Nase. Nun ja, der Termosiris im *Telemach* sah nicht so gut aus: vier Härchen hingen ihm gelockt über die Ohren; er war groß und feist, sein Gesicht mit Pusteln übersät, die er nicht vom Wassertrinken haben konnte. ›Was machst du da, mein Sohn?‹ fragte er mich. ›Stiehlst du mein Obst? Iß es, wir füttern die Schweine damit, die braven Leute sollen leben. Ich sehe dir an, daß du Gräben aushebst. Besuch mich mal, ich bin der frühere Pfarrer dieses Dorfes.‹

Ich fühlte Freundschaft für den guten Gevatter. ›Ich habe den Eindruck, daß du nicht dumm bist‹, sagte er zu mir (denn ich hatte ihm gesagt, wer ich bin), ›hör zu.‹

Nach diesen Worten hielt er mir ein paar seiner schönsten Predigten. Teufel, war das gelehrt! Er tadelte die Fresser, er sagte, daß Gott jenen niemals verzeihen würde, die dem Pfarrer nicht den Zehnten zahlten; danach zog er unter schallendem Gelächter über mein verblüfftes Gesicht eine Maultrommel aus seiner Tasche, auf der er wie ein Organist spielte; die Vögel, die in den Bäumen hockten, sangen aus Vergnügen ihren Part dazu. Nur die Frösche in den Gräben mischten sich nicht ein. Dann sang er mit Donnerstimme und tanzte umher.

Ich begriff, daß er ein bißchen zu verlottert war, um bei Verstand zu sein, er war ein wenig verdreht. Doch davon abgesehen, war er ein braver Mann. ›Tröste dich, mein Kind‹, sagte er, ›wenn es genug geregnet hat, scheint die Sonne. Jetzt regnet es auf dich, aber das trocknet wieder, und ich will dir einen Rat geben.

Eines Tages stahl ein gewisser Pierrot, der Knecht meines Vorgängers, aus Ärger darüber, daß sein Herr, ein Knauser und Pfennigfuchser, die Brote verschloß, das Frühstück der Magd. Diese, weil sie hungrig war, beschwerte sich bei ihrem Herrn. Sie geht in sein Zimmer hinauf, er war gerade dabei, einen Viertelschoppen Wein zu leeren. ›Was ist los?‹ fragt er, als er sie sieht, ›geht's dir nicht gut? Willst du Wein, dann nimm, ich habe erst die Hälfte von meinem Viertel getrunken.‹ ›Nein, nein, guter Monsieur‹, entgegnet sie, ›Pierrot hat mir mein Frühstück gestohlen, die Zähne klappern mir vor Hunger.‹ ›Wie‹, schreit der Pfarrer wutentbrannt, ›meine Dienstmagd soll nicht frühstücken? Geh, ich schwöre dir beim Pantoffel meiner Großmutter, daß er meinen in den Hintern bekommt.‹ Mit diesen Worten eilte er zur Treppe und beförderte Pierrot, der gerade heraufkam, um sich zu entschuldigen, mit einem Fußtritt drei Stufen hinunter.‹

›O!‹ rief ich, als ich von Pierrots Sturz hörte, ›das ist Apollo, der von Jupiter aus dem Himmel geworfen wird: erzählt weiter, Termosiris.‹ Der gute Mann verstand kein bißchen, was ich ihm sagte, und fuhr fort: ›Hinaus!‹; schrie der Pfarrer Pierrot an, ›sonst stiehlst du Taugenichts mir noch mein Barett.‹

Der arme Pierrot wußte nicht mehr, wo ihm der Kopf stand; er war in Gefahr, mit leeren Backen kauen zu müssen; doch er war ein kleiner Bastard und nicht dumm. Er kam auf den Gedanken, sich einen Schemel zu leihen und ein armseliges Bild, das er an eine in den Boden gerammte Stange hängte, und auf diese Weise sang er mitten im Dorf Lieder für einen halben Sou. Oha! alle liefen herbei, um ihn zu hören, die Männer ließen ihre Pflüge im Stich, die Schäfer kamen, die Schweinehirten, sogar der Küster; niemand ging mehr zu den Predigten, der Pfarrer blieb allein, alle Welt sang; die Magd brachte ihm singend zu trinken, es war ein ewiges Gezwitscher. Der Pfarrer und seine Geschichte wurden auch besungen, der kleine Schelm hatte jemanden gebeten, eine Melodie für sie zu machen. Kurz, der arme Pfarrer war gezwungen, Pierrot wieder einzustellen, damit die Musik aufhörte.

Nun, bediene dich des gleichen Mittels, um etwas zu verdienen. Ich habe zu Hause alle Lieder der Zeit, ich werde sie dir holen und außerdem etwas Tabak.‹ Er tat es und legte mir alle Heftchen in die Hände. Ich erhielt von ihm auch das Bild von einem Mann, der in effigie gehängt worden war, zusammen mit dem Text vom Tod eines Ehemannes, der seine Frau erdrosselt hatte; zu diesen Gaben fügte er noch ein paar Pfeifen Tabak hinzu. Er brachte mir auch bei, die Löcher einer jämmerlichen Flöte zu stopfen, statt daß er mir zeigte, wie man auf seiner Maultrommel spielt. Und als es Zeit zum Schaufeln war, lief ich wieder an die Arbeit.

Am Tag darauf, einem Sonntag, nahm ich mir zusammen mit einem Kameraden, der Geige spielen konnte, eine kleine Bank und stellte mich darauf, um wie Pierrot zu singen. Es regnete in unsere Geldbeutel, wir hatten zehn Sous, die wir im

Wirtshaus vertranken, wo wir den Wein der Wirtin befiedelten, während sie sang und ihr Mann zu unsern Liedern pfiff. Man kann sagen, was man will, ein voller Bauch schafft Wohlbehagen, ich aß mein Brot nur noch eingerieben mit einer guten Speckschwarte. Unser Aufseher tat sich etwas zugute auf uns, und unsere Kameraden bekamen einen Teil vom Kuchen.

O, wie wurde ich damals geduldig! Wenn Ihr mich gesehen hättet, Madame, wie ich einen Salat mit zwei Bissen verschlang, dann hättet Ihr gesagt: ›Ja, das ist der Sohn von Monsieur Brideron; er ist beherzt, und selbst das Unglück kann ihm den Appetit nicht verderben.‹ Aber ich bin ein Dummkopf, ich rühme mich selbst. Ihr sollt nur noch wissen, daß unsere Geige und unsere Lieder ein Dutzend Ehen gestiftet haben; jeden Abend war Ball auf den Straßen und bei Mondbeleuchtung, oha! Alles sprang herum, wie's kam, und die Röcke flogen. Ich wurde fett wie ein mit Eicheln gemästetes Schwein. Man betrachtete mich als den Spender all dieser Freuden. Alle jungen Bäuerinnen waren vernarrt in mich und sagten mir, ich sei schön. ›Um so besser‹, antwortete ich ihnen, denn entschuldigt die Lappalie, Madame, aber trinken kann man, so viel man will, das ist nur Wein im Bauch, der geht von allein wieder raus, wenn's zuviel wird, aber die Liebe! Zum Henker; man legt sich schlafen und steht wieder mit ihr auf; und ich mag keine Leidenschaften, mein Onkel hat gesagt, sie taugen nichts.

Meine Berühmtheit nahm noch zu. Ihr werdet gleich sehen, wieso. Ein tollwütiger Hund versetzte eines Tages die ganze Bande, die uns zuhörte, in heillosen Schrecken; er packte die Mädchen an ihren Röcken; krack, er warf sie zu Boden; er biß die Männer in die Hinterbacken. Es gab eine Heidenverwirrung. Mein Kamerad lief weg; der tollwütige Hund sprang auf mich los; ich bekam die Farbe eines Hahnreis. Wenn ich wegrenne, sagte ich mir, dann ist die Ehre hin. Nein, ein Dorfköter wird mich nicht überwältigen. Mein Name ist Brideron, und mein Feind ist nur ein Hund. Während ich all das dachte, nahm ich die Stange meines Bildnisses in die Hand und hieb ihm kräftig eins übers Maul, und uuh! uuh! ›Mach du uuh uuh soviel du willst!‹ rief ich, ›du hast dein Teil weg. Kommt alle miteinander wieder her, er ist hinüber.‹ Dann nahm ich eine Hippe und zog ihn selbst in den Graben.

Das war eine schöne Tat, das könnt Ihr mir glauben. Es ist, verdammt noch mal, genauso schwer, einen tollwütigen Hund zu töten wie vier Flöhe mit dem Daumen auf einmal. Alle liebten mich deshalb noch mehr.

Ein Seigneur, von dem der Hund beinahe ein Kind verspeist hätte, wollte mich sehen. Und weil der Richter, der mich zu Thomas, seinem Sekretär, geschickt hatte, gerade einen Salat bei diesem Seigneur aß, befahl er, man solle mich aufs Schloß bringen. Hölle und Teufel, er erkannte mich als Brideron; und ich machte ihm begreiflich, daß der Lump von Sekretär sich hatte schmieren lassen. Er versprach, ihn zu bestrafen, denn das war der fünfte Betrug, den man ihm in kurzer Zeit nachwies.

›Wie unglücklich man ist, wenn man über das Volk richten muß‹, sagte er. ›Man ist ein zu hochgestellter Herr, um alles selbst zu tun. Man hat Mätressen, die man lieben muß; man hat Champagner, den man trinken muß; man hat Geld, das man verfressen muß; der Tag vergeht, und man kommt nicht dazu, jene zu retten, die von den eigenen Gehilfen ausgeplündert, verurteilt und zu Grunde gerichtet werden. Aber tröste dich, mein Sohn, bleib bei mir, ich gebe dir alles Nötige, damit du wieder nach Hause kommst.‹

Ich sah also meinen Fiedelkratzer nicht mehr wieder. Siehst du, sagte ich mir, so geht es; wer heute im Schlamm watet, findet ihn morgen getrocknet, auf Weh und Ach folgt Freude nach. Ja, ja, Brideron, sicher wird dein Vater eines Tages wieder an seinem Herd sitzen, und Phokion ist gewiß nicht verlorengegangen.

Ich folgte dem Richter also in die Stadt. Er setzte Thomas

wegen seiner Streiche an meine Stelle und bot mir Geld für meine Weiterreise an. ›Nein, Monsieur‹, sagte ich zu ihm, ›ich will noch einige Zeit hier unter Euren Küchenjungen leben und meinen Onkel wiederfinden.‹ Denn ich wußte nicht, was aus ihm geworden war, nachdem Thomas ihn ins Bergwerk geschickt hatte.

Ich blieb also noch eine Weile. Aber das Unglück, dem ich entwichen war, erwischte mich schnell wieder. Mein gütiger Richter verschied, während er sein Glas leerte. Ich verlor meine Freiheit und die guten Brocken, von denen ich mich bei ihm ernährt hatte.

Sein Sohn folgte ihm. Thomas war bei ihm beliebt: er fand ein Mittel, ihn zurückzuholen, und diesen Schlag bekam ich ab. Ich weiß nicht, wofür man mich anklagte, aber eines schönen Morgens kamen vier Galgenstricke und brachten mich ins Spital. Dort wurde ich in einen riesig hohen Raum gesteckt, in dem wir zu sechst waren: ein Holzbein, einer mit Krätze, ein lahmer Alter, noch zwei andere und ich. Eine schöne Gesellschaft! Der eine kratzte sich, der andere keifte, der dritte blieb stumm wie ein Fisch.

Eines Tages, als ich das Fenster öffnete, um hinauszusehen, bemerkte ich in der Ferne ein Dutzend maskierte Reiter, die sich hinter den Hecken verbargen. In einiger Entfernung kam eine Kutsche angefahren; sie griffen sie an, als sie in ihrer Nähe war. Doch die Kutsche war ebenfalls von Reitern begleitet, von denen sich mehr als die Hälfte nur kraftlos verteidigte. Ich suchte, was in der Kutsche drin sei, und entdeckte den Sohn meines Richters mit einer schönen Frau. Der junge Mann war munter wie eine Ratte; er ereiferte sich und wollte mit einer Pistole in der Hand aus der Kutsche springen und sich verteidigen. Das tat er auch; doch während er seine Pistole abdrückt, sehe ich einen Säbel, der sich über seinem Kopf hebt und ihn wie einen Apfel spaltet. Er fällt zu Boden, sein Blut fließt auf die Erde, seine Perücke ist getränkt davon; er zuckt mit den Beinen, reckt die Arme und haucht seine Seele aus, die Gott ihm gegeben hat.

Ich ahnte, daß er die Leute erbost hatte, die ihn angriffen; später habe ich erfahren, daß er die Frau, die in seiner Kutsche saß, als Dirne ins Spital bringen wollte, und es wurde sogar behauptet, diese Frau, Witwe eines Grandseigneurs, habe mit ihm nicht in Unehren leben wollen, und der tückische Werwolf hätte sie als eine Verführerin der Männer hingestellt.

Es waren Verwandte und Freunde von ihr, die dem jungen Richter diesen Streich gespielt hatten. Offensichtlich war ein Teil der Wächter bestochen worden; das schloß ich daraus, daß sie sich wie Hasenfüße verhielten; man sieht, wohin das führt, wenn man nicht den geraden Weg nimmt. Wäre der Richter redlich gewesen, dann wäre er noch so prall wie eine Blutwurst.«

Mélicerte konnte sich an manchen Stellen von Briderons Erzählung gar nicht beruhigen vor Lachen; sie entdeckte darin Gefühle eines braven Kindes, die sie entzückten. »Oho, mein Sohn«, sagte sie zu ihm, »da ist unser Richter ja dort, wo Gott ihn haben wollte. Und was wird jetzt aus Euch? Denn das Holzbein, der Mann mit der Krätze und die anderen schrecklichen Männer, mit denen Ihr zusammen seid, machen mir Angst um Euch: erzählt weiter, mein Süßer, und berichtet mir, wie Ihr Euern weisen Onkel gefunden habt, der das Aussehen eines so braven Mannes hat.«

ZWEITES BUCH

Brideron nahm den Faden seiner burlesken Geschichte wieder auf und sprach wie folgt: »Nachdem der Richter durch den Säbelhieb das bißchen Gehirn verloren hatte, das in seinem Kopf war, ritten die Reiter davon; denn wenn ein böses Tier tot ist, redet man nicht mehr von ihm, versteht Ihr?

Ich weiß nicht, ob einige Tage danach bekannt wurde, daß es bei den Handlungen dieses Richters viele Ungerechtigkeiten gegeben hatte, jedenfalls kam sein Nachfolger in unser Spital. Es gibt, verdammt, keinen Windstoß, der dreister ist als ich: ich redete wie ein Kanzelredner und erzählte ihm von Thomas' Schurkerei; mehr war nicht nötig. ›Komm, mein Sohn, gehen wir‹, sagte er zu mir, ›du bist unschuldig wie mein Kind, das gestern geboren wurde.‹ ›Gott lasse es gedeihen‹, entgegnete ich und schlüpfte mit ihm durch die Tür. Mehrere andere wurden ebenfalls in Freiheit gesetzt, ich schloß mich ihnen an. Sie gingen in ein kleines Dorf, das ein paar Meilen von unserm Spital entfernt lag. Da ich nicht zu ihrem Zimmer gehört hatte, kannte mich keiner von ihnen. Wir marschierten lange, ohne miteinander zu sprechen. Es fror, unsere Nasen tropften, und wir schnaubten wie die Pferde. Jeder hatte die Hände in den Taschen. Nach einer Stunde Marsch fragte mich der Angesehenste der Gruppe, woher ich käme, wer ich sei. ›Ich komme aus dem Spital, genau wie Ihr‹, antwortete ich, ›und ich heiße Brideron. Ich suche meinen Vater; er war in Ungarn im Krieg, habt Ihr nicht etwas von ihm gehört?‹ ›So wenig wie von meinem ersten Hund‹, erwiderte er. ›Nun ja‹, sagte ich, ›schade, denn er ist ein großer Mann, und ich fürchte, er ist ein Krüppel geworden, denn er kommt nicht zurück.‹ Der Mann, der Nibal hieß, drehte zwei große rote Augen zu mir und zuckte mit den Schultern, wobei er mich teilnahmsvoll ansah.

›Ihr sprecht offensichtlich die Wahrheit, Brideron‹, sagte er, ›und ich werde nicht nachprüfen, ob Ihr lügt; aber Eure Miene gefällt mir, mich will es bedünken, Ihr habt ein gutes Herz. Ich will Euch einen Rat geben, aber still! Denn, verdammt, wenn Ihr schwatzt . . .‹

›Ihr könnt es nicht wissen‹, erwiderte ich, ›aber wenn man mir ein Geheimnis anvertraut, ist es wie begraben, ich schwatze so wenig darüber wie ein Fisch; sprecht!‹ ›Wie!‹ rief er, ›so jung habt Ihr schon Eure Zunge im Zaum? Wie ist Euch denn das gelungen?‹ ›Zum Teufel‹, antwortete ich, ›das war bei mir schon als kleines Kind so. Als mein Vater uns verließ, um nach Ungarn zu ziehen, holte er mich aus meiner Wiege, so wird erzählt, küßte mich und sprach: ›Adieu, Pummelchen, ich wünsche dir, daß du krepierst wie ein vierzigjähriger Hengst, wenn dir Füße und Körper nur wachsen, damit ein Nichtsnutz aus dir wird. O meine Freunde (denn alle Bauern waren anwesend), paßt auf den kleinen Burschen auf: peitscht ihn wie einen Kreisel, wenn er zu laut schreit, verschont ihn nicht, solange sein Fleisch zart ist. Und wenn er größer ist, Frau, dann züchtigt ihn mit kräftigen Stockschlägen, die fühlt er besser als eine Rute. Ich lasse Euch extra ein halbes Dutzend Stöcke in meinem Zimmer, die taugen mehr als andere; und vor allem soll er so verschwiegen sein wie ein vierbeiniges Tier. Ihr Leute, eines Tages wird er euer Herr sein, und wenn ein Mensch nicht zu schweigen versteht, bleibt er immer ein Esel.‹

Ich berichte Euch diese Worte, weil man mir ständig die Ohren damit vollgeschwatzt hat. Und um zu sehen, ob ich etwas für mich behalten kann, hat die Kuhhirtin von uns manchmal zu mir gesagt, meine Mutter sei ein gemeines Aas. Sie hatte recht, Mama steckte mit ihr unter einer Decke. ›Hat man dir nichts über mich gesagt?‹ hat sie mich oft gefragt. ›Doch, doch‹, erwiderte ich, ›die Kuhhirtin hat dich ein gemeines Aas genannt; aber sie hat mir eingeschärft, es nicht zu verraten, und Ihr werdet es auch nicht erfahren.‹ Herrgott, wie hat mich meine Mutter geküßt, wenn sie sah, wie brav ich war!

Schließlich hat es mich gefreut, daß man mich so schätzte; ich wußte alles. Wenn man merkte, daß jemand in der Umgebung drauf und dran war, Hahnrei zu werden, sagten sie zu mir: ›Der dort wird von seiner Frau betrogen, aber red nicht drüber.‹ ›Natürlich nicht‹, entgegnete ich; ich hielt mein Versprechen und sagte überall, obwohl es so wäre, würde ich nie ein Sterbenswort davon verlauten lassen.‹

Darauf sprach Nibal wie folgt zu mir: ›O Brideron, ich bewundere Euch wie eine Rarität. Hört zu, wir kommen aus dem Spital, die Richter in dieser Gegend sind verdammt gefährlich, wir wollen nichts mehr mit ihnen zu tun haben. Weil Ihr mit mir in den nächsten Marktflecken kommt, sollt Ihr wissen, daß der Seigneur, dem er gehört, offensichtlich mit dem Satan verwandt ist. Er ist wie verrückt hinter seiner Frau her, obwohl mancher von seiner Ehe Schlechtes sagt; er ist hinter ihr her wie ein Pferd hinter dem Hafer und fängt ihretwegen mit jedem Streit an. Wenn er nur einen einzigen Bauern in der Nähe seines Schlosses sieht, gerät der gute Mann in Zuckungen, er sieht ihn bereits mit seiner Frau schnäbeln. Abgesehen davon macht er die Rechte, die er über seine Einwohner hat, mit Stockhieben geltend; jedem schuldet er etwas, und niemandem zahlt er. Es gibt keinen im Dorf, der ihn nicht verfluchte, beim Zubettgehen wie beim Aufstehen, er wird gehaßt wie die Pest. Ich selbst bin sein Pferdeknecht, und sie haben mich ins Spital gesteckt, weil ich meine Frau verdroschen habe, so wie ich ihn manchmal die seine habe verdreschen sehen. Er hat verlangt, daß ich wieder entlassen werde, weil ich ihn nur nachgeahmt hätte; aber er traut mir ebensowenig über den Weg wie den anderen; denn weil er weiß, daß er mir zehn Jahre Lohn schuldet und bei ihm kein Sou zu holen ist, fürchtet er, daß wir, seine Diener und Gläubiger, ihm eine Dosis verabreichen, die ihn aus dieser Welt in die andere befördert. Nur seiner Frau gönnt er was; die alte Vettel ist noch bösartiger als er, sie ist hochmütig wie eine Henne, die Küken hat; wehe, Ihr vergeßt den Hut vor ihr zu ziehen, krach, am nächsten Tag schon flickt ihr Mann Euch was am Zeuge. Nun will dieser Seigneur alle Fremden sehen, die in seinen Marktflecken kommen, aus Angst, es könne einer dabei sein, den seine Feinde geschickt haben, um ihm zu schaden, denn er weiß genau, daß alle Welt wünscht, er wäre krepiert. Sagt ihm also nicht, daß Ihr der Sohn eines Hauptmanns seid, denn sein eigener ist bei der Armee; und da die beiden sehr schlecht miteinander stehen, könnte er argwöhnen, Ihr wärt gekommen, um ihn im Auftrag seines Sohnes zu ermorden.‹

Als wir zu dem Marktflecken kamen, verhielt ich mich, wie Nibal mir geraten hatte. Ich sah den Bären, er kam mit seiner Frau, dem falschen Ding, von der Jagd zurück. Ein schamloses Weib! Was ihn betraf, so drehte er seine Augen nach allen Seiten, um zu sehen, ob nicht irgendeine Flinte im Gebüsch auf ihn gerichtet war, denn es gab Väter, deren Söhne er zum Kriegsdienst hatte entführen lassen und die in ihrem Kummer seinen Bauch leicht für ein Faß hätten halten können, in das sie das Zapfloch mit einer Kugel schießen wollten. O Brideron, sagte ich mir, siehst du den Unglückseligen? Warum zittert er? Warum wird er gehaßt? Weil er nichts taugt. Was für ein Hundeleben er führt! Zum Teufel, ist man nicht zufriedener, wenn man überall wie ein Hahn mit erhobenem Kopf herumlaufen kann? Es lebe die Freiheit, es lebe die Ehre! Seht euch den Toren an, ich wette, heute abend gibt es bei ihm Rüben als Nachtessen. Und ich hatte recht, denn bevor er etwas von seinen Dienern Zubereitetes gegessen hätte, machte er seine Manscherei lieber selbst in seinem Zimmer, um Pfeffer, Salz, Butter und Kohle zu sparen. Ah, dieser Laffe, fuhr ich fort, den möchte ich Gräben ausheben sehen, er wäre zehn Taler mehr wert. Hier ist er Seigneur, er ist der Herr und hat vor allen Angst? Ein komischer Herr! Ach, wie dumm der Mensch doch ist, und ich ebenfalls, wenn ich nicht in Zukunft von all dem, was ich sehe, besser lerne zu leben als von zwanzig Schulmeistern.

So dachte ich über Pymion nach, das war der Name des Seigneurs. Ich erinnerte mich an den gutmütigen Richter, der mich von meiner Arbeit bei den Gräben weggeholt hatte. Ach, was für ein Unterschied zwischen ihm und diesem Aasgeier! Der Richter wurde von seinen Dienern geliebt, sie drängten sich, ihm seine Pantoffeln, seinen Morgenrock zu bringen. Zwar fluchte er manchmal, aber das klare Wasser seiner guten Laune löschte rasch das Feuer seines Zorns. ›Bourguignon, was hast du? Mach dir ein Klistier, Champagne! Freu dich, Breton!‹, so redete er mit ihnen. Aber Pymion? ›Verfluchte Kanaille! Was hast du hier zu suchen? He, so antworte mir, Kerl! Hast du gemacht, was ich dir befohlen habe?‹ Das waren seine Worte. Seine Stimme war so rauh wie ein Pferdestriegel. Er machte sich Feuer, zog sich selbst an, nur seine Frau durfte ihn berühren, und er selbst berührte nur seine Frau. Doch hatte er Verstand; er wußte genau, daß es auf der Welt Leute gibt, die ihm ähneln und die nur dazu gut sind, in vier Bretter eingenagelt zu werden. Das hatte zur Folge, daß er mit niemandem Umgang pflegen wollte. Der eine war ein Lümmel, dem andern konnte man nicht trauen, der dritte sah wie ein Galgenstrick aus, niemand gefiel ihm. Ein guter Mensch ist anders, der nimmt stracks seinen Weg wie eine Kugel, und vorausgesetzt, er findet bei dem andern einen Mund, zwei Augen und eine Nase, schwatzt er mit ihm, ohne lange zu überlegen, ob er eine offene oder falsche Seele hat.

Ich blieb als Freund des Pferdeknechts einige Zeit in dem Marktflecken. Der Seigneur ließ mich in Frieden; aber der Pferdeknecht fürchtete, man würde entdecken, daß ich ein Abenteurer sei. Und, verwünscht, da ich bei seinem Herrn logierte, würde der uns alle beide in ein tiefes Verlies stecken, denn er hielte mich für einen echten Gurgelabschneider; aber wo sollte ich hin, zum Teufel? Es schneite, es regnete, es fror, die Zähne klapperten, und ich konnte mich nicht entschließen, den Platz am Feuer zu verlassen. Ich wartete also mit meinem Aufbruch, bis die Schneehaufen auf dem Land geschmolzen wären, denn meine Schuhe taugten nichts mehr, und zur Hälfte diente mir meine Haut als Sohle.

In der Zwischenzeit sah ich nach, wie Telemach sich in Tyrus zu Pygmalions Zeiten verhalten hatte, und ich stellte fest, daß alles von ihm geprüft worden war. Ich öffnete also häufig ein Fenster und warf einen Blick in die Landschaft. Aber der Marktflecken war häßlich, die Straßen voller Mist, und außerdem, wenn Telemach an meiner Stelle gewesen wäre, im Winter hätte ihn die Kälte ebenso wie mich in die Nase gekniffen. Ich ging also zusammengekrümmt ans Feuer zurück und sagte mir, daß der Fürst offensichtlich im Sommer gereist sein müsse. Alles, was ich sagen kann, ist, daß ich zugefrorene Teiche gesehen habe, Häuser aus Lehm, andere aus Stroh, Dorfbrunnen und viele Weber. Ich erkundigte mich bei dem Pferdeknecht lediglich nach der Gemütsart der Dorfbewohner, ob sie Säufer wären oder brutale Kerle. ›Tja‹, entgegnete er mir, ›wenn der Wein billig ist, kippen wir die Schoppen hinunter, ohne sie zu zählen; ist er sehr teuer, begnügen wir uns mit Brunnenwasser. Was die Gemütsart unserer Dörfler angeht, so schlagen die Männer häufig ihre Frauen, aber niemand ist nachtragend; hol's der Geier, bei ihnen gilt offenes Herz und lockere Hand. Das Besondere hier ist, daß man bessere Holzschuhe macht als sonstwo auf der Welt; die Leute kommen aus allen Gegenden, um welche zu kaufen, sie sind immer billig. Unsere Arbeiter sind nicht wie anderswo diese Kanaillen, die einen betrügen und schlechtes Holz teuer verkaufen. Das ist das Beste, was ich dir sagen kann. Außerdem werden hier auch Seile gemacht.‹

So unterhielt ich mich mit Nibal. Jedoch befürchtete er immer noch, daß sich Pymion über die lange Anwesenheit eines Fremden bei ihm beunruhigen könne; doch wenn ich nicht riskieren wollte, vor Kälte zu krepieren, gab es keine Möglichkeit, sich auf den Weg zu machen.

Eines Tages, als wir im Laden eines Holzschuhmachers miteinander redeten, der mir eine einfache Arbeit gegeben hatte, bei der ich fünf Sous verdiente (denn man darf seinen Lebensunterhalt verdienen, auch wenn man nicht lebt, und dieses Jahrhundert ist hartherziger als das des Telemach), trat ein Diener von Pymion ein und sagte zu dem Pferdeknecht:

›Sag, Kamerad, unser Herr will wissen, wer das ist, den du vom Spital mitgebracht hast. Er sagt, vielleicht ist es ein Schurke, den seine Feinde bezahlt haben, damit er ihm eine Posse spielt, sobald er die Gelegenheit findet. Er versetzt dir zwanzig Stockschläge, wenn du nicht die Wahrheit sagst.‹

Ich war während dieser Rede mit meiner Arbeit beschäftigt und hatte gar nicht auf sie achtgegeben. Ich hörte, wie Nibal mit dem Ausdruck eines Toren antwortete: ›Sag unserm Herrn, daß ich herausbekommen werde, wer er ist, und wenn er aus der andern Welt käme.‹

Der Diener ging. Nibal kam zu mir. ›Verdammt, mein Freund‹, sagte er, ›wir sind erwischt. Vielleicht darfst du wieder das Brot vom Spital essen, und ich kriege ein paar tüchtige Stockschläge auf den Buckel. Pymion will wissen, wer du bist. Wir werden ihm sagen, daß du Jacques heißt. Wenn er deinen Namen weiß, ist er vielleicht zufrieden.‹ ›Gut; aber was hat er von meinem Namen?‹ sagte ich. ›Wirkt er wie eine Arznei? Außerdem wird er vielleicht nach dem Namen meiner Stadt fragen oder dem meines Schlosses. Zum Henker, ich werde ihm sagen: ich bin Brideron; meine Mutter brachte mich im Schlafzimmer unseres Pächters zur Welt. Mein Taufpate heißt Jacques Cizier, der Pfarrer Coulost, die Hebamme Claudine Sarra. Es war zwei Uhr mittags, denn angeblich hatte meine Mutter zuviel Pastete gegessen. Das ist alles. Wenn er fragt, was mein Vater macht, sage ich ihm, daß er dem König mit seinem Schwert dient, wenn es aus der Scheide gezogen ist.‹

›Verdammt, hüte dich‹, rief Nibal. ›Wenn du sagst, du hättest einen Vater, der Offizier ist, ißt du keine Suppe mehr; er wird glauben, du kämst von seinem Sohn, und wird dir für immer das Maul verschließen. Nein, du mußt sagen, du wärst der Sohn eines Garkochs in der Champagne, und ich füge dann hinzu, ich hätte den Bratspieß deines Vaters gesehen; denn ich stamme aus der Gegend; und du wärst hier, um dich als

Garkoch zu vervollkommnen, die Häscher hätten dich ins Spital gebracht, weil du ihnen einen stinkenden Truthahn verkauft hättest.‹ ›Ihr seid verflucht geschickt, Monsieur Nibal‹, antwortete ich ihm. ›Aber hör zu: wenn wir auch zusammen im Spital waren, ich und du, so ist das doch nicht dasselbe. Ich ziehe durch die Welt, um einen Fürsten nachzuahmen, damit du es weißt! Ich habe mein Schloß, meinen Hühnerhof und meinen Taubenschlag; und es ist eines Mannes wie mir unwürdig, zu lügen wie du, der du verglichen mit mir nur ein Wurm bist.‹ ›Verdammt noch mal‹, rief Nibal, ›du mit deinem ich und du, deinem Wurm, deinem Schloß und deinem Fürsten, entweder du lügst, oder du bekommst es mit mir zu tun. Damit du's weißt: ich werde dich striegeln wie meine Pferde, oder du bist der Sohn vom Garkoch.‹ ›Ich garantiere dir‹, gab ich zurück, ›auch wenn du den Bratspieß im Arsch hättest, ich heiße Brideron. Und damit basta.‹

Daraufhin wollten wir uns schlagen, mit Verlaub, Madame. Doch während wir erst noch bei den Worten waren, kam eine Frau herein, die Nibal zwei Taler in die Hand drückte und sagte: ›Hör zu, hier ist Geld von Madame Pymion, damit du deinen Fremden verstecken läßt. Wenn du ihn ihrem Ehemann zeigst, kannst du deine Seele Gott empfehlen.‹ ›Nein, bei allem Schnee im Dorf, ich werde ihn nicht zeigen‹, sagte Nibal, ›sie kann in Ruhe schlafen, mit offenen oder geschlossenen Augen.‹

Also, Madame, ich will Euch sagen, was die Dame zu ihrem Handeln bewog. Erstens führte sie Pymion an der Nase herum; sie ließ ihn sich drehen, in alle Richtungen, mal hü! mal hott!, wie es ihr gefiel. Und dann gab es zweihundert Schritte vom Dorf entfernt einen jungen Bauern ohne Vater und Mutter, der studiert hatte und davon lebte, daß er den Dorfbewohnern das Flötenspiel beibrachte. Die Dame, die Tarbe hieß, hatte ihn gesehen, als sie zur Messe ging. Der kleine Schelm war schön und frisch wie ein Kohlblatt; eine Figur, als wäre er gedrechselt. Das schlechte Weib verliebte sich in ihn; doch zu ihrem

Schaden, denn der junge Flötenspieler hatte seinen Vorrat an Liebe im Herzen, es gab keine Möglichkeit für ihn, noch mehr aufzunehmen: er habe auf alle Reize Tarbes gespuckt und sie wie die Pest gemieden, wurde erzählt. Teufel, wenn der Wein zu lange lagert, wird er zu Essig. Sie tobte vor Zorn, daß der Flegel ihr den Rücken kehrte. Sie fürchtete, er würde sich rühmen, daß das Weibchen ihm nachliefe, und so schmiedete sie den Plan, indem sie mich verstecken ließ, den Lackaffen mit Hilfe von Geld fangen zu lassen und ihn statt meiner Pymion auszuliefern, der ihn nicht kannte. Das geschah auch, er wurde in der Nacht verhaftet und ins Schloß gebracht, ohne daß man je erfahren hätte, was aus ihm geworden ist.

Ich bin mit heiler Haut davongekommen, wie Ihr seht, Madame; denn da ich nicht lügen wollte, hätte mich der elende Pymion vielleicht wer weiß wessen verdächtigt, und ich wäre auf die Galeeren gekommen. Das Abenteuer, verwünscht, hätte nichts getaugt. Doch da alles, was Telemach begegnet ist, unfehlbar auch mir begegnet, bestand ich noch hartnäckiger auf der Wahrheit: der wackere Fürst wollte niemals lügen, ich machte es ebenso. Bei einer anderen Gelegenheit wäre ich nicht so gewissenhaft gewesen, aber was diese Reise betrifft, verdammt, da will ich immer geradeaus gehen. Mein Weg ist vorgezeichnet. Ich muß meinen Fuß dahin setzen, wo Telemach den seinen hingesetzt hat.

›Na bitte‹, sagte ich zu Nibal, ›Ihr wolltet mich zum Lügner machen, Gauner! Ihr seht, man verliert nichts, wenn man sich als ehrlicher Mensch verhält. Ich hätte einen Kieselstein auf meinem Gewissen und meiner Ehre, und darüber hinaus säße ich vielleicht im Kerker. Jetzt fühle ich mich leicht wie ein Spatz, wenn ich auch keine Federn habe; doch ich habe Seelengröße und kümmere mich nicht um Ratten, eine andere ist für mich in die Falle gegangen. Das sollte Euch lehren zu leben, Pferdeknecht.‹

›Amen‹, erwiderte er. ›Ich hatte unrecht, ich bekenne es. Hölle und Teufel, gute Leute finden Gutes, ich will auch so werden und nicht mehr den Hafer unseres Herrn stehlen; wenn er mir keinen Lohn zahlt, kann ich ihm auch nicht helfen; das wird sich zu gegebener Zeit finden, nichts ist verloren. Gehen wir was trinken. Ich wünschte Euch, daß Ihr Monsieur Brideron mit Euren beiden Augen sehen könnt, so wie Ihr mich seht, und daß Ihr bei Euch zu Hause ankommt, wenn gerade ein fetter Truthahn an den Spieß gesteckt wird, unter der Bedingung, daß Ihr ihn selbst drehen müßt und Euch dabei das Gesicht verbrennt! Vergeßt mich nicht und auch nicht das Spital, wo wir zusammen waren.‹ Nach diesen Worten gingen wir in ein kleines Wirtshaus, in dem wir drei Schoppen Wein tranken, die uns das Gemüt aufheiterten, so daß wir uns nach jedem Glas, das wir leerten, umarmten und küßten. Dann weinten wir, als wir uns trennten, und ich verließ den Marktflecken, während ich ständig an meinen Onkel und meinen Vater dachte, die ich beide in meinem Herzen überall mit mir herumtrug.

Zweihundert Schritt vom Dorf entfernt drehte ich mich um. Ach, ich sah Nibal, der als Zeichen der Freundschaft die Arme hob. Um ihm nichts schuldig zu bleiben, nahm ich meine Halsbinde, wischte mir die Augen damit und setzte meinen Weg fort.«

Mélicerte, die bis hierhin kein einziges Wort gesagt hatte und von Briderons Abenteuern aufs beste unterhalten worden war, sprach nun folgendermaßen: »Süßer kleiner Possenreißer, geht jetzt zu Bett; Ihr habt einen Schlaf von vierundzwanzig Stunden wohl verdient. Vor zwei Jahren sind hier zwei Meilen entfernt Komödianten durchgezogen, die für alle Damen und Herren der Umgebung gespielt haben. Aber wahrhaftig, Ihr seid allein mehr wert als Polichinelle, Arlequin, Scaramouche und Pierrot zusammen, mehr als ein ganzes Theater; noch dazu tötet Ihr einen tollwütigen Hund, wenn Ihr nur eine Stange zur Verteidigung habt! Oha, selbst Telemach ist neben Euch nur ein wahrer Gimpel. Man wird noch von Brideron reden! Gott gebe ihm Frieden, so lange er lebt. Geh jetzt, mein Kind, ich werde dich immer hier behalten, weil ich dich liebe. Du wirst schlafen; träume, du charmanter Schlingel, stell dir vor, daß du mir erzählst, während du schnarchst. Seht doch nur, wie schön er ist! Auf, ihr Mädchen, führt ihn in sein Zimmer, legt ihm eine Wärmflasche ins Bett, denn vielleicht sind die Laken feucht. Und Ihr, Phokion, macht es Euch in dem Euern bequem; es ist schön weich, Ihr werdet sehen; und paßt mir gut auf den kleinen Mann da auf.«

Nach diesen Worten wollte Mélicerte Brideron ein paar Schritte zu seinem Zimmer begleiten, doch dieser sagte: »Nein, zum Donnerwetter, Madame, ich schmeiße Euch gleich wie einen Sack auf Euern Stuhl zurück; ich will nicht, daß Ihr auch nur den Fuß rührt. Kalypso geleitete zwar Telemach in seine Grotte, aber er tat nicht gut daran, das zuzulassen; heutzutage sind wir höflicher.«

Also geleiteten die Nymphen Brideron in sein Zimmer. Er machte nur eine tiefe Verbeugung vor ihnen und schloß sich mit Phokion ein. Im Zimmer sahen sie ein kleines Becken, dessen schlecht zugedrehter Hahn das Wasser tropfen ließ. »O Phokion«, rief unser junger Held, »das ist die Quelle, die sich in der für Telemach vorbereiteten Grotte befand. Erinnert Ihr Euch an das sanfte Gemurmel, das zum Schlummer einlud? Hier tropft es auch, damit wir einschlafen. Aber à propos Quelle, ich habe Durst.« »Warte bis morgen«, erwiderte Phokion. »Steht denn geschrieben, daß Telemach trank, als er zu Bett ging? Sieh in dein Buch! Aber ich denke an etwas anderes; es wäre angebracht, nicht in unseren Betten zu schlafen: wir wollen uns nur auf dem Boden in unsere Decken wickeln. Diese Art zu schlafen imitiert Telemach, der sich auf einem Löwenfell ausstreckte. Nimm du die gelbe Decke; die graue hier, von der Farbe eines Bären, ist für mich.«

»Aber Phokion«, sagte Brideron, »hol dir keinen Rheumatismus!« »Ach, mein Kind«, entgegnete Phokion, »ich würde unsere Suche jedem aufhalsen, der sie übernehmen will, wenn so edle Abenteurer wie wir den Übeln der andern Menschen ausgeliefert wären. Psst! jetzt geht es um anderes.« Bevor sie sich schlafen legten, hielt Mentor seinem Zögling eine Strafpredigt: »Sperr deine Ohren auf und hör mir zu. Die Eitelkeit hat dich veranlaßt, alle Einzelheiten deiner Abenteuer aneinanderzureihen. Mélicerte ist nicht mehr Herrin ihrer selbst, die Liebe steht ihr bis zum Hals. Du hast die ganze Weisheit ihres Hirns zerstört, du Schwätzer. Du wirst hierbleiben, angekettet wie ein Hofhund in seiner Hütte. Zum Teufel, versuch jetzt mal wegzukommen, wo sie so wenig auf dich verzichten kann wie auf ihren Nachtstuhl! Sie bewundert deinen Geist, und du bist wie ein gesprungener Krug, der sein Wasser verliert. Ich bin kein Heuchler, weißt du: ich will dich groß machen, und du hast noch keinen Daumen breit Adel.«

»O Phokion«, erwiderte der junge Mann, »auch wenn ich durch zwanzig Reifen springen könnte, ich würde diese Gegend hier nicht verlassen. Der Wein ist abgefüllt, er will getrunken sein. Wenn ich bei ihr abkürzen würde, was ich noch zu erzählen habe, dann wäre das wie ein Rock ohne Ärmel.« »Also erzähle alles, bis zum Ende«, sagte Phokion. »Du hättest mit dem Nähen gar nicht erst anfangen dürfen. Zum Beispiel hätte ich an deiner Stelle gesagt: Madame, ich habe mal Gräben ausgehoben, ein andermal war ich im Spital; und immer wie der ewige Jude, ohne Ruhe; so hättest du das machen müssen. Bei der nächsten Gelegenheit tu, als würdest du fasten, obwohl du gut zu essen hast: man hält sich zurück und möchte doch alles verschlingen; man knabbert mal hier, mal da, man bleibt sehr mäßig. Also faste in Zukunft beim Reden; du wirst davon nicht fetter und auch nicht magerer. Und jetzt schlafen wir.« »Großen Dank«, erwiderte Brideron. Dann streckte er sich in seiner gelben Decke aus, während sich Phokion in die graue wickelte.

DRITTES BUCH

Sobald am folgenden Tag die Sonne durch die Scheiben von Briderons Zimmer drang und das schöne Gestirn mit seinen ersten Strahlen die Erde erfreute, rieb Phokion sich die Augen, reckte sich und sagte: »Ach, zum Teufel, wie mühselig doch das Gewerbe eines weisen Mannes ist! Ich würde gern noch ein paar Stunden schnarchen; doch rasch aus den Decken, Brideron! Gehen wir wieder zu Mélicerte, sicher erwartet sie dich; ich glaube, ich sehe sie schon, umgeben von ihren Jungfern. Gestern abend verlieh dir ihr Mund, der süßer war als Lakritze, Eigenschaften, die du nie haben wirst. Ha, Brideron, sei auf der Hut vor diesen Worten, die in einen Honig getaucht sind, der dich ihren Sinn schlucken läßt wie einen Gründling das Wasser. Ihrer Meinung nach waren Polichinelle, Arlequin, Scaramouche und Telemach an Vorzügen nur Pygmäen gegen dich? O die Schlange, sie schmeichelt dir, sie foppt dich, wie unsere Bauern sagen, denn sie weiß genau, daß du noch in den Windeln der Weisheit steckst.« Nach diesen Worten gingen sie in Mélicertes Gemächer. Die gute Dame schlummerte noch; der Wein und die Liköre am vergangenen Abend hatten sie in einen tiefen Schlaf versetzt, den der vorwitzige Brideron jetzt störte. Der Hitzkopf war der Meinung, sie müsse ihr Verhalten dem der Kalypso anpassen, die schon am frühen Morgen bereit war, Telemach anzuhören. Bei dem Lärm, den unsere beiden Phantasten machten, als sie in ihr Schlafzimmer traten, erwachte sie. »Charlotte, bist du's?« sagte sie. »Verdammtes Aas, was willst du so früh? Glaubst du, ich bin eine Henne?« »Nein, Madame«, entgegnete Brideron. »Ach, mein Sohn, Ihr seid es!« rief sie. »Ja, Madame«, entgegnete er. »Die Sonne vergoldet die Berge, ich hielt mich für verpflichtet, Euch das Ende meiner Lebensgeschichte zu erzählen.« »So wartet, mein Süßer, daß ich meine Haube in Ordnung bringe. Ich sehe so schlecht aus! Die Pest soll die Wäscherin holen! Seit drei

Wochen habe ich diese Haube auf dem Kopf. Mein lieber Junge«, rief sie, während sie weiter an ihrer Haube zupfte, »die Mädchen sollen aufstehen!« »Das ist gut gesprochen, Madame«, entgegnete Brideron, »denn die müssen sich um Euer Bett scharen, damit ich meine Geschichte den Regeln entsprechend fortsetzen kann.«

Die Mädchen kamen schlechtgelaunt mit noch halb verklebten Augen. Mélicerte blieb in ihrem Bett und ließ geschickt einen schneeweißen Busen erkennen; im übrigen nahm sie die Haltung einer aufs höchste gespannten Schönheit ein. Brideron warf einen verstohlenen Blick auf sie, dann begann er folgendermaßen:

»Kaum hatte ich mich eine halbe Meile von dem Marktflecken entfernt, als mir ein großer überdeckter Karren voller Männer und Frauen entgegenkam. ›Oho‹, rief eine der Frauen, als sie mich so marschieren sah, ›der junge Mann scheint aus guter Familie zu sein, er ist wohlgestaltet.‹ Ich hörte, wie eine meinte, ich hätte schwarze Augen, eine andere, ich hätte rote Backen, eine dritte, ich hätte eine kurze Nase und einen kleinen Mund. Ich weiß nicht, ob sie auch von allen meinen anderen Gliedern sprachen, jedenfalls riefen sie mich.

›He, junger Mann, wo wollt Ihr denn hin, so auf Schusters Rappen?‹ fragte mich einer der Männer. ›Nun, Monsieur, ich suche meinen Vater‹, entgegnete ich, ›und um ihn zu finden, schlage ich den erstbesten Weg ein.‹

Ich bemerkte, daß bei diesen Worten sich alle für mich interessierten. ›Habt Ihr ihn auf einem Jahrmarkt verloren, Euern Vater?‹ ›O nein‹, gab ich zur Antwort, ›wirklich nicht. Er hat uns verlassen und ist zur Armee gegangen; weil er nicht zurückgekommen ist, wüßte ich gern, wo er steckt; vielleicht begegnen wir uns, wenn es Gottes Wille ist.‹

Daraufhin ließen sie mich in ihren Karren steigen, weil sie wollten, daß ich mit ihnen fahre. Ich sagte mir: dieser Wagen kommt meinetwegen hier entlang, statt des Schiffes der Cyprier, bei denen sich Telemach befand, nachdem er Tyrus verlassen hatte.

Ich schwatzte einige Zeit mit den Männern und Frauen und schlief während des Redens ein. Bewundert das, Madame! Ich mußte wohl oder übel einschlafen, denn zu dieser Zeit schlief Telemach ebenfalls. Aber weit mehr noch! Er träumte, er würde Venus und Cupido sehen. Na, und ich träumte, was Ihr jetzt hören werdet: ich sah also ein junges Mädchen mit einem kurzen Rock; sie hatte nur Holzpantoffeln an den Füßen, aber die waren ganz neu; sie trug ein entzückendes Halstuch; in der Hand hielt sie einen Hirtenstab, wie eine Schäferin. Sie gab mir damit einen Schlag auf die Schulter und sagte: ›Du hübscher Junge, du kannst dich sehr vergnügen, wenn du willst! Findest du mich nach deinem Geschmack? Betrachte mich ganz nach deinem Belieben. Das ist es, was du brauchst, und nicht eine so unglückselige Reise, bei der du nur deine Schuhe abnutzt und fast immer nur Wasser zu trinken hast. Sieh her! hier ist eine Flasche voll Wein. Trink sie aus, damit dein Herz sich freut, und liebe mich!‹ Dann streichelte sie mich, während ich die Flasche hob, um sie zu leeren. Ich hatte schon zum ersten Schluck angesetzt, als plötzlich eine dicke Frau erschien, die sie mir wegriß und auf den Boden warf. Diese Kreatur war nicht schön und süß wie die andere. Sie hatte sogar einen kleinen Bart am Kinn und war groß und männlich, hatte riesige Füße, entsprechende Hände und grobe Züge; zwei große brave Augen standen ihr aus dem Kopf, ihr Mund war breit und schön. Verdammt, sie hätte gut die Frau eines Gardesoldaten sein können.

›Verschwinde hier mit deiner Flasche‹, sagte sie zu der Schäferin. ›Willst du das arme Unschuldslamm betrunken machen, damit es ausschweifend wird? Der Wein und die Frauen, die würden ihn schön zurichten. Zieh ab, kleine Dirne, verleite ihn nicht zum Bösen, ich will, daß er weise wird; und wenn du widersprichst, bekommst du meinen Pantoffel in den Hintern.‹ Die Schäferin lief weinend davon. Ich sah ihr nach; doch als ich den Kopf zurückwandte, war meine dicke Beschützerin verschwunden. Offensichtlich hatte der Teufel die Gestalt einer Schäferin angenommen, und da er wußte, daß ich den Wein liebe, hatte er diesen noch der Verführung des Fleisches hinzugefügt.

Während ich also niemanden mehr um mich herum sah, befand ich mich plötzlich in einem Keller voller Männer und Frauen, die sich liebten. Da tritt Phokion vor meine Augen, packt mich am Ärmel und sagt: ›Fort, Elender, fort von hier und dieser Gegend. Ach! soll ich erleben, wie Brideron zu einem Säufer und Lüstling wird, wie alle, die hier sind?‹ ›Verdammt‹, erwiderte ich ihm, ›so wartet doch, Ihr habt einen sehr harten Griff. Laßt mich, ich will Euch umarmen.‹ Ich wollte ihm daraufhin um den Hals fallen, aber husch! er entwich mir wie Wasser zwischen den Fingern. ›Zum Teufel‹, sagte ich nun, während ich Kopf und Arme reckte, ›ich kann nichts festhalten. Ist meine Hand durchlöchert?‹ Da wachte ich auf, während ich immer noch umhertastete und die ganze Gruppe sich vor Lachen schüttelte, als sie mich so die Luft bearbeiten sah.

O, wie froh ich war, als der Schlaf mich verlassen hatte! Telemach, sagte ich zu mir, du bist nicht allein derjenige, welcher! Doch wurde meine Freude ein wenig gedämpft, denn da mir einfiel, daß es mir nicht gelungen war, Phokion zu fassen, glaubte ich, er sei verschieden und seine barmherzige Seele habe nur noch eine Runde auf der Erde gemacht, um mich darauf hinzuweisen, daß ich im Sumpf steckte oder auf dem besten Weg dazu war. Aber zum Teufel, was tot ist, lebt nicht mehr. Der arme Mann, sagte ich, ohne jedoch Kummer zu zeigen. Dann sah ich gelassen den anderen zu; es war entzückend: die Männer faßten die Frauen unterm Kinn. ›Na, mein Täubchen‹, sagten sie zu ihnen, ›verdrück, soviel du kannst.‹ Die Frauen frisierten die Männer und nahmen ihnen die Hüte weg; einer von ihnen stotterte, er trank und gurgelte dabei wie eine Orgelpfeife; eine lustige Dirne schlürfte ihr

Glas bis zum letzten Tropfen aus. Ich ahnte, was kommen würde, denn das Schiff der Cyprier bekam einen Sturm ab, und unserm Karren würde bald ein Unheil zustoßen. Inzwischen verhielt ich mich ruhig.

Leider hatte ich recht. Unsere Kutscher gingen mit Fäusten aufeinander los, und die Pferde liefen aufs Geratewohl weiter. Plötzlich kippte der ganze Karren um: Flaschen, Frauen, Betrunkene, Pasteten, alles flog holterdipolter in den Graben. Ha, wenn Ihr das Gekreische der Frauen gehört hättet und das Fluchen der Männer! Das war weit besser als Arlequin! ›Ach, lieber Mannn, wo sind wir?‹ fragte eine angeheiterte Jammergestalt. ›Ich kann nicht mehr‹, entgegnete ihr Mann, ›mir dreht sich alles.‹ ›Verflucht‹, schrie ein anderer, ›ich komme mir vor wie ein Fisch in der Soße.‹ Was mich betraf, Madame, so zog ich mich leicht aus der Affäre, weil ich am Wein nur genippt hatte. Unsere Kutscher verfluchten die Räder und fielen auf den Rücken, als sie den Karren aufrichten wollten. Da ist eine Aufgabe für mich, sagte ich mir. Man gleicht Telemach nicht umsonst. Ich werde Hand anlegen. ›Helft mir, ihr besoffenen Kerle!‹ Nach diesen Worten schlug ich meine Ärmel zurück, und wohlüberlegt . . . Ihr lacht, Madame, aber davon verstehe ich etwas. Ich schlage also meine Ärmel zurück, packe die Räder und zeige den beiden Fuhrmannseseln, wie man es macht; ich rolle Steine heran und stelle meine Männer hintereinander auf. Ich befehle: hau ruck! und schon steht der Karren. ›Er lebe hoch! Er lebe hoch!‹ schrien alle. ›Er muß den Teufel im Leib haben‹, versicherte der eine Fuhrmann. ›Im Gegenteil‹, sagte der andere, ›den haben wir drin. Er hat uns verblödet.‹

Danach half ich denen, die im Graben lagen. Schließlich und endlich, Madame, fischten meine Geduld und meine Weisheit sozusagen den ganzen Karreninhalt wieder auf und ließen das Gefährt weiterziehen, als wäre es nie gestrauchelt.

Wir gelangten in eine kleine Stadt, und ich erinnere mich, daß es Karnevalszeit war. Da ich inzwischen mit allen Leuten auf dem Wagen Freundschaft geschlossen hatte und sie sahen, daß ich arm wie eine Kirchenmaus war, luden mich eine Dame und ihr Bruder zu sich nach Hause ein. Ich ahnte schon, weshalb, aber ich wagte es nicht zu sagen: weil nämlich die Schwester wegen meiner Schönheit wie ein Streichholz entflammt war. Ich folgte ihr also in ihr Haus. Und noch am Abend unsrer Ankunft ging sie mit ihrem Bruder auf einen Ball. Ich war auch mit von der Partie, obwohl ich merkte, daß diese Art Leben weder einem Brideron noch einem Telemach ziemte.

Man führte mich also auf den Ball. Sie hatten mich herausgeputzt, ich weiß nicht wie! Ich trug eine Maske, die mein Gesicht verbarg, und wenn ich mich im Spiegel betrachtete, wußte ich nicht mehr, wer ich war. Pfui über mich, sagte ich, ich bin nicht mehr Brideron. Doch im Gehen kommt man voran; ich betrat den Ballsaal. Was sah ich da nicht alles! Ich sagte zu mir: Junge, jetzt bist du auf der Insel Cypern, und dieser Ball ersetzt den Tempel der Göttin, wo Telemach so viele Ausschweifungen sah; hier findest du auch genügend. Tatsächlich, zunächst hingen vier oder fünf Gestelle voll mit Talglichtern oder Wachskerzen auf einer Seite des Saales von der Decke. Man sah zwei Dutzend Bretter, die aneinandergefügt waren und auf denen sich viele Fiedler und Flötenbläser befanden, die zusammen eine wilde Katzenmusik veranstalteten. Der Saal war voll von stehenden und sitzenden Männern und Frauen, die miteinander sprachen, ohne sich zu verstehen, aber Gott's Donner, sie betatschten sich, das habe ich gesehen, so wie ich Euch sehe. Übergehen wir das, es bleibt noch genügend zu erzählen. In der ganzen Schar gab es immer ein Männchen und ein Weibchen, die mitten im Saal herumhüpften, und wenn sie genügend gehüpft waren, kamen zwei andere und hüpften.

Inzwischen hatte ich eine Reihe von alten Närrinnen bemerkt, die immer sitzenblieben; sie waren so faltig und so häßlich, daß sie extra schöne Kleider angezogen hatten, damit man nicht nach ihren scheußlichen Gesichtern schielte. Sie betrachteten lustvoll alle jungen Männer, und diese drehten ihnen den Rücken, um junge Dirnen zu liebkosen, deren Busen entblößt war wie Eurer in Euerm Bett. Pfui über diese Larven! Wozu dient sowas als dazu, den Körper jener, die sie sehen, in Unruhe zu versetzen? Deswegen waren die jungen Leute auch völlig außer Rand und Band; sie küßten alles, dessen sie habhaft werden konnten, mal das Schnäuzchen eines Mädchens, mal ihre vom Puder schmierigen Haare, ihre Haube, ihre gekreideten Arme. Ihre Gesichter glühten wie Feuer.

Ich entdeckte auch, daß es Mädchen gab, mit denen keiner sprach. Weil man sie nämlich weder gern ansah noch gern tätschelte. Was das für ein Getöse war! Dennoch mußte ich sozusagen mein Opfer bringen. Ein freches Ding von zwanzig Jahren forderte mich zum Tanzen auf; ich hüpfte also auch. Ich wurde so bewundert, daß alle Welt vor Lachen zu bersten meinte. Jeder wollte mich haben, die Mädchen zerrten an mir herum, die alten Runzeln verlangten nach mir; ihr Herz war noch munter. Zunächst beunruhigte mich der ganze Tumult, ich fühlte, ich weiß auch nicht, was, aber es drehte mir das Herz um. Es war mir, als hätte ich glühende Kohlen im Leib, und es wollte mir scheinen, als müsse ich die Küsse der Mädchen einfangen, um sie zu löschen. Aber zum Henker! Das bewirkte genau das Gegenteil, das fachte die Glut nur noch stärker an, und ich hatte ein immer größeres Bedürfnis, mich zu kühlen. Als ich ein bißchen zu mir kam, sagte ich zu all den verdammten Jungfern: ›Laßt mich gehen, denn wenn ihr mich anfaßt, dann glückliche Reise, Ehre und Weisheit werden sich auf und davon machen. Ihr wollt mir Liebe andrehen, aber ich habe schon mehr als eine Pinte im Bauch.‹ Doch was nützten all die schönen Worte, der Teufel soll mich holen, wenn ich die Kraft gehabt hätte, mich aus ihren Händen zu befreien. ›Meine Süße‹, sagte ich zu einer, während ich ihr die Finger leckte, ›laß mich fort, ich verderbe hier wie altes Fleisch, mein Herz wird schimmlig vom Laster. Ach! . . .‹ Aber wenn ich auch tausendmal ›ach‹ geseufzt hätte, sobald sie ihre Finger zurückzog, war mir's, als nähme sie meinen Bauch mit. Ich merkte aber, daß mir bald das Wasser über dem Kopf zusammenschlagen würde. Ich war wie ein Fiebernder, der Hunger hat und neben sich leckeres Fleisch sieht. Er weiß genau, daß es ihm nicht bekommt: er knabbert an einem Gericht, fischt sich ein Stückchen aus einer anderen Schüssel, dann zieht er sich zurück. Aber er kommt wieder, um noch ein Bröckchen zu holen, und Bröckchen auf Bröckchen überfrißt er sich. Oho, hier war es genauso, ich wollte immer tätscheln und immer zum letzten Mal.

Das ist es, warum ich jetzt im Schlamm hocke, sagte ich bei mir. O Telemach! O mein Vater Brideron! Phokion, mein Onkel! Ich sitze in der Falle. Aber wenn ich frei wäre und hinaus könnte, wo sollte ich dann hin? Ich werde euch nur noch in der anderen Welt finden.

Diese Erwägungen ermutigten mich zu bleiben. Meine Knie gaben nach, und während ich nahe daran war, umzufallen, fluchte ich wie ein Fuhrmann auf meine Jugend. Warum bin ich nicht so alt wie die Eiche vor unserm Haus, dann hätte ich keine Lust zu lachen und alle die bösen Kanaillen hier würden mich so ungerührt lassen wie einen Klotz! Danach rannte ich von einem Winkel zum andern; ich sprang umher wie ein Mensch, der seine Börse verloren hat und sie überall sucht.

Während ich so herumkreiselte, lief ich durch die Tür, ohne zu wissen, was ich tat. ›Aufgepaßt‹, schrie ich, ›Brideron ist nicht mehr weise, Brideron liebt die Mädchen. Wo bin ich?‹ Ich rief noch diese Worte, als ich bereits auf der Straße stand. Da es dunkel war, rannte ich mit dem Kopf gegen den eines anderen, der zu mir sagte: ›He, Schelm! Mein Schädel hat nichts mit deinem zu tun, laß ihn, wie er ist!‹ Bei diesen Worten erkannte ich Phokions Stimme. ›Ach, lieber Onkel‹, rief ich, ›wo seid Ihr denn begraben, und wer hat Euch auferstehen lassen?‹ Doch Phokion hielt mich zurück, als ich ihn anfassen wollte, um mich zu vergewissern, und sagte ernst: ›Halt! Wir wollen alles ordnungsgemäß machen. Laß mich etwas zurücktreten, dann rühre ich mich so wenig wie ein Pfahl; und du wirst mir wie Telemach auf der Insel Cypern mit deinen Tränen das Gesicht waschen.‹ Er trat also zurück und forderte mich sogleich auf, näherzukommen: ich warf mich an seinen Hals. Ich weinte tatsächlich vor Freude. Ich drückte ihn und erstickte ihn fast, er schrie, er würde krepieren. Währenddessen rief ich: ›O mein Vater, o mein Pate, o du wahre Stütze meiner Jugend, o mein Freund Phokion, Erzieher meines Herzens, seid Ihr es, den ich in meinen Armen halte? Sprecht, lieber Vizepapa!‹

Er sagte kein Wort und beobachtete mich nur. ›Ach‹, fügte ich hinzu, ›von wo kommt Ihr? Seit zwei Stunden kämpfe ich gegen Amor und die Wollust; mein Herz ist von ihren Püffen ganz malträtiert, es schlägt nur noch mit einem Flügel.‹ Er antwortete ohne Mitleid: ›Lieber Nichtsnutz, nimm deine Beine in die Hand und verschwinde hier. Lauf durch Sumpflöcher, Schlammwege, Felder und alles, worauf du triffst, um aus dieser Stadt hier wegzukommen, wo deine Tugend auf die Nase fallen wird. Hier gibt es nur verdorbene junge Männer und Mädchen, die ohne Ehevertrag in der Stille heiraten. Flieh! und sei nicht müßig beim Rennen; meine Worte sollen dir als Sporen dienen.‹

Er war mit seiner Rede am Ende, und plötzlich, Madame, fühlte ich, wie mir hundert schwere Pfunde vom Buckel fielen. Mein Blut wurde ruhig wie stehendes Wasser, die Weisheit kehrte Bröckchen für Bröckchen in meine Seele zurück und quartierte Amor wieder aus; ich war guter Dinge, ein trostreicher Honig rann durch mein Gedärm. Ich hatte bei den Mädchen viel Vergnügen gehabt, aber es war mit kleinen Stichen im Herzen vermischt, die der Kummer ihm versetzt hatte, ich war traurig und fröhlich zugleich gewesen.

Aber jetzt war ich vollkommen froh. Je mehr ich an meine

Freude dachte, um so mehr drang sie in meinen Körper; sie war wie Wein: je mehr man trinkt, desto berauschter wird man. ›Ah, wie wohl mir ist!‹ rief ich, ›zwanzig Ärzte könnten mir nicht so viel Gutes tun.‹

Phokion sagte zu mir: ›Adieu, mein Freund, auf ein frohes Wiedersehen.‹ ›He!‹ entgegnete ich, ›wie meint Ihr das, Onkel?‹ ›Du hast dich sehr verrechnet‹, bemerkte er, ›wenn du glaubst, ich hätte jetzt nichts Besseres zu tun, als deiner Vernunft als Krücke zu dienen. Du weißt, daß Metophis mich ins Eisenbergwerk geschickt hat. Nun, als ich dort war, wurde ich nach einer Woche vor Verdruß krank; ich bekam einen Durchfall, der mit seinem Gestank unsere ganze Arbeitsstätte verpestete. Der Meister erreichte es, daß ich meine Freiheit bekam. Ein Reisender, der uns arbeiten sah, kümmerte sich aus Mitleid um mich; außerdem war er Ausländer und freute sich, daß ich ihm Französisch beibringen konnte.

Als ich das Bergwerk verlassen hatte, kurierte ich mich mit Hilfe meiner Kräuter. Was ich dem Reisenden von unserer Sprache beibrachte, machte ihn begierig, sie sozusagen an der Quelle zu schöpfen; ich meine damit an einer Akademie, die zehn Meilen von hier entfernt ist. Und wir haben diesen Weg gewählt, weil er der kürzeste ist. Er wartet am Hafen auf mich, denn du weißt vielleicht, daß es hier einen Fluß gibt. Wir wollen gleich aufbrechen. Ich habe ihm ein Paar Handschuhe gekauft, weil er Frostbeulen an den Fingern hat. Guten Abend, Herzchen, denk an deine Seele.‹

›Zum Henker‹, erwiderte ich, ›guten Abend und guten Morgen, sooft Ihr wollt, aber Ihr werdet sie mir von jetzt an Seite an Seite wünschen. Ist dieser Fremde denn der Teufel? Ist er der Sohn eines Stiers? Stößt er mit den Hörnern? Ich werde mit ihm reden. Ist er weise oder leichtfertig?‹ ›Nun, er ist ein Philosoph‹, entgegnete Phokion. ›Das ist genau das Richtige für mich‹, bemerkte ich. ›Ich werde ihm sagen, daß ich mich ohne Euch in die Verdammnis stürze. Es heißt, Philosophen seien gute Christen. Ich will seine Schuhspitzen küssen, auch wenn sie verdreckt sind, und folgendermaßen zu ihm reden:

O Ihr, gelehrter Gelehrter, gelehrter noch als ein Kopf mit einem Barett, möge meine Jugend Euch Mitleid einflößen. Ich heiße Brideron, mein Vater war so viel wie ein Doktor zur Zeit des Krieges in Ungarn. Ich suche ihn und die Weisheit gleich mit. Ich wette, daß es bei der Armee kein Dickicht gibt und keine Hecke, wo nicht ein paar Haare von ihm hängen oder Fetzen von seinem Rock. Er hat ein Schloß und eine Frau drin, die auf ihn wartet. Man gelangt durch eine Nußbaumallee dorthin, es gibt nichts Schöneres als die. Mich, den Ihr hier seht, mich hat der Dorfpfarrer selbst lesen gelehrt. Ach, Herr Doktor, seit ich meinen Vater suche, ist mir das Unglück in dicken Klumpen auf den Buckel gefallen. Ich habe elende Gräben ausgehoben, habe mein Brot im Spital gegessen und mehr als tausend Stockschläge eingesteckt. Aber all das ist für mich so süß wie frische Butter im Vergleich dazu, ohne meinen Onkel leben zu müssen. Ich erbitte nicht, daß Ihr ihn mir zurückgebt, dafür bin ich zu wohlerzogen; ich möchte Euch nur beim Trinken bedienen, genau wie er. Macht Euch keine Gedanken um meine Ernährung, ich esse nur zwei Pfund Brot am Tag und trinke den Wein, den ich heimlich entwenden kann; es ist an Euch, da aufzupassen. Ach, Monsieur, nehmt mich als Euern Diener, ich bin jung und kann das.

So werde ich zu Euerm Herrn reden‹, sagte ich zu Phokion. Da wir währenddessen zum Hafen gingen, waren wir bald am Schiff. Ich sah den besagten Mann, er hieß Mazel. Rechtzeitig fiel mir ein, daß Telemach im gleichen Fall die Knie von Hazael geküßt hatte und nicht seine Schuhe; also küßte ich seine Kniebänder und hielt ihm die Rede, die ich eben schon gehalten habe.

›Du tust mir leid, armer junger Mann‹, erwiderte er mir. ›Ich habe vom Krieg in Ungarn gehört. Komm, ich nehme dich; solange ich ein Stückchen Brot habe, gebe ich dir deinen Teil. Aber weil du aus guter Familie bist und Phokion dein Onkel, werdet ihr beiden mir nur aus Freundschaft dienen. Als der Jüngere ziehst du mir die Schuhe an, denn ich habe solchen Ischias, daß ich mich nicht bücken kann.‹

Nach diesen Worten fragte er mich, was ich von der Zügellosigkeit hielte, die man in der Stadt sah, welche wir eben verließen. Ich sagte zu ihm: ›Pfui Teufel, das ist eine Kloake von Lastern; ich dachte, ich müßte darin ersticken.‹ ›Ein liebenswertes Kind‹, bemerkte er, ›das sind die Ansichten eines redlichen Menschen. Wohlan, mein Sohn, hasse stets das Gemeine.‹

Dann unterhielt er sich mit Phokion über einen gewissen Gleichmut, dank dem man auch die schönsten Frauengesichter nur als Kadaver betrachtet; er sagte, wenn die Haut, die ihre Schönheit ausmacht, verschwunden ist, bleiben nur noch Fleisch und Knochen. Weiter sprachen sie über den Frieden dessen, der wunschlos ist. Hat er keinen Wein, sagten sie, trinkt er Wasser. Fehlt ihm das Wasser, trinkt er gar nichts. Überall geht es ihm gut, ob liegend, stehend, in einem Graben, im Regen, unter einem Baum; die Begierde nach Frauen zwickt ihn nicht; er betrachtet sie als kleine Teufel, die in der Welt verteilt sind, um die braven Christen von ihrem Weg abzubringen. Sie erwähnten auch das Vergnügen, das man empfindet, wenn man in Ehren lebt: sie sagten, dann erhebe man sich gesunden Geistes und lege sich als vernünftiger Mensch zu Bett. Alle diese Reden erschienen mir sehr schön, weil ich das meiste davon nicht begriff.

Während sie so miteinander sprachen und unser Schiff dahinfuhr, sahen wir fünfzig Schritt von uns entfernt einen kleinen Kahn mit Männern und Frauen, der offensichtlich auf dem Weg zur Stadt war. Sie bildeten eine Musikkapelle: der eine sang, ein anderer kratzte auf einer Geige. Am drolligsten aber erschien mir eine dicke Frau im Mieder, die ein Papphorn in der Hand hielt, mit dem sie schäkernd bald diesem einen Schlag auf die Nase versetzte, bald jenem einen auf den Rücken. Sie hielt ihren Part, indem sie aus Leibeskräften schrie. Zwei Männer beleuchteten die Katzenmusik mit zwei Fackeln und ließen den Talg auf die Nacken der Musiker tropfen. Von Zeit zu Zeit hielten sie alle inne, dann schrien sie wieder gemeinsam los. Bald hatten sie sich von uns entfernt, und wir kehrten ihnen den Rücken.

VIERTES BUCH

Wir lachten eine Weile über den Spektakel, dann schlief jeder über dem Reden ein. Als wir erwachten, war es bereits Tag. Mazel hatte eine geschmorte Gans und ein paar Flaschen Wein als Vorrat. Wir begannen zu essen, um uns für die Langeweile der Schiffahrt zu entschädigen. Wohlan, das Wasser soll leben, vorausgesetzt, man kann Wein darauf trinken. Wir stießen also gut einige Male an und betrachteten dann die Landschaft. Auf der einen Seite sahen wir einen Ackersmann, der seine Ochsen antrieb und ein Lied dabei sang, das er hin und wieder unterbrach, um hü zu rufen und hott, Schwarzer.

Auf der anderen Seite hütete ein Hirte seine Herde, und während er ein Stück Brot verschlang, schöpfte er mit seinem Hut Wasser aus einem Bach zum Trinken. Phokion und Mazel versäumten nicht, ein paar schöne Gedanken darüber zu äußern. Kurz darauf erreichten wir den Hafen der Stadt, in der die Akademie lag, zu der Mazel wollte.

Als wir in die Stadt kamen, sahen wir eine große Menschenansammlung. ›Was bedeutet das?‹ fragte Phokion einen Vorübergehenden. ›Seht Ihr das nicht?‹ erwiderte ihm dieser. ›Das sind Leute, die zusammen sind.‹ ›Ja, gut, aber warum ein ganzer Haufen?‹ bemerkte mein Erzieher. ›O, die Sache ist die‹, erklärte der andere. ›Setzen wir uns auf diese Steinbank hier, ich werde es Euch erzählen.

Ihr müßt wissen, guter Mann, daß wir einen Gouverneur hatten, der mit einer Truppe Soldaten für den König in einen Krieg der Ungarn gegen die Türken zog; einer seiner Verwandten übernahm sein Amt. Mit der Zeit nimmt alles ein Ende, heißt es. Also auch dieser Krieg. Unser Gouverneur kam mit einem halben Dutzend frischer Narben in die Gegend zurück. Er war nur noch eine halbe Meile von der Stadt entfernt, da ließ er seiner Frau bestellen, er komme am nächsten Tag, doch sein Pferd sei krepiert und sie solle ihm ein neues schicken, indes er mit zwei ihm befreundeten Saufbrüdern in der Schenke warte. Eine Frau und der Teufel, das ist manchmal ein und dasselbe. Das Teufelsweib sucht also ein junges Pferd im Stall aus, das seit zehn Monaten seine Hufe nicht bewegt hatte und stets mit Hafer gefüttert worden war, und schickt es mit einem Knecht zu ihrem Mann. Der Gouverneur reitet auf ihm los. Als er eine Viertelstunde geritten ist, da schnaubt sein junges Tier durch die Nüstern, weil es eine große Kalklache sieht. Der Reiter gibt ihm die Sporen; Possen! es bockt, schlägt aus, geht vorn und hinten hoch, es setzt sich in Galopp, springt über Gräben und Zäune. Der Gouverneur kann an den Zügeln zerren, soviel er will, er tanzt auf dem Sattel, mal sitzt er auf dem Hals des Pferdes, mal auf dem Hintern. Um es kurz zu machen, sein Pferd geht durch und badet ihn im Fluß. Der Himmel allein weiß, was er für eine Angst ausgestanden hat, denn er konnte nicht schwimmen. ›O!‹ schrie er, bis zum Kinn im Wasser, ›ich erkenne, warum das verdammte Vieh mich ertränkt; gewiß um mich für die alte Vettel zu bestrafen, die ich von der Armee mitgebracht habe; aber ich werde sie wegjagen wie einen räudigen Hund, wenn ich erst mit meinen zwei Beinen ohne Krücken auf festem Boden laufen kann; das schwöre ich bei allem Wasser, das mir in die Gurgel läuft.‹

Ich weiß nicht, ob ihn das gerettet hat, doch hol's der Teufel, sein Pferd hat das Ufer erreicht. Als er bei seinen Dienern anlangte, die ihn dort mit einer Flasche Branntwein erwarteten, um ihm wieder Mut zu machen, sagte er zu der alten Hexe, die unter ihnen stand: ›Scher dich zum Teufel, ich habe versprochen, dir den Laufpaß zu geben; geh wieder nach Ungarn zurück. Man soll ihr mein abgetragenes Wams geben, meine Strümpfe mit den neuen Sohlen, meinen alten Hut und ein paar schäbige Perücken. Wenn sie in Frankreich bleiben will, kann sie alte Hüte zum Verkauf ausschreien. Auf, Liebchen, das verdanke ich meiner hündischen Frau, die mir diesen Teufelsgaul geschickt hat, daß ich dich jetzt sitzenlassen muß. Ich werde der Larve einen Denkzettel verpassen, an den sie sich erinnern wird.‹

Die arme Ungarische oder Ungarin zog also heulend von dannen. Der Gouverneur kommt zu Hause an, seine Frau geht ihm auf der Treppe entgegen und will ihn umarmen, wie es sich gehört; doch ihr Ehemann versetzt ihr einen Faustschlag und sagt: ›Weg hier, alte Napfmorchel‹, und wirft sie grob auf die Stufen. Sie ist auf den Rücken gefallen; es heißt, der Gegenschlag habe ihr im Leib geschadet, wo sie nach Meinung der Lästermäuler einen kleinen Gouverneurs-Bastard hatte. Jedenfalls bekam sie einen Anfall und starb mit knirschenden Zähnen. Nach diesem Schlag geschah noch ganz anderes. Der Gouverneur liebte plötzlich seine Frau, als sie verschieden war; sie war aber auch schön wie Kristall, ungelogen. ›Ach, meine arme Frau‹, schrie er, ›ach, wie unglücklich ich bin! Rasch, Branntwein her! jetzt schließt sie die Augen. Aber sie blinzelt noch; ihr Puls tut keinen Mucks mehr, sie ist kalt wie Brunnenwasser; ich werde also keine Kinder mehr haben von meiner lieben Frau.‹ Während er diese Worte rief, wollte er mit dem Kopf gegen die Wand rennen, aber man hielt ihn an beiden Armen fest. Doch es war ein schlimmer Streich gewesen. Einer seiner Knechte sagte zu ihm: ›Sagt, Monsieur, Ihr habte Eure Frau auf den Rücken geschmissen und umgebracht? Sie kann Euch gut auf dem Schafott enden lassen. Euer Kopf hängt nur noch an einem Fädchen; gebt acht, daß er nicht runterfällt und laßt uns zusammen abrücken. Auf dieser Welt zählt nur das Leben, und verliert man es, wär's jammerschade.‹ Der Gouverneur fand, daß sein Knecht recht habe. Er nahm sein Gold und seine Juwelen und machte sich heimlich auf und davon, bevor die Justiz ihn schnappte.

Nun, jetzt hat uns der König einen neuen geschickt, der gleich bei seiner Ankunft geheiratet hat. Und zu seiner Ehre und der seiner Neuvermählten seht Ihr uns alle hier versammelt. Sie ist im Rathaus, zusammen mit anderen Damen, und um ihr eine Freude zu machen, werden wir unter den Fenstern auf Pferden reiten und Vogelschießen machen. Es gibt Preise, die überreicht sie eigenhändig denen, die gewonnen haben. Ihr könnt genau wie die andern Euer Pferd tänzeln lassen und schießen.‹ ›Gott's Donner, Onkel‹, rief ich bei diesem Bericht, ›merkt Ihr nicht, daß wir in Kreta sind? Übrigens, wie heißt der Gouverneur, der seine Frau auf der Treppe umgebracht hat?‹ ›Er heißt Omeneus‹, gab mir der brave Mann zur Antwort. ›Ist er nicht nach Hesperien aufgebrochen, um dort ein Königreich zu gründen?‹ fragte ich weiter. ›Großer Gott , was soll das heißen?‹ bemerkte der Dummkopf. ›Wenn überhaupt, dann wird er ein Kartenreich gründen.‹ ›Na, na‹, sagte ich, ›Ihr seid nicht verpflichtet, mich zu verstehen; aber Ihr seht mich doch, nicht wahr?‹ ›Ja‹, antwortete er, ›dank Gott und seinen Heiligen.‹ ›Nun‹, fuhr ich fort, ›ich werde alle Preise gewinnen.‹ ›Oho! Hört doch das Großmaul!‹ rief er. ›Ruhe!‹ entgegnete ich, ›das Großmaul taugt mehr als der beste Schweinerüssel.‹

Nach diesen Worten gingen wir zum Rathausplatz. Allen, die schießen wollten, wurden Gewehre ausgeteilt. Wir sahen die Gouverneursdame auf einem Balkon. Das Vogelschießen begann. Es waren schon mehr als zweihundert Schüsse abgefeuert worden, und noch immer war nicht das kleinste Eckchen des Vogels angekratzt. Ich sah Phokion an, so wie ich es tun mußte, um festzustellen, ob er es richtig fand, daß ich ein Gewehr nähme. Er nickte mir zu, da er meine Gedanken begriff, und ich trat vor. ›Jetzt komme ich!‹ schrie ich. ›Ein Gewehr, schnell, damit ich die stolze Gans herunterhole, die sich über die Schüsse lustig macht. Teufel nochmal, sie bekommt es nicht mit einem Anfänger zu tun.‹

›Ach, welch drolliger kleiner Frischling‹, sagte einer der Schützen. ›Er wird der Luft den Kopf abschießen.‹ Aber ich höre gar nicht auf den Dummbart, der von dem Kern der Sache überhaupt nichts wußte; ich nehme ein Gewehr, lege an, ziele. Paff, der Schuß geht los, ich falle vor Angst hintenüber, und die Gans fliegt auf den Boden. ›Viktoria! Viktoria!‹ schrie das ganze Volk. ›Seht euch die dummen Männer an, die mit der Waffe weniger gut umgehen können als dieses Kind. Das wird noch ein bedeutender Herr.‹ Ich sprühte vor Stolz. ›Schnapp ja nicht über‹, sagte Phokion zu mir, ›und laß dich nicht von der Eitelkeit verderben.‹

Ich verschloß also meinen ganzen Stolz in mir und ließ kein bißchen heraus, denn man muß ruhmreich sein, ohne es zu scheinen.

Danach mußten wir die Pferde besteigen. Es gab drei, sie waren so zapplig wie der Aal im Kochtopf. Ein paar kühne junge Leute versuchten es, aber es gelang keinem, den Hintern im Sattel zu behalten; niemand wagte mehr, es zu versuchen. Nur ein junger Pferdehändler aus der Gegend und ich meldeten uns noch. Er stieg zunächst auf das sanfteste von den dreien; peng, liegt er auch schon mit dem Arsch auf dem Pflaster. Ich, der ich früher alle unsere Stuten zugeritten hatte, setzte mich zunächst auf das wildeste Pferd. Verdammt, wir beide waren ein schöner Anblick. Aber ich saß immer noch quer und schief drauf. ›Nur Mut!‹ schrie Phokion mir zu. ›Ach, dieser Truthahn, vielleicht fällt der auch gleich runter wie alle diese elenden Reitkünstler.‹ Währenddessen versetzte mir das Pferd mit dem Kopf einen Stoß gegen die Kinnlade. Phokions Worte beflügelten mich. ›Nein‹, sagte ich zu meinem Pferd, ›es wird dir nicht gelingen, den Sohn von Monsieur Brideron aus dem Sattel zu heben.‹ Und dabei drückte ich dem boshaften Vieh so kräftig die Sporen in den Bauch, daß es hinten ausschlug.

Nun ja, schließlich wurde es müde, man könnte sagen, es war wie eine Lampe, die langsam erlischt; es bockte immer seltener und ich stieg vom Pferd wie Cäsar.

Es wurde noch ein anderes Spiel gemacht. O! Was das anging, wenn ich nicht Brideron gewesen wäre und nicht die Beine gehabt hätte, die Ihr hier seht, dann wäre der Preis nicht mein gewesen.

Man mußte von einem bestimmten Ort weglaufen und als erster ein Ziel erreichen und es mit der Hand berühren.

Wir rannten zu fünft oder sechst los. Habt Ihr jemals Hasen laufen sehen? Das war ein und dasselbe. Wir hätten nicht mal einen Floh zertreten, so wenig berührten wir den Boden. Ich hatte nur Angst vor einem verdammten Krampf. Ich sagte zu mir: Junge, renk dir nicht gleich die Füße aus und verausgabe dich nicht wie ein Dummkopf; laß die elenden Läufer vorbei, deren Beine bald steif sein werden wie Holzscheite. Und tatsächlich, alle überholten mich; ich hörte sie aus tiefster Kehle japsen. Als ich sah, daß wir bald am Ziel waren, oho, jetzt aber: auf, ihr Füße, dient euerm Herrn, rief ich. Ich verdoppelte meine Sprünge und verhöhnte die armen Humpler, die besser Krücken genommen hätten. ›Geht zum Pferdeverleiher‹, rief ich ihnen zu, ›ihr Krüppel ihr!‹ Darauf antwortete einer von ihnen: ›Siegen oder sterben‹ und setzte sich wieder in Schwung. Er hatte wahrhaftig den Satan im Leib. Ein großer Steinhaufen lag uns im Weg; er rannte über ihn hinweg wie über einen gebohnerten Fußboden und ließ mich drumherumlaufen; aber er blieb mit dem Fuß hängen und flog der Länge lang aufs Pflaster. ›He‹, rief ich ihm zu und berührte das Ziel, ›steh auf, du hast nur ein paar gebrochene Rippen, der Schreiner kann dir neue machen.‹ Jetzt kam ein Trupp mit Pfeifen und Trompeten, sie nahmen mich in ihre Mitte und zeigten mich unter dem Balkon der Gouverneursdame. Ich wurde bewundert wie ein Diamant. Doch als ich dachte, ich würde die Preise bekommen, sagten ein paar Greise der Akademie der Schöngeister, wie sie genannt wurden, die dem Gouverneur den Hof machen wollten, diese Greise also sagten dem anwesenden Volk, daß sie zur Unterhaltung von Madame drei Fragen stellen würden, und wer darauf am besten antworte, wäre endlich der Sieger. Ich bemerkte, daß jeder von ihnen einen Tick hatte: der eine redete mit sich selbst und war damit sein eigener Zuhörer, ein anderer kaute an den Nägeln und wackelte mit dem Kopf, während er von Zeit zu Zeit etwas deklamierte, der dritte zog die Worte auseinander, als wäre seine Zunge gelähmt, und verschluckte noch die Hälfte. Einer war dabei, ein Stotterer, lebhaft und eigensinnig, der zappelte wie der Schwanz vom Aal.

Einer dieser Alten entfaltete ein Papier und las mit honigsüßer Miene: ›Messieurs, die Frage lautet: welcher von allen Menschen ist der unglücklichste?‹

Ein dicker Offizier trat als erster vor und sagte: ›Nun ja, ich glaube, das ist ein Hauptmann bei der Armee, der keinen Sou hat; kein Käuzchen ruft so traurig, wie er lebt.‹ Ein anderer aus der Stadt antwortete, es sei der Mann, der merke, daß seine Frau ihm Hörner aufsetzt. ›Ich weiß das aus Erfahrung‹, fügte er hinzu, ›ich weiß, was ich zur Zeit meiner ersten Frau gefühlt habe.‹ Ein Blinder versicherte, es sei jener, der nicht sehen könne. Ein Lahmer sagte, es gebe kein größeres Unglück, als wenn man nicht gehen könne. Ein Gelehrter, der uns alle verachtete, entgegnete, der unter allen Sterblichen am meisten zu Beklagende müsse jener sein, der ohne Geist geboren sei. ›Zum Henker!‹, sagte ein Gascogner, der auch da war, ›ich behaupte im Gegenteil, es ist jener, der zuviel hat. Ich bin ein Beispiel dafür. Weil ich zuviel Geist habe, bin ich immer gescheitert. Mit nichts bin ich zufrieden; meine Frau empfinde ich als eine dumme Gans, meine Diener als Strohköpfe, meine Freunde als lauter Esel. Ziehe ich in den Krieg, so schlägt man sich dort ohne Sinn und Verstand; der Frieden wird ebenso geschlossen. Im übrigen kennt man den Wert eines solchen Menschen nicht: mit seinem Verstand könnte er die ganze Welt regieren, doch er wird abgewiesen. Er quält sich verzweifelt: heißt das leben?‹ ›Ach, Monsieur‹, sagte ein Bürger, der an Fieberanfällen litt, ›es gibt kein größeres Ungemach, als krank zu sein: der Wein erscheint einem als Wermut, das Brot, als sei es aus Lehm gebacken, der eine Arzt verlangt, daß man's warm hat, der andere kalt. Dann kommen das Chinin, die Blutegel, die Klistiere, die Arzneien; und keine Vergnügen mehr, keine Schlemmereien; wenn der König kommt, muß man im Bett bleiben. Zum Karneval gibt es keine andere Verkleidung als eine Nachtmütze und ein

Hemd. Ach, was für ein elendes Dasein! Glaubt mir, alles andere ist eine Lappalie.‹

Was mich betraf, der ich bis dahin geschwiegen und an die Lektionen meines Onkels Phokion gedacht hatte, ich sprach folgendermaßen: ›Der Unglücklichste aller Unglücklichen ist jener, der lebt, ohne zu wissen, wie: die Sonne geht auf, er steigt aus dem Bett; der Abend kommt, er geht schlafen; er ißt, er trinkt, er bewegt sich; heißt das leben? Hat er Lust, eine Frau zu nehmen? Hopp, zwei Tage später liegen vier Füße und zwei Köpfe in seinem Bett. Liebt er seine Hausfrau nicht mehr? dann geht er und buhlt um die des Nachbarn. Ho! Ho! wie ist der Bursche zu beklagen. Ihr glaubt, ihm fehle nichts, weil er alles macht, was er will; aber das ist es ja gerade, und das ist auch der Grund, warum ich vor allen Leuten, die geboren sind und noch geboren werden, erkläre, daß jener, der sich an nichts hindert, der seiner Leidenschaft folgt wie eine angebundene Katze dem Knecht, der den Strick in der Hand hält, daß jener, erkläre ich, der unglücklichste von uns allen ist, ob Mann oder Frau, weil er als Trunkenbold, Treuloser und Liederjan glaubt, angenehm zu leben, während er im Elend des Lasters verfault. Das ist meine Meinung, tot oder lebendig.‹

Die Alten, die bei meinen ersten Worten zunächst gelacht hatten, gaben zu, daß in meiner Rede die Wahrheit lag.

Bei der zweiten Frage ging es darum, ob man besser ein Mann sei oder eine Frau. ›Teufel, das kann man schlecht wissen‹, bemerkte ein junger Mann, der offensichtlich verliebt war; ›ich würde die Hälfte meines Besitzes dafür geben, wenn ich Mademoiselle Marion gliche; wir sind ein Dutzend Männer, die hinter ihr her sind; und warum sind wir hinter ihr her? Weil wir nicht auf sie verzichten können. Also, wißt ihr, wenn jeder von uns sie wäre, dann wären wir alle zufrieden; adieu Qual und Pein, wir würden uns nichts anderes mehr wünschen.‹

›Hört euch den Tölpel an‹, sagte ein Alter, sein Onkel. ›Siehst du denn nicht, daß du, sobald du Mademoiselle Marion wärst, einen Liebsten hättest? Und weil du ihn liebst, möchtest du ihn immer sehen; seine Abwesenheit machte dir Kummer; und du wärst so unzufrieden, allein und Marion zu sein, daß du, weil du nicht dein Liebster sein und dich nicht in ihn verwandeln kannst, dich dazu entschließt, wozu sich so viele Mädchen entschließen, nämlich einfach so dich herzugeben. Darum finde ich, daß eine Jungenhaut und eine Mädchenhaut zwei Hüllen sind, von denen die eine so viel taugt wie die andere.‹ Ein anderer Alter sagte: ›Es lebe das Männchen, das hat, wenn es heiratet, nicht nach neun Monaten seine Niederkunft.‹ ›Ach was, Niederkunft!‹ sagte wiederum ein anderer, ›es gibt Frauen, die lassen ein Kind sausen wie einen Furz. Aber der Mann, der muß für den Hausstand sorgen.‹ ›Ach, wenn es nur das ist!‹ sagte noch ein anderer, ›ohne mir viel Mühe zu machen, würde ich, wenn ich eine Frau wäre, meinen Mann und meine Kinder ganz allein ernähren; es gibt so viele Häuser, wo das Brot nur über die Frauen hereinkommt!‹ ›Teufel, das taugt nichts‹, sagte daraufhin Phokion, ›sprich du, mein Sohn, und sag du deine Meinung.‹ ›Nun ja‹, erklärte ich, ›wenn man ein Junge ist, scheint mir, ist das besser, als man ist ein Mädchen, und ist man ein Mädchen, so ist es ebenso. Wenn man mir also sagte, bevor ich was wäre: hier, Brideron, fühl, welchen der beiden Körper willst du wählen, nun ja, ich nähme den, der mir am meisten schmeicheln würde; man soll nicht so viele Umstände machen. Und damit habe ich recht.‹

›Ja, ohne Zweifel‹, sagten die Alten. ›Dieser junge Mann hat edle Geistesgaben, schade, daß er kein Benehmen hat. ‹ ›Das suche ich ja‹, erwiderte ich, ›und an jedem Ort, wo ich Halt mache, hole ich mir ein bißchen, wenn ihr mich in zwei Jahren seht, erkennt ihr mich nicht wieder.‹ ›Kommen wir zur dritten Frage‹, sagte einer der Alten:

›Hier gilt es zu wissen, was vorzuziehen ist: geliebt zu werden, ohne selbst zu lieben, oder nur ganz allein lieben. Es wird angenommen, daß man mit der Person, von der man geliebt wird, zusammenleben muß; sie ist einem aber gleichgültig, weil man eine andere liebt.‹

Auf diese Frage antworteten zwanzig Verliebte gleichzeitig: ›Wer ist so verrückt und möchte nur allein lieben? Man sollte ihn knebeln und ins Tollhaus stecken. Ach, mein Gott, gibt es eine schrecklichere Qual, als den Kopf voll von Liebe zu haben für eine freche Person, die sich darüber lustig macht? die dich behandelt wie einen Trottel, wenn du ihr wie einer Königin dienst?‹ Mehrere andere sagten ihre Meinung dafür oder dagegen.

›Still!‹ bemerkte ich meinerseits. ›Ich will euch etwas sagen, dem ihr alle zustimmen werdet. Das eine wie das andere ist keinen Pfifferling wert. Das ist genauso, als würde man fragen: was ist angenehmer, vor Hunger sterben oder vor Durst, an einer Mauer aufgehängt werden oder an einem Baum. Ich kläre die Sache so: wenn ich ein Lebewesen liebte, dem ich mißfiele, würde ich mir in meinem Kummer sagen: o, warum liebt mich das alte Aas nicht, wo ich sie doch liebe? Ich würde ihr die Zähne zeigen, ohne mit der Wimper zu zucken. Vielleicht würde sie zu mir sagen: verschwinde, du Affe, und ich würde ihr antworten: oho, alte Krücke, ich kann dich so wenig riechen wie faules Fleisch.

So würde ich's machen, wenn mich das Weibchen rauh behandelte. Aber wenn ich sie im Gegenteil nicht liebte und mich das brave Mädchen mit ihrem schönen Getue ärgerte, wenn es ständig hieße: Brideron hier, Brideron da, wie lieb du bist! küß mich auf die Backe! komm nachher mich besuchen, dann bin ich allein! sag mir doch was, du Murmeltier! ach, siehst du nicht, daß du der schöne Dieb meines elenden Herzens bist? verdammt nochmal, dann bekäme ich ebenso gern einen Mühlstein ins Kreuz. Bah, dieses Frauenzimmer, würde ich mir sagen, sie ist fade wie eine ungesalzene Suppe. Wer befreit mich von der Schabe? Ihr solltet dank meiner Erklärungen begreifen, daß jener, der keine Liebe empfindet und bei niemandem welche weckt, nicht über diese Frage urteilen kann. Und was jene betrifft, die lieben oder geliebt werden, so wird jeder von ihnen immer am unglücklichsten sein; jener, dem man die verliebten Worte vor die Nase spuckt ebenso wie der, der sie spuckt, ohne sie zurückzubekommen.‹ Alle lachten über meine Rede und stimmten ihr zu. Nur ein Blondkopf sagte, während er sich durch die schöne Mähne fuhr: ›Ich bin in einer dieser beiden Lagen; ich werde von einem der hübschesten Mädchen der Gegend geliebt, zu meinem Unglück. Denn die meiste Zeit muß ich mich vor ihrer Zudringlichkeit verstecken. O! redet mir nicht davon, geliebt zu werden, wenn man selbst nicht liebt. Lieber würde ich eine Muskete tragen!‹

›Schweig, schöner Nichtsnutz‹, entgegnete ihm einer der Alten, ›dieser Fremde ist ein kleines Wunder.‹

Nach den drei Fragen nahm man mir als erstes meinen Hut vom Kopf. Ein Perückenmacher, der bereitstand, rieb mir eine Handvoll Öl ins Haar und anschließend eine Tüte Puder. Ein Blumenkranz wurde gebracht, und so mußte ich mich vor der Gouverneursdame verneigen, die bei dem schönen Anblick, den ich bot, aus vollem Halse lachte. Sie hielt ein paar Kniebänder in der Hand und einen Degen, das waren die beiden Preise für den Sieger. Ich sollte ihr die Hand küssen, wenn sie sie mir überreichte; nun ja, aus Angst, das zu vergessen, küßte ich ihr den Arm gleich mit. Hölle und Teufel, das war ein großes Vergnügen, denn sie war eine sehr angenehme Kreatur.

Der Degen wurde mir an die Seite gehängt, und im Gedränge stahl man mir mein Messer, dessen Griff aus Horn war. ›Wißt Ihr, Madame‹, sagte ich zu ihr, ›wenn's Euch recht ist, verkaufe ich Euch alles wieder gegen bares Geld, denn ich habe keins, und ich reise, um meinen Vater zu suchen. Wir leben nicht zu Telemachs Zeiten, wo man als Fremder überall eine gastliche Tafel fand. Jetzt ist alles teurer geworden.‹ ›Was meint Ihr mit Eurem Telemach?‹ fragte sie mich mit ihrem Rosenmund. Ich setzte es ihr auseinander. Mein Bericht bereitete allen Vergnügen, ich wiederholte ihn mehr als hundertmal und zeigte an den entsprechenden Stellen auf meinen Onkel, der wie ein versteinerter Heiliger mit gekreuzten Armen und gesenktem Blick dastand.

Nach meiner Geschichte drängte mich die Gouverneursdame, in der Stadt zu bleiben. ›Mein Gott, ist der junge Mann komisch!‹ sagte sie. ›Er wäre ein schöner Zeitvertreib. Bleibt in der Stadt, mein Sohn. Ihr werdet bei dem Herrn Gouverneur wohnen, und Euer alter Onkel ebenfalls.‹ Die Alten sagten mir dasselbe, sie wollten meinen Geist bilden. Doch nachdem ich sie alle genügend hatte reden lassen, sagte ich zu ihnen: ›O ihr Bürger, ihr schönsten Blüten aller Bürger der Welt, und Ihr, Madame Gouverneuse hiesigen Ortes, hört mich an und verliert keinen Buchstaben von meinen Worten.

Preise sollte man nicht jenem geben, der am schnellsten läuft oder sich am besten auf einem Pferd hält, ein Affe könnte das ebenso, und ihr wäret einfältig, wenn ihr einen Affen krönen würdet. Also wem sollte man die Ehre erweisen? Dem Menschen, der sich nicht abzappelt wegen des eitlen Plunders von Blumen und Krimskrams, mit dem ihr mich überschüttet habt; jenem, der sich ins Fäustchen lacht, weil er uns hat rennen und auf die Gans hat schießen sehen, und der sich heimlich über euch Graubärte lustig macht, die ihr über unsere Narrheiten richtet. Was mich betrifft, ich kann nicht hierbleiben, meine Reise ist noch nicht zu Ende. Ich muß solange umherziehen, bis ich meinen Vater erwische; er ist weit schwerer zu berühren als ein Ziel beim Wettlauf. Außerdem wartet meine arme Mutter zu Hause auf mich. Ich will ihr mit meinen zehn Fingern die Augen zudrücken und meinem Vater zu trinken einschenken, wenn er es mir befiehlt, und falls er zurückkommt. O Bürger, ihr seht auf den Grund meiner Seele wie auf den Grund eurer Börse. Doch wenn ich euch auch verlasse, so werde ich euch doch nie in meinen Gebeten vergessen.‹ Als ich geendet hatte, lachten die einen, die anderen schrien: ›Ich will ihn sehen! heb mich hoch, Freund!‹ Kurz, es war ein solcher Lärm, daß ich kaum etwas verstehen konnte.

Die mir am nächten standen, behaupteten, ich beherrschte die magische Kunst und wäre ein kleiner Zauberer.

Als sich das Getöse beruhigt hatte, fuhr ich folgendermaßen fort: ›O Bürger, nehmt eure Preise zurück und gebt mir ein paar Taler. Schenkt diese Kostbarkeiten dem großen Nikodemus, der dort auf der Bank sitzt: er hat sich während unserer Spiele und unserer Gespräche weder von seinem Platz gerührt noch den Mund aufgemacht; nur die Augen hat er benutzt. Dieser Mann ist weise, und er verdient eine Belohnung; oder, wenn nicht ihm, dann gebt die Kniebänder und den Degen meinem Onkel, den ihr dort seht. An seinem langen, ernsten Gesicht erkennt ihr mit Leichtigkeit, daß er sich von nichts verwirren läßt und daß ihm ein Haus vor die Füße fallen könnte, ohne daß er es aufheben würde.‹ Jeder blickte Phokion prüfend an; er hatte zunächst einen so kläglichen Eindruck gemacht, daß niemand ihn überhaupt nur angesehen hatte; aber als man seinen Gesichtsausdruck sah, fand man, er sei mehr wert als ein Pferd von tausend Talern; von Zeit zu Zeit schwenkte er die Arme, um zu zeigen, daß sie ebenso kraftvoll waren wie die des einstigen Mentors. ›Guter Mann‹, sagte die Gouverneursdame zu ihm, ›steckt Euch diesen Degen an die Seite; und weil Ihr Euren Neffen so gut erzogen habt, sollt Ihr hierbleiben als Schulmeister!‹ ›O Madame, und ihr alle, die ihr mir zuhört‹, entgegnete er, ›ihr nehmt mich für den Falschen. Mich kümmern die Menschen so viel wie meine alten Pantoffeln; sie sind den Strick nicht wert, so wenig wie ich, und ich will nicht die Aufgabe übernehmen, sie zu unterrichten. Auch will ich diesen Degen nicht noch eure Kniebänder, ich habe noch welche aus dem Saum meines letzten Rockes. Und was den Degen betrifft: ich will weder einen Männerbauch durchbohren noch eine Schnecke; ich bleibe, wie ich bin. Haltet euch an den Mann, den Brideron euch gezeigt hat, gebt dem die Geschenke, auch soll er die Jugend unterrichten, er scheint über Geduld zu verfügen.‹

›Da haben wir ja zwei sehr eigensinnige Männer‹, sagte die

Gouverneursdame. ›Wirklich, ich habe mich seit langem nicht so amüsiert.‹ Ein Mann, der uns mit Mazel aus unserm Schiff hatte steigen sehen, sagte zu den Alten: ›Da ist noch jemand, der zu ihnen gehört. Fragt den, vielleicht ist er vom gleichen Stoff.‹

Die Damen wollten sofort, daß man ihm die Geschenke anbiete so wie uns. Er lehnte sie schroff ab. ›Zum Henker‹, sagte er, ›ich will nur meinen Kopf und das, was drin ist. Ihr tätet mir einen größeren Gefallen, wenn ihr mir die Regeln der französischen Sprache schenken würdet und ein paar schöne Werke eurer Akademie.‹ ›Und die Stelle eines Schulmeisters?‹ fragte die Gouverneursdame, ›lehnt Ihr die ebenfalls ab?‹ ›Ja, Madame‹, entgegnete er, ›ein Dummkopf kann nicht einen anderen Dummkopf unterrichten, und alle Menschen sind Dummköpfe, denn wir wissen überhaupt nichts. Das ist meine Meinung, und ich werde sie gegen die ganze Fakultät verteidigen.‹ ›Ihr verachtet uns also tüchtig‹, sagte ein Bürger. ›Ich verachte euch ganz und gar nicht‹, entgegnete Mazel, ich betrachte euch nur als das, was ihr seid.‹

›Wir sollten die drei Männer dem König vorstellen‹, schlug ein Alter vor, ›das wäre ein wahres Geschenk für ihn. Und nun, da keiner von euch die Preise will, nicht einmal der Sieger, werden wir sie dem von euch bezeichneten großen Mann geben, der dort kerzengerade auf der Bank sitzt.‹ ›Oho! Oho!‹, schrie das Volk. ›Das ist ja Meister Simon, der Bäcker!‹ ›Still‹, rief Phokion, ›und wenn er auch Bäcker ist: kann man nicht Brot in den Ofen schieben und trotzdem weise sein? Ich beobachte den Mann schon lange, ebenso wie Brideron. Man könnte meinen, er schliefe, wenn er nicht die Augen offen hätte. Ich habe einen Flickschuster hier in der Stadt nach ihm gefragt, und man hat mir gesagt, er habe nur ein einziges Mal mit falschem Gewicht verkauft; außerdem gebe er sein Brot den Armen für einen Sou billiger als den Reichen. Er habe einen kleinen Garten, zehn Fuß lang, wo es ihm gelungen sei, die besten Salatköpfe zu ziehen, die es auf eurem Markt gibt. Er habe dem König als Reiter gedient und seine linke Schulter sei von einem Musketenschuß zertrümmert; er soll arm sein. Gebt ihm also die Preise und die Stelle des Schulmeisters, die er zusammen mit seinem Beruf als Bäcker übernehmen kann. Seine Schüler können seine Pensionäre sein, dann haben sie immer frisches Brot.‹ Die Gouverneursdame erstickte fast vor Lachen, offensichtlich aus Freude: ›Laßt den Bäcker holen‹, sagte sie.

Der brave Mann wollte weglaufen; er war verlegen wie ein Dieb, den man beim Stehlen erwischt hat; doch man überredete ihn, sich zu zeigen. Das ganze Volk rief: ›Auf, Meister Simon, diesmal bekommt ihr auch was vom Kuchen; nur Mut, hier gibt's keine Ratten.‹

Man brachte ihn also vor die Gouverneursdame, die ihm den Kranz aufsetzen und den Degen über seine Bäckerschürze hängen ließ. Das Gehänge machte man ihm aus den Kniebändern. ›Hoch der weise Mann!‹ rief sie, und das Volk wiederholte: ›Meister Simon ist der weiße Mann!‹ Man kam, um ihm seine Ehrerbietung zu erweisen. ›Zieht den Degen, Meister Simon‹, sagten die Leute zu ihm, ›damit wir sehen, ob Ihr mit dem Degen in der Hand ebenso gut ausseht wie mit den Fingern im Teig.‹ ›Gott's Donner‹, gab er zur Antwort und reckte sich, ›weil daß die drei Kerle da von uns geredt ham un ich derderwegen hier ne Komödie geben tu, will ich auch mein Spaß ham. Un Teufel eins, ich werd den ganzen Erlös vom Degen vertrinken. Ich werd auch Schulmeister sein, wann ihr's wollt, un tu den Kindern beibringen, daß sie ein Brot von sechs Pfund am Tag essen.‹ ›Wenn Meister Simon vielleicht auch kein weiser Mann ist‹, sagte einer der Alten, ›so hat er zumindest ein fröhliches Temperament.‹ Damit hörte das Fest auf. Man brachte Meister Simon nach Hause. Er wollte, daß wir ihn zu einem Trunk begleiteten, was wir auch taten. Einer der Schöngeister schenkte Mazel ein Buch mit dem Titel: ›Die französischen Partikel‹. Dann gingen wir zu Meister Simon und warteten, daß der Regen aufhörte, denn wir wollten weiterreisen; vor allem Mazel, dem in dieser Stadt, die ihm zu närrisch schien, bereits die Zeit lang wurde. Er sagte zu uns: ›Ihr könnt mich verlassen, denn ich werde in mein Land zurückkehren. Adieu, Brideron, adieu, meine lieben Diener. Gott behüte euch vor allem Mißgeschick und vor Hungersnot. Im Jenseits sehen wir uns wieder.‹ Während dieser Worte umarmte er uns bei dem Bäcker, der uns reichlich bewirtet und außerdem einen klapprigen kleinen Esel geschenkt hatte, auf den er über zwanzig Pfund Brot für uns lud und einen großen Käse als Dank für den prächtigen Degen, den wir ihm verschafft hatten. ›Adieu, meine Kinder‹, sagte er zu uns, ›ich werde erst zufrieden sein, wenn ich ein Lied auf euch und mich habe machen lassen. Ihr seid lustige Gesellen, ich werde mein Leben lang an euch denken, wenn ich mein Brot in den Ofen schiebe.‹

Wir verließen also die Stadt mit unserm Esel. Es war schönes Wetter geworden; wir waren guter Dinge, Phokion und ich. Doch als wir ein paar Meilen zurückgelegt hatten, fing der Regen wieder an, es schüttete wie mit Eimern, unser Brot verdarb. ›Verlier nicht den Mut, mein Sohn‹, sagte Phokion zu mir, ›wir werden an diesem Tag von einem Schiffbruch bedroht oder zumindest einem Unglück. Du erinnerst dich gewiß an die Insel der Kalypso, nun, so denke daran, wie Telemach und Mentor dort auf einer verfaulten Schiffsplanke angekommen sind. Verdammt, ich ahne noch nicht, worauf wir bei dieser Insel ankommen werden, denn auch wenn es keine gibt, wir brauchen eine; aber ich weiß genau, daß wir nicht auf den Füßen dort ankommen.‹ ›Es will mir scheinen‹, gab ich zur Antwort, ›wir sollten uns beide auf unsern Esel setzen, um unser Unglück zu vereiteln, und wenn wir dahin gehen, wo er hingehen will, dann werden wir Kalypso finden, ohne auch nur ein Haar vom Kopf zu verlieren.‹

›Barmherzigkeit!‹ rief Phokion. ›Wie, du fliehst das Unglück? Weißt du nicht, daß dir nichts Besseres zustoßen kann?

Denn das Unglück kommt dir sozusagen zustatten, dadurch wirst du weise.‹

Während wir so sprachen, nahm Phokion unser Brot und trug es vorsichtig unter eine große Eiche, die der Regen nicht durchdringen konnte. ›Das ist der Teufel‹, sagte er. ›Er ist wütend, weil du dem Ball entflohen bist, auf dem die Mädchen versucht haben, dich die Ehre vergessen zu machen. Aber laß ihn, soll kommen, was will, wir werden uns hier ausruhen.‹

›Ach, Phokion‹, sagte ich mutlos, ›ich weiß nicht, aber entweder bin ich ein schlechter Jagdhund, oder das Wild, das wir suchen, ist noch sehr weit. Nie werden wir meinen Vater finden.‹ ›Die Pest soll dich holen, du ungläubiger Thomas du‹, erwiderte er mir. ›Ist dein Leben nicht nach dem von Telemach geformt? Wisse, auch wenn du im Mist steckst oder bis zum Hals in der Sch . . ., auch wenn du mitten unter quakenden Fröschen im Schlammloch hockst oder auf einem kleinen Zweig so hoch wie der Kirchturm in unserem Dorf, wisse, sage ich, daß der Zweig nicht brechen wird, wenn's der Himmel so will, und der Mist und die Sch . . . dich nicht ersticken werden, sondern daß du da herauskommst, herrlich duftend wie Balsam.‹ Doch inzwischen begann das Wasser allmählich durch den dichten Baum zu dringen.

Um uns zu schützen, verknüpfte Phokion die Zweige miteinander und machte eine Art Dach, unter dem unser Esel, unser Brot und wir Schutz fanden. Aber all das war, wie man so sagt, ein Schlag ins Waser, wir mußten durch ein Unglück, ob wir wollten oder nicht. Herumstreunende räuberische Soldaten fragten uns, ohne lange zu fackeln, nach Brot für ihre Vespermahlzeit. Da ich im *Telemach* nicht gelesen hatte, daß er während des Sturmes irgendwelchen Infanteristen auf seinem Schiff etwas zu essen gegeben hätte, sagte ich den Leuten, unser Brot sei schliffig, sie bekämen nur Bauchschmerzen davon. Sie waren zu dritt; ich sah, wie sie sich näherten. Phokion und ich beeilten uns, unsern Esel zu beladen und uns in den Wald hier in der Nähe zu verziehen. Sie folgten uns, hielten uns an, ohrfeigten und traten uns, nahmen unsern Esel gefangen, steckten unser Brot ein und zogen uns bis aufs Hemd aus.

Nach diesem Überfall, Madame, haben wir den kleinen Müller getroffen, der uns aus Barmherzigkeit in seinen Karren aufgenommen hat; wir haben Euch gesehen, Ihr habt uns gesehen; Ihr seid wütend geworden; ich habe mit Euch geredet; wir sind mit Euch in Euer Schloß gegangen; wir haben gestern abend zusammen gegessen, und hier sind wir. Ich habe geendet, o reizende Schönheit.«

So schloß Brideron den Bericht seiner Abenteuer. Die vier jungen Mädchen bedauerten es nicht, daß sie so früh aufgestanden waren; sie hatten so viel Vergnügen an den burlesken Erzählungen unseres jungen Mannes gehabt, daß die mit Gelächter verbrachte Zeit durchaus derer wert war, die sie sonst aufs Schnarchen verwendet hätten. Jede betrachtete ihn mit süßen Blicken, die der Lohn waren für das Vergnügen, das er ihnen bereitet hatte. Leise sagten sie zueinander: »Sieh, was für eine gute Figur er hat, man könnte seine Taille wie ein Fadenende durch ein Nadelöhr ziehen.« »Findest du nicht«, sagte eine, »daß er zärtlich aussieht? wenn er einen anblickt, scheint es, er bitte um dein Herz.« »Ich liebe ihn schon jetzt«, fügte eine von Mélicertes Nichten hinzu, »weil er so ein fröhliches Temperament hat.«

Mélicerte war nicht weniger entzückt von Brideron. Bald sah sie ihn voller Liebe an, bald voller Scham, denn sie bemerkte, daß der gestrenge Phokion ihre Blicke prüfte. Da er der Erzieher des jungen Mannes war, fürchtete sie mit gutem Grund, daß er ihn den zärtlichen Gefühlen entreißen würde, die er vielleicht für sie empfände. Sie nahm Brideron beiseite und sagte zu ihm: »O mein Sohn, sollte Euer Onkel so albern sein und Euch raten, jene nicht zu lieben, die Euch liebt? Sprecht!« »Nein, Madame«, erwiderte er, »mitnichten. Ein Mittagessen, wißt Ihr, ist kein Abendessen, und eine Schönheit wie Ihr ist keine bösartige Schönheit wie die Kalypso.«

Indes umringten die jungen Mädchen Brideron. »Erzählt uns, wie Ihr im Spital gelebt habt«, sagte die eine. »Seid Ihr ausgepeitscht worden?« Eine andere fragte: »Als Ihr den Anführer der Räuber getötet habt, hatte man Euch da vorher kräftige Stockhiebe versetzt? Spürt Ihr die noch? War die Erde von Euern Gräben sehr hart?«

Mélicerte störte ihre Unterhaltung, und während die Mädchen den Tisch fürs Mittagessen deckten, sprach sie wie folgt zu Phokion: »Findet Ihr nicht, Euer Schüler kann froh sein, daß er mir begegnet ist? und billigt Ihr nicht meine Bemühungen, ihm so gut ich kann Freude zu machen, ebenso wie Euch, weiser Erzieher?« »Gewiß, ja, Madame«, antwortete Phokion, der, da er sich mit Mentor in diesem Augenblick verglich, Mélicerte als ein gerissenes Stück betrachtete, die mit ihren Worten geschmolzene Butter in sein Herz gießen wollte. Sie schmeichelte ihm, doch er dachte daran, daß Mentor wie ein Fels gewesen war, an dem jeder Angriff abprallte, und versuchte, wenigstens seinen Körper so starr zu machen, wie Minerva sich in ihrer geistigen Haltung gezeigt hatte. Kaum hatte er ja gesagt, so sagte er im nächsten Satz nein. Mélicerte, die erkannte, daß sie mit ihren Schmeicheleien bei dem alten Fuchs wenig erreichte, bemühte sich täglich, seinem würdigen Schüler Haß gegen ihn einzuflößen. Wir werden im folgenden die Mittel sehen, die sie dafür benutzte, und was ihr dabei zu Hilfe kam.

FÜNFTES BUCH

Der Teufel schläft nie, und es gibt keinen Jäger, der mit mehr Glück sein Wild verfolgt als er. Brideron hatte sich aus der Stadt gerettet, in der er zum Ball geführt worden war; tausend Schönheiten hatten einen vergeblichen Angriff auf seine Weisheit gemacht; er hatte gekämpft, er war hie und da geschlagen worden; schließlich hatten der Haß gegen die Mädchen und ihr affiges Getue den Sieg über die Macht der Versuchung davongetragen. Doch nun hatte Satan eine günstige Gelegenheit, erneute Anstrengungen zu machen. Mélicerte und ihre vier jungen Mädchen waren beachtliche Objekte; er beschloß, sie zu verführen, und beriet sich zu diesem Zweck mit seiner schwarzen Rotte.

»Hier präsentiert sich uns eine gute Ernte«, sagte er, »wir wollen die Herzen dieser Mädchen verwüsten, die ihrer Mutter und Tante und auch das des kleinen Ausreißers, der mir vor kurzem entwischt ist. Arbeitet alle daran, ich werde eure Bemühungen kräftig unterstützen.« Sprach's und eilte zu Mélicertes Schloß. Er drang geschickt in ihren Kopf (denn dort findet er bei den Frauen stets eine offene Tür) und sagte folgendes:

»Unglückliche Mélicerte, Brideron der Ältere hat dich sitzenlassen, sein Sohn, den du liebst, könnte dasselbe tun; was machst du dann? Glaub mir, um ihn ganz sicher festzuhalten, darfst du mit deinen Mitteln nicht zimperlich sein. Du weißt, daß nicht weit von deinem Schloß eine alte Vettel wohnt, die die Magie beherrscht. Dank ihr findet man alles Verlorene wieder; sie läßt den Zauberstab schweben und am richtigen Ort anhalten. Vielleicht weiß sie ein Geheimmittel, um Brideron Liebe einzuflößen, so daß er entweder krepieren muß oder bleiben.«

Nachdem der Teufel diesen Gedanken in Mélicertes Gehirn geblasen hatte, schwieg er, doch hielt er sich weiter dort verschanzt. Ruhe und Friede bemächtigten sich des Herzens unserer Verliebten; sie ist entzückt von dem, was sie sich ausdenkt; sie läßt die Alte holen und öffnet ihr ihr Herz. Diese knirscht zunächst mit den Zähnen und erklärt, man verkenne sie, sie habe mit dem Teufel nichts zu schaffen. Schließlich besänftigt sie sich dank einiger Münzen, die Mélicerte in ihre Hand gleiten läßt. «Psst!« sagt sie nun, »verratet nichts; ich weiß zwar etwas, aber ich benutze das nur, um meinen Freunden gefällig zu sein. Euer kleiner Spitzbube hat kräftige Beine, wenn man ihn laufenläßt; nehmt diesen kleinen Spaniel hier, er soll den Schlingel lecken; Ihr werdet sehen, sein Herz entflammt wie Zunder!« Mélicerte nimmt also das schicksalsträchtige Tier in die Arme und küßt es. »Wie wunderbar!« sagt sie, »das ist ja ein ganz einzigartiges Tier, ich fühle schon jetzt, wie meine Liebe zu Brideron anschwillt, als hätte sie die Wassersucht.«

Tatsächlich bringt die Einbildung, die das Hirn der Frauen oft hundertmal mehr verhext als aller teuflischer Zauber, im Herzen unserer Entflammten die Liebe zum Kochen. Um Luft zu holen, legt sie den kleinen Hund in die Arme ihrer Nichte Charis. Diese brauchte weder Hund noch Einbildung, sondern nur ihre Zuneigung, um eine sehr starke Dosis Liebe zu unserm reisenden Helden einzunehmen. Ohne die Eigenschaft des Spaniels zu kennen, streichelt und küßt sie ihn. »Ach, das süße Schnäuzchen«, ruft sie und gibt das Hündchen allen ihren Gefährtinnen. Der Spaniel spielt mit ihnen, wedelt mit dem Schwanz, setzt sich auf ihre Schöße und läßt sich herzen.

Wie wütend Mélicerte im folgenden war, daß sie ihren Spaniel in Charis' Arme gelegt hat!

Der Hexenhund weckte in den schönen Landmädchen einen süßen Mutwillen; er apportierte, er tanzte Menuett. Sein Name war Citron; und im ganzen Schloß hörte man nur noch diesen Namen. Der schlaue Phokion ahnte, daß da was im Busch steckte; noch bevor Citron erschien, war er darauf gefaßt, daß irgendein hübsches Kind, ein Schicksalsbote für Brideron, den

Platz von Cupido einnehmen würde, der einst alle Herzen auf Kalypsos Insel entflammt hatte; er verstand zwar nicht recht, wieso dieser Knabe den gleichen Effekt wie Amor hervorrufen könnte, doch auf alle Fälle vertraute er darauf, daß einer erscheinen würde.

Und da er nun Citron sah, der von den Mädchen gehätschelt wurde, war er sofort aller Not ledig und schloß in seiner Geistesverwirrung, daß dieses Tier an Cupidos Stelle gesetzt sei.

Ich weiß nicht, ob er mit diesem Schluß recht hatte, sicher ist jedoch, daß sich alle Mädchen in den jungen Reisenden verliebten.

Brideron, überrascht von Citrons Schönheit, seiner Artigkeit und seinem Fell, nahm ihn ebenfalls in die Arme und küßte ihn mitten auf die Schnauze. Er kämmte ihn, knackte seine Flöhe und brachte ihm tausend kleine Affereien bei.

Sein kleines verirrtes Herz hatte seine Wahl getroffen: Charis war der Magnet, der ihn anzog. Zunächst konnte er nicht richtig entwirren, was er fühlte: ein geheimes Vergnügen in seinem Innern, wenn er sie sah. Er spielte ihr lieber einen Schabernack als den anderen; er vergaß seinen Vater und seine Suche. Es schien, daß der würdige Nachahmer Telemachs seine Reise auf Mélicertes Schloß enden lassen wollte, die ihm ihrerseits gern mit lachender Miene ein leckeres Mahl bot.

»Seht Ihr«, sagte Brideron zu seinem Onkel, »seht Ihr, wie wenig die hübschen Mädchen den schlechten Frauen in der Stadt mit dem Ball gleichen. Diese, mein lieber Onkel, waren leichtfertig und flatterhaft, hatten einen entblößten Busen, Schönheitspflästerchen, Kreide und Ochsenblut im Gesicht. Aber die Schönheiten hier, Hölle und Teufel, wie sittsam die sind! Ihr Halstuch hängt ihnen über der Brust, man sieht zwar genau, daß sie Zitzen haben, aber man sieht sie hinter einem guten Schnürleib versteckt.« Bei diesen Gesprächen war er verlegen, ohne zu wissen, warum; er wollte seine Verliebtheit mit schlechten Gründen entschuldigen und sich des Stabs der Weisheit bedienen, um auf dem Pfad der Torheit zu gehen. Phokion, der in einer so gefährlichen Lage aus Angst, sich bei den Aufgaben seines Amtes zu täuschen, immer seinen *Telemach* zur Hand hatte, sah bei jeder Rede seines Schülers nach, auf welche Weise er antworten müsse. Er sprach wie folgt zu ihm: »O Brideron, die frechen Schönen auf dem Ball waren nur Tresterwein im Vergleich zu denen hier, auch wenn sie schamloser waren. Wenn eine Frau nicht sittsam ist, taugt sie nichts. Aber zunächst tut sie dem Herzen weh, Brideron. Man liebt sie nur, ich weiß nicht, wie. Sieh dir die Freudenmädchen an, es gibt keinen Mann, der sie anders berührt als im Vorbeigehen. Aber diese kleinen Teufelinnen hier, mein lieber Brideron, mit ihrem Halstuch auf der Brust und ihren Miedern, die sind schlimmer als ein Salat ohne Essig. Hör auf mich und laß uns unsern Weg fortsetzen, vertrödle hier nicht deine Zeit mit Lappalien. Das war Luzifer, der hat dir Reifen um die Beine geklemmt; er ist wütend, weil ihm sein Coup mißglückt ist, als du auf deiner Insel Cypern warst. Was hat die verdammte Seele gemacht? Citron wird es dir sagen: ich wette, das Vieh hat weder einen Hundevater noch eine Hundemutter, so wenig wie du und ich. Es ist ein kleiner Teufel, der gekommen ist, um euch allen, dir, Mélicerte und den Mädchen, um also jedem von euch einen Eimer Liebe ins Herz zu kippen. Faß ihn nicht an, so wenig wie ein Gespenst, fürchte das Gift dieser Kröte, fürchte den Schwanz dieser Schlange und gib Fersengeld.«

»Verdammt, lieber Onkel«, antwortete darauf Brideron ungeduldig, »Ihr könnt vom Apfelbaum keine Birnen verlangen. Was gewinnen wir mit dem Herumstreunen? Mein Vater soll bleiben, wo er ist, wenn er sich doch so schwer finden läßt. Außerdem habe ich diese Nacht geträumt, meine Mutter hätte einen Ehemann genommen. Hört, Onkel, ich habe im Traum einen langen Kerl gesehen, der neben ihrem Bett Schuhe und Strümpfe auszog, seinen Rock darüber legte und sich der Länge lang ohne Umstände an der Seite meiner Mutter ausstreckte; und außerdem hat er sie noch gefragt, warum sie nicht seinen Platz angewärmt hätte.«

Bei diesen Worten las Phokion wieder einen Augenblick in seinem *Telemach*, blätterte eine Seite um, und indem er sich nach Mentors Antwort im gleichen Fall richtete, sagte er:

»Da wirkt schon Citrons Macht auf deinen Geist. Die Leidenschaft hat aus deiner Vernunft ein Omelett gemacht, sie ist ganz verquirlt. Mein Vater läßt sich so schwer finden! meine Mutter hat an ihrer Seite einen Ehemann liegen! Albernes Geschwätz, das. Hat man keine Lust mehr zum Laufen, gibt man vor, man sei asthmatisch. Hast du vergessen, du Unrat du, was der Himmel alles getan hat, um dich wie am Gängelband bis zu deiner Haustür zu führen? Wenn du nicht eines Tages wieder von unserm schönen Pökelschwein essen solltest, dann hätte Pymion dir nicht mitgespielt, dann wärst du im Spital krepiert, die Rippen wären dir gebrochen von den Stockschlägen, die du eingesteckt hast. Zum Henker, nach so vielen Sachen solltest du nicht mehr unsere Kühe wiedersehen? Undank ist der Welt Lohn; mir geht's bei dir wie dem Krebs, ich gehe rückwärts statt vorwärts. Also gut, dann eben ein Krebs, ich werde so weit zurückgehen, daß du mich nicht mehr siehst. Adieu, Einfaltspinsel, dummer Esel, bleib du hier bei deinen Ehrenjungfrauen, ich lasse dich stehen wie einen verschimmelten Apfelkuchen.« Diese harten Worte irritierten Brideron, er mußte seinen Rock aufknöpfen, um besser seufzen zu können. »Ich möchte gern laufen können«, sagte er zu Phokion, »aber meine Beine gehen immer nur rückwärts, genau wie bei Euch; aber im Grunde, vielleicht habt Ihr den Verstand verloren und nicht ich. Denn ich wette, Mélicerte heiratet mich schlicht und einfach, Onkel, und ich verspreche Euch, daß ich Euch umsonst ernähre, wenn ich erst Herr ihres ganzen Vermögens bin.« »Ich betrachte einen Haufen Gold und Silber als einen Haufen Kehricht, wenn man seine Weisheit und seinen Willen dafür an den Nagel hängen muß«, gab Mentor zur Antwort. »Dein Vater, deine Mutter und ich, wir wollen alle drei, daß du außer der Weisheit auch die Geduld suchst und die Schürzenjäger, die deiner armen Mutter zusetzen, mit der Mistgabel die Treppe hinunterjagst; aber Monsieur Citron und die Liebe hindern dich, uns zu glauben. Ist der schöne Brideron nicht trefflich ausstaffiert mit Mélicertes Vermögen, wenn er in seinem Alter immer am Hintern eines Weibes hängen muß?« Der junge Mann antwortete auf diese Vorwürfe nur mit Seufzern, die mehr als zur Hälfte ein Schluckauf waren. »Verdammt«, sagte er und drehte Phokion den Rücken, »wenn dieser Erzieher mich wie einen Getreidesack auf seinen Buckel laden könnte oder im Maul davontragen wie der Wolf das Schaf, dann brauchte ich nur ein bißchen mit den Füßen zu wackeln und käme hier weg. Aber daß ich mit meinen eigenen Beinen laufen soll, das wäre gerade, als sagte er mir, ich solle auf dem Rücken Augen haben. Mag er selber abreisen, Gott zeige ihm den Weg. Ich habe bei Mélicerte mein Schäfchen im trocknen.«

So viele verschiedene Gedanken plagten ihn. Hin und wieder setzte er sich auf die Deichsel eines Karrens und brütete vor sich hin. Er hielt nur noch vier Mahlzeiten am Tag, wo er doch zuerst ständig einen guten Bissen im Mund hatte. Das war nicht mehr der fröhliche Brideron, der auf die Bäume kletterte, um junge Vögel aus den Nestern zu holen, die er den Mädchen im Schloß schenkte. Er spielte nicht mehr Blinde Kuh mit ihnen, seine Miene war sorgenvoll, die schlechte Laune veränderte seine Züge.

Phokion, der ständig die Pflichten seines Amtes im Auge hatte, sagte sich, das ist eine Liebe, die zum Wahnsinn führt. Ich habe bemerkt, daß Mélicerte halb verrückt davon ist, und was den Spitzbuben angeht, so ist der von Charis betört. Wohlan, Phokion! da mein Geist und Körper frei sind und Citron nach einem ordentlichen Fußtritt, den ich ihm versetzt habe, mich nicht zu lecken wagt, werden wir den einen Nagel durch den andern vertreiben und Mélicerte eifersüchtig machen. Die Dame erschien gerade. »Ich habe bemerkt«, sagte

Phokion zu ihr, »daß Brideron sehr gerne fischen geht: immer hat er das Netz in der Hand, und oft verkriecht er sich im Unterholz am Flußufer. Seid Ihr es, Madame Mélicerte, die ihn so zu den Fischen und ins Dickicht zieht?«

Bei diesen Worten plusterte sich Mélicerte vor Ärger wie eine Truthenne auf. »Wer von weitem kommt, hat gut lügen«, erwiderte sie. »Brideron bindet uns einen schönen Bären auf, wenn er sagt, die Mädchen auf dem Ball hätten ihm wie alte Vetteln mißfallen. Das soll er anderen erzählen! Schließlich macht die häßlichste von meinen Nichten mit ihren dicken Lippen seinem Herzen sehr zu schaffen. Ach, die schöne Entschlußkraft des stillen Wassers, die den schrägen Blicken einer alten Schlampe nicht standhalten kann.«

Da rief Phokion ganz leise: »Gut so, das Feuer brennt!« Dann spielte er den Traurigen, den Wütenden. »Ich bin ganz unglücklich, daß ich der Onkel väterlicherseits von einem solchen Waschlappen bin«, sagte er zu Mélicerte, »ich weine täglich darüber.«

Solche Reden gewannen Phokion das Vertrauen von Mélicerte, sie erzählte ihm ihren Kummer. Er hatte ihr mitgeteilt, daß Charis mit Brideron zum Krebsfang gegangen sei.

Diese Mitteilung verstörte Mélicerte wie eine Henne, der man ihre Küken wegnimmt: sie wußte, daß die beiden nur zusammen waren, um ungestörter miteinander reden zu können; sie fanden so viel Geschmack daran, daß sie erneut zum Krebsfang gehen wollten, weil, wie sie sagten, die ersten zu klein gewesen seien und keine Beine gehabt hätten. Daraufhin sagte ihnen Mélicerte klipp und klar, daß sie auch mit dabei sein wolle; und als sie merkte, daß das unser Liebespaar verdroß, brach ihr Zorn aus, ohne daß sie auch nur ein Stückchen davon zurückhalten konnte. »Uff«, sagte sie, »ich muß mich entleeren. Sag mal, du Mißgeburt, hältst du mich für deine Herbergsmutter? Soll ich dich auf meine Kosten durchfüttern, um dann zuzusehen, wie du dieser Stumpfnase den Rotz ableckst? Habe ich dich aufgenommen, gekleidet, beherbergt, nur damit ich erlebe, wie ich nach so vielen Wohltaten mit einem Achselzucken belohnt werde? Weil ich zu deinen Krebsen mitgehen will, murmelst du zwischen den Zähnen: die Pest soll das alte Aas holen! O, ich wünschte dir, du würdest zum Gründling oder zum Karpfen, wenn du die Füße ins Wasser steckst! Mit welchem Vergnügen ich dich auf meinem Rost braten würde! mit welcher Freude ich dich bis auf die Gräten abnagte! oder wenn du schon in deiner albernen Gestalt am Leben bleibst, dann wünschte ich dir, du würdest von irgendeinem Hauptmann ergriffen, der dir eine Muskete in die Hand drückt und jede Meile zwanzig Stockhiebe versetzt, um dich in Trab zu halten. Ich wünschte dir, Elender, verdammter Fresser, alter Säufer, der du mir schon ein ganzes Weinfaß geleert hast, das ich fürs Dreikönigsfest aufheben wollte, ich wünschte dir, du würdest ... aber wozu das alles, du wirst in der Hölle braten; dein Bart wird brennen wie unser Kamin bei starkem Wind. Ich ersticke; gebt mir den Hocker dort, aber vorher schlagt ihr dieser Kaulquappe den Schädel damit ein.«

Während Mélicerte auf diese Weise ihrer Wut Luft machte, sah man, wie sie vor Zorn und Liebe bis in den Nacken rot wurde und ihre Haare sich wie kleine Stacheln sträubten; ihre Lippen und ihre Nase weiteten sich, sie stemmte die Arme in die Hüften, ihr erregter, verstörter Busen hob sich wie siedende Milch; die Tränen liefen ihr in den Mund, sie schluckte sie hinunter, ohne ihren Geschmack zu spüren. Eine unüberwindliche Heiserkeit verschloß ihr den Mund, es kam nur noch ein rauher Ton heraus gleich dem, der aus der Kehle eines zu Tode erschöpften Fuhrmannes dringt.

Phokion heftete seine beunruhigten Blicke auf seinen Zögling, der mit den seinen nicht wußte, wohin; er sagte kein Wort zu ihm, denn so hatte sich einst Mentor verhalten, sondern zuckte nur mit den Schultern und bemerkte: »So ein Jammer!« Brideron stellte sich all das vor, was sein Lehrer jetzt dachte. »Ich sitze in der Patsche«, murmelte er zwischen den Zähnen, »die Liebe hat meine Entschlußkraft bis zur Neige geleert, jetzt ist kein Tropfen mehr in mir.« Bei diesen Worten überkam ihn die Reue, er war drauf und dran ihr nachzugeben; oft dachte er daran, sich eine Kordel um den Hals zu legen, sich vor Phokion hinzustellen und zu sagen: »Ich bin fehlgegangen; erwürge mich; oder laß uns in guter Freundschaft zusammen saufen.« Aber zum Teufel, dachte er bei sich, der Stolz hält mich zurück; ich krümme nicht gern mein Rückgrat; und außerdem, sobald ich zu meinem Onkel danke geschrien habe, wird er mir sagen: reisen wir ab. Ich kann aber nicht, mein Gott, auch wenn man mir die Postkutsche gratis zur Verfügung stellte; ich bin an meiner Liebe festgeklebt und muß warten, bis sich das von alleine löst.

Bei so viel Aufregung lachte Satan sicher boshaft über sein schönes Werk; nur Phokion hätte er gern mit seiner Klaue erstickt, weil der ihn nicht an der Sache beteiligen wollte. Indes lief Charis, die vor dem Gedanken zitterte, daß der erste Verehrer, der ihr Verliebtheiten zugeflüstert hatte, sie verlassen würde, hin und her und suchte in ihrem kleinen Kopf nach allem, was dazu beitragen konnte, Brideron fest ans Schloß zu ketten.

Da sie wußte, daß Schönheitspflästerchen ein Gesicht schmücken, schnitt sie alle Äpfel auf, die sich finden ließen, um deren Kerne zu sammeln. Sie machte sich auch so gut sie konnte welche aus einer alten, abgenutzten Haube, doch mußte sie sich jeden Augenblick neue schneiden, da sie ständig herunterfielen, weil sie nicht gummiert waren. An jedem Auge hatte sie ein halbes Dutzend, um es schelmischer zu machen; jeden Morgen wusch sie sich das Gesicht in einem Eimer Wasser, sie stahl Mehl, damit ihre Hände weniger fettig wären, und suchte in ihrer Truhe nach der besten und feinsten Haube; darüber hinaus gab ihr der Teufel noch einen Glanz nach seiner Art, so daß sie wesentlich appetitlicher aussah als Mélicerte. Diese betrachtete sie und gab sich tausend Nasenstüber vor Wut, dann schloß sie sich auf ihrem Dachboden ein und prüfte ihre alten Kleider.

Während sie dort ihre Lumpen zusammensuchte, sagte sie sich: Wenn ich zu ihrem Krebsfang mitginge, würden sie mich nur verfluchen; abgesehen davon, daß ich eine alte Hagebutte bin, ein Affenweib im Vergleich zu meiner Nichte, dieser Zierpuppe; ich weiß nicht, wo das Weib seine Anmut hergenommen hat, aber sie sticht ins Herz wie die Distel in die Haut. Ich könnte zwar meinen Brideron sehen, aber der würde mich nicht sehen, denn seine beiden Augäpfel würden nur meine Nichte verschlingen.

Ach, was bin ich für eine alte Närrin! Bald bin ich fünfzig, meine Trauben sind geerntet, und mein Wein ist zu alt, um zu berauschen. Träumen wir also nicht mehr von der Liebe; befördern wir vielmehr den kleinen Schlemmer hinaus.

Ach, mein Gott! rief sie bei diesem Gedanken und warf einen Packen alter Tücher auf den Boden. Diese verdammte Liebe, warum spuckt man sie nicht aus wie eine Arznei? Wenn mein Brideron weggeht, schlafe ich nur noch in einem Sarg, das wäre so gut, als würde ich mir unser Küchenmesser in die Kehle rammen. Aber warum ganz allein soviel nachdenken? Verpassen wir ihm doch eine Dosis Arsen, dann krepiert er einfach und erspart mir den Kummer seiner Abreise. Arsen! Elende, was hat er dir denn getan, der arme Unschuldsengel? Du liebst ihn, nun ja, weil er schön ist. Ein großes Wunder, daß man einen frischen, feisten Burschen liebt! Meine Großmutter, hat man mir erzählt, liebte mit siebzig noch den kleinen Lakaien, der ihr die Schleppe trug, wenn sie in die Kirche ging. Meine Haut ist aus dem gleichen Stoff, aber er ist noch nicht so zerschlissen. Ich bin fünfundvierzig Jahre alt, was macht das, ich kann um zehn Jahre betrügen, und man wird mir glauben, denn ich bin keine Lügnerin. Ja; aber was bin ich dumm; kann man denn mit einem Gesicht täuschen, das sich nur durch seine Zunge erhält? O aufgeblasene Mélicerte, deine Sachen sind alt! Du kannst dir zwar neue Hemden kaufen, aber in keinem Laden der Welt ein neues Gesicht. So redete sie auf ihrem Dachboden mit sich selbst, als sie plötzlich, holterdiepolter, vier Stufen auf einmal nehmend, die Treppe hinabläuft, um mit Phokion darüber zu schwatzen. »Alter Kauz«, sagt sie zu ihm, als sie ihn findet, »ich muß Euch Euern kahlen Schädel waschen. Sagt, habt Ihr zuviel auf einmal getrunken, oder betrachtet Ihr Brideron als ein totes Pferd? Dummkopf, Ihr steht da mit verschränkten Armen, während er sich Herz und Seele mit Liebe, Nachlässigkeit und Faulheit vollpfropft, ständig hängt er am Hintern eines Mädchens, während sein Erzieher beim Kellermeister hockt. Hört, Graukopf, der Junge wird in Euern Händen noch völlig verderben, wenn Ihr ihn nicht aus meinem Schloß wegbringt. Andererseits, wenn Ihr Euern Weg weiterziehen wollt und also über den Fluß müßt, dann findet Ihr am Ufer ein kleines Boot, das mir gehört und bei dem nur eine einzige Planke morsch ist. Bessert sie aus und fahrt mit dem Boot weg. Das Angebot kommt ebenso von Herzen, wie wenn ich Euch einen Sou schenken würde.«

Welche Wonne Phokion empfand, als er sie so sprechen hörte! Na bitte, rief er aus, als er von Mélicerte weg war, da haben wir das von Mentor erbaute Schiff. O wunderbare Umstände, die beweisen, daß mein Brideron ein wahrer Telemach ist und ich ein Mentor! Laufen wir zum Boot. Er fliegt zu ihm hin. Sein köstlicher Wahn läßt ihn das geheime Mittel finden, eine morsche Planke wieder vollkommen instand zu setzen. Indessen bereut Mélicerte es, daß sie von dem Boot geredet hat. Sie war mit unsern beiden Verliebten beim Fischfang und hörte die Schläge, die Phokion dem Kahn mit Steinen statt mit einem Hammer versetzte; jeden Schlag spürte sie in ihren Eingeweiden, während der flüchtigste Blick, den Charis und Brideron wechselten, ihr Herz mit tausend Nadeln der Angst spickte.

Charis, die das Mittel fand, heimlich mit ihrem Verehrer zu reden, sagte zu ihm: »Alle Wetter, Monsieur, Ihr habt da aber einen unfreundlichen Kutscher; er starrt uns prüfend an, wenn er uns sieht, seine Augen sind aufgerissen, er hebt die Schultern, runzelt ständig die Stirn, als würde man ihm den Schädel anbohren. Was habt Ihr mit dem Schulmeister zu schaffen, Ihr könntet selbst alle Kinder im Dorf unterrichten.«

Diese Worte machten Brideron auf seinen Onkel böse. »Darauf antworte ich nichts«, sagte er, »aber ich bin voll von treffenden Worten, die ich dazu loslassen könnte.«

Als der Fischfang beendet war, kamen sie auf dem Rückweg an der Stelle vorbei, wo Phokion gesessen und mit seinen Steinen gehämmert hatte. Mélicerte bewegte das Boot und sah, daß es ganz war. »Ah, du Gerippe eines Gehenkten«, sagte sie ganz leise und meinte Phokion, »du willst mir also endgültig meinen Geliebten entführen?« Der Anblick verursachte ihr solchen Kummer, daß sie sich kaum noch aufrecht halten konnte und beim Gehen auf die Arme ihrer Töchter stützen mußte, wobei sie tat, als hinke sie. Ihre Nichte Charis sagte zu ihr: »Stützt Euch auf mich, liebe Tante; auch wenn Ihr so viel wiegen würdet wie ein Mühlstein, ich lasse Euch nicht fallen.« »Halt den Mund, du Aas«, erwiderte die Tante, »ich stütze gleich meinen Absatz in deine verdammte Fratze.«

Bei diesen Worten zog sich Charis respektvoll zurück. Brideron, der nichts gehört hatte, sagte: »O Madame, erzählt mir doch mal, warum das Boot hier liegt; wozu dient es?« »Das ist ein alter Kahn, mein Sohn, den habe ich ausbessern lassen, um Euern verdammten Onkel wegzuschicken«, antwortete ihm Mélicerte. »Meinen verdammten Onkel, sagt Ihr? O Mélicerte«, rief Brideron, »verdammt oder nicht, ich will, daß der Kerl hier bleibt. Wenn er abreist, wo sollen wir dann hin, Charis, mein Täubchen?« Sein lebhafter Kummer und seine Zärtlichkeit ließen ihm diese unvorsichtigen Worte entschlüpfen. Charis konnte sich vor Freude nicht lassen, daß der brave Bursche vor Liebe zu ihr den Verstand verlor.

Dennoch senkte sie den Kopf, um nicht das dumme Gesicht sehen zu müssen, das ihre Tante jetzt gewiß machte.

Diese, nachdem sie mehrere atemlose »ha!« ausgestoßen hatte, rannte zum Schloß, um Phokion von dort zu verscheuchen, und hielt dabei folgende zornige Rede:

»Sofort tanzt ihr hier ab, du und dein Erzieher, und die Geigen gebe ich dir mit Stockschlägen auf den Arsch. Ah! ich kenne mich nicht mehr vor Wut! Du Bastard du, Sohn eines Hahnreis, gib mir alles zurück, was du mir weggefressen hast du, auch den Napf Milchsuppe mit den Eidottern, die ich dir gestern habe machen lassen, weil du zweimal gehustet hast. Auf, schnell, zieht ihm den schönen Rock aus und die neubesohlten Strümpfe, die ich ihm geschenkt habe; deine Lumpen liegen noch auf meinem Dachboden, hol sie dir; das Ungeziefer wird da nicht reingehen, das war schon drin. Hopp, Bursche! Ich schwöre dir bei der Kurbel meines Bratspießes, ich werde alles tun, so viel beten, daß dein Bauch, noch ehe es zwölf schlägt, so gebläht ist wie eine Schweinsblase. Zehn Pinten Wasser warten im Fluß auf dich, die kannst du trinken, ohne daß dir der Schädel danach brummt.«

Sie lief noch immer zum Schloß. Plötzlich blieb sie mitten auf dem Weg stehen. »Trotzdem ärgert's mich«, sagte sie. »Ich habe ihm vorausgesagt, daß er von den Fischen gefressen wird. Pfui Teufel! Es wäre viel besser, wenn er sie äße. Aber ich will, daß er es an meinem Tisch macht und meinem Sessel gegenüber. Wozu nützt es zu schreien? Wenn ich ihn und seinen Onkel doch in das Boot stecken und jedem von ihnen ein Galeerenruder in die Hand drücken könnte! und wenn ich sie dann ohne Bedauern im Wasser absaufen sähe! Aber verdammt, eher würde ich Schwimmblasen anlegen, um sie wieder aufzufischen.«

Während sie so ganz allein auf dem Weg stand, kamen Brideron und die Nymphen. Mélicertes Gesicht war aschgrau, sie sah so schlecht aus, daß Brideron seine Augen abwandte und sagte: »Alle Wetter, ist die häßlich!« Mélicerte hörte ihn zwar nicht, doch merkte sie, daß sie ihm nicht gefiel, und diese Feststellung machte ihr Gesicht noch häßlicher und boshafter. Da sie nicht wußte, an wem sie ihren Ärger auslassen sollte, ergriff sie eine grüne Rute, lief den jungen Mädchen hinterher, die sich zum Vergnügen gegenseitig mit Zweigen schlugen, und jagte sie ins Schloß. »Cathos«, schrie sie, »du Larve, und du, Janneton, Zierpuppe, auf, macht daß ihr nach Hause kommt, wenn ich es euch sage!«

Mit diesen Worten peitschte sie hemmungslos auf den Rücken der beiden Mädchen. Charis bekam einen kräftigen Hieb auf die Hand, als sie diese unserm Telemach hinstrecken wollte. Das arme Mädchen tat einen Schrei und sagte: »Gott vergelte es Ihnen, Tante.« Sie weinte ein bißchen vor Schmerz, doch minderte das nicht ihre Anmut. Mélicerte bemerkte, daß Brideron ebenfalls beinahe weinte, weil er Charis weinen sah, und alle diese Feststellungen waren für die Glut in ihrem Herzen wie ebenso viele neue Kohlestückchen.

Indes war Mélicerte mit ihren Mädchen im Schloß angekommen, und Brideron war allein mit seinem Onkel. Er sah ihn an, dann platzte er, ohne es hindern zu können, vor Lachen heraus: »Mélicertes Zorn ist komisch, nicht wahr, Onkel!« sagte er. »Aber eins nach dem andern, jetzt wollen wir erstmal alle meine Fehler beweinen, später, wenn ich sie wieder gut gemacht habe, lachen wir darüber. Ja, Onkel, das sind die Tränen, die mir wie Telemach kommen: Ihr seid mein Vater, und ich bin ein garstiger Sohn. Zieht mich hier weg, reißt mich fort, denn ich klebe hier fest wie das Fleisch an der Haut. Wir wollen uns umarmen, dann sind wir bessere Freunde, und ich weine darüber noch mehr.«

Nach diesen Worten streckt Phokion ihm die Arme entgegen und sagt: »Komm, weine diesmal nicht soviel, sondern lieber ein andermal. Wegen eines kleinen Streiches, der dich so weise machen wird wie einen Eremiten, brauchst du nicht vier Stunden lang den Dummkopf zu spielen. Man muß durch eine Tür hindurchgegangen sein, um zu wissen, wie sie beschaffen ist. Wenn ein Mädchen zu dir sagt: Monsieur Brideron, wollt Ihr mich nicht lieben? So antwortest du ihr: In diesem Ofen backe ich nicht, er ist zu heiß, da verbrennt das Brot. Nun also, diese Liebe, die deiner Vernunft und deiner Wahrheit so viele Scherereien gemacht hat, ist eine bessere Lektion für dich als alle Lateinbücher, die ich dir gekauft habe und aus denen du nichts lernen wolltest: du hast zwar nicht das Wasser aus dem Sumpfloch gekostet, aber du weißt jetzt, daß es stinkt und es besser ist, das klare Wasser der Weisheit zu trinken. Hätte man dir gesagt: ein Verehrer, der sich verliebt, bindet sich einen Faden um den Hals, der ihn wie ein dicker Strick erwürgt, dann hättest du geantwortet, man würde aus einem Grashalm eine Wiese machen. Diese Liebe ist mit dem Teufel Citron gekommen. Du hast ihn geleckt, diesen Citron, du hast ihn auf den Knien gehalten, er hat mit dir geschmust, um dir einen tückischen Streich zu spielen. Er hat dich gebissen, obwohl kein Blut floß. Die Göttin Mélicerte, denn schließlich ist sie eine Kalypso, ist genau wie du gebissen worden, nur ich nicht, weil er meine Haut zu zäh fand, um seine Zähne reinzuschlagen. Mélicerte hat den Satan im Leib, in den Mädchen steckt eine Legion von Teufeln, bald werden sie sich in die Haare geraten. Da siehst du, mein Sohn, wie es mit Amor steht, wie er euch kratzt, indes er euch schmeichelt. Flieh, so schnell dich deine Füße tragen; der Himmel schenkt uns ein Boot, ich habe selbst eine morsche Planke durch eine neue ersetzt. Alles ist bereit, weg von hier, der Himmel will es und ich ebenfalls.«

Mit diesen Worten zog ihn Phokion am Ärmel. Doch der Zögling eines so würdigen Meisters drehte den Kopf zu Charis, die langsam über den Schloßhof ging. Er bewunderte die Falten ihres Manteaus, der von ihren Schultern fiel, und die Schönheit ihrer Ohren, von denen ein Stückchen hervorlugte; er bewunderte die feine Art, wie sie mit ihren frischbesohlten Pantoffeln lief, die der Schuhflicker ihr gerade erst an diesem Tage gebracht hatte. Endlich merkte er, daß Phokion ihn noch immer wegzog: »Seid gesegnet, lieber Onkel«, sagte er, »ebenso wie das Boot, das Ihr ausgebessert habt, doch selbst wenn der Kopf meines Vaters zwischen zwei Eisenstangen steckte, selbst wenn ich erst in achtzig Jahren die Weisheit einfangen sollte, die ich aus meinem Herzen habe entweichen lassen, und auch wenn ich mein ganzes Leben lang mit zwanzig

Dornen im Hintern herumlaufen müßte, ich muß Charis noch ein Wörtchen unter vier Augen sagen. Ach, das arme Mädchen, heute morgen hat sie mir noch mit eigener Hand frische Butter aufs Brot gestrichen, sie hat eine neue Flasche für mich abgefüllt, und ich sollte weggehen, ohne ihr zu sagen, daß ich ihr Diener bleibe? Ach, lieber Onkel, es gibt solche Weisheit und solche, so wie es solche Rüben gibt und solche: jene, die Ihr predigt, taugt nichts, das sagt mir mein Herz. Laßt mich zu meiner Liebsten gehen, ich werde ihr folgendes sagen:

O Charis, du Schönheit, schöner anzusehen als grüner Taft, ich verderbe bei dir, ich fühle es; adieu, Liebste; meine Tugend hat durch dich den Brand bekommen, ich kann ihn nur heilen, indem ich die Luft zwanzig Meilen von dir entfernt einatme. Laß es dir nicht einfallen, mit mir zu schäkern, denn du bist ebenso von Liebe zerfressen wie ich. Aber du bist nur ein Mädchen, und ich bin Brideron; das bedeutet, ich muß ein Bramarbas sein, der nur darauf bedacht sein darf, seinem Vater und der Weisheit hinterherzutrotten. Adieu, mein Hühnchen; wenn du eines Tages Küken hast, sollen sie dir bis zur Schnabelspitze gleichen.

So will ich zu ihr reden; sonst müßtet Ihr mir hier einen Karren Erde auf den Kopf schütten, denn ich sterbe, und sowie ich begraben bin, bin ich endgültig tot.«

»O wie erbärmlich du bist«, antwortete Phokion. »Verdammt«, rief Brideron, »Charis kümmert mich soviel wie der Schädel meiner Großmutter, sie ist auch nur ein hübsches Etui, um eine Schere reinzustecken. Aber sie ist so gut, so sanft, so lustig! Ach, lieber guter Onkel, laß mich los, ich komme zurück, wenn Ihr mir pfeift.«

»Du sagst, du liebst sie nicht«, schrie Phokion, »und willst einen Karren Erde auf den Kopf! Unseliger Junge, du bist wie einer, der im Traum in sein Bett pißt und glaubt, er stünde an einer Wand. Komm zur Besinnung, mein Sohn; dein Vater hat dich in die Welt gesetzt, ihm verdankst du deine Beine; aber du benutzt sie nur, um ihm den Rücken zuzukehren. Was wird aus dem Schloß mit seinen schönen Kornspeichern, wenn du hierbleibst? Wer ißt alle deine Tauben, die sicher inzwischen ich weiß nicht wie viele Jungen haben? Und der große Misthaufen im Hof, bist du es nicht, der damit seine Äcker düngen sollte? Ach, Brideron, warum bist du nicht ein Hirsch, und warum habe ich nicht eine gute Flinte? Ich würde dich über die Felder treiben, auch auf die Gefahr hin, dir eine Ladung Schrot in den Hintern zu jagen. Erinnere dich an mich, tausendmal habe ich dir deinen verschissenen Arsch abgewischt, ich habe dich vor der Peitsche bewahrt, wenn du ins Bett gekackt hast, ich habe dir deine Kreisel gedreht, die Amseln aus den Nestern geholt, ich habe dir deinen Brei gegeben, das Alphabet beigebracht, und trotz alledem verweigerst du mir den Gehorsam! In meiner Tasche habe ich ein Taschentuch, das voll ist von den Tränen, die ich in der Zeit vergossen habe, als du mich gemieden hast wie den Galgen; sieh es dir an, ob es naß ist. Aber das ist nicht alles; mein Herz wird immer schwächer, und ich werde meine Seele ausspucken wie zu heiße Suppe, wenn du mir nicht folgst und der Weisheit untreu wirst.«

Während der weise Mann so sprach, zog er Brideron immer weiter am Ärmel. Dieser, da er noch nicht allein gehen konnte, ließ sich wenigstens wie ein Blinder führen, und sein braver Erzieher, um Minerva nachzuahmen, die in der Gestalt von Mentor Telemach mit ihrer Ägide bedeckt hatte, der brave Erzieher also nahm seinen Rockschoß und breitete ihn so weit oben wie er konnte über Briderons Körper; dadurch glaubte er, ihm Mut zu machen. So gelangten sie in den kleinen Wald, an dessen Ende das Flußufer lag, wo das Boot auf sie wartete; doch als sie den Wald hinter sich hatten, merkte Phokion, daß seine Rechnung weit davon entfernt war, aufzugehen.

Satan, den ich in einem Winkel von Mélicertes Hirn zurückgelassen habe und der sich ärgerte, daß Brideron, indem er entwischte, eine Raserei und Unordnung beendete, die ihm, Satan, Ehre machte, beordert einen seiner Boten ins Hirn der alten Zauberin, um ihr die Absicht einzugeben, sich bei Mélicerte nach Citron zu erkundigen. Der Bote führt den Auftrag aus und setzt die Alte in Bewegung. Sie kommt bei Mélicerte an. »Nun«, sagt sie, »hat Citron seine Arbeit gut gemacht?« »Da, altes Aas«, antwortet ihr Mélicerte und wirft ihr den Hund mit allen vier Pfoten voran ins Gesicht, »da hast du deinen Teufel wieder, er hat uns alle verkehrt verhext. Meine Nichte Charis, die dir nichts gegeben hat, die ist nach allen Regeln der Kunst verhext, Brideron und sie stehen zusammen unter dem Zauberbann. Aber mir, altes Reff, mir hat dein elender Köter schrecklich mitgespielt, ohne daß er meinen Geliebten berührt hätte. Laß dich wie eine Hammelkeule in der Hölle braten; der ganze Schwindel hat mir nur Unglück gebracht.«

Darauf sagte die Alte zu ihr: »Verdammt nochmal, wenn das schiefgegangen ist, so ist das nicht mein Fehler; hättet Ihr Citron gehabt, bevor Euer Geliebter Eure Nichte gesehen hat, hätte der Spaniel seine Sache gemacht, aber er nimmt nicht die Liebe weg, die man schon aufgesogen hat.« »Halt den Mund, Larve, mit deinem aufgesogen«, erwiderte Mélicerte, »oder gib mir eine Dosis von irgendwas, damit mein Brideron sich aus dem Staub machen kann, ohne daß es mir was ausmacht.« »Dafür gebe ich dir nichts«, sagte die Alte. »Man müßte ihm die Beine abfallen lassen, er ist jung, und mir dünkt, sie sitzen ihm zu fest.

Sagt, geht er zu Fuß oder reitet er?« »Er fährt im Boot«, entgegnete Mélicerte, »und das liegt am Ufer.« »So einfach ist das?« erwiderte die Alte. »He, tummelt Euch ein bißchen, nehmt eine Strohfackel, lauft und brennt den Kahn an. Da, ich habe ein bißchen Pulver dabei, das ich für meinen Sohn gekauft hatte, tut es hinein, und um alles andere braucht Ihr Euch nicht zu kümmern. Ohne meine zehn Finger zu rühren, will ich von hier aus, daß dem Kahn auf allen Seiten der Boden durchlöchert wird.«

Bei dieser Rede sperrt Mélicerte weit ihre Ohren auf, sie lächelt vor Freude und Behagen. »Adieu, meine gute Mama«, sagt sie zu der Alten, »ich gehe, stecke mein Stroh in der Küche an und nehme die Abkürzung durch die Hinterpforte.«

Mélicerte läuft weg; unterwegs setzt sie einige Mädchen von der drohenden Flucht in Kenntnis. Diese bewaffnen sich ebenfalls mit Fackeln und laufen herbei, um das Holzgehäuse zu verbrennen. Sie kommen noch vor Phokion und Brideron dort an, das Pulver wird in das Boot getan. Mélicerte, die Wütendste von allen, wirft mit geschlossenen Augen ihre Furienfackel hinein, das Boot zerbirst und verbrennt.

Freudenschreie erschallen; in diesem Augenblick kommen unsere beiden Abenteurer an. Brideron sieht die Reste des Bootes und sagt zu seinem Onkel: »Ach, du meine Güte, der Schlag ist eine Überraschung, ich kann so wenig schwimmen wie ein dicker Kieselstein; wir werden also wieder Hammelkeule bei Madame essen.«

Diese Worte machen Phokion klar, daß in seinem Zögling das alte Feuer wieder entflammt ist und er geschickt vorgehen muß, wenn er Brideron hier wegbekommen will. Er entdeckt in der Ferne ein langes großes Boot auf dem Fluß, das Waren befördert, und sagt sich: das ist das phönizische Schiff. Unser Fahrzeug ist verbrannt, wir sind am Wasser, nun ja, Brideron, du wirst Telemachs Sprung machen. Nach diesem Entschluß führt er unmerklich seinen Zögling an eine erhöhte Stelle des Ufers, und als er eine günstige Gelegenheit sieht, stößt er ihn von hinten in den Fluß und springt selbst hinterher. »Ich bin tot«, schreit Brideron, während er fällt. Zunächst taucht er bis zum Grund des Wassers, doch dann kommt er wieder hoch. Der brave Phokion war ein guter Schwimmer. Die große Stunde gab ihm die Kraft des Zwanzigjährigen zurück. Er erwischt den zappelnden Brideron an einem Fuß und zieht ihn zu sich heran.

Der werdende Telemach schluckte mehr als genug Wasser. Phokion, der sich der Rede erinnerte, die Mentor während des Schwimmens dem jungen Fürsten hielt, wollte nichts von seiner Rolle weglassen, obwohl er völlig außer Atem war. Er öffnete gerade den Mund, um Brideron darauf hinzuweisen, daß er als erster sprechen müsse, als eine Welle ihm in die Kehle schwappte und ihm Schweigen gebot.

SECHSTES BUCH

Das Schiff, das Phokion gesehen hatte, war jetzt in der Mitte des Flusses angelangt, unsern Schwimmern genau gegenüber. Der alte Narr, der eher von seinen Hirngespinsten aufrechterhalten wurde als von seiner Kraft, die bereits im Schwinden war, bemühte sich, um den Regeln gemäß gerettet zu werden, folgende von den Wellen unterbrochene Worte an den Besitzer des Schiffes zu richten, falls er das war.

»O ihr, Phönizier, oder ihr Menschen anderer Landstriche, die ihr jedoch brave Kinder zu sein scheint, habt Mitleid mit uns und rettet ehrliche Leute, die am Absaufen sind.« Die Männer auf dem Schiff, die sie hatten ins Wasser fallen sehen, taten sofort das, was menschliches Mitgefühl eingibt: sie ließen einen kleinen Kahn zu Wasser und holten zu mehreren die um ein Haar den Fischen zugefallene Beute wieder heraus.

Brideron und sein Onkel hatten rasche Hilfe gebraucht. Einige Minuten später und ihre Geschichte wäre für immer beendet und die zweite Hälfte der Nachahmung nicht mehr zu vollziehen gewesen.

Zunächst werden sie ausgezogen und kurz an den Füßen aufgehängt; dann läßt man sie sich ausruhen. Langsam kehren ihre Lebensgeister wieder zurück. Brideron taucht wie aus einem tiefen Schlaf auf, er kommt endlich zu sich und blickt zu seinem Onkel. »Oho«, sagt er, »Ihr spielt mir da einen schönen Streich! Ihr seid ein böser Mensch, das werde ich meinem Vater erzählen, wenn sich je unsre beiden Gesichter treffen.« »Seht euch doch den aufsässigen Burschen an«, erwiderte der Onkel. »Man stößt ihn ins Wasser wie Telemach, und er beschwert sich noch!« »Ha, verdammt«, rief da Brideron, »Ihr habt recht, lieber Onkel, ich bin ein Dummkopf. Jetzt erinnere ich mich an die Sache. Das habt Ihr gutgemacht! es lebe die Weisheit! lieber seinen Neffen ertränken, als ihn verliebt sehen, das nenne ich Lebensart haben. Eure Tat ist so schön, daß ich von meiner Liebe gereinigt bin. Die kleine Charis hatte mir wahrhaftig den Kopf verwirrt: die Weisheit und der Fluß sind eine gute Arznei, wenn die Entschlußkraft nachläßt; ich bin schlimmer als ein Türke.«

Der Mann, dem das Schiff gehörte, kam zu ihnen und sagte: »Na, Kinder, wollt ihr einen Schnaps? Wer zum Teufel hat euch in den Fluß geschmissen?« »Die Gegend, die wir eben verlassen haben, wird von einer alten Närrin bewohnt, die uns in ihr Schloß einsperren wollte«, antwortete Phokion. »Zum Teufel«, unterbrach Brideron seinen Onkel, »aus Angst zu verschimmeln brauchen wir frische Luft. Aber reden wir vernünftig: wohin fahrt Ihr? Bringt uns nach Epirus.« »Wo liegt das Ding?« fragte der Mann. »Ich war schon oft auf der Messe von Saint-Germain in Paris, aber davon habe ich noch nie was gehört.« »Was Ihr da sagt, ist die heilige Einfalt selbst«, entgegnete Brideron; »seid Ihr so dumm, wie Ihr blöd seid? das ist ein Königreich!« »Oh, da werde ich Euch nicht hinfahren«, sagte der Mann, »es sei denn, es liegt in Frankreich.«

Während Brideron mit dem Unbekannten sprach, fluchte Phokion innerlich vor Zorn. Der Grund dafür war, daß sein Zögling nach dem Abenteuer in Mélicertes Schloß hätte stumm sein müssen wie ein Karpfen, so wie es Telemach war, als er von dem phönizischen Schiff aufgenommen wurde; denn bei dieser Gelegenheit war es Mentor, der das Wort ergriff.

Der brave Mann, erbost über diese Verletzung der Regeln, sagte zu Brideron: »Jetzt aber, Schwätzer, halte den Mund; du hast es gerade nötig zu plappern, nach deinen Torheiten. Lies *Telemach*, und du wirst sehen, daß du jetzt deine Zunge im Zaum oder an der Leine halten mußt.« »Wenn dem so ist«, erwiderte Brideron, »dann redet Ihr.« »Jetzt ist es zu spät«, sagte Phokion, »die Sache ist schon passiert, und nun ist der Augenblick, ich wette, wo der Mann, der mit dir spricht, dich erkennen wird, so wie Adoam Telemach erkannt hat.«

»Hölle und Teufel«, sagte der Mann, »ihr redet da Zeug miteinander, von dem ich kein Wort begreife. Aber ich habe dieses Gesicht schon mal irgendwo gesehen«, und er zeigte auf Brideron. »Oh, selbst wenn Ihr mich noch nie gesehen hättet, müßtet Ihr mich erkennen«, bemerkte der junge Zögling. »Aber Euer großer Zinken ist mir auch nicht unbekannt. Ich weiß nicht, habe ich Euch auf einem Kornspeicher gesehen oder in einer Küche, jedenfalls . . .« »Oho«, unterbrach ihn der andere, »Ihr habt mich mit der Nase draufgestumpt: Ihr seid der junge Bursche, den mein Bruder Nibal, der Pferdeknecht, mit aus dem Spital gebracht hat, und Ihr habt mich ein einziges Mal gesehen, als ich von Pymions Speicher Heu herunterholte. Damals bin ich mit meiner Frau auf eine Pilgerfahrt gegangen, um Kinder zu bekommen; die sind uns dann gestorben.«

»Jetzt hab ich's«, entgegnete Brideron. »Damals hat Nibal zu Euch gesagt: ›He, Hurensohn, wirf mir mal sechs Heubündel runter!‹ Und dann hat er sich bedankt und gesagt: ›Schönen Dank, Noan; geh in die Küche und hol dir die Knochen von der Hammelkeule, die ich dort übriggelassen habe.‹

Nibal hat oft von Euch und Euerm Teufelsweib gesprochen. Aber Ihr müßt jetzt erzählen, was Pymion und das alte Aas Tarbe machen und ob Euer Bruder noch auf seinen zwei Beinen steht oder inzwischen Krücken hat?« »Er hat immer noch seine zehn Zehen an den Füßen«, entgegnete Noan, »und ich will Euch auch von Pymion erzählen. Aber Ihr solltet dem lieben Gott eine Kerze stiften, daß Ihr mir begegnet seid. Denn weil Ihr, verdammt, der Freund meines Bruders seid, seid Ihr auch meiner. Ich habe Dukaten und gebe Euch ein paar, damit Ihr nach Hause kommt. Oder ich setze Euch an Eurer Tür ab, wenn sie auf meinem Weg liegt. Wo ist Euer Haus?« »In der Nähe von Orléans«, entgegnete Brideron. »Dann laßt mich nur machen«, sagte Noan, »ich bin hier der Herr, ich bringe Getreide nach Paris und werde Euch auf Euern heimatlichen Planken absetzen. Aber zurück zu unserer Sache.

Pymion liegt unter der Erde, und das ist gut so, denn er nahm in unserm Dorf den Platz eines Menschen ein, und dabei war er schlimmer als ein Pferd. Sein Tod kam wie das schöne

Wetter nach dem Regen. Was haben wir unter ihm gelitten! Es gab keinen in unserer Pfarrei, der nicht beim Schlafengehen ein langes Klagelied auf ihn gesungen hätte. Teufel, wir haben so viele auf ihn gesungen, daß sie ihm alle auf den Leib geschlagen sind.

Aber fangen wir unsere Geschichte am Anfang an. Tarbe war so wenig seine Frau, wie Ihr mein Mann seid. Die alte Vettel verliebte sich in einen kleinen Junker mit runden flinken Augen im Kopf und krausem Haar; sein Mund war so breit wie das Schiff hier. Ich weiß nicht, woher sie ihn kannte, jedenfalls verliebte sie sich in ihn. Sie haßte Pymion und hätte es gern gesehen, daß er sich seine Stiefel für die Reise ins Jenseits geschmiert hätte. Sie fand, daß er mit der Abreise zu lange zögere, und beschloß, seinem Pferd die Sporen zu geben.

Doch bevor sie das Biest antrieb, richtete sie es mit Hilfe von Geld so raffiniert ein, daß die Leute dem Pymion erzählten, sein Sohn, der bei der Armee war, wolle Feuer an sein Schloß legen, weil man ihm kein Geld schickte. Der alte Werwolf machte ein Testament, mit dem er das arme Kind ins Spital verwies und die Hure zur Herrin über seinen ganzen Besitz bestimmte.

Nachdem sie die Dinge so geregelt hatte, gedachte sie Pymion für immer mundtot zu machen, denn sie wollte ihren kleinen Junker heiraten und mit ihm das Vermögen des Verstorbenen durchbringen.

Damals geschah es, daß Pymion dem Lustmolch einen Prozeß machte wegen irgendeines Rechtes, das er ihm gegenüber zu haben behauptete; nun hatte sie es eilig, den Ankläger in die Hölle zu befördern; sie glaubte sogar, Pymion würde etwas ahnen, und um ihn zu prüfen, spielte sie ihrem Galan extra einen Schabernack. Da sie ebenso viele Taler hatte wie Haare auf dem Kopf, steckte sie fast allen Dienstboten des Schlosses welche in die Tasche. Geld verdirbt die Unschuldigen wie Wasser den Wein. Sie wußten nicht, aus welchem Grund sie so großzügig war, doch sie spickte die Börse der Leute nur, damit sie schweigen würden, falls ihre Machenschaften an den Tag kämen. Da Pymion seine Suppe und seinen Braten in seinem Zimmer zubereitete, gab es kein anderes Mittel für sie, als Arsen in seine Tasse oder seinen Napf zu tun.

Es scheint aber, der Elende hat was geahnt. Denn nachdem er ihr sein Vermögen vermacht hatte, sagte er oft zu ihr: ›Sag, alte Stumpfnase, wärst du nicht fähig, mir eine Prise Gift zu verpassen? Es heißt, die beste Frau tauge nichts, und ich schließe daraus, daß du schlecht bist: aber ich erwische dich, denn ich werde mich erst nach dir an die Suppe und den Braten machen.‹ Er hielt Wort. Und was tat sie? Man sagt, für den Tod gebe es keine Arznei; aber offensichtlich waren noch keine Frauen auf der Welt, als diese Redensart entstand. Unsere hier fand eine. Ein altes Weib, Witwe eines Dorfbarbiers, die sich auf ihre alten Tage zur Notarin der formlosen Heirat von Tarbe und dem jungen Kerl gemacht hatte, verschaffte ihr ein Geheimmittel; sie nahm es, und alles übrige führte sie folgendermaßen aus:

Sie sagte der Alten, sie solle zur Mittagszeit kommen und so tun, als bringe sie ihr einige Hauben, die ihre Tochter angeblich für Madame ausgebessert habe.

Die Teufelin tat, wie ihr geheißen; sie pochte in dem Augenblick an Pymions Tür, als er gerade seinen Löffel in die Schüssel tauchte. Da die Alte sehr heftig pochte, bekam Pymion Angst, weil er an seinen Sohn dachte, und glaubte, dieser käme, um ihn anzugreifen. ›Warte auf mich‹, sagte er zu Tarbe, ›ich will die Riegel vorschieben und durchs Schlüsselloch fragen, wer da ist.‹ Er stand also zitternd auf, und inzwischen tat die tollwütige Tarbe die Dosis Gift in seine Suppe, die der elende Pymion seit so langem schon gewittert hatte. Die Alte redete durchs Schlüsselloch und sagte ihre Lektion auf. ›Kommt nachher wieder‹, rief Pymion ihr zu, ›Ihr könnt die Hauben dann meiner Liebsten gleich selbst geben. Die Pest soll die Zierpuppe holen, die . . .‹

Nach diesen Worten machte er sich wieder an sein Essen.

Der Teufel trieb ihn, und er schlang es nur so hinunter, denn angeblich hatte er den Appetit eines Ausgehungerten. Er aß so viel wie nötig ist, um sämtliche Ratten der Welt auszurotten. Schon macht er die Knöpfe auf, weil er erstickt. ›Verflucht‹, schreit er, ›wir haben zuviel Pfeffer ins Fleisch und in die Suppe getan, das brennt. Himmelherrgott, ich habe eine glühende Kohle verschluckt. Liebste Tarbe, das Feuer greift mir in die Eingeweide, ah! ich sterbe; hol dein Fläschchen mit dem ungarischen Königinwasser.‹

Tarbe beeilt sich, hebt weinend ihren Rock, um das Fläschchen hervorzuholen. ›Was fällt dir ein, mein Lieber?‹ sagt sie. ›Willst du sterben, oder willst du dich lustig machen?‹ ›Nein, Liebste‹, antwortet er matt, ›ich mache mich auf den Weg ins Kühle, meine Seele nimmt Abschied von ihrem Leib, und du wirst mich bald sehen, ohne daß ich da bin. Ich sage dir das, ohne zu spaßen. Uff! Ich habe nur noch Schluckauf im Bauch.‹

Nach diesen Worten wird sein Gesicht aschfahl. ›Faß meine Nase an, wie kalt die ist‹, sagt er. ›Zieh mir die Schuhe aus und sieh nach, ob meine Fersen noch warm sind. Die Hälfte meines Körpers ist schon so, daß er in die Erde könnte. Adieu, Liebste, der Teufel mischt sich ein, ich galoppiere ins Grab.‹ Während dieser jammervollen Szene wirft die gottlose Tarbe Schüsseln und Näpfe um, haut sich mit der Faust auf die Nase, zerreißt ihre Schürze, umarmt den Sterbenden und leckt ihm den Rotz ab. ›Mein Lämmchen‹, ruft sie, ›verläßt man so seine Freunde, ohne es ihnen zu sagen? Du warst so munter heute morgen; auf welches Kraut bist zu getreten? Ich will zur Gesellschaft mit dir sterben. Aber wir passen niemals zusammen in einen Sarg.‹

›Ach‹, antwortete der Sterbende noch, ›ach, meine Liebe, unser Schreiner Jacques wird uns einen extra machen. Folge mir, denn wenn ich dort allein bin, sterbe ich vor Langeweile.‹

Die letzten Worte wurden hin und wieder mit einem Seufzer vermischt, der anzeigte, daß bald der letzte kommen würde.

Wäre ich ein Doktor der Philosophie, ich redete an dieser Stelle über die verfluchten Frauen und ließe kein gutes Haar an ihnen. Würdet Ihr es glauben, zum Teufel? Ihr würdet mir sagen, ich erzählte Euch Lügenmärchen. Das Weibsbild befürchtete, seine Seele würde noch Schwierigkeiten machen, das Feld zu räumen. Als sie merkte, daß er fast nichts mehr sah und sie ihn treten konnte, ohne daß er Mordio schrie, packte sie ihn an seiner Halsbinde und warf ihn auf den Boden. Sie trampelte ihm auf dem Rücken herum und schrie, nach dem, was man mir erzählt hat: ›Da, alter leerer Mehlsack, krepiere, spuck endlich deine Eingeweide aus; mein Süßer ist zehnmal besser als du . . . los jetzt, stell dich nicht so an, jetzt wohnst du woanders.‹

Sie machte so lange, bis er seine Seele aufgab, dann setzte sie ihn wieder ordentlich in seinen Sessel. Und da die ihm versetzten Stöße sein Maul verschoben und ganz mit Blut verschmiert hatten, rief das Henkersweib nach der Dienerschaft und schrie wie ein Käuzchen. Sie sagte, er sei an einem Blutsturz gestorben. Vorher war sie jedoch so klug gewesen, seinen Gürtel aufzumachen und aus seinem Geldtäschchen die Scheine zu stehlen. Die Diener laufen herbei, und als sie ihren Herrn in seinem Zustand sehen, zucken sie mit den Achseln und gehen wieder, wie sie gekommen sind, denn niemand liebte den unglückseligen Kadaver. Außerdem wußten sie sehr gut, daß Tarbe ihn zwischen vier Brettern mehr liebte als in seinen Kleidern.

Die Leute aus dem Dorf kamen ebenfalls; aber, du meine Güte, in den Tränen, die vergossen wurden, hätte keine Ameise ertrinken können. ›Gott gebe ihm Frieden‹, sagten die weniger boshaften Leute. ›Zum Henker‹, sagten die anderen, ›jetzt werden ihn seine bösen Taten schnurstracks ins Reich der Besessenen führen.‹ Einer sagte: ›Für eine seiner Zehen wäre es gut, er hätte mir das Stück Land zurückgegeben, das er mir für seinen Taubenschlag gestohlen hat.‹ ›Laß‹, antwortete ein anderer, ›vielleicht brät er zur Strafe schon auf dem Rost, wie seine Tauben.‹ Doch Ihr müßt wissen, denn Ihr sollt alles wissen, daß mein Bruder Nibal immer ein guter Freund vom Hauptmann Nicolas Pymion, dem Sohn des Verstorbenen, gewesen ist. Und als mein Bruder erfuhr, daß der Alte ein Testament gemacht hatte, das dem Sohn das Brot wegnahm, ließ er ihm rasch durch den Küster alles schreiben, was geschehen war. Der benachrichtigte Hauptmann hatte schnell Urlaub genommen, um dem Übel abzuhelfen.

Nun ja, der Bursche kam an, als sein Vater gerade den Geist aufgegeben hatte. Teufel, das gab allem eine Wendung!

Die Diener, die um ihren Lohn fürchteten, behandelten Tarbe wie eine alte Vettel, als sie den Sohn des Hauses sahen. Aber das tollwütige Weib hatte Freunde, ja, der Herr Schultheiß unterstützte sie mit allen Kräften. Zuerst wollte der Sohn, daß man das Testament wie einen Tontopf in Stücke zerschlagen sollte, doch der Schultheiß sagte, das ginge so wenig, wie im Winter Weinlese halten.

Unterdessen entdeckte man, ich weiß nicht auf welche Weise, daß sie gar nicht die Frau des verstorbenen Toten war. Verdammt, das setzte alle Begründungen des Herrn Schultheiß auf den Arsch. Der Sohn verlangte nun, daß man den alten Drachen wie eine Dirne ins Gefängnis steckte und von da in die Neue Welt zum Kindermachen schicke. Während des Redens kommt ein kleiner Küchenjunge aus dem Haus mitten in den Saal gelaufen, zieht so höflich er kann seinen Hut und sagt vor allen Leuten: ›Weil unser Monsieur krepiert ist, will ich alles sagen; denn Madame Tarbe hat mir vorgestern einen Schlag mit der Faust auf den Schädel versetzt, daß ich die Beule jetzt noch habe. Zum Henker, ich habe Wut im Bauch, ich bin wie meine Mutter. Wenn mein Papa ihr eins mit dem Stock versetzt hat, spuckte sie ihm auf die Nase. Also, Madame, mit Eurer gütigen Erlaubnis, ich erzähle aus Eurem Leben.

Ich habe gesehen, und ich habe nicht geträumt, denn ich stand so fest auf den Beinen wie ihr alle, ich habe also beim Mittagessen gesehen, als ich hinauf in die Garderobe wollte, aber ich irre mich, ich habe nicht gesehen, sondern ich habe gehört, wie Madame zu jemandem im Zimmer sagte: ›Da, alter leerer Müllsack, spuck deine Eingeweide aus‹; und dazu habe ich noch gehört, wie sie mit den Füßen auf etwas herumtrampelte, so wie man es auf den Trauben im Bottich macht. Ich wollte durchs Schlüsselloch gucken, aber es ist zu klein, und ich konnte kein bißchen sehen. Das ist alles, und ich bitte den Monsieur Pymion, meinen guten Herrn, sehr ergeben, mir die Peitschenhiebe zu ersparen, die Madame mir sicher gern verabreichen lassen würde, das wette ich.‹

Nach diesen Worten verschwand der Kleine und ließ Tarbe in einer schrecklichen Verwirrung zurück. Das elende Weib nahm alle Farben an, ohne jedoch die richtige zu erwischen, ihr Gewissen stieß ihr auf wie fetter Schweinebauch.

›Ha, Elende!‹ schrie der Hauptmann Pymion, ›du Giftschlange, du willst mein Hab und Gut? Du Hure meines diebischen Vaters du? Auf, Messieurs, bindet sie mit Eisenringen und werft sie in einen Gärbottich.‹

Daraufhin dreht der Schultheiß die Ohren und sagt zu Tarbe: ›Mein Gott, Madame, Ihr werdet Mühe haben, Euern Kopf aus der Schlinge zu ziehen. Verteidigt Euch, Ihr müßt eine schlaue Füchsin sein, wenn Ihr da wieder herauskommt.‹ ›Mein Kopf sitzt fest, Herr Schultheiß‹, entgegnete sie. ›Kümmert Euch so wenig darum wie um einen alten Lappen. Der kleine Bastard behauptet, er hätte was gehört. Seht ihn Euch an, die Ohren werden ihm geklungen haben. Und wenn er etwas gesehen haben will, beweise ich, daß der Blick manchmal getrübt ist!‹ ›Gleichviel‹, sagten die Umstehenden, ›bis Ihr gehenkt werdet, müssen wir Euch Schlösser an den Körper machen, damit Euch der Satan nicht entführt.‹ Gesagt, getan; dann werden die Häscher geholt. Als sie das hört, verliert sie die Fassung. ›Was!‹ schreit sie, ›ich soll in den Kerker gezerrt werden wie eine Schlachtkuh? Welch ein Elend, mein Sohn!‹, und damit wendete sie sich an den jungen Pymion. ›Ich weiß wohl, daß ich nicht die Ehefrau des Verstorbenen war. Der alte Geizkragen wollte mich nie heiraten. Aber man muß auch gesehen haben, wie ich ihn abwies, wenn er sich amüsieren wollte. Ach, schöner Sohn Eures Vaters, gefürchteter Krieger und gleichzeitig lieb und nett, Ihr habt in der Welt die guten Sitten erlernt. Euer Vater, der Pfennigfuchser, hatte mich gern. Ich gebe Euch die Hälfte Eures Besitzes zurück und verkaufe den Rest, um ganz in der Stille zu leben. Seid Ihr einverstanden, mein Täubchen? Ich bitte Euch darum bei diesen blutbefleckten Händen, die so viele Feinde unseres großen Königs auf den Boden gelegt haben, bei den Sporen Eurer Stiefel und bei deren hohen Absätzen. Nein, Eure Augen hat nicht Euer Vater gemacht, Eure Mutter muß sie von einem anderen genommen haben; denn wenn er sie Euch gegeben hätte, würde ich Euer kleines Herz kitzeln, wie ich das des braven Mannes gekitzelt habe. Ich habe noch keine weißen Haare, mein Süßer, und Ihr solltet nicht den Maulhelden einer Kreatur gegenüber spielen, die für Euch einen ganzen Eimer ihres Blutes hergeben würde, und vom rötesten. Wer zum Teufel hat Euch in den Kopf gesetzt, mein Unglück zu wollen? War es nicht der hündische Pferdeknecht, dieser gemeine Nibal, der Eurem Papa immer erzählt hat, Ihr wäret ein Lump?‹

›Haltet den Mund, verdammtes Aas‹, unterbrach Pymion sie. ›Ich sehe, Ihr habt nur Unrat in Euerm Herzen. Ich liebe Nibal wie einen Schoßhund, und ich weiß genau, warum. Und da kommen die Häscher, die Euch sagen werden, ob es erlaubt ist, einen Menschen die Eingeweide ausspucken zu lassen. Auf, du Kuttelweib, bald streicht dir der Wind nur noch durchs hintere Loch.‹

Als sie sah, welche Wendung die Dinge nahmen und daß die Häscher sie abführen würden, drehte sie sich ganz vorsichtig zur Seite und steckte den Rest des Arsens in den Mund, das sie in Pymions Suppe getan hatte. Und nachdem sie es hinuntergeschluckt hatte, sagte sie zum Hauptmann: ›Nur zu mit deinen feinen Häschern. Du bist ein Rüpel; dein Vater war ein Hundsfott und deine Kinder werden Affen sein. Mit meiner Bitte habe ich dir mehr Ehre angetan, als du verdienst. Möge es Gott gefallen, daß du so viele Dosen Arsen in jeden deiner Därme bekommst, wie ich deinem gehörnten Vater Pantoffelhiebe auf die Nase versetzt habe. Ausgerechnet er hing am Leben, der alte Knauser! Er stank wie Aas, und du wirst von den Läusen gefressen, genauso wie er. Aber Vorsicht, jetzt muß ich mich setzen, um besser sterben zu können. Komm her und sieh nach, durch welches Loch ich atme, wo du mir doch gesagt hast, bald würde mir der Wind nur noch durchs hintere streichen. Au, au, meine Därme schreien, ich ersticke! Adieu, Bastard.‹

Das waren ihre letzten Worte; sie hauchte ihre böse Seele aus und machte sich auf den Weg in den glühenden Pechkessel, in den die Sünder kommen.

Der junge Pymion ordnete eine Seelenmesse für seinen Vater an und bestattete ihn mit allem Anstand; Tarbes Leichnam wurde von den Raben gefressen, und unser neuer Herr lebte zufrieden wie ein kleiner Seigneur. Es ist eine Freude, ihn zu haben; er streichelt alle unsere jungen Mädchen und nimmt sie mit in seine Kammer, als wären sie seinesgleichen. Hin und wieder prellt er auch eine, aber zum Teufel, um so besser, denn je mehr geprellt werden, um so mehr Bräute gibt es dank ihm. Man muß es ihm lassen, er ist ein wackerer Mann, alle Bauern im Dorf lieben ihn wie ihr Sonntagshemd, und mein Bruder Nibal striegelt jetzt ihn statt seiner Pferde. Er rasiert ihn, zieht ihn an, bringt ihn zu Bett, er ist sein Faktotum. Ach, er wäre entzückt, Euch zu sehen, er würde Euch ein schönes Gelage bereiten. Er fände auch Euer Haus und setzte Euch mitten hinein, selbst wenn's zerfallen wäre; aber was soll's, ich tauge so viel wie er, obwohl er größer ist, und ich werde Euch helfen.«

Nachdem Noan diese Geschichte erzählt hatte, sagte Brideron: »Ihr erfreut mir das Herz, Dickwanst«, und zu Phokion gewandt: »Na, Onkel, bin ich nicht Zeile für Zeile Telemach? Gibt es in meinem Leben nicht auch eine Astorbe, einen Pygmalion, einen Baleazar und die ganze Clique? Nichts fehlt, weder Salz noch Pfeffer. Auf Ehre, der mein Leben gemacht hat, war ein Meister, er hat es sicher nach dem Muster von unserm jungen Fürsten gemacht.«

Nach dieser Feststellung erzählte er Noan aufs genaueste alle seine Abenteuer und endete mit der kühnen Tat seines Onkels am Flußufer.

»Schwatzen allein genügt nicht«, sagte Noan, »man muß sich seiner Zähne ebenso bedienen wie seiner Zunge. Auf, hopp, Barthelmi, füll unsere Feldflasche mit Wein, bring unsern großen Käse und den Rest Hammelfleisch; wir wollen uns frohen Herzens ans Essen machen.«

Sie begannen also mit dem Mahl. Während des Essens schüttelte Phokion den Kopf und sagte ganz leise zu Brideron: »Bei dem Fest fehlt etwas, wir brauchen einen Achitoas.« »Psst!« entgegnete Brideron, »Geduld. Ich wette, hier gibt es einen, der Flöte spielt.« Kaum hatte er den Satz ausgesprochen, als ein Schiffer, um das Vergnügen noch zu vergrößern, ein kleines Flageolett aus der Tasche zog und sagte, er wolle eine Bourrée spielen. Ach, welche Übereinstimmung Brideron und sein Onkel in seinem Spiel fanden! »Die Herren Karpfen werden gleich die Köpfe aus dem Wasser stecken«, rief unser Telemach; »seht Ihr, dort ist einer, der zum Klang des Flageoletts zappelt.« Alle Schiffer tanzten mit krummen Beinen und der Flasche in der Hand. Selbst die Nacht breitete ihre dunklen Schleier aus, um zur vollständigen Übereinstimmung mit Telemachs Lage im phönizischen Schiff beizutragen, und man mußte sie mit ein paar Kerzenstummeln erhellen, die unserm überspannten Paar als eine wunderbare Illumination erschienen.

Brideron, der mehr denn je von der Geschichte seines Vorbildes erfüllt war, spielte den Schüchternen und Sprachlosen, so wie es der Fürst bei der gleichen Gelegenheit war. »Verwünscht, ich würde mir gern ein paar Freiheiten herausnehmen; aber dann verdiente ich die Peitsche, denn meine Seele ist zu schwach, wie denkt Ihr darüber, lieber Erzieher?«

»Ich denke, du bist ein hübscher Bursche und verdienst einen Topf Marmelade für deine Weisheit«, entgegnete Phokion. »Aber sei unbesorgt, laß dir das Schlückchen schmecken und lache ein bißchen; ich verdamme die Freude keineswegs, es ist viel besser, ein lachendes Gesicht zu haben als eine von diesen Gipsmienen, deren Stirn bis zu den Haaren gefurcht sind. Sei fröhlich, fröhlich und stimm ein Lied an; Wein, Musik und Freude dürfen ruhig der Weisheit Gesellschaft leisten. Nur wenn man auf Abwege gerät, muß man sich schämen; aber ist man redlich, darf man wie die andern herumhüpfen und sich die Kehle anfeuchten. Auch der Weise darf mit Murmeln spielen.«

Um ein Beispiel zu geben, nahm Phokion das Flageolett des Schiffers und spielte das Lied, das so anfängt: »Wenn ich tanze, liebe Base . . .« Und er spielte es so fröhlich, daß er alle Umstehenden in höchstes Entzücken versetzte. »Hol's der Teufel«, sagten sie zu ihm, »Ihr seid mit einer Flöte im Schnabel auf die Welt gekommen, oder aber Euer Vater konnte spielen.« Sein Spiel war weder kühn noch zart; die Töne kamen voll, kräftig und geschlossen; er hielt sich nicht bei der Schönheit der Kadenz auf, er lieferte sie ab, bis er außer Atem kam. Was den Takt betraf, da fiel es ihm nicht schwer, ihn zu vernachlässigen, und er überließ es dem Zufall, ihn wieder gewissenhaft herzustellen. Er spielte viele verschiedene Sachen, eine nach der anderen; bald war es eine leichte, altbekannte Weise, deren Schnelligkeit das Ohr fast nicht folgen konnte, dann wiederum glaubte man, er spiele zu einem Begräbnis auf. Er stellte auch die Verwirrung eines Betrunkenen durch eine Unsicherheit der Töne dar, die die Unsicherheit seiner Schritte wiedergab, und die Ähnlichkeit war so groß, daß man hätte meinen können, das Lied sei betrunken. »Ah! Ah! O! O!« riefen die Umstehenden, »wahrhaftig, dieser Mann würde auf einer Hochzeit gut verdienen.« »Er spielt besser als der Teufel«, sagte einer. »Halt den Mund«, entgegnete ein anderer. »Ich will nur Wasser trinken, wenn das kein Dorfmusikus ist. Ich hab mal einen gekannt, der machte es ebenso; wenn der Flöte spielte, schläferte er dich ein wie ein Murmeltier, aus lauter Vergnügen.« Brideron konnte sich nicht erinnern, daß er seinen Onkel je Flageolett hätte spielen sehen. »Dieses Talent ist Euch von Gottes Gnaden gekommen, Onkel«, sagte er. »Irgendein Geist hat Euch die Finger bewegt, denn an sich seid Ihr ein Esel in Musik, das wißt Ihr selbst.«

Phokion antwortete kein Wort darauf und ließ seinen Neffen denken, was er wollte. Der Schiffer jedoch, der als erster Flöte gespielt hatte, ärgerte sich, daß Phokion besser spielte als er, und indem der Erzieher Mentors Bescheidenheit nachahmte, sagte er zu ihm: »Ich spiele besser als Ihr, trotzdem seid Ihr bewundernswert.« »Oh, wir sind es beide, so wie ein ungehörnter Ehemann«, entgegnete der Schiffer. »Stoßen wir zusammen an und sagen: Jean tanzt besser als Pierre, Pierre tanzt besser als Jean.«

Als sich die Fröhlichkeit ein wenig gelegt hatte, hielt Brideron die Frage für angebracht, worüber es sich in ihrem Fall zu sprechen gezieme. »Telemach sprach über Baetica«, erwiderte der Erzieher, »laß vor Noan ein Wort darüber fallen. Adoan war weit gereist, und vielleicht ist es auch dieser Mann hier.«

»Nun, Meister Noan«, sagte Brideron also, »was gibt es aus Baetica Neues? Man erzählt sich so viele Wunder über das Land, ich denke mir, es ist ebenso schön wie ein Pferdemarkt.«

»Was sagt Ihr?« fragte Noan. »Was ist das? Man erzählt sich Wunder über Baetica, ist das eine Sehenswürdigkeit?« »Wart Ihr denn nicht dort?« »Wo?« fragte Noan wieder. »In Baetica«, antwortete Brideron. »In Baetica!« wiederholte der andere, »das ist kein Dorf in unserer Gegend, denn die kann ich Euch alle nacheinander aufzählen.«

»Zum Henker!« rief Phokion, als er sah, daß Noan nicht gereist war, »das ist sehr dumm von Euch, daß Ihr nicht dort wart; jetzt seid Ihr schuld, daß unsere Geschichte ein Loch hat und wir ein Fenster reinmachen müssen.« »Wieso denn das?« fragte Noan erstaunt. »Werdet ihr davon schief oder bucklig?«

»Gott möge uns davor bewahren«, sagte Brideron, »aber wir haben so unsere Gründe.« »Oh, das ist was anderes«, bemerkte Noan. »Aber warum zum Teufel zerbrecht ihr euch den Kopf? Denken wir lieber ans Trinken, das taugt mehr als alle Baeticas der Welt. Mag es liegen, wo es will, dieses Baetica, was sollen wir ihm hinterherrennen.«

»Reden wir also nicht mehr davon«, sagte Brideron. »Aber seid Ihr nie in irgendeinem fernen Land gewesen?« »Ich war mal zehn Meilen von unserm Dorf entfernt auf der andern Seite vom Fluß, in der Stadt, wo der Verwalter wohnt.« »Aha, verdammt!« rief Brideron, »da ist ja das gesuchte Nest. Nun, wie leben die Völker dort?« »Hol's der Geier, durchs Maul, genau wie wir«, bemerkte Noan. »Danach frage ich nicht«, sagte Brideron, »ich will etwas über ihre Sitten wissen, ihre Gewohnheiten.« »Ach so, ihre Gewohnheiten«, entgegnete Noan, »na, ihre Gewohnheiten . . . ach, zum Teufel, das ist mir zu hochgestochen . . . sie haben die Gewohnheiten der Gegend, wenn ich mich nicht täusche.« »Ich rede von ihrer Art zu leben«, sagte Brideron, »lieben sie das gute Essen? Trinken sie Wein oder Apfelwein? Führen sie Krieg? Ziehen sie mit ihrer Familie wie mit einer Herde Schafe durch die Felder?« »Hm«, antwortete Noan, »bei großen Festen ziehen sie in die Gärten und kommen halb besoffen zurück. Die andern, ich meine die großen Herren, die gehen ins Wirtshaus, in die guten Gasthöfe, zu den schönen Damen. Sie poussieren herum. Jeder geht zu seiner. Es gibt Hahnreis wie überall. Die Schenkwirte verkaufen mit falschen Maßen, die Bäcker mit falschen Gewichten; die Händler sind Gauner, die Richter lieben die Schürzen und das Geld, und alle Welt lebt.«

»Gut so«, sagte Brideron. »Wißt Ihr nicht noch mehr darüber? Errichten sie stolze Gebäude?« »Ich habe einen Freund dort, einen Müller«, erwiderte Noan, »der hat vor kurzem eine ganz neue Mühle bauen lassen.« »Und kennen sie die Navigation?« fuhr unser Telemach fort. »Ihr meint, ob sie auf dem Wasser fahren?« fragte Noan. »Richtig erraten«, sagte Brideron. »Und ob! Wenn sie über den Fluß müssen, haben sie alle möglichen Boote.« »Und sie finden nicht, daß das eine Torheit ist?« fragte Brideron. »Da muß man unterscheiden«, erklärte Noan. »Eine Torheit ist es, wenn man dort nichts verloren hat, aber wenn man Waren auf die andere Seite vom Ufer bringen muß, dann muß man auch rudern.«

Noans Worte bereiteten Phokion und Brideron nur ein sehr unvollkommenes Vergnügen. Doch mußte man sich damit zufriedengeben, immerhin waren sie froh, daß der Schiffer überhaupt so weit gekommen war.

SIEBTES BUCH

Während Brideron und Noan sich so miteinander unterhielten und unser Abenteuerlehrling versuchte, Dinge zu erfahren, von denen er nichts wußte, waren die Schiffer beauftragt, das Schiff an einer bestimmten Stelle in der Nähe eines Dorfes anzuhalten, das Noan ihnen genannt hatte und das nicht weit von Briderons Schloß lag; doch die vom Wein betäubten Schiffer nahmen einen anderen Weg und drehten jenem den Rücken, der nach Orléans führte.

Da es im Jahrhundert unserer Abenteurer weder eine wütende Venus mehr gab noch einen Jupiter, Neptun oder Cupido, ersetzte ihnen die Trunkenheit alle diese dem Telemach feindlichen Gottheiten und erreichte ganz allein so viel wie der von Neptun unterstützte Zorn der Venus. Um die Göttin zufriedenzustellen, die den jungen Griechen verfolgen wollte, hatte Neptun dem Steuermann eine betrügerische Gottheit geschickt, die ihm die natürliche Lage der ihm bekannten Örtlichkeiten verschleierte.

Doch was unsere Schiffer betrifft, so war deren feindliche Gottheit eine Betäubung der Sinne, die sich auch ihrer Augen bemächtigte und sie die eine Uferseite für die andere nehmen ließ. »Aufgepaßt«, sagte ihr Anführer, »es gibt hier eine verflucht schlechte Stelle. Na, wir haben sie hinter uns. Aber was, zum Teufel, sagen mir meine Augen? Ab und zu sehe ich die schöne Ebene hier, und dann sehe ich überhaupt nichts mehr.« »Genauso ist es«, antworteten die anderen; »uns geht's genauso; Gott's Donner, das ist gut, einen übern Durst zu trinken, wenn man eine böse Frau hat, dann sieht man nicht die Hälfte von dem, was sie treibt. Aber mich will bedünken, hier ist die Stelle, wo wir anlegen sollen? Vivat, vivat junger Mann, Ihr schlaft heute abend in Euerm Stall.« »Na na«, entgegnete Brideron, »reibt Euch die Augen oder setzt eine Brille auf; ich kenne unsere Gegend, und das hier ähnelt ihr wie ein Holzschuh einer Windmühle; Ihr seht nicht mehr gut.« »Und Ihr, Ihr schielt beim Gucken«, entgegnete ein Schiffer. »Verdammt, ich lasse mich schlagen wie ein Kreisel: da seht, das ist der Schloßturm eines Mannes, der mir fünfzig Francs schuldet für eine Kohlenladung, die ich ihm nach Paris geschifft habe. Hol's der Geier, ich glaube, Ihr haltet mich für einen Blindenstock? Dort ist das Haus eines Pfarrers, das ist ein Lebemann. Ich wette, er sitzt bei Tisch.« »Ich sag's nochmal, Ihr täuscht Euch«, sagte Brideron, »ich sehe zwar ein Gebäude, aber es ist nur eine Strohhütte, und der Turm ist ein Taubenschlag.«

»Zum Teufel, ich glaube, er hat recht wie eine mathematische Gleichung«, sagte der Schiffer. »Ich sehe ein Schloß, das man dort für unsere Sünden hingebaut hat: den Maurer soll der Teufel holen! wenn der Wind sein Werk fortblasen würde, wären meine Augen in Ordnung.«

»Ich werde euch erklären, was das für eine Gegend ist«, bemerkte Phokion, den der Irrtum der Schiffer in eine närrische Freude versetzte, die ihm mehr denn je das Gehirn vernebelte, denn er glich genau jenem, den einst der Steuermann der phönizischen Schiffes begangen hatte. »Ich werde euch erklären«, sagte also Phokion, »was das für eine Gegend ist. Es ist ohne Zweifel Salent, die von Idomeneus, dem geflüchteten König von Kreta gegründete Stadt.« »Den König kenne ich überhaupt nicht, und sein Königreich auch nicht«, antwortete einer der Schiffer, »er muß sich da erst vor kurzem niedergelassen haben.«

Während er sprach, trieb sie ein ziemlich kräftiger Windstoß ans Ufer; sie landeten.

Meister Phokion, der sich bewußt war, daß so wie einst die Venus Telemach verfolgt hatte, jetzt der Teufel Brideron seiner Weisheit wegen verfolgte, scherzte nur über den Irrtum der Schiffer. »Ihr wäret sehr geschickt gewesen, wenn ihr diese Dummheit nicht gemacht hättet«, sagte er zu ihnen, »sie war seit eh und je festgelegt.« Dann wandte er sich zu Brideron und sagte: »Ja, mein Sohn, das nennt man Pech haben; aber du hast es ja gewußt, es mußte sein; wir müssen unserer Heimat adieu sagen, aber nur bis wir sie wiedersehen. Also trage es so, wie dein Kopf seinen Hut trägt.« »Ach!« rief da der wackere Schüler aus, »die Schiffer sollen uns in die Hölle fahren, wenn sie wollen, sie werden meiner Tugend doch nie ein Bein stellen, so wenig wie Mademoiselle Charis; aber gehen wir. Wenn ich mich nicht täusche, finden wir hier Freunde, und ich wette, daß dieser Idomeneus in der Nähe von Orléans wohnt, genau wie wir.«

Ein paar Bauern, die das Schiff anlegen sahen, brachten die Nachricht zum Schloß. Der Herr kam gerade von der Jagd. Er wollte wissen, was es mit den Leuten auf sich habe und welche Ladung auf dem Schiff sei. »Wer seid ihr, Jungens?« fragte er die Schiffer. »Trunkenbolde, die sich getäuscht haben«, antwortete einer, »und die statt nach links nach rechts gefahren sind.« »Das stimmt nicht«, sagte seinerseits unser Lehrling, »es ist Brideron, der Sohn von Brideron, dem Hauptmann in der ungarischen Armee, der alles über den Haufen gerannt hat, was sich ihm in diesem Land in den Weg stellen wollte.«

»Brideron!« schrie der Edelmann. »Wie! Von Brideron dem Schlemmer, dem ich in Ungarn begegnet bin? Zum Henker, mein Sohn, redest du die Wahrheit, gleichst du ihm?« »Wie ein Wassertropfen dem andern«, sagte der Sohn. »Er hat kleine Augen und einen großen Mund; ich habe ihn zwar nie gesehen, aber ich glaube sicher, daß es so ist.« »Du hast recht«, erwiderte der Edelmann; »verdammt, das war mein bester Freund, er war zwar ein kleiner Hasenfuß, aber dafür soff er wie ein Loch, und nie hat ihm ein Glas Wein Angst eingejagt.« »Das glaube ich gern«, entgegnete sein Sohn.

Nach diesem kurzen Gespräch führte der Edelmann, der in bester Stimmung war, Brideron auf sein Schloß. »Potz Blitz! das ist ja Brideron!« schrie er, als er ihn bei Kerzenlicht sah. »Das ist sein krummbeiniger Gang, sein einfältiges, schlaues Gesicht: er war genauso ein Lümmel und gutmütiges Kind. Ja, du bist der Sohn meines Freundes Brideron, ob nun als Bastard oder legitim, unter Kriegsleuten sieht man da nicht so genau hin. Und der Alte da mit dem schlaffen Gesicht, wer ist das?« »Das ist mein Onkel väterlicherseits«, antwortete Brideron. »Ich verdanke ihm allein mehr als den beiden Zitzen meiner Amme. Aber Teufel, ich wette, ich kann Euch auch sagen, wer Ihr seid.« »Sprich«, entgegnete der Edelmann. »Ihr seid Omeneus und von zu Hause geflohen, weil Eure Frau gestorben ist, als Ihr sie aufs Kreuz geschmissen habt wegen eines wilden Pferdes, das sie Euch geschickt hatte; seinetwegen mußtet Ihr auf eine Dirne aus Ungarn verzichten. Na, stimmt es, was ich sage?« »Ohne Zweifel, ja, mein Sohn«, erwiderte der Edelmann, »ich weiß nicht, wer dir das erzählt hat, aber rede mir nicht mehr davon und lassen wir meine arme Frau in Frieden, die nur noch ihre Knochen hat.« »Also Ihr seid der Freund meines Vaters«, bemerkte Brideron, »das freut mich. Ich suche auf der ganzen Welt nach ihm, denn, Monsieur, so wahr wir beide hier miteinander reden, so wahr hat der Unglückliche seit dem ungarischen Krieg noch keinen Fuß in sein Haus gesetzt, ebensowenig wie auf den Misthaufen auf Eurem Hof. Deswegen bin ich sehr betrübt; doch in meiner Betrübnis bin ich auch fröhlich, weil ich jetzt bei Euch bin, der Ihr ein braver Herr seid und mich mästen werdet.«

»Das arme Kind!« sagte darauf der Edelmann. »Er ist wirklich drollig. Aber zum Teufel, Onkel«, fuhr er an Phokion gewandt fort, »runzelt doch nicht so die Stirn, he! was habt Ihr denn?« »Weil Ihr kein einziges Wort an mich richtet«, entgegnete der Erzieher, »und dabei hättet Ihr mir schon vor mehr als einer Viertelstunde sagen müssen, daß Ihr wißt, wer ich bin.« »Alle Wetter, soll ich den Verstand verloren haben, guter Onkel?« rief der Edelmann. »Ich habe dich nie gesehen, weder zu Fuß noch zu Pferde.« »Nie gesehen?« sagte Phokion. »Gebt wohl acht, das ist nicht möglich.« Und leise fragte er Brideron: »Hat Ideomeneus niemals Mentor gesehen?« »Aber natürlich, Onkel«, antwortete dieser; »doch das kommt noch, tröstet Euch.« »Sakrament«, schrie der Edelmann (den wir Omeneus nennen werden und von dem wir schon gesprochen haben), »während ich dich so betrachte, Freund, kommt mir die Erinnerung; tatsächlich, ich hab' dich gesehen, und das kann nur auf der Messe in Beaucaire gewesen sein.« »Stimmt«, erwiderte Phokion, »weil ich nämlich Kuhhäute verkauft habe, deren Transport ich selbst begleitet habe, damit unsere Pächter uns nicht übers Ohr hauen.«

»Au weh, mein Lieber«, sagte Omeneus, »zu dieser Zeit war ich närrisch wie ein Bracke: aber seitdem hab ich genügend hinter die Ohren bekommen. Du erschienst mir damals schon als alter Graubart, und jetzt bist du's immer noch und dazu noch ein bißchen verwachsen; aber das Äußere hat nichts zu sagen, wenn man mit gutem Appetit ißt.«

»Großer Omeneus«, antwortete Phokion ... »Du lügst, Witzbold«, unterbrach ihn Omeneus, »ich bin fast ein Zwerg, aber meine Nase ist wenigstens lang; red weiter.« »Also, großer Mann, ob nun wegen Eurer Nase oder Eurer Weisheit«, fuhr Phokion fort, »also Ihr seht aus wie Papiermaché verglichen mit dem, was Ihr früher wart. Und der Grund ist, daß Ihr Sorgen hattet; aber Falten und gerötete Augen sind nur Larifari, wenn das Herz stark ist und von echtem Schrot und Korn, und wenn man gelernt hat, daß die Menschen alle Nichtsnutze sind. Die großen Herren verschleißen sich wie die Besen; sie saufen wie die Schwämme, wenn es ihnen an nichts fehlt, und sind verdrossen, wenn sie nichts haben. Es ist schon ein großer Unterschied, ob man nur Wasser trinkt und steinhartes Brot ißt oder im guten Essen schwelgt und Spaß hat wie im Theater. Ich wette, daß Ihr jetzt von euren Narrheiten kuriert seid, Eure Beine und Euer Kopf in besserem Zustand sind.«

»Du sagst es, guter Onkel«, entgegnete Omeneus, »vorausgesetzt, ich sitze bei Tisch.« Nach all dem Gerede gingen sie in die Schloßküche. Omeneus wollte wissen, was es zum Abendessen gab; die Diener musterten sie. »Das sind ja sehr unterschiedliche Gestalten«, sagten sie zueinander. »Der eine ist ausgedörrt wie ein Streichholz, und der andere sieht aus wie ein Schweinchen. Der Ausgedörrte läuft, als hingen seine Beine an Messingdrähten. Genau wie der verstorbene Bruder Ambroise, wenn er uns predigen wollte.«

Sie traten also in die Küche. Vier Speckseiten hingen von der Decke. Auf den Regalen sah man Stapel von Butter und Käse. Über dem Kamin hatte jemand vier Schlemmer gemalt, die mangels Löffeln die Suppe mit den Fingern aßen: der eine zog eine Grimasse, weil er sich verbrannt hatte, ein anderer schüttelte seine Finger, während der dritte sich alles in sein Wams goß. Neben den Schlemmern rannte ein fünfter Mann hinter einer Katze her, die ein Stück Fleisch erwischt hatte. »Lieber Onkel«, sagte da Brideron zu seinem Erzieher, »ich sehe hier aber meinen Vater nicht, so wie Telemach den seinen im Tempel des Jupiter gesehen hat.« »Ach«, erwiderte der Onkel, »erkennst du denn nicht, du Esel, daß es der ist, der hinter der Katze herläuft, um ihr das Stück Fleisch abzujagen? Sicher hat er bei der Armee ein gleiches Abenteuer erlebt; jeder hat sein Los. Odysseus nahm die Pferde von Rhesus, weil er gerade da war, und dein Vater will das Fleisch dort erwischen, weil er beobachtet, wie es gestohlen wird. Siehst du außerdem über dem Kamin dort einen Mann, der vorsichtig die Tür zu dem Zimmer öffnet, in dem die anderen essen? Da bin ich sicher, daß das dein Vater ist, der in einer ungarischen Stadt vorsichtig in eine Wachstube eindringt, um alle zu erdolchen, so wie Odysseus im hölzernen Pferd in Troja eindringt.« Inzwischen gab Omeneus seine Anweisungen zum Abendessen: zwei junge Bäuerinnen liefen singend auf den Hof, um dort ein paar Hähnchen zu fangen. »Putt puttputt putt«, riefen sie. Dank ihrer Hauben und ihrer großen Schurzen setzte Brideron sie an Stelle der weißgekleideten Knaben und Mädchen, die im Tempel des Jupiter ihre Lieder sangen. Die jungen Frauen trugen auch kleine Sträuße, was noch mehr zur Täuschung beitrug, denn die Knaben und Mädchen im Tempel waren mit Rosen bekränzt. Der wirkliche Idomeneus hatte Jupiter einst ein Opfer von hundert Stieren gebracht: Omeneus befahl den beiden jungen Bäuerinnen, die Hähnchen zu schlachten, was zur großen Befriedigung unserer Reisenden beitrug, denn als sie sahen, wie man den kleinen Tieren den Kopf abschlug und ihr Blut in die Küche rann, unterließen sie es nicht, das Blut der Hähnchen mit dem der Stiere von Salent in Verbindung zu bringen.

Während das Geflügel gerupft wurde, stand der Koch da und wartete darauf, um es in Stücke zu schneiden, denn man wollte ein Frikassee machen; mit ernster Miene hielt er sein großes Messer in der Hand. »Verdammt, lieber Onkel«, sagte Brideron, während er den Mann beobachtete, »erinnert Ihr Euch an Theophanes, den Freund der Götter? So stand er während der Opferung da. Ihr werdet gleich sehen, ob der dort nicht die Eingeweide der Hähnchen prüft; der Tisch wird ihm als Dreifuß dienen.«

»Pestilenz, wer sind die beiden zerlumpten Rüpel dort?« fragte der Koch und nahm das Geflügel, um es zu zerlegen. »Ich bin müde wie ein Hengst, der zwanzig Meilen galoppiert ist. Ohne diese Schnapphähne hätte unser Herr nur das Hackfleisch hier gegessen. Und jetzt muß ich den Herd anmachen für ein Frikassee. Guckt euch den jungen Tölpel an, wie der schon im leeren kaut. Offensichtlich ist er der Sohn von irgend so einem Schwindler, er sieht ganz so aus; jetzt will er sich hier den Proviant für die Weiterreise holen.«

Während er so sprach, nahm er die Hähnchen aus, und da er die Eingeweide prüfte, um nur das Brauchbare zu verwenden, sagte Brideron zu seinem Hofmeister: »Seht Euch den Mann an, Onkel, seht, wie er die Ärmel bis zum Ellenbogen hochgekrempelt hat; er knirscht mit den Zähnen, während er die Gerippe zerschneidet, er spuckt und geifert.« Und Brideron hatte recht damit, denn der Koch kaute unablässig Tabak.

»Ja, mein Sohn«, entgegnete Phokion, »das ist ein zweiter Theophanes. Er quält sich mit diesem Geflügel herum wie ein Besessener. Er ist es auch. Und er hat schon erraten, daß du der

Sohn eines Offiziers bist. Aber er wird noch reden. Hören wir uns an, mein Sohn, was der Deuter des Götterwillens uns sagen wird.«

»Unser Herr darf sich glücklich preisen, daß er so zwei Nichtsnutze hat, die ihm seine Hähnchen wegfressen«, bemerkte der Koch. »Verdammt! die werden ihre Kinnlade in Bewegung setzen. Ich sehe sie schon krick, krack, und dann das Stück in die Soße getunkt; sie haben beide einen mächtigen Schlund; und der jüngere hat ganz das Aussehen, als wäre er ein Kind des Zufalls. Sein Vater hat . . .« Hier unterbrach sich der Koch, um das Geflügel in den Kessel zu werfen. Brideron rief ihm zu: »Zum Teufel, alter Drecksack, warum redest du nicht zu Ende? Was hat mein Vater gemacht, he?« Doch der beschäftigte Koch hörte ihn nicht, der Geist, von dem er besessen war, hatte sich auf und davon gemacht.

Phokion indes ist von den Worten des Seher-Kochs, der ihm nur einen guten Appetit geweissagt hat, nicht unbedingt befriedigt. Er fühlt zwar welchen, und die Weissagung bestätigt sich durch seine Freude an einem guten Abendessen, aber was wird aus den schönen Dingen, die Brideron ebenso wie Telemach für Omeneus ausführen muß?

In seiner Besorgnis öffnet er Brideron sein Herz und sagt: »Unser Seher ist zu fett, der göttliche Geist wird erstickt, er hat nur die Hälfte seiner Lektion gesagt.« Währenddessen wendet sich Omeneus ihnen zu und sagt: »Ihr dürft euch nicht über die Worte meines Kochs wundern, liebe Freunde, der verschluckt ab und zu eine Ratte, die muß er wieder auskotzen; aber ihr müßt jetzt für vier essen und die Hühnerknochen zu Mehl mahlen.« »Alle Wetter, Monsieur«, rief Brideron, »warum hat der Kerl nicht alles gesagt, was er weiß?« »Was weiß er denn, verdammt?« erwiderte der Edelmann. »Der Hundsfott weiß, wo mein Vater augenblicklich ist«, sagte Brideron, »er hätte sich um keinen Zoll Erde oder Bohle geirrt.« »Dann fragt ihn doch«, sagte Omeneus. »Dazu ist es zu spät«, erwiderte Brideron, »der Geist steckt nicht mehr in seinem Schädel, und ohne den ist er nur ein Schafskopf.« »Zum Henker, ich verstehe Euch nicht«, sagte der Edelmann. »Wir wollen die Geister lassen, wohin Gott sie gesteckt hat. Im Schloß gehen keine um, denn das ist neu gebaut und noch niemand ist drin gestorben.«

All das konnte Brideron nicht trösten. Phokion sah, daß er sich einmischen mußte.

»Laß, du Regenwurm«, sagte er zu ihm, »grab nicht im Brunnen der Zukunft. Ausgerechnet du willst den Eimer bis auf den Grund hinablassen! Begnüge dich mit dem Wasser, das du bereits herausgeholt hast, und schweig, du Gernegroß.« »Meinetwegen«, antwortete Brideron, »ich will die Augen schließen und nichts mehr sehen; der Himmel segne die Blinden.«

Nach diesen Worten gingen sie in den Speisesaal, wo sie in Erwartung des Abendessens eine Flasche Wein leerten und Knoblauch aßen.

»Übrigens, meine Freunde«, begann Omeneus, »ihr habt vorhin von meiner Frau und dem Faustschlag geredet, den ich ihr versetzt habe. Offensichtlich hat man euch meine ganze Geschichte erzählt. Ich habe damit viel verloren, daß ich sie getötet habe, denn ich mußte zwanzigtausend Taler an die Verwandten der Verstorbenen zahlen; die war das Aas nicht wert! Aber es war gut so, denn das hat mich gelehrt zu leben und keine Torheiten mehr zu machen. Nachdem ich die Stadt verlassen hatte, in der ich Gouverneur gewesen war, hatte ich mich in dieser Gegend versteckt, die voll von Hugenotten ist, um zu warten, bis sich meine Sache beruhigt hätte. Ich schrieb an meine Freunde, sie sollten sie in Ordnung bringen. Der König erfuhr davon, und schließlich verzieh er mir aus Mitleid.

Seitdem habe ich so viel gemacht, so viel in Bewegung gesetzt, daß man mich zum Leutnant des Königs ernannt hat. Aber um die Wahrheit zu sagen: ich habe meine goldenen Leuchter gegen Messingleuchter eingetauscht: ich werde hier als alter Pfennigfuchser angesehen, die Frauen sind häßlich wie Affenweiber und die Männer sind Geizkragen, die mich hassen, weil sie Hugenotten sind. Ich habe Befehl, sie zu schikanieren wie verdammte Seelen, was sie ja auch sind, damit sie die Religion wechseln. Ha, wie ich die behandle, das muß man gesehen haben. Die Junker in der Gegend hätten mich gern wie ein Ochsenviertel in ihrem Suppenkessel. Wenn es sich ergibt, stopfe ich ihre Häuser mit Soldaten voll; ich jage auf ihrem Grund und Boden und hole mir ihr ganzes Wild, das bringt sie in Harnisch. Aber manchmal rächen sie sich auch, denn sie haben ein paar von meinen Leuten um die Ecke gebracht, die sie alleine angetroffen haben.«

Als Omeneus an dieser Stelle seiner Rede war, erinnerte sich Phokion an das Schiff, mit dem sie gekommen waren, und gleichzeitig daran, daß Telemach bei seiner Ankunft in Salent das phönizische Schiff hatte zurückschicken lassen.

»Psst!« sagte er zu Omeneus, »vergeßt nicht, was Ihr sagen wollt, und laßt dem jungen Brideron Zeit, Euch zu bitten, daß Ihr das Schiff zurückschickt, welches uns an Euer Ufer gebracht hat. Er hat ein Gedächtnis wie ein Hase und weiß nicht, daß Noan vielleicht auf uns wartet.« »Ach ja, Noan, das ist der Schiffsherr«, bemerkte Brideron. »Sagen wir ihm doch, er solle herkommen und was trinken.« »Schafskopf«, schrie der Onkel und sprang wütend auf, »sieh doch selber zu, wie du Telemach wirst, das soll dir beibringen, wer will, ich gehe jedenfalls zu Fuß nach Hause wie eine dürre Katze, wenn du die Dinge auf diese Weise behandelst. Kommt Noan denn in Idomeneus' Haus und bechert dort?« »Ich habe unrecht und halte jetzt den Mund«, sagte Brideron. »Wir brauchen Omeneus ja nur zu bitten, Noan jemanden zu schicken und zu sagen, er solle weiterfahren, ich brauchte ihn so wenig mehr wie das Geweih eines Gehörnten.« »Ich weiß nicht, warum ihr euch streitet«, bemerkte Omeneus. »Aber ich mache, was ihr wollt, sei ganz beruhigt, junger Brideron.«

»Nun erzählt Eure Geschichte weiter«, sagte jetzt Phokion.

»Ich habe euch also erzählt«, fuhr Omeneus fort, »daß ich meine Junker in Harnisch bringe und daß sie mir das ab und zu heimzahlen.« »Zum Henker«, schrie Brideron, »ich habe in Sizilien im Kampf für Acestes einem elenden Lumpen die Eingeweide rausgeholt. Macht Euch keine Gedanken, Eure Feinde werden schon noch erfahren, was das ist, ein Held wie ich, wenn er den Knüppel oder die Schleuder in der Hand hält, um den Gefährten und Freund seines großen Vaters zu verteidigen, der bei der Eroberung Ungarns mitgeholfen hat.«

Diese edle Kühnheit erinnerte Phokion an jene, die Telemach bei gleicher Gelegenheit bewiesen hatte, und sanft und heiter sprach er zu Brideron: »O mein Sohn, du labst mir die Seele! Du zeigst mehr Mut, als in einen Ochsen geht. Es ist schön, wenn man einen harten Kopf hat, aber man muß auch was drin haben; es genügt nicht, daß man einen Strumpf hat, um seine Füße zu schützen, man braucht zwei dafür. Erinnere dich, wenn du kannst, daß wir einmal einen Truthahn auf dem Schloßhof fangen wollten. Während Gros-Jean, der so stark ist wie ein Turm, in Schweiß gerät vom Gerenne, fängt ihn dein schlapper dürrer Vater ganz allein, indem er ihn in ein kleines Gehege lockt; das ist das ganze Geheimnis. Nun, ich ziehe den Schluß, daß du vielleicht so stark bist wie Gros-Jean, aber ich empfehle dir das kleine Gehege; ich meine, du solltest listig sein und weise wie der alte Brideron.

Bevor wir noch weiterreden, Omeneus, wollen wir prüfen, ob Ihr nicht Euern Junkern gegenüber wie ein bissiger Hund wart und ob Ihr, wenn Ihr Eure Streitereien weiterführt, ohne Schaden da rauskommt.«

Omeneus erwiderte: »Als meine Diener und ich, oder besser ich und meine Diener (denn sie sind meine Knechte und ich bin ihr Herr), als wir also hier in dieser Gegend ankamen, gingen wir in einen Gasthof, wo wir blieben, bis ich meine Sache in Ordnung gebracht hatte.

Dann verschafften mir meine Freunde also den Posten eines Leutnants des Königs mit den Befehlen, von denen ich bereits sprach. Da sie, wie gesagt, alle Hugenotten sind, ließ ich das Haus hier fertigbauen, das mir ein Bürger verkauft hatte, weil ich nicht in ihrer Stadt wohnen wollte.

Ich schickte ihnen also Dragoner und ließ eine Kapelle zertrümmern, die sie in der Nähe errichtet hatten. Eines Tages, als ein paar meiner Leute auf der Jagd waren, schissen sie, mit Verlaub, auf die Ruinen dieser Kirche. Eine Gruppe Hugenotten kam gerade vorbei, und sie riefen: ›Verfluchte Kanaillen, wir könnten euch aufschlitzen, damit ihr das, was ihr sonst durch den Hintern rauslaßt, durch den Bauch von euch gebt, aber wir sind gute Menschen; macht, daß ihr fortkommt, und vergeßt nicht, daß wir so wenig rachsüchtig sind wie die Schafe.‹ Meine Diener kamen also voller Angst zurück. Und sie haben sich dermaßen geschämt, daß die Leute sie aus Barmherzigkeit so sanft behandelt hatten, daß sie beschlossen, ein paar von ihnen zu verprügeln, um sie zu lehren, stracks ihres Weges zu gehen und sich nicht einfallen zu lassen, Gnade zu gewähren.

Sie gingen wieder auf die Jagd und begegneten ein paar Hugenotten, die eilig zur Predigt liefen. ›Jetzt werden wir euch eure Rippen zerschlagen‹, riefen sie ihnen zu. Die Hugenotten verteidigten sich, aber meine Leute waren stärker, und die Exkommunizierten zogen sich als Krüppel zurück.

Am nächsten Tag schickten ein paar Edelleute, denen die von den Meinen zusammengeschlagenen Leute gehörten, ihre Pächter zu mir, um mir zu sagen, es sei nicht recht, gute Christen so zu schikanieren, und wenn ich sie, zum Teufel, nicht in Ruhe ließe, dann ... Sie vollendeten den Satz nicht und fügten nur hinzu: ›Wenn Ihr milde vorgeht, wenn Ihr redlich und gutmütig seid, dann, Monsieur, geht es mit der Nächstenliebe ganz von allein. Wir werden sehen, was wir auf ehrliche Weise tun können, um unseren König und seinen Herrn Leutnant zufriedenzustellen. Aber wir werden Euch einen bösen Streich spielen, wenn Ihr Euch nicht anständig verhaltet.‹

›Ihr könnt mich mal mit euren Tricks‹, gab ich ihnen zur Antwort. ›Ich mache keine Umstände, und wenn ihr mir dumm kommt, lasse ich euch keinen einzigen Knochen in Ruhe abnagen. Aber wenn ihr euch unterwerft, wenn ihr Gott und den König um Verzeihung bittet, dann werdet ihr so glücklich leben wie die Maden im Speck.‹ ›Zum Teufel‹, entgegneten sie, ›was hat man nur gegen uns? Wir kümmern uns doch auch nicht darum, ob ihr was falsch macht, warum läßt man uns dann nicht nach unserer Laune machen? Ihr sagt, Ihr wäret auf dem richtigen Weg, dabei habt ihr Seelen wie Werwölfe. Kommt mal zu uns und seht, wie wir uns gegenseitig verhalten. Da gibt es keinen, der nicht seine vier Mahlzeiten hat, der nicht gut gekleidet ist und, wenn er will, sein Pfeifchen rauchen kann. Bei euch gibt es ich weiß nicht wie viele Bettler. Aber jetzt ist genug geredet, wir gehen wieder, Gott möge Euch wandeln.‹ Ich versprach ihnen, sie sollten mit mir zufrieden sein. Und damit sie in Sicherheit abziehen konnten, denn ich hatte überall Reiter aufgestellt, um die Hugenotten in respektvoller Entfernung zu halten, damit sie also in Sicherheit abziehen konnten, gab ich ihnen noch andere Reiter zur Begleitung mit. Aber wenn einem das Auge draufgehen soll, nützt vorher kein Pflaster. Die Reiter, die ich ihnen mitgegeben hatte, fingen unterwegs Streit mit den Hugenotten an, als sie über die Religion redeten und über die Staatsräson. ›Verflucht‹, sagten die Reiter, ›ihr habt gute Zungen, aber unsere Säbel sind besser und machen weniger Lärm.‹ Und he und holla, sie rauften sich mit den Abgesandten und ließen sie liegen. Verdammt, seit dem Abenteuer geht's nur noch darum, wer wen erwischt und wem die Ohren abschneidet.

Die Bauern der Gegend haben sich alle auf die Seite ihrer Herren gestellt. Um sie mürbe zu machen, lasse ich ihnen hin und wieder ihre Kinder entführen, Jungen und Mädchen.

Was die Mädchen angeht, so habe ich zwei hier, die sehr hübsch sind. Ihre Eltern haben sie zurückgefordert. Sie behaupten, ich hätte sie zur Liederlichkeit verführt. Aber so ist es nicht, denn darauf sind sie selbst gekommen. Nun habe ich erfahren, daß die Bauern mein Schloß angreifen wollen, um mich zur Herausgabe der beiden Mädchen zu zwingen. Zu meiner Rechtfertigung behaupte ich, daß ich sie nur entführt habe, um sie dem Ketzertum zu entziehen. Unter uns, ich habe manchmal meinen Spaß mit ihnen, denn sie sind frisch und lecker; aber verdammt, wenn man dem Feuer zu nahe kommt, verbrennt man sich; ich habe sie allzu nahe gesehen. Um ganz offen zu sein, ich genieße sie, und morgen früh wird eine Kompagnie Dragoner kommen für den Fall, daß die Bauern gewalttätig werden.«

»Ein Kompagnie Dragoner«, rief Brideron, »Hölle und Teufel, ich werde mich mitten unter sie mischen, um mich nach Herzenslust zu schlagen.« »Nur langsam«, sagte Phokion zu ihm, »steck deinen Holzdegen wieder in die Scheide, und Ihr, Omeneus, hört meine weise Rede, denn ich würde mich wie einen Hugenotten verdammen, wenn ich Euch nicht die Wahrheit eröffnete. Ihr habt gesagt, die Leute dieser Gegend hätten Euch Abgesandte geschickt oder etwas in der Art; ich schließe daraus, daß es brave Leute sind und Ihr Euch ihnen gegenüber störrisch verhalten habt. Ach, Omeneus, wie lange werdet Ihr noch das Quecksilber in Euerm Hirn behalten? Wie lange seid Ihr noch ein Bracke, denn Ihr habt mir selbst gesagt, daß Ihr einer seid. Ihr hättet diese Leute durch Sanftmut bekehren sollen; statt dessen habt Ihr den Mücken Essig gegeben, jetzt stechen sie Euch aus Wut, das ist ganz richtig. Hättet Ihr ihnen Honig zu schlecken gegeben, wären sie nicht wild geworden; außerdem sind Eure Leute Schafsköpfe, und Eure Reiter ebenso. Was nützt es Euch, zum Teufel, wenn jeder Hugenotte einen Arm oder zwei Finger weniger hat, aber immer noch seinen Glauben im Herzen: Ihr hättet Ihnen Belohnungen versprechen, den Junkern Eure Fässer öffnen sollen, sie zum Trinken einladen, an die Tafel bitten. Und während des Essens und Trinkens hättet Ihr ihnen Eure Ansichten erklären können und die des Königs. Ja, Possen, statt den Baum mit den

Wurzeln auszureißen, beschneidet Ihr ihm die Äste. Nachdem die Reiter, die Ihr den Abgesandten mitgegeben habt, sie durchgebleut haben, hättet Ihr ihnen schreiben müssen, das sei ohne Euern Befehl geschehen und Ihr würdet die Säbelhiebe bedauern; die Leute sollten sich besänftigen, ein andermal würden sie weder Arme noch Beine riskieren und Ihr würdet für Ordnung sorgen.«

»Das ist richtig«, sagte Omeneus, »aber sie haben mir keine Zeit gelassen, gut zu sein, sondern haben sich sofort wie die Teufel benommen. Außerdem hätten die Kerle dann geglaubt, ich wagte nicht mehr die Stimme zu erheben und würde jetzt leiser singen; ich wollte ihnen also zeigen, daß ich einen guten Magen und eine gute Kehle habe, und so raufen wir uns, sooft wir können. Im übrigen, wie könnte ich sie in Ruhe lassen? Sie haben eine Möglichkeit gefunden, heimlich kleine Kapellen in den Wäldern zu bauen, und ich will, daß sie wie Festungen geschliffen werden. Und wenn sie morgen kommen, um mir einen Streich zu spielen, ich habe einen hohen Schloßturm, von dem aus werde ich ihnen aus guten Musketen Bleikugeln entgegenschicken, noch bevor sie in der Nähe sind.«

»Tatata!« machte Phokion, »wozu nützt Euch Euer Turm? Gebt acht, sie werden Eure Dragonerkompanie und Eure Leute durchprügeln, sie werden bei Euch eindringen und Euch mit Messerstichen die Bleikugeln heimzahlen, die Ihr ihnen schicken wolltet. Eine schöne Zuversicht, so ein Schloßturm, aber der beste Turm der Welt sind Einsicht und Weisheit. Und wenn Euer Schloßturm bis zum Hahn des höchsten Kirchturms ginge, er würde Euch keinen feuchten Dreck nützen. Aber sagt mal, gibt es hier auch Christen von echtem Schrot und Korn? oder besser gesagt Katholiken?« »Aber natürlich«, entgegenete Omeneus, »eine Menge.« »Nun«, fuhr Phokion fort, »stehen die auf Eurer Seite?« »Na ja«, antwortete Omeneus, »es sind Memmen. Unter der Hand schaden sie mir sogar, und es gibt keinen, der mir nicht mit Wonne ein Bein stellen würde, denn sie haben Freunde und Verwandte unter den Lutherischen.«

»O Erbarmen! O welche wunderbare Sache, ein schlechtes Verhalten!« rief Phokion aus. »In welchen Abgrund von Unglück und Elend die Könige sich stürzen! Laßt mich machen; aber welche griechischen Städte sind es, die es ablehnen, Eure Partei zu ergreifen?«

»Griechische Städte?« fragte Omeneus, »auf Ehre, sowas kenne ich hier in der Gegend nicht, und es gibt auch keine Könige, die in irgendeinen Abgrund gestürzt sind.«

»Übrigens täusche ich mich«, sagte Phokion, dessen durch Omeneus' Streit mit den Hugenotten geweckte Begeisterung verflogen war. »Ich habe von einem Land gesprochen, das es früher gab. Wenn man sehr viel Geist hat, phantasiert man manchmal.«

»Das stimmt«, bemerkte Omeneus, »und wenn man Hunger hat, ißt man. Setzen wir uns also. Zu Tisch, und zwischen den Bissen werden wir Gelegenheit finden, ein paar Worte einzuschieben.« Doch war es kaum möglich, das Gespräch während der Mahlzeit fortzusetzen. Der Koch hatte vorausgesagt, daß unsere beiden Abenteurer die Stücke ohne Umschweife verdrücken würden.

Sie erfüllten die Voraussage und bestätigten sie mit einer guten Anzahl Flaschen Wein. Erst dann wurde der Gesprächsfaden wieder aufgenommen, und Omeneus nannte Namen und Ämter der Katholiken aus der Gegend. Unter diesen Leuten, sagte er, seien der Generalprokurator, ein großer Teil der Anwälte, der Bürgermeister . . .

»Alle Wetter!« rief Phokion, »und diese Herren würden nicht lieber ihr Barett verlieren, als sich nicht auf Eure Seite zu stellen? Dann taugt Ihr nichts, das sage ich Euch frei und offen.« »Halt mal«, erwiderte Omeneus. »Ich mag keine Beleidigungen zum Nachtisch; gleich versetze ich Euch ein paar Fausthiebe, die sind so gut wie Äpfel.«

»Ach, was ich gesagt habe, war nur zum Spaß«, sagte Phokion, »aber ich muß so reden, sonst wäre ich ein erbärmlicher Mentor und Ihr ein elender Omeneus.« »Ich begreife überhaupt nichts von den verdammten Namen, die Ihr da sagt«, bemerkte Omeneus. »Aber ich ärgere mich jetzt nicht, außerdem gibt es auch keinen Grund.«

ACHTES BUCH

Während sich unsere Abenteurer mit Omeneus unterhielten, hörte man Schreie: »Platz da! schlagt ihn tot, schlagt ihn tot, kein Erbarmen!« Bei diesen drohenden, schrecklichen Worten wechselt Omeneus die Farbe. »Ah, Pestilenz«, ruft er, »gleich kassiere ich Hiebe wie ein lahmer Esel; da kommen meine Hugenotten, um mir den Schädel in Stücke zu schlagen. Meine Dragoner sind noch nicht da, die kommen erst nach getaner Arbeit. Die Pest soll mich und die beiden Mädchen holen, die ich hier behalten habe, was schlecht von mir war.«

Er holt seine zitternden Diener zusammen, die sagen: »Das haben wir davon, daß wir diesem elenden Hahnrei gefolgt sind, man wird uns vierteilen wie beim Schlächter.« Man sah durch die Spalten im Tor und erblickte an die dreißig bewaffnete Männer, die mit Musketen und gezogenen Degen näherkamen. »Mag kommen, was will«, riefen sie, »der Galgenstrick muß erwürgt werden.« »Ach«, sagte ein braver dicker Mann und packte seine Muskete fester, »unsere Töchter taugen nur noch für den Schindanger; dieser Luzifer hat Aas aus ihnen gemacht. Aber ich werde ihm mit meinem Gewehr ein so gutes Klistier verpassen, daß er keinen Feldscher mehr zum Abführen braucht.«

Unter den bewaffneten Männern sah Phokion einen, der sehr gut aussah. »Zum Henker, Ihr habt mir nicht alles erzählt«, bemerkte er zu Omeneus. »Das sind ja vornehme Leute, die ziehen nicht für nichts und wieder nichts in den Kampf; denen habt Ihr einen Streich gespielt. Da kommen alle Potentaten, die gegen Euch sind, sie wollen Euch wie eine Kröte zermalmen. Hier ist kein Nachbar, der Euch nicht auf den Spieß stecken möchte wie eine Schnecke.«

Während dieser Worte überkommt Phokion eine Täuschung, die ihn in die Zeit zurückversetzt, in der einst Idomeneus gegen alle Feldherren des reichen Hesperiens kämpfen mußte; er kreist lange im Zimmer umher, und da er sich an Mentors kühne Tat erinnert, der die Tore von Salent hatte öffnen lassen, um zu den Feldherren zu sprechen, befiehlt er, daß man ihm ebenfalls das Schloßtor öffne. Die Diener weigern sich, er will es selbst öffnen. Man schlägt ihn, wirft ihn zu Boden, er schreit, Omeneus kommt angerannt, und Phokion sagt zu ihm: »Mentor wurde niemals mißhandelt; Eure Soldaten sind Einfaltspinsel. Ich will Euch retten, und Ihr wollt nicht, daß man mir das Tor öffnet?« »Nein«, antwortet Omeneus, »springt lieber durch das kleine Fenster hier.«

»Meinetwegen«, sagt Phokion, »man muß sich der Zeit anpassen.« Das Fenster steht offen, Phokion steigt beschwingt hinaus. Die Kraft der Narrheit und Nachahmung verleiht ihm Flügel. Mit zwei Sprüngen ist er nahe bei dem Trupp; im Vorbeilaufen hat er noch einen Zweig von einer Eiche abgerissen, der ihm als Olivenzweig dient. Er hebt ihn hoch, schreit: »Friede!« und verlangt, daß man alle Feldherren versammle. Die Anführer des Trupps kommen heran, um den Mann anzuhören, der ihre Neugier erregt, und Mentors würdiger Nachfolger redet folgendermaßen zu ihnen:

»O großmütige Vertreter so vieler Nationen, die in diesen reichen Gefilden blühen!«

Kaum hat er diese Worte ausgesprochen, als er ein wenig von seinem Verstand zurückgewinnt und sich erinnert, daß er mit Hugenotten redet und nicht mit Königen. »Ihr also«, beginnt er von neuem, »ich weiß, ihr seid wackere Leute, die heimlich kommen, um Omeneus zu ermorden, weil er es verdient. Er ist ein brutaler Kerl, der euch an der Nase herumführen wollte. Er hat sich wie der Teufel gebärdet, hat eure Töchter entführt, eure Diener verprügelt. Aber, großmütige Hugenotten, hört mich an. Ihr wollt ihn in die andere Welt befördern, aber wenn er dort ist, lebt ihr dann in dieser hier länger? Ihr wollt ihm, wie ihr sagt, ein Klistier verpassen, dessen Spritze das Gewehr ist. Aber geht ihr darum öfter auf den Nachtstuhl? Gewiß nicht. Und würdet ihr ihm den Schädel in Stücke schlagen, wie er fürchtet, so würde der eure davon nicht härter.

Erinnert euch an den Krieg der Barrikaden, was war das für ein Elend! Wißt ihr auch, warum euch die Finger jucken? Weil der Himmel euch strafen will. Denn nach dem Streich, den ihr hier ausführen wollt, müßt ihr alle zu den Türken fliehen, aber der König wird euch Leute nachschicken, und ihr werdet zurückgebracht wie die Reisekoffer. Gibt es unter euch niemanden, der im ungarischen Krieg war und den Hauptmann Brideron kennt?« »Ja, ich kenne ihn«, sagte einer der Edelleute, die Phokion zuhörten. »Er war in einem deutschen Regiment; das war ein wackerer Zecher, und einmal hat er auf meinen Rock mehr als drei Pinten Wein gekotzt, die er zu viel getrunken hatte.« »Na also«, sagte Phokion, »sein Sohn Brideron ist im Schloß, und der bittet euch, eure Sache aufzugeben. Und ich, der ich zu euch spreche, ich bin der Bruder des Kriegers Brideron.« »Also, hört zu, Bruder Brideron«, sagte einer der Junker, »Omeneus hat Angst, er fürchtet, wie ein Hähnchen geschlachtet zu werden; recht hat er. Er ist ein Lump, der uns so viele schlechte Streiche spielt, daß wir ihm den Bauch aufschlitzen wollen. Reden wir nicht lange: er hat unsere Töchter verführt. Der Liebhaber eines der Mädchen hat sich vor Kummer den Schädel mit einem Hammer gespalten, und nun ist sein Bruder mit dem Hammer hier, um den von Omeneus zu spalten. Er hat uns unsere Truthähne entführt, unsere Kühe; keine Feldbestellung mehr, kein Huhn mehr im Topf; er tötet unser Wild, und in meinem Gehege habe ich nicht den kleinsten Hasenstummel mehr, seit dieser Leutnant im Lande ist. Der König will, daß wir Katholiken werden. Wenn Omeneus uns nicht gegen den Strich gebürstet hätte, wären wir es vielleicht geworden. Aber zum Teufel, als erstes hat er uns das Fell abgezogen.«

Auf diese Worte gab Phokion zur Antwort: »O weiser Nestor . . .« »Wieso wißt Ihr meinen Namen?« fragte der Edelmann. »Na bitte«, sagte Phokion bei sich, »da es Briderons und Phokions gibt, muß es auch Nestors geben.« Und er fuhr in seiner Rede fort: »Ich kenne Euren Namen, ich habe ihn irgendwo gelesen. Vielleicht hat der alte Brideron Euch erzählt, daß er seinen Sohn mir anvertraut hat, der noch ins Bett pißte, als er sein Land verließ. Ja, wenn ich mich nicht täusche, habt Ihr ihn selbst in Pylos empfangen.« »Ich? ich kenne weder Pylos noch den Sohn, von dem Ihr redet«, entgegnete der andere. »Macht nichts«, sagte Phokion, »er sucht seinen Vater, der verschwunden ist. Er hat Sizilien gesehen, Ägypten, die Inseln Cypern und Kreta; Ihr werdet sehen, wie er zu schwatzen versteht. Die Winde, oder vielmehr der Teufel, haben ihn an diese Küste geworfen, als er nach Hause zurückkehren wollte, und wir sind gerade rechtzeitig gekommen, um Euch mit Omeneus auszusöhnen. Jetzt habt ihr es nicht mehr mit dem geilen Bock zu tun, dem Dieb von Hühnern und Karnikkeln, sondern der Sohn des weisen Brideron und ich, wir stehen für diese Aussöhnung ein.«

Man kann aus Phokions Rede leicht ersehen, daß seine durch das Feuer der Nachahmung vernebelte Einbildungskraft alle Augenblicke die gegenwärtige Lage mit der damaligen von Telemach und Mentor verwechselte.

Während Phokion von Aussöhnung sprach, sahen Brideron und Omeneus durch das kleine Fenster und versuchten, aus Phokions Gesten dessen Rede zu erahnen.

Der Nestor, den der Hofmeister so glücklich mit seinem Namen angeredet hatte, war der verständigste und umsichtigste Edelmann der Gegend. Lange hatte er den Plan aufgeschoben, den Omeneus' letzte Gewalttätigkeiten nun endlich zur Ausführung brachten. Er war das Orakel der Truppe und ungefähr ebenso alt wie Phokion. Beide waren sie sehr redselig. Der Edelmann antwortete lebhaft und hitzig, und Phokion, der sich um das sanfte Temperament bemühte, mit dem Mentor im gleichen Fall gesprochen hatte, hob die Stimme und formulierte monoton die Worte, die er mit ungelenken Armbewegungen begleitete; der ganze Trupp hörte ihnen schweigend zu. Während man sich um sie drängte und Brideron nebst Omeneus aufmerksam die Gesten der Schwätzer beobachteten, erinnert sich dieser Telemach, denn jetzt verdient er es, mit diesem Namen bezeichnet zu werden, erinnert sich dieser Telemach also an die edle Kühnheit seines Originals, als dieses zu Mentor lief, der mit den Feldherren des feindlichen Heeres sprach. Er stiehlt sich daher weg von Omeneus und will aus dem Schloß laufen, doch er wird festgehalten. Wiederum weigern sich die Diener, das Tor zu öffnen. Es wäre überflüssig gewesen, einen Herrscherton anzuschlagen, in diesem Fall hätte man selbst Telemach den Gehorsam verweigert. So ist er also gezwungen, wie Phokion durchs Fenster zu klettern: diese Veränderung des Ausgangs war ein bißchen an den Haaren herbeigezogen, aber wenn es sein muß, nimmt man mit allem fürlieb, und die Leute, die sich statt geopferter Stiere und eines Freundes der Götter mit einigen geschlachteten Hähnchen und einem schimpfenden Koch begnügt haben, diese Leute, sage ich, können hier auch ohne weiteres das Fenster fürs Tor nehmen. Er springt also hinaus und läuft zu seinem verehrungswürdigen Onkel. Omeneus wußte nicht mehr, was er davon halten sollte, denn er hatte *Telemach* nicht gelesen und ahnte nicht, daß er einen bei sich zu Gaste hatte.

Telemach, ich meine den unseren, kam gerade noch rechtzeitig; sein Onkel begann bereits, sein schlechtes Gedächtnis oder seine Langsamkeit zu mißbilligen, denn er wußte, daß seine Pflicht ihm vorschrieb, zu kommen.

Sobald Phokion ihn sah, sagte er zu Nestor: »Verehrungswürdiger Greis, hier ist der junge Brideron, jener, von dem ich gesprochen habe. Erkennt Ihr seinen großen, berühmten Vater in seinen Zügen?«

»Alle Wetter, ich erkenne ihn«, rief Nestor, der tatsächlich fand, daß Brideron seinem Vater sehr ähnlich sah. »Zwei Senfkörner können sich nicht ähnlicher sein, laßt Euch umarmen, mein Sohn«, sagte er. »Woher kommt Ihr, zum Teufel, und wieso seid Ihr im Haus eines Lumpenkerls, den wir bis auf die Knochen rösten wollen?« »Ich bin überzeugt«, entgegnete ihm Brideron, »daß Ihr ihm nicht einmal den Bart ansengt, obwohl er lang ist; er ist ein braver Kerl, man muß ihn nur zu nehmen verstehen.«

Während sie miteinander sprachen, sagten die Männer, die am weitesten wegstanden: »Offensichtlich ist der da das Spanferkel von dem mageren Schwein dort. Er kommt, damit wir unsere Gewehre in die Luft schießen. Aber das werden wir noch sehen: verdammt, wir kennen keine anderen Spatzen als Omeneus.«

Phokion jedoch, der mit Vergnügen die Freundschaft sah, die Nestor dem jungen Brideron entgegenbrachte, beschloß, Nutzen daraus zu ziehen, und sagte: »Na also, wenn man vernünftig überlegt, kommt man zu guten Erkenntnissen, und hat man gute Erkenntnisse, macht man keine Torheiten. Glaubt Ihr, daß ich Euch meinen Neffen nur auf gut Glück für diesen Einfaltspinsel Omeneus überlasse? Eher sollten alle Omeneusse der Welt, die vorhandenen und die zukünftigen, rittlings auf Eurer Nase sitzen, als daß ich meinen Brideron fahren lasse. O nein, er wird der Garant für den Frieden sein, den ich Artikel für Artikel heute unterschreiben lassen will.«

Bei dem Wort Frieden schrien alle: »Schlagt ihn tot, schlagt ihn tot. Laßt uns unsere Musketen an dem alten Gerippe versuchen. Hol's der Teufel, sie haben unter uns Verwandte, oder der junge Gimpel ist der Hurensohn von einem von uns.«

»Psst«, rief Phokion, »legt auf mich an, aber schießt nicht, denn dann bringt ihr mich um. Es ärgert euch, ihr Hugenottenkanaillen, daß der wackere Omeneus eure Töchter entführt hat, um aus ihnen Katholiken zu machen.« »Eher um ihnen welche zu machen, verdammt«, antworteten die Bauern. »Nun, sie müssen euch zurückgegeben werden, diese Mädchen«, sagte Phokion. »Es wird kein Stückchen an ihnen fehlen, ihr könnt nachzählen.«

Nach diesen Worten tritt der kräftigste unter den Bauern vor und sagt:

»Ihr, der Ihr hier den Schwätzer und Advokaten spielt, sagt mir mal eins: Was hab ich denn Omeneus getan, diesem Lumpenhund, daß er uns behandeln tut wie die Kälber auf der Schlachtbank? Hölle und Teufel, ich habe Blei in meinem Gewehr und Pulver; ich hab 'n Messer in meiner Tasche und 'ne Pistole am Gürtel. Wann ich ihm mit jedem von den Werkzeugen eins versetzt haben tu, dann will ich ihm meinetwegen auch die Hand küssen. Aber, zum Henker, erst muß er eins mit dem Gewehr abkriegen, mit der Pistole und mit dem Messer, bevor er sich fortstiehlt. Seine Diener haben meinen armen Sohn Mathieu mit dem Stock die Rippen zerschlagen, mein Neffe Lucas hat von seinen Reitern ein Säbelloch im Kopf, unsere Hühner haben keinen Hahn mehr und legen keine Eier mehr; wir hatten Jungfrauen bei uns, und jetzt tun wir keine mehr haben. Denn wenn er uns die Mädchen zurückgibt, glaubt Ihr denn, man gibt, Ihr wißt schon was, zurück wie eine Handvoll Kleie, die man sich geborgt hat? Nein, verdammt, keine Versöhnung nicht, oder nur, um Fleischbrühe aus ihm zu machen, aus ihm und seinen Hurendienern.«

Nach diesen Worten wollte der ganze Trupp aufbrechen, die Füße bewegten sich bereits, und die erhobenen Beine warteten nur noch einen winzigen Augenblick, um sich in Bewegung zu setzen. Man hörte in dem kleinen Haufen nur noch das Klicken vom Spannen der Gewehre.

»Also zum Teufel«, schrie plötzlich Phokion, »ich will euch nicht verlassen, ohne die Sache zu Ende gebracht zu haben. Geben wir uns die Hände: paßt auf, zur Sicherheit werde ich euch ein halbes Dutzend von Omeneus' besten Jagdhunden liefern lassen. Er sollte über den Frieden ganz närrisch sein und sie euch schenken. Und spielt ihr jetzt nicht die Eisenfresser, ihr komischen Kerle, ihr könntet vielleicht Äxte an eure Schädel kriegen. Bei unserem braven Mann kommt nämlich jeden Augenblick eine Kompagnie Dragoner an, vielleicht ist sie gleich da; denkt daran, und versucht nicht, über einen Graben zu springen, der zu breit ist. Hier sind die Artikel, und zaudert nicht mit eurer Unterschrift.

Der erste lautet, daß Omeneus nicht mehr stehlen wird, weder Mädchen noch Hähnchen, noch Kaninchen, und auch nicht stehlen läßt, was aufs gleiche herausläuft. Der zweite, daß er euch zweimal vorher warnt, wenn er euch Kriegsleute auf den Hals hetzt, um euch zu schikanieren; danach ist es ihm erlaubt, euer Haus plündern zu lassen, wie es recht und billig ist, denn der König will es so. Verdammt, wollt ihr noch mehr Ruhe zum Schlafen? Gebt eure Kapellen auf, eure Bethäuser und eure elenden Prediger, dann könnt ihr überall mit erhobenem Kopf hingehen.« »Das ist gut gesagt«, schrie der Trupp, »aber für eine gute Mahlzeit braucht man Brot und Fleisch. Wir haben unsere Hühner verloren; seine Reiter und Diener haben unsere Ställe verwüstet und nur den Mist dagelassen. Unsere Töchter sind ohne Hochzeit Frauen geworden. Für all die Gemeinheiten und damit der Frieden sicherer ist, soll er einen Sack mit tausend Francs rausrücken, mit denen trinken wir auf seine Gesundheit, um uns für die Hähnchen zu trösten, die er statt uns verschlungen hat. Wenn er will, kann er mittrinken, wir werden ihn untern Tisch saufen.«

Dieser Vorschlag mißfiel Phokion ein wenig. Zur Zeit von Idomeneus wurde der Friede auf edlere Weise geschlossen; doch die Sitten haben sich geändert, und Phokion widersprach nicht. Er überlegte noch die Antwort, als der Trupp plötzlich losmarschierte, um ins Schloß einzudringen. »Ihr halsstarrigen Krieger«, schrie Phokion sie verzweifelt an, »ihr werdet den Sack mit tausend Francs also bekommen; lieber verkaufe ich mein Wams und meine Schuhe dafür. Aber weicht so wenig von euerm Platz wie ein Baumstumpf, während ich Omeneus sage, er solle euch das Geld abzählen.« »Er soll sich verwünscht nicht einfallen lassen, uns in Scheinen zu bezahlen«, sagte ein dicker Grobian. »Wir wollen das Sümmchen nur in gelb oder weiß.« »Still, ich hab euch verstanden«, sagte Phokion. Dann ging er, um die Schloßtore öffnen zu lassen. Doch der Himmel hatte beschlossen, daß das Fenster unseren beiden Kämpen als Eingang dienen sollte. Phokion mußte wieder zu der kleinen Luke hinaufklettern, aber er wollte nicht ins Zimmer springen. »Ich brauche nicht mit dem ganzen Körper durchzukriechen«, sagte er zu Omeneus, »ich rede von hier aus mit dir.«

Während Phokion so mit Omeneus sprach, umarmte Nestor den jungen Brideron und sagte: »Ich will mich gern aus Liebe zu deinem Vater mit euch versöhnen; wir haben so oft auf unsere gegenseitige Gesundheit getrunken, daß es schade wäre, die von seinem Sohn zu verderben. Denn ich sehe, du würdest dir eine Bleikugel auf den Pelz schießen lassen. Erzähl mir die Torheiten aus deiner Jugend, ich erzähle dir dafür Geschichten aus meinem Alter.«

Brideron wollte gerade mit seinen Torheiten anfangen, als Omeneus, den Phokion am Ärmel heranzog, mit einer Pistole in der Hand erschien. Bei Omeneus' Anblick entfachte sich wieder die ganze Wut des Trupps. »Verwünscht«, rief Omeneus, »ich bin hierher gekommen zur Versöhnung; aber wenn mir jemand zu nahe kommt, schlag ich ihm den Schädel ein.«

»Keine Angst«, entgegnete der Anführer des Trupps, »wir haben unser Wort gegeben, daß wir dir nur die Rippen brechen, wenn du nicht machen willst, was wir dir gesagt haben.«

»Aber er will es doch«, sagte Phokion, der sich an seinen Telemach erinnerte und wußte, daß es an ihm war, den Frieden zu befestigen. »Jeden soll auf der Stelle der Schlag treffen, der noch Rachegefühle behält und mogelt, indem er zwar das Pulver aus der Zündpfanne nimmt, aber mit der anderen Hand wieder welches hineintut; oder der Wolf soll ihn fressen, wenn er zu seinem Hof geht; seine Geldbörse soll sich während des Laufens leeren; die Krätze und die Räude sollen ihn zerfressen; die Gicht soll ihn plagen; sein Arm soll steif werden wie eine Eisenstange, wenn er sich ein Stück Fleisch ins Maul stecken will. Aber wenn im Gegenteil alle aufrichtig sind, soll jeder ein

Dutzend Kinder im Jahr von seiner Frau bekommen, seine Hennen sollen ihm vier Schock Eier am Tag legen, seine Stuten Füllen für hundert Taler bringen, sein Braten soll niemals anbrennen, seine Suppe nie versalzen sein, und jeden Tag soll er eine Flasche Champagner zu trinken haben.«

Als die feindliche Truppe Mentor so reden hörte, erklärten zwei Bauern, daß sie keinesfalls diesen Friedensartikeln zustimmen würden. »Und warum nicht, ihr störrischen Esel?« fragte Nestor. »Na, zum Teufel«, erwiderte der eine, »weil der Narr verlangt, daß jeder, der gern Frieden schließt, ein Dutzend Kinder im Jahr haben soll und eine Suppe, die nie versalzen ist. Ich bin aber ganz verrückt auf Salz, und wenn wir so viele Kinder hätten, täten wir uns ruinieren.«

»Ihr seid Dummköpfe, wenn auch brave«, sagte Phokion. »Also diese beiden Eide gelten nicht für euch.« »Was denn, verflucht«, schrien die andern. »Dann sollen nur wir die Ladung Kinder haben und eine fade Suppe?« »Ich will euch das erklären«, sagte Nestor. »Was die Kinder angeht, so macht ihr vielleicht nicht mal den Schwanz von einem. Und bei der Suppe liegt es bei euch, ob ihr sie zu viel oder zu wenig salzt. Aber diese Eide sind als Zeichen der Treue gemacht.« »Also gut, wenn es so ist, wie's ist«, sagte der Trupp.

Inzwischen lieferte Omeneus die tausend Francs ab und wollte dann ins Schloß zurück. Aber Phokion, der wußte, daß Idomeneus in Salent die wichtigsten Feldherren des feindlichen Heeres zu Gast geladen hatte, faßte unsern Leutnant an den Knöpfen und sagte zu ihm: »Hört mal, Ihr müßt die ganze Truppe erfrischen.« »Verwünscht«, entgegnete der, »das viele Eis! Dabei könnten sie mit tausend Francs das ganze gefrorene Wasser vom harten Winter aufkaufen.« »Was soll's«, entgegnete Phokion, »es gehört sich so. Ihr könnt froh sein, daß Ihr nicht verkrüppelt oder lahm aus der Sache herausgekommen seid.«

Daraufhin bat Omeneus die Anführer der Truppe zu einem halben Schoppen ins Schloß und versicherte, er wolle den andern ein paar Krüge Apfelwein bringen lassen. Und so geschah es. Die Edelleute gingen ins Schloß, man füllte Wein ab, und die Diener brachten den Soldaten, denn so muß man sie nennen, auch welchen. Ein Getränk verzaubert die Menschen, und wenn es betäubend ist, gleicht es dem Wasser des Flusses Lethe.

Die Diener hatten sich unter die Soldaten gemischt, und alle tranken einander zu. »Holla«, riefen sie, »schmieren wir uns diesen Balsam durch den Mund auf die Rippen, er findet schon seinen Weg.«

»He, du da«, sagte einer, »du warst einer von denen, die geholfen haben, meine Kusine zu entführen. Wenn du heiratest, dann belauere ich deine Frau so lange, bis sie auf meiner Leimrute sitzt.« Der Koch, oder vielmehr der Opferpriester, beeilte sich, die Reste der letzten Woche auf den Grill zu legen. Alle umarmten sich, und es herrschte eitel Freude und Herzlichkeit; sie bewarfen sich mit Gras und tollten herum, während sich ihre Anführer das Hirn mit Omeneus' bestem Wein benebelten. Der gute Mann hatte sich einen Ruck gegeben; er hatte einen Schinken auftischen lassen und den Rest eines herrlichen Schmorbratens. »Hol's der Geier«, sagten die Edelleute, »da zeigt sich, was ein redlicher Mann ist. Luther und Calvin sollen zur Hölle fahren, wir geben sie auf, der gute Wein läßt uns klarsehen.« »Gut so«, rief Nestor. »Und weil wir jetzt alle wie eine Herde Lämmer im gleichen Stall sind, wollen wir uns gegenseitig gegen die Feinde helfen, die, wenn sie weiter kämpfen, uns keinen Tropfen Blut mehr im Leibe lassen.«

»Oh, wie wahr Ihr redet«, erwiderte Phokion. »Hört mir einen Augenblick zu, denn ihr wißt nicht, daß es zu den Pflichten meines Amtes gehört, euch eine Rede gegen die Zwietracht zu halten.«

Die Rede, die Phokion halten wollte, war eine Nachahmung jener, die Mentor bei dieser Gelegenheit gehalten hatte und die mit den Worten begann: »Hinfort werdet ihr unter verschiedenen Namen und verschiedenen Anführern nur ein einziges

Volk bilden . . .« Statt dessen wollte er sagen: »Hinfort werdet ihr unter verschiedenen Gewohnheiten und verschiedener Haut nur eine einzige Seele bilden; so nimmt der Schnitter eine Ähre zur andern für eine Garbe, oder um es euch besser begreiflich zu machen, ihr werdet den Perlen eines Rosenkranzes gleichen, die alle auf denselben Faden gereiht sind.«

»Bei Gott«, sagte ein Edelmann, »wenn Ihr bei jeder Perle, die wir darstellen, eine Rede halten wollt, können wir bis Sonnenaufgang warten, ehe wir was sagen dürfen. Trinken wir also lieber!« »Das sind ja reichlich versoffene Anführer«, dachte Phokion bei sich, »und wenn Mentor an meiner Stelle gewesen wäre, hätte er nicht so schöne Sachen gesagt.«

Da er jedoch seine Redelust an einem Gegenstand festmachen wollte, erinnerte er sich daran, daß man nach dem Frieden zwischen Idomeneus und seinen Feinden Adrast bekämpft hatte. Also brauchte man einen Adrast, und das machte ihm Sorgen.

»Ihr spracht vorhin von Feinden, die Euch alles Blut entziehen würden«, sagte er zu Nestor, »wer ist das, weiser Greis?« »Das sind gewisse Lumpenhunde, die Fanatiker genannt werden und sich wie wahre Tiger verhalten«, entgegnete Nestor. »Sie sind von unerhörter Grausamkeit, und wir wagen uns keine zwei Meilen weg von hier. Wenn sie uns begegnen, uns und unsern Kindern, machen sie jede Art von Gulasch aus uns, sie spießen einen Mann auf wie einen Truthahn, und die Frauen lassen sie vor der Zeit gebären, indem sie ihnen den Bauch aufschlitzen. Der Anführer dieser Bande ist ein elender Galgenvogel, der nicht mal den Kadaver einer Ratte wert ist. Wenn man ihn gewähren läßt, wird er uns alle fressen wie der Wolf, auch Euch, Herr Leutnant. Ich finde es also angebracht, daß wir, um uns von diesen Tollköpfen zu befreien, alle zusammenlegen und eine Truppe gutwilliger Männer aufstellen und ernähren, Knechte, Bauern und andere, die den gefährlichen Bestien die Köpfe absensen.«

An diesem Vorschlag erkannte Phokion, daß die Männer die

Hilfstruppen ersetzten, die man von Idomeneus gegen Adrast erbeten hatte; und er ahnte, daß, ebenso wie Idomeneus nur hundert Mann hatte schicken können, auch unser Leutnant nicht viel beisteuern würde. Er machte es also wie Mentor im gleichen Fall und nahm Omeneus zur Seite.

»Ihr seht, Omeneus«, sagte er zu ihm, »daß Ihr ohne uns ebenso viele Löcher im Bauch hättet, wie der Anzug eines Arlequins Flicken hat. Diese Edelleute haben Euern Wein und Euer Fleisch gelobt, sie haben Eure Möbel schön gefunden und alles bestaunt. Aber sie täuschen sich. Denn während sie über alles in Entzücken geraten sind, habe ich bei mir gedacht, daß Ihr ein Dummkopf seid.«

Dieses Wort ärgerte Omeneus. Er gab Phokion mit der geballten Faust einen kleinen Schlag in die Magengrube und rief: »Holla! Kleines, mickriges Männchen, was sagst du da?«

Ganz gewiß wäre jeder andere als Phokion über den Faustschlag entrüstet gewesen. Doch dieser Weise, weit davon entfernt, sich zu beschweren, war im Gegenteil entzückt darüber, daß er Omeneus offensichtlich gereizt hatte wie Mentor durch die weise Strenge seiner Rede den König von Salent. Er antwortete ihm also vor Freude überströmend: »Ich gebe zu, ich habe unrecht, Euch einen Dummkopf zu nennen, denn wenn Ihr auch einer seid, so wollen Herren wie Ihr doch nicht bei ihrem Namen genannt werden.« Dann senkte er die Augen und gab seiner Stimme einen demütigen und sanften Ton. »Ich hatte geglaubt, Ihr würdet es Euch von mir gefallen lassen, daß ich Euch behandle, wie Ihr's verdient, wegen der schönen Freundschaft, die ich Euch entgegenbringe. Aber wenn Ihr wollt, daß ich meinen Brei süße, will ich gern ein Quäntchen Zucker dranmachen.« Omeneus erkannte, daß er zu rasch gewesen war. »Zum Henker«, bemerkte er, »ich bitte um Entschuldigung für den Schlag, den ich Euch in die Magengrube versetzt habe. Aber meine Hand wiegt nicht mehr als das Quäntchen Zucker, mit dem Ihr Eure Worte süßen wollt, der Wind weht sie fort, ohne daß ich es will. Ihr könnt jetzt ohne

Zucker reden, ich bin nicht mehr so zimperlich. Meine Amme und meine Mutter, die haben mich so verwöhnt.«

»Bei Gott«, sagte Phokion, »wenn ich Euch gegenüber grob bin, dann nur ungern; ich mache das so widerwillig, wie ein Mann seinen Rock auszieht, um ihn den Räubern zu geben. Aber Ihr wärt geduldiger, wenn Ihr Geduld hättet. Ich wette zum Beispiel, daß Ihr einem Knecht, wenn er Euch etwas Dummes sagt, gleich einen Tritt in den Hintern gebt.« »Ihr habt's erraten«, erwiderte Omeneus. »Kaum hat er geredet, peng, hat er meinen Schuh in seinen beiden Arschbacken.« »Na ja«, bemerkte Phokion, »das müßt Ihr Euch abgewöhnen, genauso wie die andern Narrheiten. Da ist also ein Mann, der seine Speckseiten im Haus hat, seine Zimmer sind schön, sie sind so reich möbliert, wie eine Königin gekleidet ist; im Keller ist guter Wein; aber seine Börse ist leer? O du Windbeutel, darf man so leben? Ich wette, Ihr laßt nach dem Schloß noch etwas anderes bauen.« »Zum Teufel, ja«, entgegnete Omeneus, »ich lasse Ställe für meine Pferde bauen.« »Sagt lieber, für Eure Ratten«, erklärte Phokion. »Ach was«, rief der Leutnant, »schimpft ruhig mit mir, was kümmert's mich; vorausgesetzt Ihr erreicht, daß ich mich ehrenhaft von der Abgabe befreien kann, die von mir verlangt wird. Denn schließlich brauche ich niemandem zu zeigen, daß ich bettelarm bin, so wenig wie ein Glatzkopf zeigt, daß er kahl ist. Sonst heißt es von mir: was für ein schäbiger Leutnant. Wenn es aber sein muß, dann schreie ich ganz offen: ›Messieurs, meine Börse ist schmal wie ein saurer Hering.‹«

»Das ist die Einstellung eines guten Christen«, bemerkte Phokion, »der Himmel wird Eure Börse mästen. Jedenfalls verdient die Demut Schmalz aus Gold oder Silber. Aber laßt mich machen und geht Ihr und trinkt Euer Glas aus, denn es gehört sich nicht, auch nur einen Tropfen drinzulassen. Sagt mir nur noch, ob Ihr beschlossen habt, Brideron etwas für seine Rückreise zu geben, wenn er diesen Ort verläßt?« »Wieso, ob ich ihm etwas gebe?« fragte Omeneus. »Ich habe oben einen ganz neuen Rock, den ich ihm zum Geschenk mache, zusammen mit einem halben Dutzend Zahnstocher und einem halben Franc in Sous, die ich ihm aufhebe, damit er keine großen Münzen wechseln muß.«

»Gut so«, sagte Phokion, »ich werde also Euern Verbündeten sagen, daß Ihr Euch verpflichtet habt, Brideron zu helfen, damit er zu seinem Vater zurück kann, und daß Ihr ihnen im Augenblick nicht mehr geben könnt, als ... wieviel sage ich?« »Hundert Sous, das Aufgeld eingerechnet«, erwiderte Omeneus. »Einverstanden«, sagte Phokion. »Verwünscht«, bemerkte Omeneus, »ich hatte die ganze Last eines Esels auf meinem Buckel, soviel Anstrengung hat mich die Überlegung gekostet, wie ich meine Armut verbergen kann. O, der kann sich als Glückskind preisen, der auf seinem Weg einen geistvollen Menschen trifft! Wenn Ihr länger hierbliebt, würde ich mein Verhalten wechseln wie die Schlange ihre Haut.«

Phokion hielt Wort; er machte den Edelleuten begreiflich, daß Omeneus Brideron helfen müsse, damit dieser zu seinem Vater zurückkehren könne, und daß er im übrigen gerade große Ausgaben gehabt habe; und wenn man das alles zu dem Sack mit tausend Francs hinzufüge, den er bereits ausgeliefert habe, könne er jetzt für seinen Teil nicht mehr viel beitragen. Trotzdem würde er noch hundert Sous, das Aufgeld eingerechnet, herausrücken, sagte er zu ihnen.

Was die Friedensartikel betraf, so wurden die Jagdhunde übergeben. Brideron folgte den Edelleuten, die beschlossen hatten, alles für die Vernichtung der besagten Fanatiker vorzubereiten. Während sie sich von Omeneus verabschiedeten, schloß Phokion seinen Zögling in die Arme; aber der junge Mann weinte nicht, wie er es hätte tun müssen, denn Telemach hatte seinerzeit Mentors Gesicht mit seinen Tränen befeuchtet. »Wo sind denn deine Tränen, die mir das Antlitz benetzen sollen?« fragte der strenge Erzieher. »Verdammt«, entgegnete Brideron, »das Wasser will nicht kommen, wahrscheinlich ist es in meinem Hirn versiegt; aber Ihr verliert nicht viel, denn ich erkläre Euch, daß ich zum Ruhme eile und es mich so sehr drängt aufzubrechen, wie es mich drängt, ein Pfund Brot zu essen. Nur tut es mir leid, daß ich Euch hier lasse; es ist mir, als müßtet Ihr jetzt im Bergwerk arbeiten und ich in den Gräben.«

»Mein Sohn«, erwiderte ihm Phokion, »nicht alle Augen gleichen sich, es gibt große, kleine und schräge; ebenso gleicht sich nicht jeder Abschied. Du brichst auf, aber zu deinem und meinem Vergnügen, und du wirst den Lumpenkerlen Arme und Beine abschlagen. Liebe mich nicht so sehr, mein Sohn, oder stelle ebensoviel Tatkraft auf die eine Seite wie Freundschaft auf die andere, wegen des Gleichgewichts, und die Beherztheit soll deine Tränen aufhalten wie der Vorstehhund das Wild. Wenn du aus Freundschaft welche vergießen willst, wirst du mich nicht immer an deinem Gürtel hängen haben, man muß sich daran gewöhnen, ohne Krücken zu laufen; wenn man den Lahmen spielt, wird man erst einer.« Während er diese Worte sprach, nahm Phokion gemäß seiner lobenswerten Gewohnheit einen seiner beiden Rockschöße und bedeckte Briderons Rücken damit, um es wie Minerva zu machen, die einst Telemach mit ihrer Ägide bedeckt hatte.

»Möge dieser Rockschoß dir die Weisheit in den Körper dringen lassen«, sagte Phokion zu ihm, »ebenso wie Minerva sie in den von Telemach hat dringen lassen. Sei tapfer wie Cäsar und gerate bei entsprechender Gelegenheit nicht wie ein Fieberkranker ins Zittern; laß dir aber auch nicht den Buckel verbleuen wie ein Dummkopf, denn wenn du nur noch ein Bein hast, gibt es keinen Doktor, der dir ein zweites verschafft; wenn der Feind dir den Rücken zuwendet, zeigst du ihm deine Vorderseite; gilt es, sich aus dem Staub zu machen, nimmst du die Beine in die Hand, und überall soll man sagen: ›verdammt, hat der Mut, seht doch nur, wie er hinter den Fanatikern herrennt!‹ Das bringt dir Ehre ein. Denn wenn du statt dessen nur mit einem Flügel fliegst, wird es überall heißen: ›dieser Schwächling! man muß ihm einen Einlauf verpassen, er wird noch seine Hosen besudeln!‹ und dann hast du den Hohn der ganzen Armee auf dem Hals, jeder wird dir auf die Füße treten, und es ist das wahre Elend. Außerdem mußt du den Mund halten, mein Sohn, wenn die Feldherren sprechen, und die Hände in den Taschen lassen; ergibt es sich, daß du eine Meinung äußern sollst, dann mach es so, wie man Äpfel auf dem Markt zum Verkauf anbietet: die Kunden kommen, befühlen sie, drehen sie hin und her und lassen sie liegen, wenn sie nicht nach ihrem Geschmack sind. Das ist genau das gleiche. Wenn man deinen Gedanken befühlt, darfst du nicht erwarten, daß man sich seiner bedient, denn vielleicht ist er keinen Pfifferling wert. Sei genau wie ein Maß, das heißt, liebe die Gerechtigkeit, und wenn du nur eine Ohrfeige bekommen hast, gib niemals zwei zurück; Gleichmut ist eine schöne Sache. Bist du auf jemanden böse, dann sag ihm offen: ich habe Lust, dich auszupeitschen, aber ich vergebe dir, weil ich gutmütig bin. O, wenn du so redest, werden die Leute wieder ihre Pflicht tun, man wird sagen, das ist ein guter Mensch, sein Herz ist offen wie eine Tulpe. Und hüte dich vor Schmeichlern, das habe ich noch vergessen, dir zu sagen; man kann sich ebensogut von einem tollwütigen Hund beißen lassen, wie Schmeicheleien anhören. Denn die zerstören die edlen Gefühle des Herzens. Ich selbst bleibe hier bei Omeneus, um seinen Hausstand in Ordnung zu bringen, der ganz verkommen ist. Ach, Brideron, denke daran, daß jeder Stecken zwei Enden haben muß und daß der Mensch stets in den Himmel blicken soll, es sei denn, die Sonne hindert ihn daran; und vergiß nicht, daß wir immer Seite an Seite bleiben werden.«

»Ach!« rief da Brideron, »Eure Worte dringen mir in die Brust, sie nehmen mir die Luft.« »Ist es wahr, mein Sohn?« fragte Phokion. »Sollte ich etwa wie Minerva sein? Wer weiß? Aber da ich dir Mut eingeblasen habe, steckt ein Wunder dahinter. Erinnere dich also stets an mich und meine Lungen, die ich abnutze, um dir etwas beizubringen.«

Die Sonne war bereits aufgegangen und vergoldete die

Bergspitzen, als Omeneus sein Schloß verließ, um die verbündeten Edelleute ein paar Schritte zu begleiten. Schließlich trennten sich diese von ihm und sagten: »Auf, geht wieder nach Hause, Ihr seid ein Simpel, daß Ihr so weit mitgekommen seid.«

NEUNTES BUCH

Nachdem die Edelleute fort waren, ging Phokion also daran, Omeneus' Hauswesen in Ordnung zu bringen. Das war einst eine der schönsten Rollen des echten Mentors gewesen, denn dieser hatte das gesamte Königreich des Königs Idomeneus in Ordnung gebracht. Das heutige Königreich ist auf das einfache Schloß eines Edelmannes beschränkt: wir wollen uns auf diese Verkleinerung einlassen, wie auch auf die schlichtere Art, mit der Phokion gegenüber Omeneus vorgehen wird.

»Also«, sagte er zu ihm, »wollt Ihr nicht, daß ich bei Euch in allem Ordnung schaffe, während sich unsere Leute schlagen?«

»Und ob«, erwiderte Omeneus. »Verdammt, ich betrachte Euch als meinen Hofmeister, und wenn Ihr wollt, lasse ich Ruten in Essig tauchen für den Fall, ich soll die Peitsche bekommen.« Phokion lächelte über diese Erwägung und fuhr fort:

»Als erstes zeigt Ihr mir Eure Keller.« Sie gingen hinunter. Omeneus trug den Leuchter. Als sie unten waren, sagte er: »Hier sind acht volle Viertelstücke und ein paar, die halb voll sind, und die dort sind leer.« »Das muß ich rügen«, entgegnete Phokion, »und als erstes sage ich Euch, daß Ihr ein großer Säufer sein müßt, um so viele Viertelstücke in Euerm Keller zu haben, da Ihr gar keinen Wein anbaut«, entgegnete Phokion. »Was denkt Ihr Euch dabei, Ihr Kellerstütze? Offensichtlich leert Ihr drei Flaschen Wein bei jeder Mahlzeit? Wißt Ihr auch, daß Wein im Körper genauso ist wie ein Stein von zwanzig Pfund auf einer Kröte? die kann sich nicht rühren: der Stein und Ihr, das ist ein und dasselbe. Hat man zu viel getrunken, kann man nur noch schnarchen; aber der Mensch sollte stets wach sein wie eine Maus, damit er sich um seine Sachen kümmern kann. Außerdem seid Ihr unbesonnen, denn Ihr stecht mehrere Fässer gleichzeitig an, ohne zu bedenken, daß der Wein verdirbt: beeilt Euch, die halbleeren zu verbrauchen, sonst wird er sauer, und Ihr müßt Essig draus machen. Aber das ist nicht alles, was ich Euch dazu sagen muß: wer wird Euern Wein abfüllen?« »Meister Georges«, erwiderte Omeneus. »Wie!« rief der weise Ordner, »ein Diener geht selbst mit der leeren Flasche in den Keller! Jetzt wundere ich mich nicht mehr, daß Eure gefräßigen Leute so fett sind und so rot; sie saufen, soviel sie wollen; damit Ihr es wißt: so wie die Raupen den Stoff anfressen, verringern die Diener die Verpflegung ihres Herrn, wenn sie darüber bestimmen. Wie viele Flaschen Wein sind schon in den Bauch dieser Trunkenbolde geflossen, ohne daß der Eure etwas davon hatte! Soll Euer ganzes Hab und Gut in das gefräßige Maul eines Knechtes wandern, Schafskopf? Macht Euch von jetzt an die Mühe und füllt Euern Wein selbst ab; behaltet den Schlüssel zu Euerm Keller stets bei Euch, und wenn Ihr ihn aus Eurer rechten Hand laßt, dann leiht ihn nur Eurer linken.

Und jetzt wieder hinauf, das genügt zu Euerm Keller, sehen wir uns Eure Küche an.« Sie begaben sich dorthin. Der Koch hatte keine Zeit gehabt, ins Bett zu gehen, er war vor dem Herd eingeschlafen. »He! he!« rief Omeneus ihm zu. »Wach auf, meins Herzens Schöne!« »Wer ist da?« fragte der Koch und streckte sich. »Dein Herr«, antwortete Omeneus. »Ich will Phokion deine Küche zeigen.« »Ach was«, sagte der Mann, »der riecht noch das Frikassee und will den Rest haben.« Phokion mißfielen diese Worte, er begann mit seiner Besichtigung. »Ich bemerke, daß hier mehr Kohle verbraucht wird als nötig; ich schließe das aus der vielen Asche. In einem Haushalt muß man viel aus wenig machen; ein Sack Kohle setzt zwar ein Feuer in Gang, aber das Geheimnis besteht darin, es mit drei Stückchen in Gang zu setzen.« »Zum Teufel«, bemerkte der Koch, »von dem Geheimnis weiß ich nichts. Aber wenn mein Herr nicht da wäre, wüßte ich das, Euch hier verduften zu lassen, verdammter Schnüffler.« »Psst!« sagte Omeneus. »Und Ihr, Phokion, macht nur weiter, ich gewinne dabei.« »Also, das hier sind schlecht abgewaschene Teller, da klebt noch das Fett; sie liegen umhergesät wie die Gerste im Feld, warum werden sie nicht aufgeräumt? Es gibt nichts Schöneres als Ordnung. Denkt an einen Spiegel voller Fliegendreck, man kann nichts darin sehen; doch ist er sauber, erkennt man noch den zartesten Bartflaum; hier ist es genauso; ist eine Küche schlecht aufgeräumt, dann ist sie ein Stall; aber sind die Schüsseln, die Wärmbecken, die Tücher, die Pfannen alle an ihrem Platz, übersieht man das Ganze mit einem Blick, nichts zerbricht, man hat alles bei der Hand, und es macht dem Herrn Ehre.«

»Ich kann nicht mehr an mich halten«, rief der Koch, »ich prügle mich gleich mit diesem Angeber; und wenn er weiter so klug schwatzt, stecke ich ihn fürs Abendessen auf den Spieß.« »Flegel«, sagte Omeneus, »er spricht die Wahrheit, halte den Mund.« »Oho, Monsieur«, bemerkte der Koch, »er hat hier so wenig zu suchen wie der Fuchs im Hühnerstall. Gebt mir meinen Lohn, ich packe meine Sachen.« »Soll er gehen«, sagte Phokion, »ein Haus braucht keinen Koch, ein Küchenjunge tut es auch. Im übrigen, könnt Ihr nicht selbst ein Omelett machen? ist es so schwer, ein Hähnchen zu braten? Macht Euch keine Sorgen, ich werde Euch bei Gelegenheit zeigen, wie man ein Ragout zubereitet und geschmortes Rindfleisch; das ist ein billiges Gericht und hält sich mehrere Tage: zahlt dem dicken Schwein dort seinen Lohn.«

Köche sind im allgemeinen grob. Dieser hier murmelte zwischen den Zähnen: »O du elender Truthahn, noch nie habe ich mein Küchenmesser mit größerer Lust in eine Tierkehle gestoßen, als ich es in deine stoßen würde!« »Da«, sagte Omeneus zu ihm, »da hast du einen Taler; komm dann zu mir, damit wir sehen, wieviel ich dir schulde.«

»Jetzt ist Euer Hausstand schon einen Koch los«, bemerkte Phokion; »ich werde aber noch andere faule Glieder finden, die weg müssen. Wie viele Schlampen habt Ihr, die Euch bedienen?« »Vier, bevor ich die besagten beiden Mädchen zurückgegeben habe«, antwortete Omeneus, »jetzt habe ich nur noch zwei.« »Das ist eine zuviel«, erklärte Phokion. »Behaltet die andere, sie kann die Küche machen, und die Schüsseln soll sie selbst abwaschen. Und wie viele Knechte habt Ihr?« »Einen Augenblick, das weiß ich selbst nicht«, entgegnete Omeneus; »einen zum Striegeln meiner Pferde, einen, der sich um meinen Garten kümmert, einen, der mich rasiert und ankleidet; das sind alle.«

»Den, der die Pferde striegelt, braucht Ihr«, sagte Phokion, »aber den, der Euch selbst striegelt, den nicht, denn der erste kann beides machen; außerdem, könnt Ihr Euch nicht selbst rasieren? He, verdammt, kauft Euch ein gut geschliffenes Rasiermesser, ein Becken und Seife, nehmt ein altes Hemd, macht ein Rasiertuch draus und schneidet Euch selbst den Bart: so viele Leckermäuler essen Euer Brot und leeren Euch die Börse, backt weniger und Ihr habt Euer Geld. Außerdem finde ich es auch angebracht, den Knecht für den Garten wegzujagen. Braucht Ihr Blumen? Der Duft steigt zu Kopf, und Euer Hirn ist schon benebelt genug. Glaubt mir und behaltet nur die beiden Diener, die ich Euch genannt habe.«

»Zum Teufel«, erklärte Omeneus, »der, der mich striegelt, wird nicht gehen, ich bin an ihn ebenso gewöhnt wie meine Pferde.« »Na schön«, bemerkte Phokion, »dann behaltet noch einen Kammerdiener, wenn Ihr Euern Pferden gleicht. Und von jetzt an eßt Ihr täglich eine gute Rindfleischsuppe mit Petersilie, am Abend einen kleinen guten Braten, und zu jeder Mahlzeit gibt es eine Pinte. Eure Diener machen sich abends einen kleinen Salat aus dem Suppenfleisch; jeder von ihnen hat seine Arbeit; so bleibt Ihr bei guter Gesundheit und habt nie einen verdorbenen Magen. Vor allem muß Pfeffer und Salz in Eurem Fleisch vermieden werden; ebensogut könnt Ihr Euch ein brennendes Reisigbündel in die Därme stecken, wie übermäßig von diesen Gewürzen essen. Ich habe vergessen, über die Kleidung Eurer Leute zu sprechen: Eure Dienerin und der Pferdeknecht müssen gute Holzschuhe an den Füßen haben; die Dienerin bekommt ein oder zwei Röcke und davor ihre

Schürze; die Ärmel trägt sie aufgekrempelt, um zu zeigen, daß sie in der Küche arbeitet. Und damit sie nicht haart, laßt Ihr sie jeden Monat scheren, so vermeidet Ihr Zwischenfälle in den Soßen. Der Pferdeknecht bekommt über seine Weste einen weiten Rock aus grauem Leinen und eine von Euch gekaufte Mütze; er muß stets seine Mistgabel oder seinen Striegel in der Hand haben, damit er weiß, daß er es nur mit seinen Pferden zu tun hat und sich auf die beschränken soll. Euer Kammerdiener trägt Eure abgelegten Sachen, und diese Kleidung unterscheidet ihn genügend von den anderen Dienern; Ihr laßt Eure Schuhe neu besohlen und gebt sie ihm, wenn sie vom Schuhflicker kommen. Was Euch betrifft, so bedeckt Ihr Euch mit einem guten groben Wollumhang, den Ihr anfertigen laßt und der billiger ist als ein Mantel aus feinem Tuch.

Jetzt kommen Eure Möbel an die Reihe: laßt zwei Drittel davon verkaufen; in einem Zimmer braucht man nicht mehr als ein paar Stühle, ein Bett und einen Kamin. Man soll stets bescheiden wohnen und stets eine Birne für den kommenden Durst aufbewahren.

Im übrigen hütet Euch vor Überraschungen von seiten der Diener; sie sind darauf aus, bei allen Käufen ihren Gewinn zu machen. Damit Ihr nicht betrogen werdet, finde ich es angebracht, Ihr kauft Euer Fleisch und Euer Brot aufs Kerbholz, dann bezahlt Ihr es selbst. Und was die anderen Ausgaben betrifft, so gebt acht und erkundigt Euch, was die Dinge kosten; laßt Euch bis zum letzten Sou Rechenschaft geben; wenn die Diener so viel Genauigkeit bei Euch sehen, nehmen sie den kürzesten Weg. Werden bei Euch Schüsseln zerschlagen, Gläser oder Steingutteller, dann schreibt das alles in ein Merkheft und zieht es vom Lohn der Grobiane ab; durch Schaden wird man arm, sagt das Sprichwort.

Und nun muß ich noch über die kleinen Zwiste zwischen den Dienern mit Euch reden, sie prügeln sich gern; von jetzt an müßt Ihr stets einen Stock für ihren Buckel zur Hand haben;

die Lust, sich zu schlagen, wird ihnen vergehen, wenn Ihr sie schlagt.

Achtet darauf, daß Eure Dienerin alle Gegenstände, aus denen Ihr eßt, sauber hält, damit, wenn ein ehrbarer Mensch bei Euch ißt, es nicht heißt: pfui über den alten Dreckfink! Denn ich zum Beispiel esse verdammt lieber aus einer Holzschüssel, die vom Drechsler kommt, als aus einer goldenen Schüssel vom König, in der der Küchenjunge noch Fettreste vom Tag vorher gelassen hat. Nicht Pracht und Prunk machen die Schönheit der Dinge, o Omeneus! Eine adrette Bauernmagd ist appetitlicher als die Damen der Gesellschaft, von denen es heißt, sie stünden in der Nacht auf und machten in ihr . . . A propos, gibt es einen Abtritt im Schloß?« »Er wird gerade gemacht«, sagte Omeneus. »Dann beeilt Euch, zum Teufel, daß er fertig wird«, bemerkte Phokion, »denn wie sollen es Eure Diener sonst machen?«

Nach diesen weisen Lehren, die Phokion an die Stelle der weisen Anleitungen fürs Regieren setzte, die Mentor dem Idomeneus gab, dachte er in seinem Innern darüber nach, was man noch sagen könne, als ihm plötzlich der kalte Schweiß ausbrach, denn ihm war Idomeneus' Tochter eingefallen, die Telemach einst liebte. »Wenn mein nichtsnutziger Neffe zurückkommt«, sagte er sich, »und keine Antiope vorfindet«, denn das war ihr Name, »wird er vor Wut die Sache aufgeben. Die Pest soll unsern Leutnant holen, der seine Frau umgebracht hat, bevor sie eine Tochter in die Welt gesetzt! Aber ich denke, dieser Mann hier liebt zur Genüge das andere Geschlecht; sollte er nicht vielleicht eine uneheliche Tochter haben? Hat man keine weißen Bettücher, schläft man auf Stroh, und man soll nicht so genau hinsehen, wenn man keine Brille hat.«

Phokion war mit diesen Gedanken beschäftigt, als Omeneus ihm die Zimmer seiner Tochter zeigte. »Eurer Tochter!« schrie der entzückte Hofmeister. »Richtig«, entgegnete Omeneus. »Aber sie ist eine uneheliche Tochter, denn ich war nicht verheiratet, als ich sie bekam, doch weiß ich genau, daß ich ihr Vater bin. Zur Zeit meiner Frau hat sie sich nie gezeigt; ich hatte sie einem Freund von mir anvertraut, aber dann habe ich sie zu mir genommen, und ihre Tante ebenfalls; die habe ich übrigens vergessen mitzuzählen bei denen, die ich hier ernähre.«

»Diese Tante könnte ruhig darauf verzichten, so lange zu leben«, bemerkte Phokion, »sie ist in unserer Geschichte überflüssig.« »Zum Henker«, rief Omeneus, »ich muß sie am Trog lassen, es sei denn, ich würde sie ins Spital stecken; aber wenn ich die Tante meiner Tochter ins Spital steckte, fändet Ihr das sicher nicht recht von mir.« »Wenn sie nun schon mal da ist, dann behaltet die Tante bei Euch«, sagte Phokion, »und reden wir nicht mehr über Eure Tochter, denn das ist hier nicht ihr Platz; eines Tages werdet Ihr sehen, daß Brideron sie heiratet.« »Brideron sie heiratet! Brideron sie heiratet! Brideron wird meine unehcliche Tochter heiraten?« schrie Omeneus. »Ja, zum Teufel, er wird sie heiraten«, erklärte Phokion, »und Ihr seid damit einverstanden; aber still, ich weiß darüber mehr als Ihr: auf mein Wort, Ihr könnt schon ihre Hochzeit vorbereiten, sie ist so gut wie geschlossen! Aber laßt uns jetzt unser Gespräch wieder aufnehmen.«

Phokion dachte wieder an sein Buch von *Telemach*. Offen gesagt, war er ein wenig verwirrt und wußte nicht recht, wie er es anstellen sollte, um seinem Leutnant ebenso viele Ratschläge und Lehren zu erteilen, wie Mentor seinem Idomeneus erteilt hatte. Zum Henker, sagte er sich, dieser Mann hier hat keine Städte, keine Minister, keine Untertanen, keine Ländereien; er hat nur ein Pökelfaß, einen Keller, eine Küche, Möbel, einen Abtritt, einen Garten und ein paar Diener. Herrgott, dachte er weiter, es war dumm von mir, ihm seine Diener wegzunehmen, das hätte mehr Leute ergeben; ich hätte von vielen Sachen sprechen können, die ich jetzt lassen muß; aber ich ändere das; ich werde ihm sagen, er müsse seinen Haushalt vergrößern und jemanden seinem Koch hinterherschicken.

In diesen Gedanken vertieft, sprach er folgendermaßen zu Omeneus: »Hört zu: ich habe Euch gesagt, Ihr brauchtet nur drei Dienstboten, aber ich bin ein Dummkopf, und jetzt denke ich, daß ein Leutnant des Königs gut bedient werden muß. Also rasch, ein Koch, und vor allem viele Mägde, denn das gibt Hochzeiten mit den Knechten, und darüber kann ich mit Euch reden.

Um jetzt schon ein Wort darüber fallen zu lassen, sage ich Euch also, daß Eure Knechte und Mägde ihre Zimmer nicht zu nahe beieinander haben dürfen, das hieße Feuer neben dem Pulver machen, das entzündet sich, die Rakete geht hoch und paff! Eure Mädchen haben ihr Teil weg. Also haltet Eure Augen offen. Ihr selbst dürft kein Beispiel geben, denn häufig tun die Witwer so, als beschäftigten sie ihre Mägde nur dazu, ihre Schüsseln zu waschen, und dabei heiraten sie sie in zweiter Ehe, ohne sie zur Frau zu nehmen. Ihr versteht Euch auf den ganzen Schwindel, denn Ihr habt es ebenso gemacht. Aber das ist Büberei und schändlich. Man soll stracks seines Weges gehen, wie ein Flintenschuß.

Kommen wir jetzt zum Hauptpunkt, den barmherzigen Taten. Hat einer der Diener einen bösen Finger, ab ins Spital. Verdammt, gebt wohl acht: so wie ein König der Vater seines Volkes ist, ein Professor der Erzieher seiner Schüler und eine Sau schließlich die Nährmutter ihrer Ferkel, so muß ein Hausherr der Hüter seiner kranken Diener sein. Wir neigen alle zur Schlechtigkeit, o Omeneus, prägt Euch das gut ein. Euer Pferdeknecht hat Kopfweh, schon liegt er in seinem jämmerlichen Bett; soll man ihm deshalb den Lohn abziehen? Nein, erlauchter Leutnant, holt ihm einen Arzt; er soll zur Ader gelassen werden und bluten wie ein Ochse; stopft ihn mit Arzneien voll und laßt ihm täglich zwanzig Einläufe machen, dann könnt Ihr Euch weise nennen. Hat ein Mädchen die Bleichsucht, dann kauft ihm Pillen und versucht nicht, es auf andere Weise zu kurieren.

Achtet auch darauf, daß Ihr nicht wie ein Bullenbeißer mit

Euern Dienern redet, denn wißt, es gibt mehrere Arten von Brot, aber nur eine Haut bei den Menschen: der Pförtner eines Ministers und der Minister selbst, wenn diese beiden im Wasser sind, dann gleichen sie sich wie Zwillinge, der Arm des einen ist nämlich nicht wie eine Gabel gemacht und der des anderen wie ein Becher: es sind zwei Arme, an deren Ende eine Hand mit fünf Fingern ist; und wenn Ihr richtig zählt, findet Ihr zehn an beiden Händen von jedem: das sollte den Menschen beibringen zu leben. Könnte man sagen: meine Nase ist aus Rotgold, die meines Kochs nur aus Blei, ich habe also eine viel schönere Nase als er; oder meine Schenkel sind aus Schildpatt, seine aus Horn, dann wäre der Stolz erlaubt, denn Gold und Schildpatt sind wertvoller als Blei und Horn; aber für all das gibt es nur eine Art, die Natur verfügt nur über eine Soße, die das gleiche Ragout macht. Ich weiß nicht, ob Ihr mich versteht, aber mir scheint, ich drücke mich so gut aus wie ein Buch. Um es noch einmal zusammenzufassen: es bedeutet, daß ein Herr mit seinen Dienern ganz so umgehen muß, als wären es seine jüngeren Brüder, und sich nur als den älteren betrachten darf, der für sie Sorge tragen muß. Behaltet das im Gedächtnis und erinnert Euch an meine Worte so gut wie an den Kasten, in den Ihr Euer Geld gelegt habt. Auch muß ich Euch noch einschärfen, maßvoll zu sein. Die Zügellosigkeit, o Omeneus, gleicht einer aufrechten Karte, die am Anfang einer Reihe von tausend weiteren aufrechten Karten steht; werft die erste Karte um und platsch platsch seht Ihr alle anderen bis zur letzten umkippen; berührt Ihr die erste aber nicht, halten sie sich alle aufrecht. Also, die Zügellosigkeit ist diese erste aufrechte Karte, denn unsere schlechten Neigungen stehen immer aufrecht, das heißt, sie sind stets bereit, sich zu bewegen. Wenn die Karte der Zügellosigkeit umfällt, folgen ihr die anderen Leidenschaften nach, die ebenfalls Karten sind; auf diese Art gebt Ihr Euch der Zügellosigkeit hin, die Trunksucht folgt, sie zieht den Stumpfsinn nach sich, dieser berührt die Roheit, und die Roheit ist der Anstoß für alle Leidenschaften, eine nach der andern; kurz, das ist wie bei einer Ahnenfolge, der Vater zeugt den Sohn, der Sohn zeugt wieder Söhne, die vielen Kinder haben Brüder und Schwestern, von denen kommen die Nichten, die Onkel, die Vettern und die ganze Bagage. Und als Großvater haben sie alle den ersten der Familie. Fürchtet also diesen Großvater, o Omeneus, es ist die Zügellosigkeit, ich sage es Euch, denn dazu verpflichtet mich mein Amt.

Wenn Ihr Arsenale hättet, würde ich Euch sagen, was dort fehlt; aber ich glaube, Ihr habt nur ein bißchen Pulver und Blei in einer Jagdtasche, und deshalb lohnt es den Aufwand nicht. Aber übrigens, liebt Ihr die Musik?« »Verdammt, und ob«, erwiderte Omeneus, »ich pfeife von morgens bis abends.« »Das ist nicht gut«, bemerkte Phokion, der wußte, daß Mentor die Musik verurteilte, »und ich werde Euch einen Vergleich liefern, damit Ihr versteht, warum.

Stellt Euch vor, das Gehirn eines Menschen ist wie eine volle Flasche Branntwein. Nun also, schüttet da, wenn Ihr könnt, einen Viertelliter Flußwasser hinein; ist es dann nicht so, daß der Branntwein weniger stark ist? Kommen wir zu Eurem Gehirn zurück, das die Flasche ist; der Verstand ist der Branntwein, das Wasser die Musik; wenn die in Euer Gehirn dringt, schwächt sie Euren Branntwein, ich meine Euern Verstand, sie schläfert ihn ein, sie macht ihn zu einem Weiberhirn; das ist gefährlich, wie Ihr seht, und wenn Ihr etwas in Eure Branntweinflasche tun wollt, dann wäre es viel besser, Ihr würdet so etwas wie Gewürznelken nehmen, Zimt oder ähnliches Zeug, aber kein Wasser: das Lesen, zum Beispiel, kann Euch als Zimt dienen, das Denken als Gewürznelke.

Laßt also das Pfeifen und duldet auch nicht, daß bei Euch gepfiffen wird.« »Aber ich habe doch alles voll hier von Nachtigallen, Distelfinken, Hänflingen und anderen Vögeln, die ein wunderschönes Gezwitscher vollführen«, sagte Omeneus; »wenn ich ihnen das Pfeifen verbiete, geschieht gar nichts, denn sie verstehen kein Französisch und stehen bei mir nicht in Diensten.« »Ich finde dagegen kein anderes Mittel, als ein paar

Flintenschüsse auf sie abzugeben«, bemerkte Phokion, »diese Sprache werden sie verstehen und nicht mehr wiederkommen.« »Das ist gut«, entgegnete Omeneus, »ich werde mich um alles kümmern, macht Euch keine Sorgen; lieber trinke ich nur Sumpfwasser, als daß ich Euch nicht bis zur letzten Silbe gehorchte. Ja, mein Freund, ich gehöre nicht zu den Leuten mit einem harten Schädel; der kleinste Schlag mit dem Hammer machte mir schon eine Beule; damit ist alles gesagt.«

Phokion wußte nach der Musik nicht mehr weiter; er blickte nach allen Seiten, um etwas zu finden, was er kritisieren oder wozu er einen Rat erteilen konnte. Er entdeckte nur ein paar klägliche Bilder, die ihn aufzufordern schienen, über die Malerei zu reden.

»Liebt Ihr auch die Malerei?« fragte er Omeneus. »Eigentlich ja«, erwiderte unser Leutnant, »aber ich kenne mich da nicht aus; doch wenn die Bilder ein schönes Rot haben, ein schönes Blau, dann sehe ich das wie jeder andere auch; manche Leute tadeln das und sagen, man müsse darüber hinaus auch Geschmack haben; ich finde, die Augen genügen. Um es kurz zu machen, ich habe mich malen lassen; und, nun ja, wenn ich jemals mein Gesicht verlieren sollte, könnte ich mir ein neues nach meinem Porträt machen lassen.«

»Die Liebe zur Malerei ist keine Lappalie«, bemerkte Phokion, »besser man liebt sie als ranzigen Speck; aber schließlich ist sie nur gut, wenn es darum geht, große Geschichten darzustellen, Belagerungen, Schlachten von Dorius und Alexander. Was Euch betrifft, so rate ich Euch, sich ihrer nur zu bedienen, wenn sich in Euerm Haus etwas Außergewöhnliches ereignet hat, etwa wenn eine Katze oder ihr Kater eine Maus geschickt gefangen hat, nachdem sie sie lange belauert hatten; das dargestellt zu sehen wäre lustig; man sähe die List der Katze und den Sprung auf ihr Wild, kurzum, den Tod der Maus. Hat die Köchin ein gutes Ragout gemacht und ist sie ein wenig hübsch, dann laßt sie auf eine Leinwand bringen; man gibt ihr das Gericht in die Hand, das sie so gut zubereitet hat, und der begabte Maler versucht in seiner Malerei die Dosis an Salz, Pfeffer und Nelkengewürz wiederzugeben, die sie in ihr Ragout getan hat; diese Zutaten müßten sich in einer kleinen Dose neben der Köchin befinden; sie würde von jeder mit größter Aufmerksamkeit etwas nehmen, was sehr komisch wäre. Das sind die einzigen Fälle, in denen Ihr Euch dieser Kunst bedienen dürft, weil sonst die Gefahr droht, daß Eure Liebe zu ihr sich auf alle Eure Leute überträgt und diese Eure sämtlichen Mauern und Wände mit frechen Gestalten aus Kohle oder Kreide vollschmieren.

Ich glaube, das ist alles, was ich Euch sagen kann, nachdem ich hinzugefügt habe, daß Ihr immer mehrere Paar Schuhe gleichzeitig haben müßt, dann werden sie weniger abgenützt; merkt Euch diesen Grundsatz gut: so machte es stets der weise Brideron, der Vater des kleinen Schelmen, den ich Euch mitgebracht habe.«

Wenn diese Lehren auch nur einen geringen Wert hatten, so waren sie doch im Kopf unseres Mentors eine große Sache, er glaubte, zur Ordnung des Universums beigetragen zu haben, und zollte sich heimlich Beifall, daß er sich in einer für Ratschläge geeigneten Lage mindestens so gut wie Mentor gezeigt hatte. Die Ratschläge wurden befolgt; Omeneus verbesserte alles, worauf man ihn aufmerksam gemacht hatte; und um die Unterhaltung anzuregen, unterließ er es trotz der von Mentor empfohlenen Mäßigkeit nicht, häufig in den Keller zu gehen, um, wie man ihn angewiesen hatte, selbst den Wein abzufüllen. Der hinausgeworfene Koch kam zurück, und da er sah, daß Phokion den Geist seines Herrn beherrschte, fand er kein anderes Mittel, ihn sich geneigt zu machen, als ihm heimlich kleine Gerichte zu bereiten, die ihm sehr bald die Freundschaft des leckermäuligen Erziehers gewannen; jeder Diener machte ihm auf seine Weise den Hof, die Mägde grüßten ihn ehrerbietiger als ihren Herrn, alle waren darauf bedacht, ihm zu gefallen; niemals war der Hausstand so geregelt gewesen. Omeneus konnte ohne seinen Ordner nicht mehr auskommen, er war selbst entzückt von der Ruhe und dem Einklang in seinem Haus. »Weißt du, alter Hase«, sagte er zu ihm, »du bist verdammt geschickt, schade, daß du kein Doktor bist, du hättest deine freie Wohnung an der Sorbonne und wärest so weise wie die Bibel; zum Teufel, wie kommt das: ich lebe gut, ich trinke, ich schlage mir den Bauch voll und spare dabei täglich mehr als sechs blanke Taler! Möge es Gott dir im Jenseits vergelten; wenn du jetzt sterben würdest, ließe ich dir einen Gedenkstein errichten und ein Mausoleum: mir ist es noch nie so gut gegangen.«

ZEHNTES BUCH

Phokions Ratschläge hatten Omeneus' Haus also ein neues Ansehen verliehen. »Zum Henker, lieber Freund«, sagte der Leutnant zu ihm, »Ihr habt einen großen Wert, es gibt kein spanisches Pferd, was so kostbar ist wie Ihr; und weil Ihr mich weiser gemacht habt, als ich bin, muß ich Euch auch meine ganzen Narrheiten erzählen; hört also folgende Geschichte: Mein Kammerdiener ist ein bißchen älter als ich; der Gauner hat mir immer Spaß gemacht, weil er ein Possenreißer ist. Wenn er loslegt, gibt es keinen besseren Polichinelle unter den Marionetten als ihn, so etwas habt Ihr noch nicht gesehen; andererseits aber, falls es Teufel gibt, dann gibt es keinen schwärzeren und teuflischeren als ihn.«

»Oho«, rief Phokion, »nach dem Porträt dieses Mannes kann ich Euch von Anfang bis Ende seine Geschichte erzählen, ohne daß Ihr sie mir zu erzählen braucht. Ich wette, er gleicht Protesilas und hat Philokles vertreiben lassen, der jetzt auf einer einsamen Insel lebt.«

»Wo zum Teufel hast du deine Insel hergeholt, deinen Protesilas und diesen Philokles?« fragte Omeneus. »Du meinst vielleicht, du redest mit einem Pascha aus dem Land vom Mohammed. Komm wieder zu dir, alter Träumer: ich heiße Omeneus und der, von dem ich rede, heißt Champagne.«

»Richtig«, bemerkte Phokion, der gewöhnlich nach den unbezwingbaren Ausfällen, zu denen ihn seine verrückte Nachahmung trieb, wieder über den besten Verstand, den er haben konnte, verfügte, »ich habe mich getäuscht. Sprecht, ich höre Euch zu.«

»Also Champagne ist ein langer Kerl«, begann Omeneus, »seine Haut ist gebräunt, sie hat die Farbe eines Kamins. Er war mein Kammerdiener zur Zeit, als Simon mein Kutscher war.

Die beiden Gauner behandelten mich wie ihresgleichen, mit

dem Unterschied, daß Simon, mein Kutscher, Ehre und Anstand besaß, und Champagne kein bißchen; er hatte nicht mehr als eine Hure. Junge Leute, Phokion, werden mit ihren Dienern vertraut; meine schenkten mir Wein ein und tranken nach mir aus dem gleichen Glas auf meine Gesundheit; sie kannten alle meine Schäferstündchen, alle meine Vergnügen, machten alles für mich. Zum Henker, ich bin ja nicht einäugig wie eine Dachluke, ich sah wohl, daß Champagne scheinheilig tat und mich ab und zu betrog; er unterrichtete meine Frau von meinen Eskapaden, weil die ihm ein paar Fünfzig-Sous-Stücke dafür gab, und der Halunke schwor mir bei allen Zähnen, die er im Maul hatte, daß er es nicht gewesen sei. Außerdem sagte er mir manchmal: ›Verdammt, Herr, Ihr vergnügt Euch nicht genügend; besucht mal ein bißchen die Mädchen, die fröhlich sind und flache Schuhe tragen; den ganzen Tag spielt Ihr den Trottel bei einer Spröden, die Euch ihre Hand nur einen Finger nach dem andern überläßt; bis Ihr beim Ellenbogen angelangt seid, haben Eure Haare die Farbe des Schwans angenommen; wenn Ihr sie liebt, dann füllt Euch fünf oder sechs gute Flaschen Champagner ein, und Ihr seht, ob Ihr noch Lust habt, den Trottel bei ihr zu spielen.‹

Währenddem kam Simon und sagte: ›Herr, Ihr macht zu viele Streiche, gebt acht, eines Tages bereut Ihr es noch. Zum Kuckuck, Ihr habt ein so hübsches Weibchen zu Hause, sie ist Eure Frau, Ihr dürft sie befühlen; es ist schlecht von Euch, daß Ihr Euch an andere Tische setzt, wenn Ihr in Euerm eigenen Haus genügend zu essen habt; außerdem trinkt Ihr wie ein kleiner Bacchus und habt so viele Gläser Wein im Gesicht, wie es in der ganzen Gegend Trauben gibt; am Ende seht Ihr noch aus wie ein Aussätziger. Glaubt mir und seid weise, alle Welt wird Euch segnen; wenn Ihr es jetzt aber eilig habt, Euer Leben hinter Euch zu bringen, dann, zum Teufel, seid Ihr bald am Ziel, aber dort krepiert Ihr auch wie ein alter Klepper.‹

Diese Worte brachten mich zum Nachdenken, ich sagte bei mir: Champagne will, daß ich mit verhängten Zügeln reite,

Simon will, daß ich im Schritt gehe. Was tun? Während ich so nachdachte, tat mein Champagne alles Nötige, damit ich so ritt, wie er es wollte; er kam auf seine Rechnung dabei, denn er liebte den Wein und die Frauenzimmer.

Inzwischen sagte Simon kein Wort; nur wenn er morgens seine Pferde striegelte und mich mein Pfeifchen im Garten rauchen sah, kam er, schüttelte seinen Striegel unter meiner Nase und sagte: ›Na, wie habt Ihr die Nacht verbracht? Ihr führt ein elendes Leben; ich möchte wissen, was für ein Gesicht Ihr macht, wenn die Gicht Euch packt oder Eure Backen einschrumpfen wie die Krötenhaut, die an der Decke hängt, und wenn Euer Bauch dick wird wie der einer schwangeren Frau; dann werdet Ihr sagen: der brave Simon hat recht gehabt!‹

Und ich antwortete: ›Still, du Gauner, striegele du deine Pferde und laß die Leute in Ruhe.‹ Bei diesem Befehl zog Simon seinen Hut und ging zu seiner Arbeit zurück.

Dann kam Champagne und sagte zu mir: ›Vergeßt Ihr auch nicht, Herr, daß Ihr heute mit den Mädchen und den Herren zum Fischessen gehen wollt? Das Boot liegt bereit, rasch, auf die Beine; man könnte meinen, Ihr hättet Frostbeulen an den Fersen, so lahm seid Ihr!‹ ›Du hast mir gerade noch gefehlt‹, sagte ich zu ihm, ›was hast du davon, wenn ich die Gicht bekomme und greine wie ein Hund, dem man die Haut abzieht, oder wenn du mich mit einem Wanst siehst, so dick wie eine Trommel, und mit einem Gesicht wie ein altes Stück Holz?‹ ›Wer zum Teufel hat Euch was von einer Trommel und einem Holzgesicht eingeblasen?‹ fragte er. ›Ich wette, das war dieser schäbige Geizkragen Simon; der wird von Eurer Frau bezahlt, damit er Euch Unglück prophezeit; und wenn er Euch hindern kann, auf galante Abenteuer zu gehen, spendiert Madame ihm was zu trinken für seine Geschicklichkeit.‹ ›Sagst du die Wahrheit?‹ fragte ich Champagne, denn trotz allem, was er mir erzählte, hatte ich Mühe zu glauben, Simon verkaufe mein Vergnügen zu seinem Profit; er sprach aus wahrer Freundschaft zu mir, glaubte ich, und man sieht doch, ob ein Mensch gerade ist oder verlogen; ein Holzbein ist nicht wie ein Bein aus Fleisch und Knochen gemacht, und die Täuschung riecht man von weitem, genauso wie einen verfaulten Käse. Doch indem Champagne mich dorthin zog, wo er wußte, daß ich gern wäre, kratzte er mich da, wo es mich juckte, und mein Leben änderte sich keinen Deut.

Da er begriff, daß Simon mich früher oder später weise machen würde, denn Liederjane wissen durchaus, daß, verglichen mit Weisheit, ein ausschweifendes Leben wie Tresterwein ist, verglichen mit gutem Wein, was tat er? Ha, sagte er sich, kann ich den Kerl nicht irgendwo hinschicken, damit er sein Brot dort ißt?

Er entschloß sich, eine Zeitlang nicht mehr über Simon mit mir zu reden. War ich zu Hause und spielte brav eine Partie Pikett mit meiner Frau, sagte ich zu ihm: ›Geh und sag dem Soundso Bescheid, daß ich Migräne habe und heute das Haus nicht verlasse‹, und er ging wortlos mit gesenktem Kopf hinaus.

Bei jedem Vergnügen, an dem ich nicht teilnehmen wollte, verlor er etwas, denn der Gauner profitierte von allem; und damit er mich immer wieder anstachelte, sorgten die verdammten Weiber in meiner Bekanntschaft dafür, daß seine Westentasche stets gefüllt blieb.

Meine Weisheit verkümmerte schrecklich bei diesen Gewinnen; und nicht umsonst hatte er nicht mehr gegen Simon gewettert.

Ich hatte zehn Meilen von der Stadt entfernt einen Pächter, von dem ich seit eineinhalb Jahren keinen Sou mehr bekommen hatte. ›Monsieur‹, sagte Champagne eines Tages zu mir, ›dieser Tölpel kann Euch leicht übers Ohr hauen. Er ist ein Verwandter von Simon. Ihr benutzt Eure Kutsche nicht oft, denn Gott sei Lob und Dank, Ihr seid selbst Eure Kutsche und Euer Pferd; schickt also Euern Kutscher zu dem Pächter, bevor Ihr zum Richter geht; da sie miteinander verwandt sind, wird er ihn zur Vernunft bringen, er wird ihm den Marsch blasen, und Ihr könnt, bis er zurück ist, einen Bauern für Eure Pferde einstellen.‹ ›Oho‹, antwortete ich, ›komm her, Champagne, damit ich dir meinen alten Umhang zum Verkauf schenke; ich freue mich, daß du dich nicht mehr über Simon ärgerst, ich sehe, du hast ein gutes Herz, und die Bosheit kann sich dort so wenig einnisten wie die Krätze.‹ ›Bei Euerm kahlen Schädel‹, entgegnete er, ›wir haben heute morgen unsere Suppe beide aus der gleichen Schüssel gegessen; da seht Ihr, was wir für gute Freunde sind; ich habe ihn die ganze Brühe schlürfen lassen.‹

Als Champagne mir riet, Simon zu meinem Pächter zu schicken, hatte er seine Absichten. Während seiner Abwesenheit werde ich unseren Herrn auf die Seite drehen, auf die ich ihn haben will, sagte er sich, und ich komme auf meine Kosten. Wenn er betrunken ist, kann ich wie gewöhnlich ein paar Geldstücke aus seiner Tasche verschwinden lassen; ich werde ihm seinen Stock mit dem Goldknauf wegnehmen und verkaufen, und vielleicht kommt Simon nicht mehr zurück.

Er erreichte es, daß ich Simon zu dem Pächter schickte. Simon war nicht dumm; während er das Fell seiner Pferde striegelte, sagte er sich, daß Champagne mich unter der Hand für seine Abreise gewonnen habe. ›Dieser Hundsfott hat jetzt Eure Freundschaft ganz für sich alleine‹, sagte er zu mir, ›und die Nägel sollen mir bis zum Ellenbogen abgeschnitten werden, wenn der arme Simon jemals wieder die Ehre hat, Eure Pferde zu striegeln; ach, die armen Viecher! ich liebe sie um Euretwillen; aber Champagne ist der Freund des Teufels, traut ihm nicht.‹ ›Halt's Maul‹, entgegnete ich ihm, ›er hat nur Gutes von dir gesagt, und ich will lahm werden wie ein Besenstiel, wenn er dir die geringste Schlechtigkeit angehängt hätte; geh in Frieden und bring mir Geld zurück, ich werde dich dann wie einen Feldwebel bezahlen.‹ Er verließ uns, und ich wußte genau, daß ich mein ausschweifendes Leben wieder aufnehmen würde, denn ich schämte mich vor diesem Simon, obwohl er nur mein Kutscher war, aber ich sah deutlich, daß er recht hatte; und ich sagte bei mir: wenn ich zuviel trinke, habe ich jetzt, verdammt noch mal, niemanden mehr, der mir am nächsten Tag deswegen in den Ohren liegt. Wenn ich heute abend zu meinen Häschen gehe, sagt mir niemand, daß meine Frau ein gutes Stück ist und ein anständiger Mensch nicht wie ein Schelm leben darf; aber was soll's, jetzt ist er weg, und der alte Schulmeister hat seine Augen nicht mehr auf mir.

Meister Simon kam bei meinem Pächter an und ließ sich etwas Geld geben; und da dieser ihn noch gut bewirten wollte, schickte er mir durch einen Händler das Geld, das er dem Pächter zunächst hatte entlocken können, das aber noch nicht die ganze Summe war. Und was machte der alte Fuchs Champagne? Er gab dem Küchenjungen, der aus der Gegend meines Pächters stammte, ein paar Kupfermünzen, damit dieser zu mir ginge und sagte, ein Bauer aus der Gegend habe ihm erzählt, Simon verprasse dort mein Geld in Gesellschaft von Zigeunern.

Ich hörte den Drecksack an, der mir die Wahrheit versicherte. ›Ja, Monsieur‹, sagte er zu mir, ›man hat mir erzählt, er würde dort auch Taschenspielertricks lernen und hätte die Absicht, den Rest des Geldes mit einer Truppe von Gauklern durchzubringen.‹

Ihr könnt Euch meinen Zorn vorstellen. ›Hölle und Teufel‹, begann ich zu fluchen, ›ich werde ihn hängen lassen wie ein Stück Fleisch. Es kommt mich zu teuer, ihm die Bogenschützen auf den Hals zu hetzen, aber verdammt, das wird mir der Vielfraß noch mit seinen Eingeweiden bezahlen!‹ Darauf sagte der Küchenjunge: ›Ihr werdet Euch noch mehr wundern, Monsieur, wenn ich Euch sage, daß der Bauer aus meiner Gegend noch erzählt hat, Champagne gehöre mit zu dem Komplott und Simon habe ihm Geld geschickt, damit sie zusammen das Weite suchen können.‹

›Verflucht‹, schrie ich, ›Champagne gehört auch dazu? Dieser durchtriebene Kerl! Jetzt wundert's mich nicht mehr, daß er dem andern so selten die Zähne gezeigt hat.‹ ›Ja, da habt Ihr recht, guter Herr‹, bemerkte der Küchenjunge, ›vor einiger Zeit habe ich gesehen, daß sie immer zusammen gewürfelt haben; sie sind so gute Freunde wie der Knopf und das Knopfloch. Aber sagt ihm nicht, daß ich ihn verraten habe, denn sonst, Monsieur, würde er mich mit ein paar Fußtritten zum Krüppel machen.‹

›Hab keine Angst‹, sagte ich, ›und geh wieder in die Küche zu deiner Suppe.‹ Man soll nicht lügen: was ich eben über Champagne erfahren hatte, hätte mir die Galle zum Überlaufen bringen müssen. Aber zum Teufel, der Gauner kannte alle meine Beschäftigungen, außerdem bestellte er alle meine Liebesbotschaften; ich brauchte nur von meinem Bett aus zu sagen: trag diesen Brief da und da hin, sag dem Garkoch, er solle dieses und jenes Fleisch zu Mittag fertig haben, lauf zu Mademoiselle Fanchon, und er flog davon. Das war sehr bequem für mich, und in zehn Jahren hätte ich keinen so flinken Burschen finden können. Verdammt, alle diese Gründe fielen mir ein; ich sagte mir: wenn mir die Beine dieses Galgenstricks nicht mehr zur Verfügung stehen, wenn ich die von zwanzig Boten mieten muß, dann bin ich nicht besser bedient als von zwanzig Lahmen; außerdem kannte Champagne meine kleinen Geheimnisse; meine Tochter war damals schon auf der Welt, und das kleine Hurenkind lebte unerkannt in einem Dorf, nur mein Kammerdiener kannte sie; außerdem hatte ich noch hie und da ein paar illegitime Söhne, die im Spital lebten, mit Verlaub.

Ich war also gebunden, denn ich fürchtete, falls ich dem Halunken etwas antäte, würde der aus Wut diese ganzen kleinen Verdrießlichkeiten meiner Frau erzählen; und was gibt das dann für einen Spektakel in einer Familie! Verdammt, meine kleine Frau und ich, wir hätten dann, wie man so sagt, wie Hund und Katze zusammen gelebt.

Während ich tausend Gedanken in meinem Kopf umherwälzte, kam Champagne; ich wäre ihm von Herzen gern ins

Gesicht gesprungen, aber ich beschränkte mich darauf ihm zu sagen: ›Na, wie ist's, Simon bringt mein Geld mit Zigeunerinnen durch und will mit ihnen fliehen?‹ ›Aber Monsieur‹, entgegnete der schlaue Fuchs, ›ich wette ein Paar Strümpfe, die ich in meiner Truhe habe, daß er ein redlicher Mensch ist und Ihr ihn nächstens hier auf seinen Beinen seht.‹

Er redete so zu mir, weil ich fest glauben sollte, die Lügengeschichte über ihn und Simon sei wahr. Ich biß mich auf die Lippen, um nicht zu platzen, denn ich hatte ein halbes Dutzend Flüche auf der Zunge, die hinaus wollten.

Dann sagte ich zu dem kleinen Küchenjungen: ›Höre, mein Sohn, hol dir einen guten Gaul aus meinem Stall und pfeffere dem Simon eine Ladung Blei in den Hintern, damit er nicht weg kann. Mach dir keine Sorgen, ich bin Gouverneur und werde die Affäre als solcher regeln.‹ Ich hatte mich zu diesem Auftrag entschlossen, weil ich fürchtete, Champagne würde lauschen und versuchen herauszubekommen, ob ich Simon Häscher hinterherschicke; aber ich wollte ihn nur ins Bett befördern, damit ich Zeit gewänne, ihn hängen zu lassen.

Bourguignon bricht auf und sagt Champagne Bescheid, der ihm erklärt, er solle lieber zwischen die Augen schießen als in den Hintern. Er kommt bei Simon an, den mein Pächter von Tag zu Tag vertröstet und auf die ganze Summe hatte hoffen lassen, die er mir schuldete. Der Küchenjunge sagt ihm, er habe ihm etwas auszurichten von mir, aber er müsse es ihm ins Ohr sagen.

Sie gingen zusammen in einen kleinen Obstgarten, und dort zog unser ungeschickter Küchenjunge eine Pistole, mit der er Simon eine Kugel statt der angekündigten Worte ins Ohr knallen wollte. Simon, der die Sache begriff, riß ihm das Schießeisen weg, entlud es in die Luft und verdrosch den Jungen nach Strich und Faden. Der arme Kerl schrie um Erbarmen, der Pächter und seine Frau rannten herbei, versetzten ihm jeder mit dem Holzschuh ein paar Schläge auf die Nase und fragten, warum er so arglistig den guten Simon habe umbringen wollen. Der kleine Dreckfink erzählte ihnen die ganze Geschichte, und Simon, sehr traurig über alles, was er erfuhr, verzieh ihm als guter Christ. Er sagte, er wolle in ein Spital eintreten, das eine Meile entfernt von der Stadt liege, und für mich beten. Nun, das Spital liegt hier in der Nähe.

Er hat es tatsächlich ausgeführt, und seit dieser Zeit wohnt er dort als Pförtner. Ich weiß, daß er zu den Pächtersleuten gesagt hat: ›Ihr dürft euch über das, was mir passiert ist, nicht wundern, liebe Leute. Omeneus ist ein braver Kerl, ich kenne ihn; aber Champagne verdirbt seine Seele, so wie ein Wurm den Apfel. Adieu, laßt es euch immer so gehen wie jetzt und bezahlt eure Schulden; ich verlasse die Männer und die Frauen; die einen sind Halunken und die andern infolgedessen Halunkinnen. Guten Abend und gute Nacht.‹«

An dieser Stelle unterbrach Phokion Omeneus und sagte: »Zum Teufel, habt Ihr so lange gebraucht, um diese ganzen Schliche zu erfahren?« »Oh nein«, entgegnete Omeneus, »der Küchenjunge kam zurück, und Champagne hat ihn verdroschen, weil seine Sache nicht geglückt war. Aber vorher hat der Küchenjunge zu mir noch gesagt: ›Hölle und Teufel, Monsieur, da habt Ihr mir einen schönen Auftrag gegeben; mein Nasenbein ist von den Schlägen mit den Holzpantoffeln zertrümmert, gebt mir Geld, damit es wieder geheilt wird, oder macht mich zu Euerm Kutscher. Ich habe einen Verwandten in der Stadt, der bringt mir bei, wie man die Pferde lenkt; Ihr könnt mich durchbleuen, wenn ich Euch umwerfe.‹

Ich konnte es nicht unterlassen, ihn zu belohnen; ich hatte Mitleid mit seiner zertrümmerten Nase und gab ihm meine Pferde in Obhut. Seit dieser Zeit spielt er den Tüchtigen und will auch seinen Anteil an meinen Streichen haben.«

»Aber warum, Schafskopf, habt Ihr die beiden Kerle nicht in einen Kerker geworfen?« fragte Phokion. »Ich habe Euch doch gesagt, was mich bei Champagne gehindert hat, zum Teufel«, erwiderte der Gouverneur. »Hat man den Fuß in einen Graben gesetzt, steckt bald der ganze Körper drin; ich trank wie ein Säufer; statt einer Geliebten hatte ich vier; nie im Leben hätte ich ohne Champagnes Gerissenheit meine kleinen Sachen erledigen können; ich hätte ihn gern bestraft, aber ich wollte auch mein Vergnügen haben und meine kleinen Schliche weitermachen, und wenn ich das eine getan hätte, wäre das andere nicht gegangen. Das Vergnügen liegt den Menschen verflucht am Herzen, das klebt da wie Schorf auf dem Kopf, ich rede aus Erfahrung: dieser verdammte Champagne paßte auf, daß ich jeden Tag ein Luderleben führte, und ich zog ihm ein freundliches Gesicht; übrigens glaubte ich, allen Grund zur Beruhigung zu haben, denn wenn ich auch einen Gauner und Dieb als Diener hatte, so wußte ich es zumindest: er stahl mir keinen Taler, ohne daß ich es nicht am nächsten Tag erfuhr, und ich lachte mir eins ins Fäustchen, weil der Schelm sich einbildete, ich merke nichts.

Einige redliche Leute unter meinen Freunden sagten mir oft, ich verdiente, gerädert zu werden, weil ich dieses Leben führte. ›Du verpraßt dein ganzes Vermögen‹, sagten sie zu mir, ›du läßt deine Frau vor Kummer schwermütig werden; auf, du Ungeheuer, ändere dein Verhalten!‹

Ha, sobald Champagne, der Galgenstrick, diese Leute kommen sah, war ich nicht da, und er erreichte es, daß alle braven Seelen, die mir Gutes wollten, meinem Haus fernblieben; ich ahnte das alles, aber wenn ich erstmal meinem Herzen Luft gemacht hätte, dann wäre ich wie ein leckes Faß ausgelaufen.

Als ich in den Krieg nach Ungarn zog, wollte mein Küchenjunge, den ich zum Lakai gemacht hatte, mit mir kommen.«

»Ist Protesilas Euch etwa auch gefolgt?« fragte Phokion. »Wer ist das, Protesilas? Vielleicht ein Jagdhund? Davon habe ich drei mitgenommen.« »Oh nein«, bemerkte Phokion, der das Abwegige der Frage begriff, »ich rede von Euerm Kammerdiener, den ich immer mit einem anderen verwechsle. Also kurz, Champagne zog nicht mit Euch in den Krieg nach Ungarn, denn das kann gar nicht sein.«

In Phokions Augen war das unmöglich, weil Idomeneus, als er zur Belagerung von Troja aufbrach, Protesilas auf Kreta zurückgelassen hatte. »Ihr sagt es«, erwiderte Omeneus. »Champagne hat mich nicht begleitet; ich fühlte mich zu einem Weibsstück hingezogen, mit dem ich mich sobald wie möglich verbinden wollte, und ich ließ ihn zurück, damit er es überwache und sich um meinen armen kleinen Bastard kümmere.

Die Gewöhnung an das liederliche Leben machte, daß ich in Ungarn ein ungarisches Frauenzimmer kennenlernte, das der Treue, die ich meiner Geliebten versprochen hatte, ein Bein stellte. Gott hat mich gestraft; ich habe meine Frau wie einen Floh getötet, niemand hat mich bedauert, und ich habe mich rasch mit meinem Kammerdiener hierher verzogen. Verwünscht, es schien, als könnte ich so wenig auf ihn verzichten wie auf mein Sonntagshemd. Der Küchenjunge, den ich Bourguignon nannte, ist mir auch gefolgt, und in Gesellschaft dieser beiden Lumpen habe ich mich hier niedergelassen, wo ich jetzt Leutnant des Königs bin.«

»Na«, sagte Phokion zu Omeneus, »Euer Verstand muß ja so träge sein wie ein Ochsenbauch. Wie, Ihr habt die beiden Gauner nicht vor die Tür gesetzt, als Ihr hier ankamt?« »Das ist leicht gesagt«, entgegnete Omeneus, »aber wenn man gewöhnt ist, am Gängelband geführt zu werden, braucht man ständig eins, und so war es bei mir. Die beiden Männer haben mich immer vor der Mühe bewahrt, meine Füße rühren zu müssen, sie sind für mich gelaufen, und ich blieb sitzen; ich bin von Natur aus ein bißchen träge und habe es gern, daß die Arbeit gemacht ist, wenn ich komme; aber Ihr habt mich verändert, denn gewöhnlich bin ich um zwölf aufgestanden, und jetzt seht Ihr, daß wir schon ab sechs Uhr morgens auf den Beinen sind; Geduld, das andere kommt ebenso.«

»Na, endlich«, bemerkte Phokion. »Was macht dieser Champagne denn für ein Gesicht, jetzt, wo ich Euer Haus auf meine Weise geordnet habe?« »Oho, das ist ein gerissener Bursche«, antwortete Omeneus, »er erklärt mir ohne Unterlaß, daß Ihr ein geschickter Mann seid und es schade sei, daß Ihr kein Spital leiten würdet, da würde nichts fehlen. Zuerst war es eine andere Leier. Da fragte er mich: was wollt Ihr mit dem alten Fuchs anfangen? Zum Henker, der Taugenichts könnte Euch unter der Hand leicht eine kleine Tragödie spielen; der ist mit allen Wassern gewaschen, er sagt nicht alles, was er weiß; schickt ihn wieder weg, den alten Sünder, genauso wie den jungen Kerl, der bei ihm ist; ich wette, daß man in ihren Hosen Pistolen finden kann; er entzieht allen Euren Dienern den Lohn, Monsieur, er hat einen festen Plan; er will nämlich, daß Ihr allein in Eurem Haus seid und er Euch leichter umbringen kann.‹

Auf all das habe ich geantwortet, daß ich mich, wenn Ihr tatsächlich ein Halunke wäret, gut zu verteidigen wüßte, und wenn Ihr Blei in den Hosen hättet, so hätte ich welches in der Tasche, das nur aufs Losschießen warten würde, und wenn Ihr mit frechen Reden kämt, ich dann ebenso laut schreien würde wie Ihr.

Als er sah, daß ich meinen Standpunkt behauptete und es keine Möglichkeit gab, mich den Platz wechseln zu lassen, hat er die Sprache gewechselt. ›Ja‹, hat er gesagt, ›ich habe mich getäuscht, dieser Alte, der mir so mißfallen hat, könnte ein Staatsrat sein, macht, was er befiehlt, und Ihr werdet Euch in der Lage eines Mannes befinden, der im Sommer den Hintern im Bach hat.‹

Ihr seht ja selbst, Phokion, sobald Ihr etwas sagt, ruft er: ›O wie schön das ist!‹ Habt Ihr bemerkt, als er mich anzog, wollte er auch Euern Kragen zurechtrucken, den Ihr schief sitzen hattet?« »Ihr seid wirklich ein armer Mensch«, bemerkte Phokion. »Wenn Ihr die Krätze habt, muß Euch ein anderer jucken! Wie, Ihr wißt, daß Euch ein Ungläubiger anzieht und anfaßt, und laßt ihn trotzdem Eure Strümpfe aufrollen? Glaubt Ihr, weil er mich lobt, ist er deshalb anständiger? Er macht es doch nur, weil er gezwungen ist, das Rückgrat zu krümmen;

und wenn nur noch ein Faden für zwei Heller fehlte, um mich an einer Eiche aufzuknüpfen, würde er die lieber aus der eigenen Tasche ziehen, als daß ihm der Coup mißglückte. Hofft nicht darauf, ihn zu ändern; wo Nacht ist, gibt es keine Möglichkeit, die Sonne scheinen zu lassen; ein irdener Topf wird niemals einer aus Silber; Champagne ist eine verdammte Seele, ich garantiere Euch, Ihr macht nie etwas Gutes aus ihm, was immer Ihr auch mit ihm anfangt.«

Und Phokion machte Omeneus klar, daß er diesen Mann unbedingt aus dem Hause jagen müsse, so wie eine Wanze aus dem Bett. »Vergeßt auch Bourguignon nicht, das ist ein schlechter Kerl, der taugt genauso wenig; wenn Ihr könnt, dann steckt sie beide in das Spital, in dem Simon wohnt, und holt diesen wackeren Kutscher zurück; den macht Ihr zu Euerm Verwalter.«

»Zum Henker«, entgegnete Omeneus, »ich muß es Euch sagen: Simon ist zu mißmutig. Er wird die Bissen zählen, die ich esse. Wenn ich eine Pinte trinken will, sagt er mir sicher, ein Schoppen genüge. Das ist ein Gewissenhafter, er wird mit den Achseln zucken, genau wie früher; und wenn ich etwas will und er nicht gleicher Meinung ist, kann ich mir genausogut eine dicke Nadel in den Daumen bohren.«

»Na, na, Meister Empfindlich«, bemerkte Phokion, »Ihr fürchtet den Anblick eines Mannes, der von Ehre und Weisheit strotzt! Richtet Eure Seele nach Art der seinen ein, und Ihr werdet ihn gütig finden: wo man nur einen Schoppen schlürfen darf, trinkt Ihr nur einen Schoppen, und das wird Euch nicht mehr kosten, als wenn Ihr einen Socken unter Eure Strümpfe zieht. Kreuzelement, was sind das für Weichlinge, die man nicht berühren darf aus Angst, man würde sie verletzen! Die Menschen, die nicht die Zügel der Weisheit gespürt haben, gehen einen schlechten Weg. Die Ratschläge der redlichen Leute sind in ihren Herzen wie Flöhe auf einem Hunderücken; Ihr seht den Hund, der sich flöht, der sich schüttelt, der sie alle vertilgt haben möchte. Nun ja, ein Liederjan wie

Ihr, Omeneus, gleicht diesem Hund; Ihr schüttelt die guten Worte ab, die man Euch sagt, Ihr findet sie so lästig wie ein Stachelhalsband, wenn man es Euch umlegte.«

»Das genügt jetzt«, sagte Omeneus. »Ihr verbraucht Eure Lungen, schont sie besser; ich bin hier Leutnant des Königs, und ich gebe Euch ebensogern mein Wort, wie ich Euch meine alten Gamaschen schenken würde, daß ich meine beiden Teufelskerle in dem Haus unterbringen werde, in dem Simon die Pforte hütet.«

Nach diesen Worten rief er einen Knecht, dem er ein paar Bauern zu holen befahl, die Bourguignon und Champagne ins Spital bringen sollten, mit dem Auftrag an Simon, die Beine in die Hand zu nehmen und mit verhängten Zügeln so schnell wie ein Postpferd zurückzukommen; bei seiner Ankunft bekäme er einen Schoppen zur Versöhnung. Der Knecht tat, was Omeneus ihn geheißen; vier Bauern sind versammelt; Omeneus vergißt nicht, einen Brief zu schreiben, in dem er den Leiter des Spitals anweist, die beiden Neuankömmlinge aufzunehmen und ihnen das weiße Gewand zu geben.

Die Bauern gingen in die Kammer von Champagne, um sich der beiden Unglücksraben zu bemächtigen; diese spielten gerade mit den andern Dienern Karten; ihre Kameraden machten ihnen den Hof; gab es einen Streit, so war es stets Bourguignon oder Champagne, der recht behielt. »Seht Ihr, Champagne, wie ich Eure Partei ergreife«, sagte der eine; »he, ich bitte Euch um Empfehlung bei unserm Herrn, wenn Ihr ihm sein frisches Hemd überzieht.« »Seht mal, was für hübsche Augen er hat«, sagte eine kleine Dienerin. »Es kommt mir vor, als würde ich den blauen Stein sehen, den mein Onkel mir zu seiner Hochzeit geschenkt hat.«

»Verwünscht«, sagte ein anderer und meinte Bourguignon, »wenn er sich nicht die Haare von einem Feldscher schneiden ließe, hätte er sie so lang wie die Rebenpfähle auf unsern Weinbergen.«

Auf diese Lobsprüche antworteten unsere beiden Rüpel nur:

»Marguérite, dein Geschwätz betäubt mich; ich weiß, Fanchon, daß meine Augen schöner sind als deine, das ist kein großes Wunder.«

»Gebt unsern beiden Kameraden doch was zu trinken, zum Teufel«, sagte ein Knecht, »sie haben nur zwei Becher mehr als wir getrunken, aber sie arbeiten mehr und verdienen es, daß man ihnen vor den anderen einschenkt.« Ab und an ließ Champagne sich herab, seine Hand unter Fanchons Kinn zu legen: »Laßt das«, sagte sie zu ihm, »Ihr seid nur ein Spötter, diese Ehre erweist Ihr mir nur, um Euch lustig zu machen; ich weiß, daß Ihr mehr wert seid als wir und ich Eurer Hand nicht würdig bin.«

Ich habe vergessen, von Champagnes Kammer zu reden. Um mich meinen Helden Brideron und Phokion anzupassen, müßte ich eine peinlich genaue Beschreibung dieser Kammer geben, so wie man sie von Protesilas' Haus gegeben hat. Doch ich begnüge mich damit zu sagen, daß Champagnes Kammer weder so groß noch so gut eingerichtet war wie die von Omeneus; dafür gab es drei Schemel darin und eine Bank, alles ganz neu; zwei Sprüche und ein paar mit tiefschwarzer Kohle gezeichnete Figuren schmückten die Wände. Was die Aussicht anbetraf, so war sie bedeutend schöner als die von Omeneus: die Kammer ging auf einen Obstgarten voller Apfelbäume.

Als die vier Bauern eintraten, um die beiden verstoßenen Diener zu ergreifen, schwor der Koch gerade bei seinem Bratspieß, daß Champagne als Säugling verwechselt worden und ganz gewiß der Sohn eines großen Herrn sei. »Seht ihn euch an«, sagte er, »wenn er seine Migräne hat, bewegt er so wenig seine Finger, wie sich ein Mühlstein von der Stelle rührt.«

Zum Dank versetzte Champagne seinem Lobredner einen Faustschlag und warf seinen Hut auf den Boden; Bourguignon stützte sich auf eine bildhübsche Magd, die über diesen Beweis von Vertraulichkeit wenig glücklich war.

Der Knecht, der die vier Bauern begleitete, sagte zu unsern beiden Burschen:

«Aufgestanden, ihr Kanaillen, ihr habt euch lange genug über uns lustig gemacht. Hopp ins Spital, da ist jetzt eure Bleibe.« »Was soll das heißen, ins Spital?« schrie Champagne. »Ja«, sagte der Knecht, »den Platz schenkt euch unser Herr als Belohnung für eure guten Dienste; jetzt könnt ihr den Schnapphähnen ins Gesicht spucken, Kinder, und braucht es nicht mehr trocken zu wischen.«

»Ach, Jacques, guter Freund«, schrien die beiden. »Wer zum Teufel hat das unserm Herrn in den Kopf gesetzt? Sieh mal, ich hab da oben eine ganz neue Perücke, die mir unser Herr geschenkt hat, setz sie dir auf statt deiner alten Kraushaare; nur zu, mein Sohn, sie hält warm im Winter.« »Ich will deine Perücken nicht«, antwortete Jacques, »ich habe Baumwollmützen, die gehen mir bis über die Ohren, und mir ist lieber, sie frieren mir ab, als daß ich euch nicht dort weiß, wo man so feine Leute wie euch hinschickt. Los, weg hier! bindet ihnen die Arme fest, Leute.«

Kaum sahen die Diener das Mißgeschick ihrer beiden Kameraden, riefen sie ihnen zu: »Seht her, ihr Galgenvögel, wir haben unseren Hut auf dem Kopf, geht doch mal vorbei und paßt auf, ob er gezogen wird?« »Wenn ich sehen würde, daß dir vor Durst die Zunge so lang raushängt wie dein Arm«, sagte der Koch zu Champagne, »verdammt, ich würde dir nicht mal das Spülwasser von meinen Tellern geben.«

»Das ist für dich«, rief Fanchon und gab Bourguignon einen Tritt gegen das Schienbein, »für den Kuß, den ich dich gestern beim Rübenschaben habe stehlen lassen.« »Auf Wiedersehen«, riefen die andern ihnen zu, »wir werden den Karren begleiten, der euch zum Galgen bringt.«

Zu diesen schönen Worten schwiegen die Unglücklichen, sie weinten nur und baten um die Gnade, eine Geige und eine schlechte Flöte mitnehmen zu dürfen, auf denen sie beide spielten. »Nein, zum Teufel«, antwortete ihnen Jacques, »dort wird euch die Langeweile mit dem Knüppel vertrieben, außerdem ersetzt euch der Hunger die Instrumente.«

Sie wurden also ins Spital gebracht, wo Simon lebte. Der Pförtner war nicht da, er war in ein Kaninchengehege gegangen, um Holz für einen der beiden Spitalverwalter zu schlagen. Jacques fragte nach ihm und man bezeichnete ihm den Ort, wo er arbeitete.

Sobald Simon Jacques in der Ferne sah, erkannte er ihn. Ist das nicht mein Kamerad Jacques?, fragte er sich. Wollte unser Herr ihm auch eine Kugel ins Ohr schießen lassen? Und kommt er, um hier in Frieden das Brot der Armen zu essen?

Inzwischen war Jacques nähergekommen, und Simon lief auf ihn zu und umarmte ihn. »Was machst du hier, Freund? Hast du deine Habseligkeiten verfressen?« »Still«, antwortete ihm Jacques, »leg einen Augenblick dein Beil beiseite, ich werde dir Geschichten erzählen, die dich verblüffen werden: Bourguignon und Champagne sind hier im Spital, ich habe sie selbst hergebracht; sie werden mit ganz neuen Ruten ausgepeitscht. Unser Herr ist nicht mehr Gouverneur in der Stadt, in der wir alle gewohnt haben, er hat das Amt gegen das eines Leutnants des Königs in einer Hugenottengegend getauscht, weil er seine Frau mit einem Faustschlag in den Busen umgebracht hat. Er mußte fliehen wie eine Hirschkuh. In unsere neue Gegend sind zwei redliche Männer gekommen, die haben gemacht, daß ihm der Dreck aus den Augen gefallen ist, verstehst du mich? Ich meine, sie haben ihm eine Brille verpaßt, damit er die Gemeinheit von Champagne und Bourguignon erkennt, und jeder von ihnen hat einen Platz im Spital bekommen. Ich habe auch Befehl dir zu sagen, du sollst die Beine in die Hand nehmen und zu uns kommen und Omeneus' Verwalter werden; er hat erkannt, daß du so ehrbar bist wie eine alte Jungfer von fünfzig.«

»Weißt du, Jacques«, entgegnete ihm Simon, »dieses Beil hier, die Hippe und der Sack, in dem ich Speck habe, ein Stück

Brot und ein bißchen Landwein, das ist meine ganze Beschäftigung, mein Lebensunterhalt. Während ich in diesem Kaninchengehege hier Holz schlage, murmelt mein Geist bei sich, daß ich, wenn es zum Sterben kommt, wie ein Baumast sein werde. Ist er aus gutem Holz, wird er in einer Maschine verwandelt und dient zum Beispiel dazu, einen Käfig herzustellen, einen Ballschläger oder andere kleine Sachen; taugt er nichts, macht man Feuer damit. Nun, wir und der Ast, das ist ein und dasselbe. Taugt unsere Seele etwas, na, dann ist sie zufrieden, sobald sie den Baum verlassen hat; taugt sie nichts, verbrennt sie, ohne auch nur Asche zu geben. Außerdem, lieber Freund, esse ich mein Brot in Frieden, nur die Vögel schwatzen mir manchmal die Ohren voll; ich sehe hier weder Schlemmer noch Lästerer; ich will nicht mehr in Omeneus' Haus zurückkehren; hier verdiene ich zwanzig Taler im Jahr, ich habe mein Essen, meine Wäsche, mein Bett, alles umsonst. Was braucht man einen Habenichts wie mich, der so lange im Spital gelebt hat? Mein Gewissen ist hier reiner als ein mit Sand gescheuerter Teller, ich beschmutze es so wenig wie ein Wams, das ich nicht habe. Es ist ein großer Trost, seine Seele immer so klar wie Glas zu haben. Was soll ich unter den Menschen, die mir wieder einen schlechten Streich spielen werden? Es geht mir gut, redet mir also nicht mehr davon.«

»Das sehe ich, daß es Euch gut geht«, bemerkte Jacques, »Ihr habt gut zehn Pfund Fett mehr an Euch, Eure Backen sind prall wie Harnblasen, Eure Nase dick wie ein Kürbis, Euer Bart ist kräftig, wenn er auch grau ist, man meint, jemand hätte Euch einen Eimer Wein ins Gesicht geschüttet; Eure Beine sind wahre Kirchenpfeiler. Donnerschlag, was für ein Bursche! Gleichviel, Ihr müßt mir folgen. Wenn Ihr tot seid, braucht Ihr kein Fleisch mehr.«

»Zum Henker, ich kann nicht«, erwiderte Simon. »Geht wieder nach Hause; wenn Ihr müde seid, lasse ich Euch gern einen Esel geben; aber laßt mich hier im Spital den Geist aufgeben.«

»Was denn«, sagte Jacques, »Omeneus verlangt nach Euch, und Ihr weigert Euch, ihn aufzusuchen? Gott will, daß Ihr bei ihm seid, und Ihr müßt gehen, und hättet Ihr Frostbeulen an den Fersen. Im Schloß wird eine Flasche Wein für Euch gekühlt, Ihr bekommt einen alten Hahn gebraten, der sonst zu nichts mehr taugt. Eure Kameraden warten auf Euch, sie weinen vor Freude. Wozu den störrischen Gaul spielen? Ihr werdet Verwalter sein, das Geld läuft durch Eure Finger; es ist wie Öl, es bleibt immer mehr oder weniger an ihnen kleben. Außerdem ist Omeneus ein redlicher Mann geworden, Ihr werdet ihn nur noch an seinem Gesicht erkennen. Kommt mit, ich bitte Euch, vergeßt nicht, daß ich es war, der Euch so lange Euer Bein mit Branntwein eingerieben hat, als Ihr es verletzt hattet: fühlt Ihr gar keine Freundschaft? Kommt, laßt uns gehen.«

Simon sah, daß das Wetter schön wurde. »Ich sehe«, sagte er, »der Himmel will, daß ich diese Reise mache, denn es wird eigens deshalb nicht regnen; gehen wir also, ich folge Euch; lauft schon voraus, ich sage noch meinem braven Bettelsack und meinem Beil Adieu, das sind die besten Bücher der Welt, von ihnen habe ich gelernt, daß der Mensch sich abnützt wie ein Rock. Adieu also, arme Suppe, in der so viel Wasser war wie nötig, um sie gut zu machen. Adieu, Spitalpforte, mögest du dich stets von allein öffnen und nie vom Schlosser verriegelt werden. Adieu, ihr Dirnen, die ich euch so oft unter der Peitsche habe zucken sehen.« Bevor Simon aufbrach, sagte er auch seinen Kameraden im Spital Adieu; er sah Champagne und Bourguignon. »Seid willkommen«, sagte er zu ihnen, »ihr kommt zu einer Zeit, da die Besen billig sind, man wird euch täglich ganz neue präsentieren; wohlan, jetzt könnt ihr euch die Hälfte eurer Zähne herausreißen, denn hier werdet ihr nur für die andere Hälfte zu essen haben; warum habt ihr nicht auch einen Teil eurer Eingeweide in Pension gegeben? Hier könnt ihr mit ihnen nichts anfangen, sie sind nur unnütze Ware in euerm Bauch. Adieu, liebe Kinder, reibt eure Schultern gut mit frischer Butter ein, wenn sie wund sind.«

»Ihr macht Euch über uns lustig«, antworteten die Unglücklichen. »Aber Ihr seid trotzdem ein braver Kerl. Bei Gott, vergeßt uns nicht, habt Mitleid mit uns in unserm Elend; wir sind es nicht gewöhnt, uns anzustrengen, wir werden austrocknen wie Trauben vom vergangenen Jahr; sagt unserm Herrn, er solle uns bald einen Befehl schicken, hier auszuziehen, das Essen taugt nichts.«

»Hört mal«, antwortete ihnen Simon, »ich bin kein Heuchler; wenn Omeneus Lust hätte, euch anderswo unterzubringen, würde ich ihm sagen, er sei ein Dummkopf; ihr verdient beide ein Bett im Spital; aber ich verspreche euch, daß ich euch ab und zu das Fett schicke, das im Tiegel abgeschöpft wird; das könnt ihr in eure Suppe tun, die wird dann besser.«

Danach macht sich Simon mit Jacques auf den Weg. Unsere beiden Verbannten sehen sie durchs Schlüsselloch weggehen: sie raufen sich die Haare, stampfen mit den Füßen, fluchen, sie bedauern das fette Leben, das sie jetzt nicht mehr haben. Und damit das Unglück vollkommen wird, holt man sie für ein paar Peitschenhiebe ab.

Jacques und Simon schritten wacker aus, sie erreichten bald Omeneus' Schloß. »Ach, arme Mißgeburt«, rief der Leutnant, als er Simon sah, »wie geht es dir, mein alter Pferdeknecht? Die armen Tiere sind noch am Leben, aber es ist ihnen nicht übermäßig gut gegangen, seit du weg bist. Ich bin froh, daß dein Hirn noch im Kopf ist, du bist gut davongekommen. Aber du weißt, wie die Sache passiert ist, und wenn du jetzt zehn Fuß unter der Erde lägest, wäre das nicht meine Schuld, aber du wärst mausetot.«

»Ach, Herr«, antwortete Simon, »Ihr tut mir viel Ehre an; mein Hirn steht Euch zu Diensten, so wie es ist, es hat weder Blei noch Pulver abbekommen; und ich bin auch froh, daß Ihr jetzt mehr Taler wert seid als früher Sous. Aber ich bitte Euch, Monsieur, erlaubt mir, daß ich in unserm Garten eine kleine Hütte baue, in die ich meine Matratze lege, das macht mir Freude; ich schlafe gern draußen, so habe ich es auch im Spital gemacht.« »Du kannst im Herd schlafen, wenn du willst«, entgegnete ihm Omeneus, »und ich mache dich zu meinem Verwalter, vorausgesetzt, du versprichst mir, mich nicht hinters Licht zu führen.«

»Da braucht Ihr nichts zu befürchten, Monsieur«, erwiderte Simon, »es gibt keinen Gerichtsschreiber, verdammt, der die Gerechtigkeit mehr liebte als ich.«

Als Phokion den zurückgekehrten Simon sah, bewies er ihm ebensoviel Freundschaft wie einst Mentor dem Philokles.

Die Hütte, die dieser Diener sich zum Schlafen im Garten erbeten hatte, erschien ihm eine wundervolle Sache, er setzte sie an die Stelle des einsamen Hauses, das Philokles nach der Rückkehr aus seiner Verbannung gewählt hatte. Und um diesen Ort aus seinem *Telemach* vollkommen nachzuahmen, wartete er auf den Augenblick, da Simon in seiner Hütte war, um Omeneus dorthin zu führen, so wie Mentor den König von Salent in Philokles' Einsamkeit geführt hatte. In dieser Hütte wurden die Dinge bezüglich Omeneus' Hauswesen entschieden, hier ereiferten sich Phokion und Simon über alle angeschnittenen Fragen.

Die erste Sache, die man dort prüfte, war die Frage, ob Omeneus wegen der Annehmlichkeit, eigenen Käse zu haben, Kühe kaufen solle. Phokion entschied zugunsten der Kühe, aber Simon wollte keine; zur Begründung sagte er, sie würden die Höfe voll Mist machen und man brauche einen zusätzlichen Knecht, um ihre Fladen wegzuschaffen. Außerdem würde ihr Gemuhe ihren Herrn betäuben. Darauf gab Phokion zur Antwort, daß man den Mist verkaufen oder ihn als Dung für die Äcker verwenden könne und das Muhen einer Kuh nicht unangenehm zu hören sei, Esel wären viel schlimmer; kurz, er stimme dafür, daß man welche kaufe.

Ich erinnere mich nicht mehr genau, auf welchen der beiden Männer Omeneus hörte; aber das waren so ungefähr die Themen, über die man beriet.

Simon war bald entzückt über Phokions häuslichen Geist

und sein Verhalten. »Hol's der Geier«, sagte er zu Omeneus, »ein solcher Mann ist selten wie ein weißer Rabe, und vielleicht ist er einer, denn wir wissen ja nicht, wie die weißen Raben aussehen; Ihr könnt Euch glücklich preisen, wenn Ihr diesen Greif Euer ganzes Leben lang bei Euch haben könnt, selbst wenn Ihr ihm jeden Abend Schuhe und Strümpfe ausziehen müßtet.«

ELFTES BUCH

Während sich alle diese Dinge in Omeneus' Schloß ereigneten, bewies Brideron, der würdige Sohn eines Offiziers, seinen Heldenmut.

Unter den Edelleuten, denen er gefolgt war, gab es viele, die im Krieg in Ungarn gewesen waren und infolgedessen seinen Vater kannten.

Den Geboten seines Onkels Phokion folgend, kuschte er wie ein Hund vor ihnen. Nestor, ein enger Freund seines Vaters, hatte ihm bereits sein ganzes Leben erzählt. Der gute Mann war in den Sechzigern und schwatzte so gern und so ausführlich, daß er in seinen Erzählungen selbst noch angab, wie oft er damals Stuhlgang nach seinen Abführmitteln hatte; er erinnerte sich auf die Viertelstunde genau an die Zeit, da er, wie er sagte, zu frühstücken oder auf die Jagd zu gehen pflegte; auch seine Frau hatte großen Anteil an seinen Geschichten; er berichtete von ihren Liebschaften ohne die geringste Furcht vor dem Titel Hahnrei, der ihm völlig gleichgültig war, vorausgesetzt, er hatte die Freiheit zu schwatzen.

Bei der Truppe gab es einen Edelmann mit Namen Lotek, der sich in Ungarn nie mit Briderons Vater hatte verstehn können; doch als er den Sohn so freundschaftlich sah, war sein Herz besiegt, und Briderons bescheidene, einfältige Art löschte den Haß, den er gegen den Vater empfand.

»Mein Sohn«, sagte er eines Tages zu Brideron, »und das könntet Ihr ohne Wunder durchaus sein, wenn ich jemals Eure Mutter gekannt hätte, denn ich habe Euern Vater genügend gehaßt, um ihm ein ganzes Geweih auf den Kopf zu setzen, wenn ich die Möglichkeit dazu gehabt hätte.

Also, mein Sohn, ich werde Euch erzählen, was mich gegen Euern nichtsnutzigen Papa so wütend gemacht hat; hört mich an: wir wollen es wie die Leute machen, die, um ein Haus anzusehen, als erstes auf den Dachboden steigen.

Ich bin dem großen Terkules überall hin gefolgt; ich weiß nicht, ob Ihr jemals von ihm gehört habt. Er war Profoß in dieser Provinz und mit der Jungfrau von Orléans verwandt, daher hatte er deren Schwert. Ha, mein Sohn, das war einer, den man mit Fug und Recht eine wütende englische Dogge nennen konnte; es gab keine Lumpenhunde, die er nicht aufstöberte; alle andern Profosse waren neben ihm nur Wachtelhunde. Aber ach! der große Mann gab den Geist auf wegen der Liebe. Die Pest soll die zickigen Weiber holen! Wenn sie dir einmal zugeblinzelt haben, ist es aus und vorbei mit dir. Das Leben dieses Profoß' wäre so rein gewesen wie ein Kristall ohne seinen Hang zu den Frauenzimmern; aber er brauchte immer welche. Gab es keine hübschen, nahm er häßliche. Er hat selbst zu mir gesagt: ›Mein Gott, kann ich nicht ein einziges Mal in meinem Leben eine Jungfernbrust sehen, ohne die Lust in meinen Fingerspitzen zu fühlen, sie zu betatschen?‹

Ich erzähle Euch nicht alle Verrücktheiten, die er gemacht hat, um seine Frau Charlotte zu heiraten, eine Weinbauerntochter, die ihm einen Liebespfahl mitten ins Herz gesetzt hatte. Es wäre ja noch angegangen, wenn er nur nach ihr lüstern gewesen wäre, aber bald zog Mathurine ihm den Pfahl heraus und steckte statt dessen eine Spindel hinein; sie spann mit soviel Anmut, daß mein guter Mann ihr Flachs und Hanf lieferte und sie schließlich ebenso verliebt machte, wie er selbst war.

Seine Frau Charlotte bekam Wind von der Sache; sie heulte wie ein Schloßhund. Ein Zauberer, den Terkules ins Gefängnis hatte werfen lassen, sagte zu ihr: ›Madame Profoß, ich werde Euch eine Flasche Wein geben, die Ihr Euern Mann trinken laßt. Er hat sie, Gott's Donner, noch kaum im Bauch, da wird er schon sein Bett machen lassen, um sich mit Euch da reinzulegen, und wäre es sieben Uhr in der Früh.‹ Ach, Brideron, um es klar zu sagen, der Zauberer wollte sich nur rächen, und in der Weinflasche war ich weiß nicht was, das den Durstigen, der davon trank, sterben ließ. Eines Tages, als Terkules und ich auf die Jagd gingen, steckte der Diener, der uns begleitete, die

Flasche in einen Schnappsack, um uns auf irgendeinem Berg damit zu erfrischen.

Glücklicherweise hatte ich keinen Durst. Terkules schluckte das Zeug hinunter wie eine Fliege. Ach, jetzt fehlen meinem Mund die Worte, meine Sätze sind so lückenhaft wie meine Zähne. ›Au! Au!‹ fing er an zu schreien, ›ich brenne, ich hab einen Backofen im Leib.‹ Danach stand er auf, nahm das Schwert der Jungfrau von Orléans, das er trug, und schlug alle Zweige ab, die er auf seinem Weg fand. Lukas, der Diener, der uns begleitet hatte, dieser Esel, der wollte ihm noch einen Tropfen von dem Wein geben, der in der Flasche geblieben war. Du meine Güte! der Profoß versetzte ihm in seiner Wut einen solchen Faustschlag ins Gesicht, daß er tot umfiel.

Ich sah es von weitem und rannte weg aus Angst, es könne mir ebenso ergehen, denn er hatte Arme wie Eisen; ich sah ihn, wie er stehenblieb und weinte und dann plötzlich fluchte: ›Pestilenz! muß ich denn wie ein Knallfrosch zerplatzen, ohne daß ich jemandem Böses getan habe?‹ Danach spie er ganze Raketen aus, so weit wie von hier bis dort. Ich sagte bei mir: Gut so, das wird ihn heilen; soll er alles auskotzen, was er im Bauch hat, der Säufer. Er machte Rülpser, die mich vor Lachen schier bersten ließen.

›Ach, mein lieber Lotek‹, rief er, ›meine Seele flieht aus meinem Körper wie aus einer Flasche, die ein Loch hat, ich kann sie nicht zurückhalten; es ist sehr schade; ein Haus hätte auf mich fallen müssen, damit ich sterbe, solch ein zähes Leben hatte ich; aber Gott straft mich, ich habe die Weiber zu sehr geliebt. Ich hatte meine Frau, die genügte, vier Männer wären da auf ihre Kosten gekommen. Du läufst weg wie ein Eichhörnchen, Lotek‹, fügte er hinzu, ›du hast Angst, mein Freund, daß ich dir den gleichen Faustschlag versetze wie Lukas; aber komm her, ich war vorhin wie ein Tollwütiger. Jetzt tut mir der Mord leid, ich würde ihn von Herzen gern wieder auf den Beinen sehen. Komm, ich werde dich nicht von deinen runterstoßen, auf, räudiger Hund (ich bin nämlich kahl), auf, hilf mir, mich an einen Baum zu lehnen, da sterbe ich besser; nimm mir den Hasen hier ab, ich schenke ihn dir, laß ihn dir braten; wenn ich sterbe, verzehrst du ihn und trinkst dabei auf meine Gesundheit. Wo bist du denn, lieber Lotek? mein ganzer Trost, kann ich dich nicht umarmen, bevor ich ins Jenseits gehe?‹

Bei diesen Worten rufe ich ihm von weitem zu: ›Versprich mir, mich so wenig zu berühren wie eine Reliquie, denn siehst du, Terkules, ich habe zwei schöne Steine in der Hand; wenn du dich bewegst, schlag ich dir die Seele 'raus, ohne zu fackeln.‹ ›Wirf die Steine weg‹, erwiderte er, ›die sind zu hart, ich gebe dir das Versprechen eines Sterbenden, dir nur einen Kuß auf die Stirn zu drücken.‹

Da lief ich zu ihm, während ich jedoch ständig wiederholte, er solle mich nicht täuschen; ich näherte mich ihm zitternd wie Espenlaub, er nimmt mich in die Arme. ›Erbarmen‹, sage ich zu ihm, ›tu mir nichts an, laß mich leben, so lange ich kann.‹ ›Esel‹, entgegnete er, ›du kannst es hier so lange aushalten wie der alte Methusalem; ich will dich nicht küssen, weil ich geifere und dich vielleicht vergiften würde; aber ich bitte dich noch um einen Gefallen, nämlich mir mit dem Schwert der Jungfrau, meiner Verwandten, einen kräftigen Hieb zu versetzen, das wird für mich wie die Begnadigung für einen Gehenkten sein.‹ Ich zauderte lange, ihm seine Bitte zu erfüllen. ›Aber Freund, was soll das‹, sagte ich zu ihm, ›ich treffe dich nicht, mein Arm zittert, und statt daß ich dir das Hirn zertrümmere, schlage ich dir die Nase oder das Ohr ab.‹ ›Macht nichts‹, entgegnete er, ›dann schlägst du nochmal zu.‹

Als ich sah, daß er vor Ärger heulte, weil ich ihm nicht den Schädel spalten wollte, nahm ich das Schwert und wollte ihm endgültig den Gnadenstoß versetzen, als er zu meinen Füßen sank und sagte: ›Ich bin tot, steck das Schwert in die Scheide, ich schenke es dir; begrabe mich hier so gut du kannst und wie ein Luder, das ich auch war; aber schweig; verrate niemandem, daß ich wie ein tollwütiger Hund gestorben bin.‹

Ich schwur ihm beim Rest meiner Haare, daß ich niemals etwas verraten würde, warf ihn in einen Graben und tat ein bißchen Erde drauf. Verdammt, warum habe ich geschworen? Wenn man keine Haselnüsse pflücken will, soll man nicht ins Wäldchen gehen; sein Jungfernschwert strafte mich dafür, daß ich mein Wort gebrochen habe, wie Ihr gleich sehen werdet.

Der Krieg in Ungarn kam. Alle Edelleute des Landes mußten hin. Aber es hieß, daß man, um die Feinde zu besiegen, das Schwert der Jungfrau haben müsse, und Euer Vater Brideron, der hier vorbeikam, versprach zu erreichen, daß ich zur Armee käme und das besagte Schwert mitbrächte.

Terkules erschien also nicht mehr in der Provinz; die Diebe begannen wieder ihr räuberisches Dasein, die Wälder waren voll von Schnapphähnen; auf den großen Straßen wurden die Leute wie Fliegen gemordet, immer gab es Kaufleute, die ihr Leben und ihre Ware verloren. Terkules war nicht mehr da, und was sein Leutnant tat, war so viel wie eine Handvoll Wasser in einem Fluß. In dieser Zeit kam Brideron zu mir, um mit mir als Abgesandter der Truppen zu reden, die nach Ungarn geschickt wurden. Er hatte große Mühe, mich an jenem Tag zu finden, denn um den Tod meines lieben Terkules zu beweinen, war ich allein mit meinen Hunden auf die Jagd gegangen. Dort sagte ich mir, während ich das Wild tötete: Warum ist mein Terkules krepiert? Was könnten wir jetzt für eine gute Senfsoße zu dieser Ente machen.

Euer Vater erschien, und schlau wie ein Fuchs sagte er folgendes:

›Monsieur Lotek, mein Freund, tröstet Euch, wir werden alle sterben, alles, was Leben hat, gibt es zurück, wenn es entflieht. Jetzt heißt es zur Armee nach Ungarn gehen; und ich komme im Auftrag aller, um Euch zu bitten, Euch ebenfalls dorthin zu begeben; es ist bekannt, daß Ihr der Freund des verstorbenen Monsieur Terkules gewesen seid, der das Schwert der Jungfrau besaß; dieses Schwert soll die Feinde erschlagen und sie zu Pastetenfleisch machen: steckt es an Eure

Seite als großer Junge, der Ihr seid und der schon ganz anderes gemacht hat, zum Teufel.‹ Dann sprach er von Terkules und den vielen Dieben, die er hatte hängen lassen; er fragte mich, wie er gestorben sei, und ich antwortete, er habe nicht mehr länger leben können. Während wir uns so unterhielten, kamen wir in der Nähe der Stelle vorbei, wo ich Terkules' Körper mit Erde bedeckt hatte.

Da Brideron mich sehr drängte ihm zu sagen, was mit Terkules geschehen war und wo man seine Leiche gelassen habe, antwortete ich zwar nicht, zeigte aber mit dem Finger auf den Graben, in den ich ihn geworfen hatte. Danach ging ich mit den Edelleuten zur Armee.

Das war mein Unglück. Als wir durch ein kleines Kaninchengehege kamen, wurde viel von dem Schwert der Jungfrau geredet; ich war stolz, daß diese Waffe an meiner Seite hing. Um zu zeigen, wie scharf sie war, zog ich das Schwert aus der Scheide und wollte einen jungen Baum mit einem einzigen Hieb abschlagen. Mein Gott, ich bin ein Heißsporn, das habe ich seitdem immer wieder gesagt: ich schlug so kräftig zu, daß das Schwert bis in meinen Schenkel gefahren ist.

Nun müßt Ihr wissen, daß die Wunde, die von diesem Schwert geschlagen wird, vergiftet ist, sei es, daß Arsen auf der Klinge ist, sei es, daß das Blut der getöteten Feinde verdorben war oder Bastardblut, jedenfalls floß jetzt das Blut aus meiner Wunde; ich schrie wie eine Streichholzverkäuferin, heulte wie ein Schloßhund und war gezwungen, liegenzubleiben und mir ein Lager aus allen Blättern zu machen, die ich zusammenscharren konnte. Die andern blieben ein paar Tage und warteten, daß ich wieder gehen könne, aber es war unmöglich. Außerdem quoll aus meiner Wunde ein gräßliches Blut, das wie Aas stank; und wenn es abfließen wollte, verflucht, da kamen Schreie wie von einem Geräderten; alle meine Begleiter verstopften sich die Nase, um nicht den Gestank meines Schenkels ertragen zu müssen. Schließlich verdrückten sie sich wie vor einer Stinknase. Brideron selbst sagte zu ihnen: ›Lassen wir den Unglückswurm auf seinem Laubbett liegen. Wie! sollen wir etwa um eines verfaulenden Körpers willen den Krieg versäumen? Mag er sein Jungfernschwert behalten, vielleicht finden wir ein anderes, wenn Jungfrauen auch sehr selten sind.‹ Sie verließen mich also alle. Es war ein schöner Morgen, ich war eingeschlafen und erwachte, als sie sich schon mehr als eine Viertelstunde entfernt hatten. ›O diese Kälber‹, dachte ich, ›sie sollten ein Schlachthaus finden, wo man sie in Viertel zerstückt; die Raben werden kommen und mir das Gesicht zerhacken, die Wölfe mich wie ein Schaf zerreißen, die Schlangen an meinen Ohren zischen, und ich kann sie nicht verjagen? O unglückseliger Lotek, warum bist du nicht als Säugling gestorben, oder besser, warum ist deine Mutter, die Hure, überhaupt auf den Gedanken verfallen, dich auf die Welt zu bringen?

Aber wozu nutzte mir mein Geschrei? Ich schleppte mich so gut ich konnte mit dem Schwert in der Faust unter die Bäume, um dort Holzäpfel und Eicheln aufzulesen; sie schmeckten mir wie Hühnerfricassée. Wenn man Hunger hat, ißt man den Spieß statt des Bratens. Ich steckte die Schnauze in einen kleinen Bach und trank. Auch fand ich in dem Wäldchen eine alte Unterjacke, die sicher irgendein Gauner hierhergebracht hatte. Ich nahm sie so rasch, als hätte ich ein Leinenstück von hundert Ellen gefunden, und wickelte sie mir um den Schenkel.

Was glaubt Ihr, mein Sohn, wie lange ich dort geblieben bin? Sechs volle Monate; denn es kam kein Hund dort vorbei, nicht mal einen Hasen habe ich gesehen.

Plötzlich, eines Tages, als ich gerade meine Mahlzeit von Eicheln und Äpfeln einnehmen wollte, entdeckte ich in meiner Hütte einen jungen Kerl mit Halbstiefeln und einer Kokarde am Hut; er wäre recht hübsch gewesen, wenn er nicht eine zu kurze Nase gehabt hätte. Ich dachte, es wäre Echilles, der Sohn eines befreundeten Edelmannes, der ebenfalls bei der Armee war; er hatte einen ebenso runden Rücken und so dicke Beine wie er. Als er sah, daß ich mich wie ein alter Karren fortschleppte, sagte er vor sich hin: ›Der arme Teufel, das Herz zerspringt mir vor Mitleid.‹ Ich sah genau, daß er in der Stimmung war, mir ein Almosen zu geben. Ich fragte ihn: ›Was machst du hier, mein Sohn? Hast du nicht zufällig ein paar alte Fleischknochen in deinem Schnappsack? Ich habe lange keine mehr abgenagt. Sag doch mal was. Vielleicht kommst du aus meiner Gegend, du bist plattnasig wie alle dort, mach den Mund auf. Für mich ist das was ganz Neues, einen Menschen reden zu hören; es ist schon länger als sechs Monate her, daß ich keine Stimme mehr vernommen habe.‹

Kaum hatte Neoptolemus zu mir gesagt: ›Ich komme aus deiner Gegend‹, als ich ausrief: ›O Herzenslandsmann! O süße Worte, sanfter als Satin, lieblicher als Musik! hast du Pferde hier, mein Sohn, und weißt du, wer ich bin?‹

›Ich komme aus dem Dorf Rème‹, erwiderte er, ›angeblich bin ich der Sohn von Echilles, aber meine Mutter ist gestorben, bevor er sie geheiratet hat. Du kennst die Geschichte, erzähle sie mir.‹

›O Sohn deines Vaters‹, begann ich also, ›es war die Bäuerin des Schwagers meines Onkels, die dir die Brust gegeben hat; aber sag mal, woher kommst du mit deinen Halbstiefeln?‹ ›Aus dem Krieg in Ungarn‹, antwortete er. ›Und du, bist du nie in diesem Landstrich gewesen?‹ ›Ach‹, sagte ich, ›wenn nicht der Teufel meine Gestalt angenommen hat, glaube ich nicht, daß mich irgendeiner dort gesehen hat. Haben dir unsere Herren nie von mir erzählt? Und haben dir diese Hunde nie gesagt, daß sie mich hier auf einem Lager aus Blättern zurückgelassen haben, um zu verfaulen? Das war Briderons Werk; der verdammte Hauptmann und der Krieg in Ungarn sind schuld daran, daß ich mein Leben mit Bäumen verbringe, die kein Wort zu mir sagen.‹

Danach erzählte ich ihm meine Geschichte, und als ich gegen Brideron und alle die Haudegen in der Armee kräftige Flüche ausstieß, fluchte er seinerseits auch ein bißchen und sagte:

›Nach Echilles Tod . . .‹ ›Wie?‹ unterbrach ich ihn, ›ist der brave Mann verschieden? Er hat also keine Nierensteine mehr?‹ ›Nein‹, sagte er, ›er ist gefallen. Nach seinem Tod wollte ich seine Kompagnie haben, aber Brideron, der sie für einen Freund wollte, einen früheren Offizier, verhinderte das. Kleiner Schelm, sagte er zu mir, wenn du wie wir zwanzig Narben im Gesicht hast, dann kannst du mit einem Schlag Hauptmann werden; aber hol's der Henker, für dich Milchbart ist das nichts, sei so freundlich und halt dein Maul.

Verdammt, als ich sah, daß man mir auf diese Weise mitspielte, schickte ich ganz Ungarn und die ganze Armee zum Teufel, und jetzt komme ich zurück, um zu Hause Kohl zu pflanzen. Du hast gegen den gleichen Brideron Groll wie ich; die Ratten sollen seinen Schädel fressen wie ein Stück Speck.‹

›Und wieso hat dein Onkel, dieser Eisenarm, dem Knirps nicht einen kräftigen Messerstich versetzt?‹ ›Dem hat ein Musketenschuß seinen fetten Wanst zerfetzt‹, erklärte er mir. ›Und der von Brideron ist auch hin?‹ fragte ich. ›Im Gegenteil‹, antwortete er, ›der hat nicht die kleinste Schramme.‹

Ich fragte ihn noch nach vielen Leuten, von denen er ebenfalls sagte, daß sie umgekommen seien, die einen durch einen Schwerthieb, die andern durch Hunger oder Durst.

›Gerechter Himmel‹, rief ich, ›so haben die guten Leute ihre Füße nicht mehr auf der Erde, während die schlechten weiterleben.‹

Echilles Sohn täuschte mich, doch ich schimpfte weiter auf Euern Vater und nannte ihn das Gerippe eines Galgenvogels. ›Adieu‹, sagte er zu mir, ›ich kehre nach Hause zurück und trinke dort den Wein aus unserm Keller; wenn du willst, schicke ich dir ein Faß.‹ ›Lümmel‹, rief ich, ›siehst du nicht, daß ich verkomme, wenn du mich hier läßt? Lade mich wie einen Koffer auf deinen Rücken und schaff mich von diesem Ort weg; ich werde dich ab und zu einstänkern, aber du wirst spanischen Tabak dagegen nehmen; ich habe selbst welchen zerstoßen, aus Walnußblättern. Auf, mein Sohn, wenn du diese gute Tat ausführst, kommen deine Kinder nie ins Spital, sie sterben in ihren eigenen Betten, und deine Frau geht als erste fort. Es genügt nicht, dick und feist zu sein, man muß auch weise sein.‹

›Meinetwegen‹, antwortete er mir, ›ich will dich gern hinten aufsitzen lassen; wenn du stinkst, zahle ich dir mit gleicher Münze heim, denn ich furze manchmal, weil ich viele Bohnen esse.‹ ›Ach, Herzblatt, so zart wie Zichorie‹, rief ich da aus, ›du bist würdig, eines Tages erster Kirchenvorsteher zu sein. Adieu, ihr Spatzen, die ihr mir die Ohren vollgezwitschert habt. Adieu, ihr Kieselsteine, die ihr mit dem Bach über euch schäkert. Adieu, ihr Blätter, die ihr mir als Lagerstatt dientet, dieses ganze Gehege Gottes, in dem nicht mal ein Wolf nach mir gesucht hat!‹ Nach diesen Worten gürtete ich mein Schwert um. ›Alle Wetter!‹ rief da Echilles Sohn, ›das ist also das Schwert der Jungfrau! Gebt es mir mal, damit ich es in der Hand fühle.‹ ›Da, mein Sohn‹, sagte ich, ›bewundere es, es hat mehr als tausend Galeerensklaven den Bauch aufgeschlitzt.‹

Während dieser Worte will mein Schenkel seinen Eiter ausspeien. ›Verfluchter Schenkel‹, schreie ich, ›wann hast du alles ausgespien? Ein Faß mit gutem Wein ist schneller leer als du, ach, mein Sohn, wirf mich ins Wasser, oder nimm eine Axt und schlage mir den Schenkel ab.‹

Daraufhin schläferte mich der Schmerz wie üblich ein, und der Eiter quoll heraus. ›Puh!‹ rief Echilles Sohn und wich zurück. ›Sein Schenkel stinkt wahrhaftig wie eine verweste Katze.‹

Während ich schlief, hätte mir Echilles Sohn gut mein Jungfernschwert stehlen können; doch er war so redlich wie ein Schafsfell. Als ich aufwachte, merkte ich, daß er damit kämpfte, was er tun solle. ›O du legitimer Sohn oder Bastard‹, sagte ich zu ihm, ›wolltest du mir meine Waffe stehlen?‹ ›Nein, zum Teufel‹, entgegnete er, ›aber komm mit mir nach Ungarn.‹

Sofort rief ich: ›Ha, du Schlächter meiner Seele, was sagst du da? Gib mir mein Schwert zurück; wenn die Wölfe und die

Schlangen erst wissen, daß ich es nicht mehr habe, werden sie mir gemeinsam den Garaus machen. O Hütte, die ich auf meinem Hintern sitzend gebaut habe, o Blätter, die ihr mein Kreuz wärmt, o Schwalbennester, die ich in diesen Bäumen erkenne, fallt alle über mich. Eidechsen, Nattern, schlagt eure Zähne in mein Fleisch, ich habe nicht mal die kleinste Nadel, um sie in das eure zu stechen. Oh, wenn mir der Schwätzer einen solchen Streich gespielt hätte, als ich auf meinen Beinen noch wie ein Windhund lief, verdammt, ich hätte allen Saft aus ihm gequetscht; aber jetzt, wo ich die Hinterpfote nicht mehr heben kann, hat er leichtes Spiel mit mir. O mein Sohn, bei deinem Onkel, bei deinem Großvater, beim Schrank deiner verstorbenen Großmutter, gib mir meine Waffe zurück; der Teufel führt dich in Versuchung: gib sie zurück, und dann nichts wie fort mit dir.‹

Der junge Mann weinte fast vor Mitleid und sagte ganz leise: ›Wir erreichen es noch, daß er an seiner Wut krepiert.‹ Bei diesen Worten sah ich den Schatten eines Mannes, es war der von Brideron. ›Ha, zum Henker, was sehe ich?‹ krächzte ich. ›Das ist Luzifer! Der Erzlump hat natürlich die ganze Reise machen können, ohne sich das Genick zu brechen. Dieser Galgenvogel hat noch seinen Kopf auf den Schultern; er will mich hier bestehlen wie ein Schnapphahn. Wenn der junge Bursche dir folgt, Elender, wirst du ihm noch beibringen, die Börsen zu leeren.‹

›Wir sind nicht gekommen, um Euch auch nur die Fingerspitzen zu berühren‹, erwiderte Brideron. ›Wir sind Abgesandte der Armee und sollen Euch wie einen Sack von hier wegtragen.‹

Jetzt kotzte ich mehr Flüche gegen Euern Vater aus, als ein Besoffener Weintropfen, wenn ihm übel ist. ›Auf‹, sagte ich zu ihm, ›auf, laß dir in der Armee einen Bajonettstoß versetzen; stell dich an die Spitze deiner Kompagnie und hol dir die Kühe und das Fleisch bei den Ungarn; ich kann dir nicht mehr folgen, ich bin zugrunde gerichtet; ich hab zwar Beine, aber die sind aus Wachs; o Brideron, dein Maul soll dir bis in die Fersen rutschen, deine . . .‹, verwünscht, ich hielt an, und während mir der weise Mann zuhörte, zog er seinen Koller ebenso ruhig zurecht, wie wenn ich ihm Perlen vor die Nase geworfen hätte.

Als ich schwieg, sagte er: ›O Lotek, Ihr seid ein elender Wicht, der auf seinem Mist verkommt und zum Pilz wird. Ihr wollt uns nicht folgen; lassen wir ihn also hier sitzen, den Haufen Unrat, Sohn Echilles'. Wir haben das Schwert, wenn er will, kann er uns ja auf seinem gesunden Bein hinterherhüpfen.‹

Da wurde ich so wütend wie ein Stier hinterm Gatter. ›Mein teures Schwert‹, rief ich, ›hast du das Herz, mich zu verlassen? Ach, mein Freund, wenn du nicht tot wärst, wärst du noch auf der Welt, und ich würde auf die Ratten pfeifen; warum kommt kein Hagel und schlägt mir den Schädel ein?‹ Euer Vater, der merkte, daß ich ebensowenig Vernunft annehmen würde wie ein Schweizer, machte Echilles' Sohn ein Zeichen, er solle mir mein Schwert zurückgeben. ›Geh beiseite‹, sagte ich zu diesem, ›der Lump ist in meiner Reichweite; ich werde ihm einen Arm abschlagen, damit er sich an mich erinnert.‹

Sofort hob ich das Schwert, aber Echilles' Sohn sagte zu mir: ›Pfui, wie häßlich, die Leute zu mißhandeln, die gar nichts gegen Euch haben! Ihr spielt doch nicht Blindekuh; seht Ihr nicht, daß Ihr drauf und dran seid, einen Mord zu begehen, der Euch aufs Rad bringt?‹

Während dieser Rede schneuzte sich Brideron und hielt mir seinen Wanst hin, als wollte ich ihm nur einen Nasenstüber geben.

Dieser Gleichmut machte, daß mir der Arm herabfiel. Schließlich, sagte ich bei mir, wollte er mir meine Waffe zurückgeben; wenn er tot ist, dann ist es zu spät, um mich zu beruhigen.

›Hört zu‹, sagte Echilles' Sohn zu mir, ›wir haben in der Armee einen Quacksalber, der wird Euch Euern Schenkel heilen; denn alle Welt versichert, daß wir nur siegen können, wenn Ihr für uns vom Leder zieht.‹«

An dieser Stelle unterbrach der junge Brideron Lotek. »Ich bin entzückt von all dem, was Ihr erzählt«, sagte er zu ihm. »Aber schwört mir die Wahrheit: hättet Ihr Euch nicht geweigert fortzugehen, wenn Achilles Schatten Euch das nicht befohlen hätte?«

»Achilles Schatten?« fragte Lotek, »den habe ich nie gesehen, weder den Mann noch den Schatten. Wer ist denn das, dieser Achilles?«

»Ach, das ist ein Mann, den Ihr nicht kennt«, antwortete der junge Brideron, der seinen Fehler bemerkte, »ich wollte von Terkules' Schatten reden.«

»Ihr müßt eine Sehergabe haben, um das zu wissen«, bemerkte Lotek.

»Tatsächlich, während ich unschlüssig war, ob ich mitgehen sollte, hörte ich plötzlich eine laute Stimme hinter der Hütte, die sagte: ›Ich habe mein Grab verlassen, um dir zu befehlen und einzuschärfen, störrischer Lotek, daß du in eigener Person nach Ungarn zu gehen hast; man wird kein großer Mann, wenn man auf seinem Hintern sitzenbleibt; deine Wunde wird gewaschen werden wie ein irdener Topf, du wirst nicht mehr greinen und diese Pest nicht mehr am Halse haben. Auf, lauf drauflos, und trotz deiner Eile soll dein Hintern nicht die kleinste Schramme abbekommen. Aber wenn du dich weigerst zu gehen, dann sollen dich die Würmer fressen so wie mich, denn ich würde dir noch mehr sagen, wenn meine Zunge nicht zur Hälfte von ihnen verzehrt wäre; ich gehe, tu was ich dir sage, oder fürchte mich.‹ ›O Herr Geist!‹ rief ich, ›kommt nicht wieder aus Euerm Grab, Ihr tut mir zu viel Ehre an; aber ich zittere und ich werde nach Ungarn gehen; ja, ich gehe, hört Ihr mich wenigstens, und kommt nicht noch mal in meine Hütte.‹

Wir gelangten bald nach Ungarn. Jetzt hinke ich nur noch ein bißchen, obwohl man mich geheilt hat, vor allem, wenn sich das Wetter ändert. Und die Stimme, die ich gehört hatte, war die eines Bauern, dem die beiden etwas zu trinken spendiert hatten, damit er mir die Ohren vollschreien sollte.

Mit dieser fleischigen Hand hier habe ich selbst den Anführer eines ungarischen Streifkorps erschlagen. Teufel, seitdem haben wir sie vor uns hergejagt wie die Schafe, und ihre Hüte waren im Dutzend nur noch einen Sou wert, so viele haben wir umgebracht. Ich habe mich ein bißchen mit Brideron ausgesöhnt; aber es blieb immer ein kleiner Rest Haß gegen ihn, bis ich Euch kennengelernt habe.«

Während Lotek so seine Abenteuer erzählte, hatte der junge Brideron mit offenem Mund dagesessen und sich nicht gerührt, als sein Vater mit dem Schwert der Jungfrau bedroht worden war; er errötete oder versuchte zu erröten, denn er erinnerte sich wieder, daß Telemach bei Philoktets Bericht in seiner Mimik alle Gefühle ausgedrückt hatte, die Odysseus und Neoptolemus bewegten. Er hatte in genauer Nachahmung ebenso wie der junge Fürst die Geschichte ab und zu unterbrochen, um ha! und oho! zu rufen und sein Gesicht, so gut er konnte, in alle Richtungen verzogen, damit er seinem Vorbild vollkommen gleiche.

ZWÖLFTES BUCH

Die kleine Truppe von Männern, die sich vereint hatten, um die Fanatiker zu bekämpfen, richtete sich inzwischen auf dem Land ein. Brideron hatte alle Mühe, Streitigkeiten zwischen den Kämpfern zu verhindern. Er stand an der Spitze von zehn Leuten, die man die Soldaten des Leutnants nannte. Die kleinen Anführer waren ständig aufeinander eifersüchtig; die Waffen des einen waren neuer, seine Männer stattlicher, die des anderen waren kleiner, aber stark und tapfer; ab und zu gerieten sie wegen solcher Dinge aneinander. Brideron hatte dann ein Lied parat, um sie zu versöhnen, was bewirkte, daß er zum Freund aller wurde und keiner ihm in den Rücken fiel.

»Jean tanzt besser als Pierre, Pierre tanzt besser als Jean: tanzen können beide gut, aber Jean tanzt besser als Pierre. Das ist eure Geschichte«, fügte er dann hinzu. In einem solchen Fall zog er sich also aus der Affäre. Aber so war es nicht immer, er kümmerte sich nicht allzuviel um die kleinen Münzen, die er hätte haben können; Kleinlichkeit war nicht sein Laster, doch kannte er auch keine Freigebigkeit; niemals bot der Flegel ein Glas Wasser an; er war von Mama Brideron zu sehr verwöhnt worden: verweigerte man ihm etwas, so sagte er als erstes: »Ich pfeife drauf, und Ihr seid ein Esel.«

Ein solches Verhalten bewirkte, daß er als hochmütig galt, und die Befehlsgewalt über seine zehn Männer trug noch dazu bei, sein Herz anschwellen zu lassen. Nun gab es einen Anführer bei der Truppe, den er nicht sehen konnte, ohne in Zorn zu geraten, und der Anführer hatte ihm gegenüber die gleiche Abneigung; er hieß Falant.

Eines Tages hatte Brideron ein paar Salzschmuggler von der Partei der Fanatiker gefangengenommen; er hatte sie in einem Wäldchen angegriffen, und dieser Falant war ihm in dem Augenblick, als er bereits über sie siegte, noch zu Hilfe gekommen. Er verlangte deshalb die Beute und behauptete, die Pferde und die Salzladung gehörten ihm. »Du hast damit verdammt nichts zu schaffen«, sagte Brideron vor allen unter einem Baum versammelten Anführern zu ihm; »wenn ich dich nicht selbst in diesem Salz einpökle wie eine Speckseite, dann soll meine Suppe auf ewig nur noch nach Wasser schmecken.«

Von diesem Streit und Briderons Drohungen erfuhr Falants Bruder Hidras, ebenfalls ein Anführer: »Zum Henker«, sagte er zu seinen Soldaten, »bringt die Fuhre Salz in mein Zelt; und wenn sie dort ist, werden wir sehen, wer von uns beiden damit salzen wird, Brideron oder ich.«

Brideron, dem berichtet wurde, daß die Beute den Weg in Hidras Zelt nahm, verließ die Gruppe von Männern, bei denen der junge Narr sein Vergnügen fand. »Er weiß nicht«, rief er im Laufen, »er weiß nicht, der Esel, daß er an Hippias Stelle gesetzt ist, daß wir uns gegenseitig packen werden und ich ihn zu Boden werfe wie einen Stuhl für drei Sous.«

Es war also Telemachs Kampf gegen Hippias, der Brideron so viel Kraft gab; das erbeutete Salz war in seinen Augen die Gefangennahme der Daunier: er rannte und schwang von weitem sein Schwert, so wie Telemach seinen Wurfspieß gegen Hippias geschwungen hatte.

Noch im Laufen stellte er eine Überlegung an, als er Hidras sah: Es heißt doch, sagte er sich, mein Vorbild hätte seinen Wurfspieß nach Hippias geschleudert; ich werde also einen Stein nehmen und ihn Hidras in die Magengrube schmeißen.

Er tat es; und während er Hidras zurief, er sei ein lächerlicher Anführer von lauter Eseln und er, Brideron, würde ihm mit kräftigen Schwertstößen in seine Eingeweide schon Vernunft beibringen, warf er den Stein nach ihm, der an Hidras Kopf eine Beule machte; denn der Kampf mit dem Stein war jener, in dem unser Telemach der erfahrenere war.

Sein Feind war ein stämmiger Kerl von sechs Fuß Länge, dessen große, breite Hände ganz dazu angetan waren, unsern jungen Zuckerbengel mit einem einzigen Fausthieb in den

Boden zu rammen; mit einem langen Säbel in einer dieser Hände fiel er über seinen schwachen Gegner her, während er seinen Soldaten den Befehl gab, rasch in seinem Zelt ein paar Ruten in Essig zu tauchen. Wild empört über diese Mißachtung und im Vertrauen auf die Treue des Zufalls, der zu seinen Gunsten alle Abenteuer des Telemach wiederholte, streckte Brideron sein kurzes Schwert in die Luft; Hidras wollte sich auf ihn stürzen und ihn packen.

Brideron, der durchaus mit einem Ringkampf gerechnet hatte, läßt sein Schwert fallen und packt Hidras mit den Händen; die kleinen Menschen sind nicht die untauglichsten, und sein Vertrauen gab Brideron die nötige Kraft, um Hidras gewachsen zu sein.

Dennoch, trotz aller seiner Anstrengungen, fliegt er bei jedem Stoß fast auf den Boden; man sieht, wie die beiden sich von Zeit zu Zeit aneinanderklammern; Brideron zeigt Hidras' Gesicht, das sich dem seinen nähert, die Zähne.

Bald würde der unglückliche Sohn des Hauptmanns Brideron völlig durchgebleut sein, die Ruten waren geschnitten, er wankte und war drauf und dran, aus seiner Höhe herabzustürzen, als er, über die Hilfe nachdenkend, welche Telemach in der gleichen Lage von Minerva erhalten hatte, sich kraft seiner Narrheit auf die gleiche Weise beschützt fühlte; niemand ist stärker als ein Verrückter. Dieses Gefühl belebt erneut seine Kräfte, während die von Hidras allmählich schwinden; ein Tritt Briderons gegen dessen Schienbein besiegt den Gegner endgültig; Hidras stürzt und liegt sechs Fuß lang auf der Erde. Hier wollen wir einen Augenblick innehalten, um anzumerken, daß Phokion in Omeneus' Schloß sich ungefähr die Zeit ausrechnete, in der sein Neffe mit Hippias kämpfte, denn der Erzieher war sicher, daß er sich mit ihm schlagen würde; er glaubte, die Stunde und den Augenblick gefunden zu haben, und weil in seinem Buch stand, daß Minerva dem schon fast besiegten Telemach zu Hilfe kam, indem sie ihn mit ihrer Ägide bedeckte, glaubte Phokion, da die Göttin in Mentors

Gestalt Idomeneus nicht verlassen und dennoch ihrem Zögling beigestanden hatte, glaubte also Phokion, er brauche nur seinen Rock auszubreiten, so als wäre Brideron anwesend, und diese Geste hätte den gleichen Effekt wie Minervas Ägide. Ich weiß nicht, ob sie etwas bewirkt hat, jedenfalls schmetterte Brideron den starken Hidras zu Boden und wurde Sieger.

Kaum hatte Brideron seinen Gegner erledigt, da gab er, stets seinem Vorbild folgend, seinen Zorn auf, nahm einen gütigen, bekümmerten Ausdruck an, erhob sich und sprach: »O Hidras, wisse, daß sich ein guter Wein ebenso in einem kleinen Krug hält wie in einem großen; weil ich kurzbeinig bin, habt Ihr Euch über mich lustig gemacht; tut das nie wieder und schüttelt den Staub aus Euerm Rock; Ihr seid wahrhaftig ein Ochse und habt Lenden so straff wie die Darmsaiten einer Geige; hier, schlagt ein, raufen wir uns lieber mit unsern Feinden.« Hidras stand während dieser Rede beschämt auf und sagte: »Das Bein ist mir weggerutscht, denn sonst, hol's der Henker . . .« Falant, der hinzukam, wagte nicht mehr, Brideron mit einem Knüppel zu schlagen, den er in der Hand hielt, obwohl er Hidras' Bruder war, aber dieser hatte keinen einzigen Tropfen Blut von Hidras vergossen. Die Anführer, die ebenfalls hinzukamen, trennten die Kämpfer und konnten sich nicht genug darüber wundern, daß, wie sie sagten, ein kleiner Zweig einen alten Baumstamm gestürzt hatte.

Doch Brideron zog sich in sein Zelt zurück und schämte sich wie Telemach seines Sieges: »O unglückseliger Brideron!« rief er aus, um die Reue dieses Fürsten nachzuahmen, »wie stehe ich da, weil ich diesen Mann zu Boden geworfen habe! Ich bin ein Strohkopf, meine Jugend hat meiner Klugheit einen Schlag versetzt. Kann man dieses Alter nicht ablegen wie ein Wams, wenn es einem zu heiß wird? Ach, warum hat mich Hidras angegriffen? Weil ich stolz bin wie ein Truthahn, dem der Kamm schwillt; weil er mich nicht leiden kann; und er kann mich nicht leiden, weil ich ein Tor bin, der sich seinesgleichen gegenüber gern aufbläst; ach ja, meine Weisheit ist krank, und wenn Mentor meine Geschichte erfährt, wird er nicht schlecht mit mir schimpfen.«

Während er sich diese Dinge sagte, wartete er ungeduldig auf Lotek und Nestor, denn sein Buch sagte ihm, daß beide ihn aufsuchen würden, um ihm Vorhaltungen zu machen.

Sie kamen tatsächlich in dieser Absicht, doch um ihnen eine Verzweiflung zu zeigen, die jener von Telemach glich, machte unser junger Mann Anstalten, sich mit seiner Halsbinde umzubringen; er nahm sie an beiden Enden und wollte sich erdrosseln.

»Oho, mein Sohn, sachte, beruhigt Euch«, sagten sie zu ihm. »Wir gehen wieder, wie wir gekommen sind, statt Euch etwas zu sagen.«

Durch diesen Streit war die gesamte Truppe der Verbündeten aufgehalten worden, denn Briderons Soldaten wollten sich mit denen von Hidras prügeln, und die Armee war sozusagen in Aufruhr.

Da habe ich ein schönes Durcheinander angerichtet, sagte sich Brideron, wenn jetzt ein Messerverkäufer in unser Lager käme, würden sich alle unsere Soldaten eins kaufen und sich gegenseitig den Bauch aufschlitzen. Ach, Jugend, Jugend, bekommst du nie mal was hinter die Ohren?

Inzwischen zogen die Anführer einmal zu Hidras, dann wieder zu Brideron. Hidras und Falant wiederholten ständig, sie wollten mir einem eisernen Fuß in Briderons Magen treten, und man hatte alle Mühe, sie zurückzuhalten. Brideron war etwas zugänglicher, doch war er so bedacht darauf, in seinem Schmerz zu verharren, daß man nichts mit ihm anfangen konnte. Sie soffen nicht mehr wie die Löcher im Lager, niemand sang mehr die Lieder vom Pont-Neuf. In dieser Stimmung hörte man plötzlich Pferdegetrappel in einem kleinen Wald: es war eine Truppe von Fanatikern, die erfahren hatten, daß die Katholiken hinter diesem Wald waren und sie dort vernichten wollten. Ihr Anführer Arast war ein schlauer

Fuchs, der sich um Geld so wenig kümmerte wie um Dreck, vorausgesetzt, es stand ihm ausreichend zur Verfügung.

Nestor und Lotek, die beiden Hauptanführer der Verbündeten, denn so kann man sie nennen, waren beide große Schwätzer. Lotek war ein braver alter Mann, aber sehr hitzig: wenn er versicherte, er plane etwas, dann genügte es, daß ein anderer die Ausführung anzweifelte, und schon ging er wie ein Pulverfaß in die Luft und verbreitete alle seine Vorhaben unter den Leuten.

Auch Nestor war ein wackerer Graubart, anders als Lotek, aber ebenfalls wenig verschwiegen; erklärte man ihm, er verfüge über Lebensweisheit und falls er eine ganze Armee mit einer Angel fangen wolle, so gelänge ihm das, dann verdrehten ihm solche Lobsprüche den Kopf, und um sich noch mehr bewundern zu lassen, verriet er alle seine großen Pläne.

Obwohl Brideron noch jung war, hielt er sich für weit verschwiegener, und wie er selbst zu Mélicerte gesagt hatte: wenn er von jemandem wußte, daß er ein Hahnrei sei, sagte er den andern, es sei so, aber er verrate es nicht.

Das war also die Art der Verschwiegenheit des jungen Narren. Nun hatte er im Irrtum über sich selbst und ohne noch einen Grund für irgendwelche Ratschläge zu wissen, allein nur um Telemachs Sprache zu sprechen, Nestor und Lotek darauf hingewiesen, daß man die getroffenen Entscheidungen nicht genügend geheimhielte. Die beiden Greise hatten ihn gähnend angehört, denn ein junger Spund kann niemals alte Männer beeindrucken.

Unter den Soldaten gab es einen gewissen Poitevin, der aus dem Poitou kam, ein lustiger Bursche, der lange in der Armee gedient hatte; er hatte den wahren Geist des Soldaten: er war kühn, kriecherisch, schmeichelte allen Anführern, um ihnen das Geld aus der Tasche zu ziehen, und studierte die Fehler der Leute, um sie dann mit schmeichelnden Worten anzugreifen. Dieser Mann nun, Rimachus mit seinem richtigen Namen, war von Arast gedungen worden, um ihm aus dem Lager der

Edelleute alle Entscheidungen mitzuteilen, die dort gegen ihn getroffen wurden.

Unsere Truppe hatte an diesem Platz angehalten, um hier die Zeit angenehm zu verbringen, bis man jenen der Fanatiker ausfindig gemacht hätte.

Auf deren Seite gab es einen Bauern, der den Anführern unserer Truppe häufig Brot brachte, Wein oder was sie sonst noch brauchten; und diesem Bauern vertraute Rimachus alles an, was er über die Absichten unserer Truppe wußte, so daß es nie möglich war, wenn man beschlossen hatte, einen Trupp Feinde zu überfallen, von dem man wußte, er würde von dieser oder jener Seite in geringer Anzahl kommen, ihn anzugreifen, weil der gewarnte Arast die Anzahl vergrößerte oder sich selbst an die Stelle begab, um ihn zu unterstützen.

Die Unsern erwarteten eine Verstärkung von Soldaten und einige Anführer, die mit ihren Leuten kommen sollten; die Edelleute beschlossen deshalb, sich nicht der Begegnung mit den Feinden auszusetzen. Arast gelang es, der Ankunft derer, die man erwartete, zuvorzukommen, und überfiel unsere Leute gänzlich unerwartet.

Die Fanatiker kommen also in großer Anzahl aus dem Wald gelaufen und fallen über die zerstreute Truppe der Edelleute her, während der Streit zwischen Hidras und Brideron den Mut von allen geschwächt hat. Als die Männer sie sehen, schreien sie: »Zu den Waffen! Wir werden zerstückelt, wenn wir hier keine Ordnung schaffen.« »Mut, meine Kinder«, ruft Falant und stößt sein Schwert dem Pferd eines Fanatikers in den Leib, »da ist schon das gefährlichste Tier tot.« Während ein Teil der Unsern sich verteidigt, rückt der andere näher, um sie zu unterstützen. »Ihr Höllenknechte«, schreien unsere Soldaten, »fahrt hin zu euern Herren.« Inzwischen gibt es ein großes Gemetzel, Arast schlägt zu, zermalmt; Hidras erhält einen Hieb und seinen Schwertknauf in die Zähne und fällt; Falant sieht seinen Bruder und drei Zähne fallen, ohne ihm helfen zu können; seine entsetzten Soldaten weichen zurück, statt vorzustürmen. »Das Haus brennt«, rufen sie, »es gibt kein Wasser mehr, um es zu retten.«

Der unglückliche Bruder drischt wild fluchend mit dem Flintenkolben auf den Kopf eines Fanatikers, der es ihm heimzahlt, indem er ihm mit dem Säbel zwei Finger abschlägt. Doch der Himmel gönnte Arast an diesem Tag einen falschen Sieg, um ihn besser zu täuschen und die Unsern zu ermutigen, ihre Absicht, die Ungläubigen auszurotten, nicht mehr länger vor sich herzuschieben. Nestor und Lotek sehen bereits eine große Anzahl der Ihren niedergestreckt, der stolze Falant kann den Feinden nicht länger mehr standhalten.

Jetzt greift Brideron, der gelassen über den Einklang seines erhabenen Schicksals mit dem des edlen Telemach nachgedacht hatte, zu seinen Waffen, die Phokion angeblich bei einem Waffenschmied gekauft, in Wahrheit jedoch selbst aus einer alten Schwertklinge und alten, im Hause seines Bruders Brideron gefundenen Gewehrläufen hergestellt hatte. Damit wollte er Minerva nachahmen, die Telemach Waffen geschenkt hatte, welche vom Gott Vulcan mit eigener Hand gefertigt waren.

Ich habe vergessen, Briderons Schild zu beschreiben, auf dem tausend Geschichten aus früherer Zeit dargestellt waren, die das Auge jedoch nicht entziffern konnte; man erkannte lediglich ein Kind mit offenem Mund, das nach seinem Brei schrie, weil es lange nichts gegessen hatte; die Mutter lief mit der Kasserolle in der Hand herbei und beeilte sich, das Kind zum Schweigen zu bringen, indem sie ihm den Brei in den Mund stopfte.

Auch sah man, oder besser man glaubte einen braven Bauern zu sehen, der sterbend sein gesamtes Hab und Gut unter seinen beiden Söhnen Pierrot und Colinet aufteilte; dem einen überließ er zwei Ochsen und den Pflug, dem andern ein halbes Dutzend Säue; er maß mit der Hand die Hälfte von fünfundzwanzig Morgen Acker ab, die er ebenfalls unter ihnen aufteilen mußte.

Der brave Mann starb; Colinet, der verheiratet war, wollte

nicht dulden, daß sein Bruder mit ihm das Haus bewohne. Man sah seine Frau oben aus einem kleinen Fenster einen Eimer Wasser auf den Kopf von Pierrot schütten, der ins Haus treten wollte, während Colinet mit einer Gabel in der Hand drohte, ihm diese in den Bauch zu stechen, falls er die Kühnheit besäße, seinen Fuß hineinzusetzen.

Pierrots Überraschung war in aller Vollkommenheit wiedergegeben durch die Bewegung seines Armes, den er über seinen Leib legte; danach sah man, daß er tausend Flüche gegen seinen Bruder ausstieß und ihn mit Schweinehund, Hahnrei und ähnlichen Schimpfwörtern bedachte. Diese Schimpfwörter waren unmittelbar neben seinen Mund geschrieben, denn der Stecher hatte vermeiden wollen, daß der Betrachter sie erahnen müsse.

An einer anderen Stelle bemerkte man Pierrot, der aus Rache die Tochter eines Weinbauern geheiratet hatte, welcher nun alle Winzer der Gegend versammelte und mit der Hippe in der Hand zu Colinet zog, um ihn zu zwingen, die Hälfte des Hauses seinem Bruder zu überlassen.

Der rohe Colinet packte Pierrot wütend am Koller; sie hatten beide gleich viel Kraft, man sah sie mit einem Haß kämpfen, der deutlich in ihren verzerrten Gesichtern zu erkennen war; doch vielleicht rührte diese Verzerrung eher von dem Ungeschick des Stechers her, als daß sie das Ergebnis seines Einfallsreichtums war.

Schließlich rollten die beiden Brüder auf den Boden und in ein großes Morastloch, in dem sie wie zwei Schweine herumpatschten, ohne sich loszulassen.

Jeder hielt einen Stein in der Hand, der ihnen als Waffe diente, denn sie zerschlugen sich gegenseitig die Köpfe damit; das Blut strömte dem einen von der Stirn, dem andern aus der Nase; sie lagen im Sterben, die Steine fielen aus ihren grausamen Händen. Etwas weiter unten war der Dorfschulmeister dargestellt, der, als er sah, daß die beiden Elenden den Geist aufgeben würden, zu ihnen kam, um von Versöhnung zu sprechen.

Bei seinen Worten sah man die beiden Brüder noch einmal die Beine bewegen und sich, so kräftig sie konnten, gegenseitig mit dem Holzschuh ins Gesicht treten, um zu beweisen, daß die Absicht, sie zu Freunden zu machen, unangebracht sei; der unerschöpfliche Eifer des Schulmeisters war ziemlich gut dargestellt durch die Art, wie er mit Gewalt die Hände der Brüder ergriff und sie ineinanderlegen wollte.

Die beiden Brüder streckten auch ihre Hände aus; der Betrachter freute sich bereits, daß er so erbitterte Feinde endlich versöhnt sterben sehen würde; doch als die beiden Hände sich nahe waren, hakten sie sich ineinander, um sich gegenseitig die Finger zu verrenken und zu brechen.

Schließlich sah man sie über ihrer Anstrengung, einander zu schaden, den Geist aufgeben, und die Hände kamen seltsamerweise von allein zurück, um sich weit entfernt von der feindlichen Hand niederzulegen.

An einer anderen Stelle zeigte der wunderbare Schild einige Schnitter, die geschickt das Getreide sensten, ohne eine einzige Ähre abzubrechen; etwas weiter störte sie die heiße Sonne; sie gingen unter einen Baum, jeder hatte eine Feldflasche mit Wein dabei, ein Stück Brot und Käse; sie verzehrten ihren Vorrat und warteten darauf, daß die große Hitze des Tages nachließe.

Der Schweiß, der von ihren Stirnen tropfte, war durch kleine, als Beulen hervortretende Tränen dargestellt.

Dann sah man sie sich auf dem Gras ausstrecken und in einen friedlichen Schlaf versinken; einer lag mit der Nase auf dem Boden, der andere schnarchte mit offenem Mund; eine Anzahl Mücken summten um diesen Mund, der, an Erschöpfung gewöhnt, ihre Stiche nicht spürte. Inzwischen kam ein kleiner Junge, Sohn eines der Schnitter, um die Insekten mit seinem Hut zu vertreiben; doch der kleine ungeschickte Schelm schlug statt in die Luft mit aller Kraft, über die er verfügte, auf die Nase des Schläfers, der hochfuhr und auf den kleinen Kerl fluchte, welcher rasch weglief aus Furcht vor ein paar Maulschellen.

Das waren also die Waffen, zu denen Brideron griff. Doch statt sein gewöhnliches Wehrgehänge zu nehmen, erinnerte er sich rechtzeitig, daß Telemach sich an dieser Stelle getäuscht und Minervas furchterregende Ägide genommen hatte, die ihm von Iris, der Götterbotin, gebracht worden war.

Das Gehänge eines der Anführer lag neben dem seinen, er zögerte nicht, es zu nehmen, indem er sich im Einverständnis mit sich selbst betrog und davon überzeugte, daß dieses Gehänge nicht ohne geheimen Grund dalag.

Auf diese Weise bewaffnet, stürzt er sich in den Kampf; Entsetzen will ihn packen, doch seine erhitzte Phantasie hält ihn aufrecht und bewahrt ihn vor der Schande, das Weite zu suchen; mit vor Angst geschlossenen Augen, um nicht die Hiebe sehen zu müssen, die man gegen ihn führt, haut er nach rechts und links; wie einst Telemach, ruft er nach den Anführern der Truppe. »Mir nach, Feiglinge!« schreit er, »wir haben den hündischen Arast vor der Nase!«

Bei diesen Worten fühlen alle Anführer ich weiß nicht welche Neigung, Briderons Stimme zu gehorchen, sie folgen ihm, sie laufen, wohin er befiehlt; nichts hält dem kleinen Burschen stand, er umzingelt die Truppe der Fanatiker, er schlägt ihnen Arme und Beine ab, und das Blut spritzt ihm bis an die Nase; er wirft Phorion zu Boden, einen großen Spitzbuben, der zu den Fanatikern gestoßen war, um dem Galgen zu entgehen, den er verdiente, weil er beim Karpfenfang seine Frau ins Wasser geworfen hatte.

Sein Schwert durchbohrt den gefräßigen Kleomenes, der, um beim Aufstehen schon trunken zu sein, sich nur ein paarmal zu schütteln brauchte und damit die Weinhefe aufrührte, die er am Tag vorher geschluckt hatte.

Arast zittert vor Wut, als er seine besten Soldaten fallen sieht; seinem eigenen Sohn hat Briderons Schwert die Kinnlade zertrümmert. Bei diesem Anblick steckt Arast seine Haare unter den Hut und versucht, sich dem Nachahmer Telemachs zu nähern; dieser sucht ihn ebenfalls, doch die Hitze des Gemetzels trägt ihn fort, und andere Kämpfer trennen sie ständig wieder.

Inzwischen liegt der Vorteil eindeutig auf seiten der Verbündeten; es scheint, daß der Himmel das abscheuliche Leben von Arast und den Seinen beenden wird; doch die Freude an einem vollkommenen Sieg muß von Briderons Sohn noch teurer erkauft werden, ein zu leichter Erfolg würde seine Seele hochmütig machen. Ein Gewitter zieht auf, der Regen strömt herab, der Donner grollt, die peitschenden Winde jagen die Kämpfer auf ihre jeweilige Seite zurück; man muß sich schließlich trennen, und Brideron selbst, der in dem, was sich ereignet, nur die Übereinstimmung sieht mit dem, was sich zur Zeit des ersten Kampfes der damaligen Verbündeten gegen Adrast ereignet hatte, Brideron, sage ich, ist der erste, der den Kämpfenden seiner Partei zuschreit, sie sollten alles fahren lassen, denn Jupiter sei für einen Aufschub.

Man gehorcht ihm, ohne zu begreifen, was er meint; man hätte die Fanatiker vernichten können, wenn das Gewitter nicht gekommen wäre, das alles verdarb und dem Brideron unbedingt entgehen wollte.

Die Verbündeten dachten also nur noch daran, in ihr Lager zurückzukehren. Der Anblick der Schläge, die die Verwundeten oder Sterbenden je nach den Launen des Zufalls abbekommen hatten, war jammervoll; alle waren sie verstümmelt, dem einen fehlte das Ohr, dem anderen die Backe, diesem die Nase, jenem vier Finger.

Brideron warf einen Blick auf diese Gegenstände des Mitleids und rief: »O verdammte menschliche Narrheit, muß man sich denn gegenseitig die Glieder abschlagen, wenn sie noch etwas taugen? Seht euch den dort an, der keine Zähne mehr hat: wenn der arme Mann noch lebte, könnte er nur noch Brei essen, und in seinem Leben hätte er nie mehr das Vergnügen, einen guten Knochen abzunagen; und der da, der nur noch einen Arm hat, der stirbt. Um so besser für ihn, denn er wäre einarmig, und adieu jede Arbeit, er könnte seine Hausfrau und seine Kinder nicht mehr ernähren. Da seht ihr«, sagte er zu den Anführern, »da seht ihr die Übel, die der Krieg nach sich zieht; es genügt ein Rabenaas wie Adrast, damit hundert Männer, die ihn überhaupt nicht kennen, verstümmelt werden. Das sollte euch lehren, gut miteinander auszukommen; denn schließlich ist es schön, lebendig zu sein, und der Tod kommt früh genug, auch ohne daß man ihn sucht.« Das waren die Betrachtungen, die Brideron anstellte. Doch begnügte er sich nicht damit, über die Greuel der Kämpfe zu seufzen, sondern lief von einem Verwundeten zum andern und ließ ihnen Branntwein austeilen.

Hier soll man wie über Telemach auch über mich ausrufen: seht, wie gut der junge Bursche ist! sagte er bei sich. Der Gedanke beflügelte ihn, das Lob zu verdienen, und er bemühte sich, die Sterbenden und jene, die unter einer gefährlichen Wunde litten, zu trösten.

Unter den Verbündeten gab es zwei lustige Vögel, von denen der eine Maphilus hieß und der andere Gofugus; der erste war als Feldscher bei einem Oberst im Krieg in Ungarn gewesen und kannte ein paar geheime Mittel zum Heilen von Wunden. Der andere war ein halber Zauberer, der behauptete, er wisse ganz wunderbare Dinge.

Er rühmte sich, mit Hilfe ich weiß nicht welcher Flüssigkeit eine vom Mund abgetrennte Lippe wieder mit ihm zu verbinden; auch behauptete er, mit einer anderen Medizin einen Sechzigjährigen so frisch und munter zu machen wie einen jungen Spund von zwanzig. Dieser Gofugus verstand es, gescheit zu schwatzen, und wenn er von den Krankheiten der Menschen redete, sagte er: »Es ist nicht etwa so, daß der eine eine Leber hat oder eine Milz, die verkommener ist als die eines anderen, sondern er trinkt mehr Wein und ißt viermal mehr, als sein Magen vertragen kann: ladet eine Muskete mehr als nötig, und sie platzt; genauso ist es mit dem Körper, er kann sich gegen die Menge Suppe, Braten, Ragouts und Getränke, die man in ihn hineinstopft, nicht behaupten.«

Diese beiden Männer nun waren von Brideron losgeschickt worden, um die verwundeten Soldaten zu holen und sie am Fluchen zu hindern, denn man hörte ständig nur lautes Schreien. »Verflucht«, brüllte der eine, als man ihm einen Scharpiepfropfen in seine Wunde steckte, »wollt ihr mich ausstopfen?«

»Zum Teufel«, rief ein anderer, »ihr schneidet ja das Gute und das Schlechte weg. Du ungeschicktes Hundevieh, ist mein Fleisch vielleicht eine Elle zu lang, daß du es so stutzt?« Brideron gab ihnen zur Antwort: »Sachte, mein Sohn, wenn sich die Raupen an ein Stück Tuch machen, schneidet man die Stelle ab, die sie gefressen haben; tröstet Euch, eine Frau, die gebiert, hat nicht ständig ein Kind im Bauch, und wenn es nicht mehr drin ist, ist sie wieder frisch und munter; also wenn Ihr geheilt seid, leidet Ihr nicht mehr.« »He, Monsieur«, rief einer ihm zu, »laßt mir ein Stück Käse geben!« »Das ist nicht gut für Euch«, entgegnete Brideron und legte vorsichtig seine Hand unter das Kinn des Verwundeten, »der Käse säuert die Wunde; ich hebe Euch ein Stückchen auf, und in ein paar Tagen könnt Ihr es mit Genuß verschlingen; wohlan, Kinder, ich tue, was ich kann, damit Ihr Gutes von mir sagt; laßt es nicht daran fehlen, denn das macht mir Freude.«

»Hölle und Teufel«, bemerkte ein Verwundeter, »so lange ich noch ein Stückchen Zunge habe, mach ich's wie die Frau, die von ihrem Mann ertränkt worden ist, weil sie ihn einen verlausten Filz geschimpft hat; das Wasser stand ihr überm Kopf, da hob sie noch die Arme und tat, als würde sie die Läuse knacken wie ihr Mann. O ja, ich mach's genauso, und wenn ich nicht mehr schwatzen kann, werde ich mit der Zunge wackeln als Zeichen meiner Dankbarkeit.«

Dennoch wollte Brideron deshalb keine Eitelkeit empfinden, denn Telemach hatte bei der gleichen Gelegenheit alles Minerva zugeschrieben, die ihm seine schönen Gefühle eingegeben hatte. Ebenso schob Brideron alles auf seinen Onkel Phokion und sagte bei sich: wenn man ihn auszöge, bis er nackt wie eine Hand wäre, was weiß man, ob man nicht etwas Außergewöhnliches an ihm fände; vielleicht ist er wie Mentor doppelt.

Nestor und Lotek waren erstaunt über Briderons zuvorkommende Pflege der Verwundeten; jedoch noch mehr überraschte sie, mit welcher Aufmerksamkeit er sich um Hidras' Leiche kümmerte, mit dem er sich doch geprügelt hatte. Der Anführer war mit einem Schlag auf den Kopf getötet worden, und während Brideron die Leiche betrachtete, rief er aus: »O du Haufen Aas, du hattest so viel Herz, ach, wenn du doch noch wie ein Kranich auf deinen Beinen stündest, wie viele hübsche Sachen würde ich dir sagen! Aber jetzt liegst du da wie eine Tür ohne Angeln und schweigst wie ein Dummkopf.«

Das waren Briderons Klagen vor Hidras' Leiche. »Er war etwas hitzköpfig«, sagte er, »aber das gibt sich, und wenn wir jung sind, vergeht noch viel Zeit, bis wir alt werden. Rasch«, fügte er hinzu, »die Leiche soll in einem Eimer voll mit Wasser, Majoran und Buschrosen gewaschen werden.«

»Wozu diese Umstände?« fragten die anderen Anführer. »Muß man gesäubert werden, bevor man beerdigt wird?« »Mein Gott«, entgegnete Brideron, »das ist ein Achtungsbeweis gegenüber angesehenen Toten, eine Höflichkeit, die man ihren Überresten entbietet; laßt mich nur machen.«

Nach diesen Worten lief er mit einem Sack durch die Gegend und füllte ihn mit den verschiedensten Blumen und Gräsern; auch die wilde Zichorie war dabei, und vorausgesetzt, es war grün, nahm er alles bis zur Brennessel. Als er zurückkam, war sein Sack voll. »Er hält Hidras für einen Esel«, sagten die anderen, »oder vielleicht glaubt er, man brauche ihn nur ins Grüne zu legen, und er rührt sich wieder.«

Trotz des ganzen Geredes ließ Brideron sich nicht davon abhalten, Hidras an den Beinen zu packen und in eine Wasserpfütze zu tauchen, dann brach er Äste von den Bäumen, schlug Feuer aus seinem Flintenstein und zündete sein Holz an.

Die Anführer beobachteten ihn verblüfft und wußten nicht,

was sie denken sollten. Als die Flammen den Scheiterhaufen erfaßt hatten, zog Brideron Hidras an den Haaren bis zum Feuer; aber Falant, der Bruder des Toten, will ihn aus den Flammen ziehen, die ihm bereits die Nasenspitze verbrennen.

»Zum Teufel«, sagt er zu Brideron, »warum soll mein armer Bruder geröstet werden? Da hört der Achtungsbeweis auf, es gehört sich nicht, den Leuten den Bart zu verbrennen.« Brideron war äußerst gekränkt, daß er nicht nach seinem Willen über Hidras' Leiche verfügen konnte; er bekam einen Wutanfall, und während er seinen *Telemach* aus der Tasche holte, sagte er zu den Anführern: »Hier, ihr Gründlinge, ihr Kaulquappen, ich will den Koloß Hidras ebenso behandeln, wie einst Hippias behandelt worden ist: seht hier die duftenden Kräuter; lest es, lest von den Flammen des Scheiterhaufens, die seinen Körper verzehren, und erzählt mir nicht hinterher, ich redete unsinniges Zeug.«

Nach diesen Worten nahm Nestor das Buch und las tatsächlich die Zeremonie bei Hippias' Tod; dann gab er es Brideron zurück und sagte: »Früher trug man vielleicht Tuch an den Füßen, mein Sohn, aber jetzt trägt man Schuhe aus Leder; man muß den Gebräuchen folgen und Wasser trinken, wenn die Brunnen in Mode sind; ich tadle dich nicht, aber laßt uns eine Grube machen und Hidras hineinwerfen.«

Sofort werden Spaten gebracht und man arbeitet am Grab des Gefallenen. »Wir müssen wenigstens alle zu seinem Begräbnis gehen«, sagt Brideron, »mit trauervollem, gemessenem Schritt und umgedrehten Piken, als wären es leere Krüge; und Hidras' Vater muß Tränen vergießen und so laut er kann rufen: ›Ach, mein armer Hidras!‹«

Es wäre nicht nötig gewesen, dem Vater des Toten, Phecides, Schmerz zu empfehlen, denn der Greis war untröstlich; er hatte sich auf dem Gras ausgestreckt und seufzte bitter.

Sein Sohn wurde begraben; Brideron ordnete den Trauerzug. Als Phecides von weitem sah, wie sein Sohn in die Grube geworfen wurde, rief er: »Ach, mein teures Kind, warum liegst du dort, was für ein Lager, der Boden einer Grube; wenn er wenigstens ordentlich in einem Sarg aus Tannenholz läge, aber einfach in der Erde, nackt wie eine Baumwurzel! Tötet die Würmer, wenn ihr welche seht, ich möchte, daß mein Sohn verfault und nicht aufgefressen wird. Ach, mein Kind, ich werde dich nie mehr in deinem schönen roten Hausrock sehen; wie hübsch er darin aussah, wie ein Armeegeneral. Mein armer Hidras, was ist aus deinen kräftigen Waden geworden? Ach, der arme Junge sagte mir noch gestern, er würde gern ein Stück Schweinefleisch mit Senf essen. Der Mensch denkt, und Gott lenkt, so machen wir es alle, und einen Tag, bevor ich sterbe, komme ich vielleicht auf den Gedanken, nochmals zu heiraten.«

Während der Vater so klagte, wurde auf Hidras' Leiche Erde geschaufelt; man sah noch seine Haare und die Fingerspitzen; man beeilte sich, ihn völlig zu bedecken. Brideron, der jetzt reden mußte, vergaß seine Rolle nicht. Bei der letzten Erde, die auf den Toten geworfen wurde, sprach er mit trauriger Miene:

»Adieu denn, Kamerad; ohne die Post zu nehmen und ohne dich von der Stelle zu rühren, bist du schon sehr weit weg; aber dennoch, höre mich an, wenn du kannst: mögest du dort, wohin du gehst, ohne irgendwelches Unheil ankommen; möge sich deine Seele nach Belieben erfreuen und nicht mehr an ihren armseligen Körper denken; mögest du endlich hingehen in Frieden. Laß mich nur machen; ich werde Anweisungen für deine Grabschrift geben und nicht vergessen, draufschreiben zu lassen, daß du mutig warst.«

Es ist geschafft, die Grube ist gefüllt, und Brideron zieht sich von Seufzern gebläht zurück. Doch erinnert er sich der goldenen Urne, die Telemach mit Hippias' Asche gefüllt und eigenhändig seinem Bruder Falant überbracht hatte, und er ist verzweifelt, daß er diesen Punkt vergessen hat. »Ich gleiche Telemach«, sagt er, »aber wie eine Jungfrau einer andern, die es nicht ist. Ach, teure Urne, warum halte ich dich nicht in meinen Händen? Da fällt mir ein, Hidras' kleine Nasenspitze ist in meinem Freudenfeuer verbrannt; ich weiß die Stelle, wo die Flammen sie ergriffen haben, rasch hin.«

Nach diesen Worten holt Brideron aus seiner Tasche eine Weißblechdose mit Tabak, den er in Papier einwickelt, und füllt sie mit der Asche, die er ungefähr da wegnimmt, wo Hidras' Nase gebrannt hatte. Dann geht er zu Falant und überreicht die Dose statt einer gefüllten Urne: »Hier ist die Asche von der Nase Eures Bruders«, sagt er zu ihm, »ich überreiche sie Euch, damit Ihr sie mit Euern Tränen netzen könnt und Euch seiner erinnert.«

»Gebt sie her«, entgegnete Falant, »ich habe ausgezeichnetes Orvietan, das werde ich in die Dose tun.« Orvietan in einer Urne, das hieß die Würde des Gefäßes entweihen; doch Nestor hatte gesagt, wenn es Lederschuhe gebe, sei die Zeit vorbei, Tuch an den Füßen zu tragen. »Zum Henker«, sagte Brideron, nachdem er seine Urne hergegeben hatte; »mein lieber Falant, Ihr solltet ein bißchen über den Tod Eures Bruders greinen.« »Hu, hu«, machte Falant, »in meinem jetzigen Zustand werde ich mich nie trösten. Ach, mein lieber Hidras, ist es möglich, daß du niemals mehr von dem Pfund Tabak rauchen wirst, das ich dir geschenkt habe? Ach, ich habe noch seine Pfeife; der arme Junge hatte darauf gewartet, daß sie völlig schwarz würde, um sie dann zu Pulver zu mahlen; er behauptete, das führe ab.«

Während Falant so sprach, sagten die beiden Feldscher der Truppe, die ich bereits erwähnt habe, zu ihm: »He, verdammt, hört auf zu heulen, das schadet Euch nur, Ihr bekommt Migräne, und davon werdet Ihr noch fetter.«

»Leider«, entgegnete Falant; »also gut, aus Angst vor der Migräne denke ich nicht mehr daran. Wohlan, Brideron, Ihr seid ein feiner Kerl; wäre ich zu Hause, ich würde Euch zwei Dutzend Ellen Leinwand schenken für Hemden, denn die Euren, scheint mir, taugen nichts mehr. Sollte ich vor Kummer sterben, so verbrennt mir wenigstens nicht die Nasenspitze, wie man es früher gemacht hat.«

Nach diesen Worten fällt Falant wieder in seine Traurigkeit zurück, und Telemach-Brideron bleibt bei ihm, ohne den Mund zu öffnen. Von Zeit zu Zeit stößt Falant einen Seufzer aus, und sein Kamerad ebenfalls.

Doch tröstet man sich über alles, und der Bruder trauerte nicht lange. Die Truppe der Verbündeten hatte seit einem Tag fast nichts gegessen, ihre Versorgung war durch den Regen aufgehalten worden; Brideron fastete, um die andern anzuregen, seinem Beispiel zu folgen; auf diese Weise brachte er die Truppe dazu, geduldig zu sein, und beruhigte die Männer, die sich über die geringe Vorsorge der Anführer erregten.

Die Fanatiker hatten sich im größten Durcheinander zurückgezogen, und man wartete nur noch auf den Beginn eines neuen Kampfes.

DREIZEHNTES BUCH

Nachdem Brideron alle Anstrengungen gemacht hatte, um in der Truppe Disziplin herzustellen, dachte er nur noch daran, einen Plan auszuführen, den er allen Kameraden verheimlicht hatte, nämlich eine kleine Reise in die andere Welt zu machen, oder besser gesagt in die Unterwelt oder die Elysischen Gefilde.

Telemach hatte das ebenso gemacht, und es war eines seiner berühmtesten Abenteuer gewesen; lieber hätte Brideron seine Ohren verloren, als daß er auf das Vergnügen einer solchen Reise verzichtet hätte. Träume, in denen Odysseus seinem Sohn Telemach erschienen war, hatten den jungen Fürsten zu diesem Unternehmen veranlaßt; Brideron träumte ebenfalls ziemlich häufig von seinem Vater; bald glaubte er ihn mit einem staubigen Stab in der Hand zu sehen, wie er einen dreckigen Hut hinhält und um Almosen bittet, bald sah er ihn im Wirtshaus vor einem Schoppen ein Stück kalten Braten essen.

Beim Aufwachen war Brideron niedergeschlagen, oft glaubte er auch, sein Vater liege der Länge lang in einem Sarg.

Er wollte sich wegen seiner Besorgnis Klarheit verschaffen, indem er sich mit eigenen Augen überzeugte, daß sein Vater nicht tot sei. Verdammt, sagte er, da hilft kein langes Zaudern, sehen wir nach, ob der wackere Mann verschieden ist und Mama nichts anderes übrigbleibt, als ihre Hand irgendeinem Verehrer zu geben; doch wäre es sehr schade, wenn er tot ist, wahrhaftig, unsere Gegend würde viel verlieren und ich ebenfalls, denn angeblich haben unsere Felder zu seinen Lebzeiten das Doppelte eingebracht, und das ist wichtig für mich; wenn er mir sein Geheimnis verraten hätte, ginge es ja noch; aber zum Teufel, es ist ein gewaltiger Unterschied, ob man einen Schoppen trinkt oder eine Pinte; und ist mein Vater tot, geben mir unsere Weinberge nur noch einen Schoppen zu jeder

Mahlzeit. Es gilt jetzt nur, den Zugang zur andern Welt zu finden, er heißt . . . Sehen wir in mein Buch: er heißt Acherontia. Machen wir uns also auf die Beine; unterwegs werde ich die Leute fragen, wo dieser Ort ist; sicher gibt es dort eine Höhle, durch die ich mich in die Tiefe der Erde herablassen muß.

Nach diesen Worten machte sich Brideron, ohne etwas zu verraten, unbemerkt auf den Weg. Sooft er jemandem begegnete, sooft fragte er nach dem Dorf oder der Stadt Acherontia. Der Zufall wollte es, daß es in der Gegend tatsächlich einen kleinen Marktflecken mit einem ähnlichen Namen gab, so daß jeder unsern kühnen Reisenden dorthin schickte; doch da es sehr heiß war, schlief er unter einem Baum ein, unter dem er sich ausgestreckt hatte.

Er tat gut daran zu schlafen, denn ohne das wäre er aller Wahrscheinlichkeit nach Gefahr gelaufen, zu seinen Lebzeiten niemals die Unterwelt zu erblicken.

Er lag also unter dem Baum und schnarchte, und da seine Phantasie von den Dingen erhitzt war, die Telemach auf seiner Reise in Plutos Reich gesehen und erlebt hatte, träumte er, er sähe einen tiefen Abgrund, aus dem kleine Feuerfunken aufstiegen; so hat er zumindest die Sache seinem Onkel Phokion erzählt, der ihn bei seiner Rückkehr zu Omeneus sofort gefragt hat, ob er die Reise gemacht habe. Lassen wir ihn selbst reden, als spräche er mit seinem Onkel.

»Also, ich näherte mich diesem Abgrund; das Feuer machte mir Angst, denn ich verbrenne mich nicht gern, obwohl es gute Salben dagegen gibt. Ich war mit zwei Bauern zusammen, die mich bis hierhin begleitet hatten, aber die Feiglinge trauten sich nicht mehr weiter. Ich stellte mich an den Rand des Abgrundes, und plötzlich kam statt des Feuers ein kleiner hübscher Luftzug, wie von einem Fächer, und blies mir in die Ohren; ich ging so kühn hinunter, als liefe ich durch unsern Park. Ich hatte genau wie Telemach mein Schwert in der Faust; es war hell dort wie in unserm Weinkeller und, mein Gott, wenn ich es Euch sagen muß, Onkel, ich habe mir gewünscht, es wäre ein Weinkeller gewesen, dann hätte ich den Zapfen aufgedreht und aus meinem Hut getrunken, denn ich hatte so wenig Courage wie an einem Fastentag.

Inzwischen scheint es mir, ich sehe in weiter Ferne eine Art kleine Lampe, deren Docht wie eine Nadel ist. Ich weiß nicht, wie viele kleine Mücken um mein Gesicht summten, sie machten ein dumpfes Geräusch, bsss, bsss; ich erriet, daß es sicher Schatten waren, die nicht mehr wiegen als eine Fliege; ich verjagte sie mit meinem Hut und meinem Schwert, aber ganz sanft, um sie nicht zu verletzen; als ich etwas weiter gegangen war, sah ich eine Art Sumpf voll mit Binsen, die Trauer trugen, und das Wasser ebenfalls; dieses Wasser floß nicht schneller, als mein Großvater läuft; um diesen Sumpf herum gab es eine Unmenge Heuschrecken und Frösche, die hineinspringen wollten, aber ein garstiger Fährmann trieb sie mit einem großen Stecken zurück, und die armen Viecher, denen das Wasser fehlte, hatten nicht mehr die Kraft zu springen.

Da ich über den Sumpf wollte, sagte ich zu dem Gevatter: ›Bring mich bitte hinüber, mein Freund, du siehst, ich bin kein Frosch.‹ ›Du glaubst also, es wären Frösche und Heuschrecken, was du da siehst‹, entgegnete er mir, ›aber das sind Tote, die im Sterben dieses Aussehen annehmen, um über den Sumpf zu kommen; du mußt wissen, mein Kind, es sind auch Fürsten unter den kleinen Insekten; sie werden alle zu Fröschen, wenn der Tod kommt, das ist ein Gesetz, und du wirst es auch eines Tages.‹

Während er so mit mir sprach, bemerkte ich eine Heuschrecke, die sich besonders abmühte. ›Was zum Teufel hast du, armes kleines Tier? Vielleicht einen Stachel im Leib?‹ ›Leider nein‹, entgegnete sie mir. Kreuzelement, ich fuhr jäh zurück, als ich sie reden hörte, wie wenn ich ihr meinen Mund und meine Zunge geliehen hätte. ›O Wunder‹, rief ich, ›diese Heuschrecke ist eine gute Seele.‹ ›Gut oder schlecht‹, bemerkte der Fährmann, ›alle Toten denken und reden. Frage sie.‹

›Wer seid Ihr denn, Heuschrecke?‹ fragte ich sie. ›Ich bin

eine Frau‹, entgegnete sie, ›ich war siebzig, als ich gestern starb. Vor vier Jahren kam es mir in den Sinn, einen jungen Taugenichts zu heiraten, der mir erzählt hatte, mein Haar sei vom schönsten Blond der Welt; und nachdem ich ihm mein Hab und Gut geschenkt und ihn geheiratet habe, hat er mich sitzenlassen und ist auf und davon nach Spanien, und ich bin, mit Verlaub, gestern im Spital gestorben, an einem Aderlaß.‹

›Verwünscht‹, entgegnete ich, ›im Spital? Haben Euch wenigstens Eure Verwandten dort besucht?‹ ›O nein‹, sagte sie, ›die haben gesagt, sie würden mich nicht kennen.‹ ›Das ist merkwürdig, tatsächlich‹, rief ich. ›Aber Ihr hattet schöne Viertelstunden im Leben?‹ ›Nicht mehr, als wenn ich kaum eine Stunde gelebt hätte‹, erwiderte sie. ›Ich habe zum erstenmal mit zweiundzwanzig Jahren geheiratet; Gott weiß, wie keck ich war; aber mein Mann ließ mich unversorgt, er verspielte alles; ich hatte Verehrer, die mir ein paar Geschenke machten, der eine einen Fächer, der andere eine Uhr oder eine Schürze. Mein Mann ließ mich einsperren, mit Verlaub; Ihr, Monsieur, der Ihr lebt, Ihr könnt Euch denken, was für ein Vergnügen das war; ich bekam sechs Monate lang die Peitsche; danach kehrte seine Liebe zurück; er nahm mich wieder ins Haus; er wurde gichtig, asthmatisch und bekam die Wassersucht; ich mußte ihn also pflegen; eine feine Unterhaltung! Ich alterte wie eine Hagebutte, wurde häßlich und faltig.

Allerdings hinterließ er mir ein Vermögen, man machte mir den Hof; ich trug spanische Kreide auf, das verjüngte mein Gesicht. Aber redet mir nicht davon, was es bedeutet, alt und kokett zu sein. Ich wurde gerupft wie ein Huhn. Dann verliebte ich mich in meinen letzten Mann und schenkte ihm alles; er nahm auch alles, nur mich nicht. Er trug es fort, und seitdem habe ich ihn nicht mehr gesehen.‹

Sie schwieg, und ich war von dem Ärger der Frau gerührt. Sie war noch nicht an der Reihe, um über den Sumpf zu gelangen, denn die Frösche und Heuschrecken überquerten ihn einer nach dem anderen.

Neben ihr war eine andere Heuschrecke, die erklärte, sie sei die Nachbarin von jener gewesen, die mit mir gesprochen hatte. ›He, du alte Larve‹, sagte sie zu dieser, ›du hast mir böse mitgespielt wegen des jungen Mützenmachers, den ich geliebt habe; erinnerst du dich an die vielen Schimpfworte, die du mir einmal an den Kopf geschmissen hast, weil der junge Bursche, als mein Mann auf einer Messe war, seine Freunde zum Nachtessen bei mir mitgebracht hatte und Euch das am Schlafen hinderte? ›Ihr seid ein liederliches Weib‹, hast du geschrien, ›am besten, man sagt Euerm Mann Bescheid!‹ Als ob du alte Vettel Grund gehabt hättest, mich zu beschimpfen, wo du mit vierundsechzig Jahren auf die Idee kommst, deine alte Haut in neuen Taft zu stecken, um sie zu streicheln. Husch, altes Aas, versteck dich!‹ ›Quakt ihm nur alle die Ohren voll‹, brummte Charon vor sich hin.

Inzwischen war ich mitten auf dem Sumpf. ›Du meine Güte‹, sagte ich zu dem alten Fährmann, ›Ihr solltet, wenn Ihr beim Rudern etwas sehen wollt, eine Kerze an Euern Hut stecken. Wenn ich meinen hier fallen ließe, bekäme ich ihn gewiß nie wieder in die Hand.‹

Wir gelangten schließlich zu einer kleinen, niedrigen Tür, die man durchqueren mußte, nachdem man das Boot verlassen hatte. ›Geh jetzt weiter‹, sagte mein Fährmann zu mir, ›du mußt ein Glückspilz sein, daß du hier lebendig herumlaufen darfst.‹

Ich hatte nicht viel mit ihm geredet, denn sein Gesicht gefiel mir ganz und gar nicht; ich ging voran, abwärts. Ein Toter packte mich an der Nase, ein anderer setzte sich rittlings drauf; einer knöpfte meinen Rock auf, ein anderer hielt mich am Ärmel fest. ›Elende Hunde‹, rief ich, ›laßt mich gefälligst in Ruhe, ihr seid tot und zappelt mehr herum als ich, der ich Arme und Beine habe!‹ Ich hörte Kettengerassel und allen möglichen Lärm hinter mir. Endlich gelangte ich in einen Saal, der so groß war wie eine Wiese und mit schwarzem Stoff ausgeschlagen; die Tische waren mit Leichentüchern bedeckt. Monsieur Pluto hatte gerade gegessen, denn ich sah häßliche, angesengte Gestalten, die Schüsseln zum Büffet zurücktrugen; er hatte das gekochte Ohr eines Totenkopfes vertilgt und die Füßchen von ein paar Säuglingen; ich sah Koteletten von ein paar Gehenkten, die man ihm ebenfalls serviert hatte.

Zunächst wagte ich nicht, in den Saal zu treten, denn der Meister machte mir ganz offen gestanden Angst, es war ein wahrer Teufel. Er saß in einem Sessel aus Gerippen und schnarchte. Jetzt bemerkte er mich. ›Bei meiner Unterwelt‹, schrie er, ›ich habe dich erwartet. Aber ich hatte gedacht, du würdest mir zufallen bei deinem Besuch, weil du unterwegs vor Entsetzen krepieren würdest. Ich kenne dich, du bist der Sohn von Hauptmann Brideron. Uff, ich weiß nicht, ob er mir gehört, vielleicht ist er vorbeigekommen, als ich geschlafen habe. Öffnet ihm die Türe dort, da wird er sehen, ob sein Vater unter den schlechten Offizieren ist, den Feiglingen, den Fluchern und all den andern; dann kann er über die Wiese gehen, auf der die tüchtigen Offiziere sind.‹

Augenblicklich öffnete sich die Tür, von der er gesprochen hatte. Ich berührte den Boden überhaupt nicht, ich hatte das Gefühl, ein Papierdrache zu sein. Pluto hatte mir mit dem Gefurze seiner Worte das Hirn verstänkert, sie rochen nach Moder und Pechharz. Als ich genügend herumgelaufen war, kam ich an einen Ort, wo ich ein höllisches Durcheinander sah, es war eine Schlächterei; die Teufel waren die Schlächter, und die Toten wurden noch einmal getötet, genau wie die Ochsen und Schafe.

Ich sah eine Frau, die war an der Kehle an einem Haken aufgehängt, das hinderte sie am Reden; man ließ die Unglückliche dort hängen, ohne sie zu zerlegen, weil sie dermaßen schwatzhaft in ihrem Leben gewesen war, daß sie nicht strenger bestraft werden konnte, als daß man sie im Jenseits am Reden hinderte: sie öffnete den Mund und streckte die Zunge heraus, um ein paar Worte zu versuchen, aber sobald sie sprach, drang der Haken tiefer ein und ließ sie jäh verstummen.

Ich sah einen Mann, der in so viele Stücke zerteilt wurde, wie er im Leben Geliebte hatte; man ließ ihm nur die Augen, damit er den Jammer empfand, sich in tausend Stücken zu sehen. Ich bemerkte auch einen Schmeichler, den man toll machte, indem man ihn an den Fußsohlen kratzte. Außerdem einen Burschen, der der Undankbare genannt wurde. Zu seinen Lebzeiten hatte ihm ein Freund eine Unterpacht verschafft; der Freund war arm geworden, und unser Unterpächter hatte es abgelehnt, ihm fünfzig Francs zu leihen, die er dringend brauchte. Kurz darauf mußte der Undankbare ein halbes Dutzend Hofhunde verjagen, die einen Mann zerreißen wollten; trotz des Dienstes, den der Undankbare ihm geleistet hatte, bewarf der Mann ihn kräftig mit Steinen. ›Ha, du Mörder dessen, der dein Leben verteidigt‹, rief der Undankbare ihm zu, ›du schlägst mir den Schädel ein, und ich verhindere, daß du zerfleischt wirst!‹ ›Dich hätte der Hunger gefressen, wenn dein Freund dich nicht zum Unterpächter gemacht hätte‹, entgegnete ihm der andere, ›und trotzdem wolltest du ihm nicht helfen.‹ Ich habe vergessen zu erzählen, daß am Tor zu diesem schönen Ort drei Tote standen, die zu ihren Lebzeiten Schultheiße gewesen waren; sie hatten jedem so gut Recht gesprochen, daß man sie an dieses Tor gestellt hatte, um das Totenleben der Verstorbenen zu prüfen, die zur Folter geführt wurden; und nachdem die drei Männer festgestellt hatten, was die Toten zu leiden verdienten, stellten sie einen Schein aus zum Hängen oder Schinden, zum Verbrennen oder Zerstückeln oder zu anderen Foltern, je nachdem wie schrecklich der Fall der Toten war.

Die Verstorbenen steckten sich diesen Schein in den Mund und mußten ihn zu den hier anwesenden Teufeln bringen, die sofort mit ihnen das machten, was sie verdienten.

Man führte einen Philosophen vor die drei Richter, der angeklagt war, nicht an Gott geglaubt zu haben; die drei

Richter prüften ihn, er erzählte ihnen närrisches Zeug und sagte, wenn er seine Bücher bei sich hätte, würden sie sehen, daß er mit seinem Unglauben recht gehabt hätte.

›Hast du gewußt, daß du hierherkommen würdest?‹ fragte ihn ein Richter namens Minos. ›Nein, Monsieur‹, entgegnete ihm der Philosoph. ›Oho‹, sagte der Richter, ›du siehst selbst, daß wir deine Bücher nicht brauchen, um dir zu beweisen, daß du ein Esel warst, denn die Autoren deiner Bücher wußten nicht mehr als du, und sie haben unrecht, dir etwas beizubringen, was sie selbst nicht wissen; ich sehe in deinem Herzen, daß du hochmütig warst, daß du geglaubt hast, du hättest mehr Geist als alle andern Menschen der Welt. Eine schöne Philosophie, die dazu verleitet, seine Mitmenschen zu verachten! Ab, du wirst dein Teil bekommen.‹ Nach diesen Worten wurde ihm sein Schein zwischen die Zähne gesteckt. Ich war so neugierig nachzusehen, was mit ihm geschah: er wurde an einen Pfeiler gebunden, und vor seine Augen bekam er einen großen Spiegel, in dem er sich so klein wie eine Milbe sah, wenn er hineinblickte, und außerdem erkannte, daß das seine wahre Gestalt auf der Erde war; er wandte seine Augen ab, um etwas anderes zu sehen, aber der Spiegel folgte ihm, und stets hatte er die Milbe im Blick.

Alle Wetter, ich kann Euch gar nicht sagen, wie viele Steuereinnehmer, Gelderpresser und Wucherer da ankamen, während ich dort war, eine schreckliche Menge. Die Wucherer wurden verdammt, in einem Kessel zu sieden, der ganz voll war von dem Gold und Silber, das sie gestohlen hatten, und das jetzt geschmolzen war; die Steuereinnehmer wurden gezwungen, zu jeder Mahlzeit eine Portion Kot zu essen und Blut zu trinken, um sie für ihre Härte und Gerissenheit zu bestrafen. Eine Furie, denn offensichtlich war die Teufelin eine, warf ihnen die schlimmsten Schimpfwörter an den Kopf, während sie ihnen das Blut in die Kehle goß. ›Ihr Lumpenkerle‹, schrie sie, ›ihr habt so gute Mahlzeiten gehalten, habt Ammern gegessen, Schnepfen, Fasane und andere Leckerbissen, die ihr mit

Champagner begossen habt, und jetzt lebt ihr, wie die Unglücklichen lebten, denen ihr das Geld gestohlen habt. Jeder kommt einmal dran; jetzt haben die das gute Essen.‹

›Ach‹, sagte einer von ihnen, ›mein Koch wollte mir gerade ein Ragout für hundert Francs machen, als ich starb. Krach, kam ein Schlagfluß, und jetzt bin ich hier ohne Ragout.‹

Hölle und Teufel, sagte ich da bei mir, von jetzt an passe ich gut auf, was ich esse; der Kot stinkt zu sehr, das könnte ich nicht ertragen; aber guter Käse, gutes Ochsenfleisch, das darf man essen, das ist kein Verbrechen; statt Blut trinke ich einen guten, kräftigen Landwein, da ist nur der Geschmack anders, und so werde ich hier eines Tages so gute Mahlzeiten halten, wie die Lumpen, die dort oben gut gelebt haben, jetzt schlechte halten.

Ich entdeckte auch, obwohl ich so viele Dinge entdeckte, daß ich fast nichts entdeckte, ich entdeckte also Könige, die auf einem Thron aus Stalldung saßen; andere hockten auf einem Thron aus Spielkarten und hatten statt Szeptern Holzschuhe in der Hand; damit sollte ihnen klargemacht werden, daß sie zwar über die andern Menschen erhoben worden waren, doch daß sie trotzdem die Leute in Holzschuhen, ich meine die kleinen Leute, hätten milde behandeln, sie anhören, ihnen Gutes tun müssen und sie auch hätten erkennen müssen, daß der Unterschied zwischen einem König und einem Holzschuhmacher nur in dem Platz besteht, den ihr Körper in dieser Welt einnimmt.

Ich ging von diesem Ort zu einem andern und gelangte endlich zu den schlechten Offizieren: man sah einige, die in der Schlacht feige und im Lager große Angeber gewesen waren und nun atemlos vor einem halben Dutzend Teufel flohen, die sie mit Tritten und der Pistole in der Hand verfolgten; das war ihre Folter. ›Paßt auf‹, schrien sie, ›ich bin schon tot.‹ Das schöne Getümmel ging ohne Unterlaß, und sie konnten keine Sekunde zu Atem kommen.

Man sah auch einige, die immer geflucht und gelästert hatten und nun von großen Mühlsteinen und Weinpressen zerquetscht wurden, dabei spien sie alles aus, was sie im Körper hatten.

Eine Unmenge anderer Foltern machte mich blind. Ich suchte überall meinen Vater, denn wie Ihr ja wißt, Onkel, flucht der wackere Mann gern, und es war gut möglich, daß er, wenn er tot war, unter so einer Weinpresse oder einem Mühlstein lag. Ich fragte alle Gefolterten nach ihm: ›Habt ihr nicht einen gewissen Hauptmann Brideron unter euch?‹ Niemand kannte ihn: ›Er ist offensichtlich noch nicht gekommen‹, antworteten sie mir, ›und wir raten ihm auch nicht dazu, denn hier ist es so heiß wie in einer Schwitzkammer.‹

Nun ja, ich verließ also diesen häßlichen Ort; ich hatte den Eindruck, mein Herz wäre mit Lebenswasser erfrischt worden. Ich tue gut daran, wie Telemach zu leben, sagte ich mir, denn eine solche Behandlung gefiele mir nicht, wenn ich sie nach meinem Tod erdulden müßte, lieber würde ich mit dem Kopf gegen die Wand rennen; jedenfalls werde ich eine Prise Arsen in die Hand nehmen, bevor ich sterbe, damit ich, falls es den Schultheißen einfällt, mich schinden zu lassen, raschen Prozeß mit mir machen kann.

Nachdem ich mich von den Schlächtereien, den Kerkern und all den andern schönen Orten entfernt hatte, befand ich mich auf einem kleinen, von Weißdornhecken eingesäumten Weg; Nachtigallen sangen, und kein Orgelspieler hätte so viel Vergnügen bereiten können; aber welch ein Wunder, lieber Onkel! diese kleinen Nachtigallen verwandelten sich plötzlich in Menschen und wurden dann zu Distelfinken, Hausspatzen, kurz zu allem, was sie wollten; ich sah Täuberiche auf den Zweigen, die Turteltauben hinterherflatterten.

›Oho‹, rief ich, ›das hier ist also eine andere Sache; ihr lieben Vögelchen und Tauben, habt ihr nicht einen Kameraden unter euch, der Brideron heißt?‹ Sie zwitscherten mir zu, ich solle weitergehen, dann fände ich vielleicht, was ich suchte. Ich gehorchte und trottete dreißig oder vierzig große Schritte weiter auf dem schönsten Rasen der Welt.

Ich sah Menschen, die auf dem Gras ausgestreckt schliefen und neben sich eine Pfeife hatten, ein Kristallglas und eine Flasche mit Mandelschnaps; ich weiß das, weil ich so neugierig war und gekostet habe, während sie schliefen; verdammt war der gut, er heilte mich auf der Stelle von dem Bauchgrimmen, das ich hatte. Als ich ein bißchen weitergegangen war, sah ich Felder, die sich selbst pflügten und einsäten; die Erde drehte sich, sank wieder ein, und die Körner fielen in der richtigen Menge. Ach, Onkel, wenn ich zu Hause solche Äcker hätte, dann weg mit den verfressenen Knechten, und so viel Lohn gespart! Am schönsten war, daß das Getreide auf einen Schlag wuchs, ich sah, wie es emporschoß und gelb wurde. Daneben standen kleine Häuschen und Hütten, die aus Farnglas waren, so daß man durch sie hindurchsehen konnte.

In jedem Häuschen sah ich ein halbes Dutzend Dickwänste, die Schlagsahne schleckten und Wein aus einer lebhaft sprudelnden Quelle tranken; ihre versoffenen Gesichter waren glatt, ohne Pickel und Pusteln.

Ein Stückchen weiter waren Frauen in einer Hütte, die ein paar Männern trotz deren Bitten nicht öffnen wollten; sie lachten wie die Verrückten; aber die Verehrer kletterten wie Eichhörnchen zum Fenster hinauf; andere stiegen aufs Dach und krochen durch die Luken. Offensichtlich gibt es keinen Aufpasser hier, sagte ich mir, und man hat Gewissensfreiheit.

Noch etwas weiter entdeckte ich an einem großen Haus eine Aufschrift, auf der stand: *Ruhesitz der redlichen Offiziere nach ihrem Tod.*

›Oho!‹ rief ich, ›ich behaupte, daß mein Vater ein redlicher Offizier war, also muß er hier sein.‹

Ohne weitere Umstände ging ich hinein: viele verstümmelte und einarmige Männer trieben hier mit ihren Krücken und Armstümpfen ihre Scherze und warfen sich gegenseitig über den Haufen. Ich bemerkte, daß es in dem Haus nach Tabak roch, die einen rauchten ihn, die andern zerrieben ihn fürs Schnupfen.

›He, Messieurs!‹ rief ich, ›sagt mir bitte, ob mein Vater Brideron hier wohnt, oder nennt mir seine Herberge; hat er vielleicht eine eigene Hütte, oder führt er mit euch zusammen den Haushalt?‹ Die Dummköpfe lachten mir ins Gesicht und sagten: ›Willst du ihn zu einer Belagerung abholen? Na, liebes Kind, ob die Städte erobert werden oder sich behaupten, das ist nicht mehr unsere Sorge; aber erzähl uns trotzdem vom Jenseits.‹ ›Alle Wetter‹, entgegnete ich ihnen, ›ich dachte, ihr wäret dort.‹ ›Wir sind im Diesseits‹, sagten sie. Kurzum, ich konnte ihnen nicht klarmachen, wo sie waren, und ich wunderte mich auch nicht darüber, denn sie hatten ja den Geist aufgegeben.

Während wir miteinander redeten, kam einer angehumpelt und sagte: ›Du suchst den Brideron; war der nicht Tischler?‹ ›Potztausend‹, rief ich, ›wenn ich jetzt einen Hobel hätte, würde ich dir die Nase damit glätten. Mein Vater ein Tischler, wo er ein Schloß hat!‹ ›Na, na, werd nicht gleich wütend, mein Sohn‹, entgegnete er, ›ich versichere dir, in dem Wald dort, den du von hier aus siehst, gibt es einen Tischler, der Brideron hieß, er war aus . . . aber er ist schon vor über hundert Jahren gestorben.‹ ›Oho‹, bemerkte ich, ›schließlich stamme ich nicht aus der Rippe vom Heiligen Louis; ich will nachsehen, ob es nicht ein Verwandter von mir ist.‹

Ich ging zu dem Wald; dort waren lauter Tischler oder Zimmerleute. ›Guten Tag‹, sagte ein Greis, der eine Tabaksdose drechselte, ›sei willkommen; ich bin dein Urahne Brideron.‹ ›Ihr seid mein Urahne?‹ fragte ich. ›Ja, mein Sohn, ärgert dich das etwa? Ich war es, der das ganze Vermögen der Familie verdient hat. Hier, ich schenke dir diese Tabaksdose und diese Gabel; das Holz, aus dem sie beide gemacht sind, fault niemals. Du suchst deinen Vater Brideron im Bereich der Offiziere, nicht wahr? aber der ist noch so lebendig wie ein Fisch im Wasser; und ich sage dir voraus, daß du an Altersschwäche sterben wirst, denn Pluto hat mir die Gabe der Weissagung verliehen, weil ich ihm einen schönen Schrank angefertigt habe. Gib gut darauf acht, daß du ein anständiges Leben führst; das Leben ist so kurz, mein Sohn, daß man kaum das Licht der Welt erblickt hat, da muß man schon wieder die Augen schließen; halte dich also gut. Ihr jungen Leute, ihr fühlt das Blut in euern Adern pulsen; alle Wetter, ihr stürmt drauflos wie die Schubkarren; ein Rad bricht ab, und schon steht der Karren. Du siehst mich hier an diesem Ort, weil ich mein Handwerk ordentlich gemacht habe; zunächst habe ich meinen Lebensunterhalt damit verdient, daß ich Truhen getischlert habe, dann habe ich Türen gemacht, die Rahmen für Betten und alles mögliche andere, das Geld kam; ich nahm einen Gesellen; das Geld kam noch reichlicher; ich nahm zwei; in der Gegend gab es keinen Zapfen, der nicht von meiner Hand gemacht war; Teufel, ich verdiente mehr als zehn erstklassige Schuhputzer. Einer meiner Zunftgenossen wurde gehängt, ich kaufte seinen Besitz. Schließlich war ich reich, ich starb in Frieden in schönen weißen Bettüchern, und ein Topf Sülze stand auf meinem Tisch. Gibt acht aufs Fieber, mein Sohn, die ganze Familie ist dran gestorben!‹

Während er so mit mir sprach, ließ ich meine Augen nach allen Seiten wandern und sah einen Bau von mehr als tausend Ellen, der einen ganzen Bezirk bedeckte. ›Was ist denn das?‹ fragte ich meinen Urahnen. ›Das ist der Thron der Könige‹, antwortete er mir. ›Und der kleine Weinberg mit den Veilchen, auf dem die vielen Männer herumhüpfen, wer wohnt da?‹ ›Das sind die guten Richter, mein Kind‹, entgegnete er. ›Siehst du dort etwas entfernt einen Mann in dem Gehölz? Das ist jener, dessen Sekretär dich zum Ausheben der Gräben geschickt hat. Er ist nachdenklich, weil er sich ärgert, daß er sich von dem Elenden hat täuschen lassen; es läßt ihm immer noch keine rechte Ruhe, er kann sich nicht wie die andern freuen. Sprich ihn nicht an, mein Sohn, denn du bist der Anlaß seines Kummers.‹

›Der arme Mann‹, entgegnete ich, ›Gott möge sich seiner Seele erbarmen.‹ ›Außerdem‹, fuhr mein Urahn fort, ›hat er dem Champagner zu reichlich gehuldigt, und statt der geistigen Getränke, die wir hier alle trinken, bekommt er nur ein bißchen Limonade zur Erfrischung.

Siehst du auch ein Stück weiter den alten Mann, der sich am Kopf kratzt und ein Bildnis betrachtet, das er in der Hand hält? Er hatte im hohen Alter einen Backfisch von achtzehn Jahren geheiratet und war in seiner Hochzeitsnacht gestorben. Diese Narrheit hat ihm hier geschadet, er ist zwar glücklich, aber nicht sehr, denn wie du erkennst, hat man ihm das Bildnis seiner schmucken jungen Frau gegeben, nach der er oft noch schmachtet.

Der neben ihm ist ein eifersüchtiger Ehemann, der mit seinem Mißtrauen seine Frau dermaßen gequält hat, daß sie vor Ärger gestorben ist; zur Strafe ist er auch hier noch eifersüchtig; du siehst, wie er grübelt, ihn quälen die süßen Worte, die die Verstorbene an ihre Verehrer gerichtet hat. Und siehst du den Mann ein wenig weiter unten? Der hat das Pulver erfunden. Als Todkranker hat er das Geheimnis seinen Kindern anvertraut; die haben sich zunächst damit begnügt, zur Verblüffung aller Raketen und Knallfrösche zu machen; man verstand es, sie zu überreden, und erfuhr schließlich ihr ganzes Geheimnis.

Ihr armer Vater starb aber nicht an seiner Krankheit, sondern lebte noch ein halbes Jahr, dann lief ihm die Galle über, und er erstickte, denn er sah, daß man Gewehre machte, Pistolen, und daß man mit Hilfe seines Pulvers Menschen aus hundert Schritt Entfernung tötete; täglich hörte er nur davon reden, wie man jemandem Blei in den Hintern gejagt hätte. O mein Gott, rief er aus, als er seinen Geist aufgab, vergib mir alle auf Grund meiner Erfindung aus den Fugen gegangenen Kinnbacken, alle zerfetzten Hinterteile, alle zerschossenen Schenkel.

Der wackere Mann ist immer noch über all das bekümmert; du siehst eine kleine Träne auf seiner Backe, die alle vierundzwanzig Stunden herunterfällt; sie bildet sich innerhalb von zwei Stunden; das stört ein wenig sein Glück; aber schließlich ist das alles in allem noch besser für ihn, als wenn er wie so viele andere in kleine Stücke zerhackt worden wäre.

Bei diesem Gespräch über den Erfinder des Pulvers wurde Brideron von einem Stoß geweckt, den er gegen die Nase bekam, und zwar vom Kopf seines Pferdes, das neben ihm graste. »Wie, zum Teufel!« rief er, als er sich mit dem Schwert in der Hand sah, denn ich habe vergessen zu erzählen, daß er während seines Traumes tatsächlich sein Schwert aus der Scheide gezogen hatte; »wie!«, rief er also, »sollte ich die ganze Teufelei nur geträumt haben, die ich eben sah? Nein, das ist unmöglich; aber offensichtlich hat mich irgend etwas hierher getragen, damit ich leichter zu unserer Armee zurückkomme.«

Diese Vorstellung erschien im völlig richtig; aber er konnte sich nicht erinnern, ob sein Urahne ihm etwas über seinen Vater gesagt hatte. Ich bin doch ein großer Esel, sagte er sich. Nun war ich am Wohnsitz des Teufels und weiß nicht einmal, ob mein Vater auch dort ist. Wenn es nicht so spät wäre, ginge ich noch mal zurück; aber gleichviel, falls er nicht tot ist, stirbt er noch, das ist immer das gleiche, und ich sehe ihn deshalb nicht früher und nicht später.

VIERZEHNTES BUCH

Brideron kehrte also in das kleine Lager der Truppe zurück.

Die Edelleute versammelten sich und berieten darüber, was sie in einer Sache tun sollten, die sie gerade erfahren hatten. Ein Bauer von der Partei der Fanatiker und gleichzeitig Knecht bei einem ihrer Anführer, hatte sich in die Arme der Verbündeten geworfen und ihnen entdeckt, daß die Frau von Arast sich eine Viertelmeile entfernt in einem kleinen Haus aufhielt, das nur von ein paar Soldaten bewacht wurde. »Sein ganzes Geld ist ebenfalls dort«, sagte er zu ihnen, »und ich weiß aus guter Quelle, daß im Keller des Hauses mehr als zweihundert Flaschen vom besten Wein liegen, die er bei einem Edelmann gestohlen hat, als er und seine Leute das Schloß geplündert haben; ihr findet dort auch eine große Menge Speck, kurzum, es ist ein guter Fang.« Auf diese Mitteilung hin waren die Anführer der Meinung, man solle stracks zu dem Haus marschieren, die Wache überrumpeln, die Frau von Arast aufspießen und Weinflaschen und Speck unter sich teilen.

Brideron, der seinem Vorbild genau folgen und nicht im kleinsten Punkt von ihm abweichen wollte, sagte zu ihnen:

»He, zum Teufel, Messieurs, lassen wir doch das Weibsstück, wo es ist, und die Flaschen und das Schwein dazu; ihr wollt die Frau aufspießen: was für eine schöne Sache, eine aufgespießte Frau! Ihr wollt euch an ihrem Wein berauschen, ist das gut? Sagt einmal, ihr Gottesleute, warum rennen wir hinter dem Wolf her? Weil er schlecht ist und den Christen Böses tut; man muß also versuchen, ihn auf gute Weise zu erschlagen und darf nicht das gleiche Spiel spielen wie er; wenn er plündert, wollt ihr auch plündern? Wenn er Frauen aufspießt, wollt ihr sie spicken? Doch gewiß nicht; wenn ihr als Bratkoch oder Zecher arbeiten wollt, dann bratet eine gute Poularde und leert zehn Flaschen Wein im Wirtshaus, ohne die

Bosheit eines Galgenstricks nachzuahmen, den wir aus der Welt schaffen wollen; das würde unsere Gemeinschaft verderben.«

»Hol's der Teufel, was für ein komischer Kauz«, erwiderten die Anführer. »Ein Unternehmen, das uns Wein und Speck liefert, soll unsere Gemeinschaft verderben? He, Ihr schlaft wohl, paßt auf, daß Ihr nicht ins Bett pißt.«

»Das wäre nicht das erste Mal«, bemerkte Brideron, »aber gleichviel, es trocknet, sobald man aufgestanden ist. Ich behaupte also, es wird uns verderben; ich weiß so gut wie ihr, daß wir wie die Löcher saufen, daß wir Schweinebraten essen und Omeletts mit Speck; bald sind wir vom vielen Fressen so rund wie der Vollmond; aber in dem Maße, in dem unser Körper zunimmt, nimmt unser guter Ruf ab; bald wird es heißen: wie! die guten Seelen, die ins Feld ziehen, um den Teufel zu vertreiben, die sind genauso heimtückisch wie er selber? das sind ja rechte Halunken! Ist das ehrenvoll für euch? Nestor, der Ihr hier der weiseste seid, wenn Eure Frau Euch zum Hahnrei gemacht hat, glaubt Ihr, wegen dieser Lappalie sei es Euch erlaubt, ihr mit gleicher Münze heimzuzahlen? Nein, zum Teufel, das gehört sich nicht, und sicher seid Ihr es geworden, ohne daß Ihr Euch überhaupt gerührt habt. Ich habe gesprochen; ich bin zwar nur ein Schwätzer, aber ich bringe mich zu Gehör.«

Nach dieser würdevollen Rede glaubte Brideron, die Anwesenden überzeugt zu haben. Nestor entgegnete ihm: »Hör zu, junger Brideron, wenn es Leute gibt, die man für Hahnreis halten muß, so jedenfalls nicht mich; aber du redest wie ein Buch; soll also Pacolet die Flaschen holen, die Frau und Arasts Speckseiten dazu, wir werden sie so unberührt lassen wie den Mond.« Aber bald erhob sich eine andere Frage unter den Anführern.

Der Galgenvogel Arast hatte den Bauern, der die Lebensmittel zu den Verbündeten brachte, dafür gewonnen, die Hauptanführer zu vergiften, besonders aber Brideron, der beim letzten Kampf allein der Grund dafür war, daß Arast nicht gesiegt hatte.

Dieser Bauer sollte also Gift in ein paar Flaschen tun und sie Nestor, Lotek, Falant und Brideron zum Geschenk machen. Der Neffe des Bauern, ebenfalls in Arasts Diensten, kam am Abend, angeblich um die Esel seines Onkels nach Hause zu holen, in Wirklichkeit aber, um zu erfahren, wann man sich im Lager zu Tisch setzen würde, damit Arast am Ende der Mahlzeit über die Truppe herfallen und sie zerstückeln könnte.

Ich weiß nicht, aus welcher Eingebung heraus man dem jungen Mann mißtraute, jedenfalls wurde er gefangengenommen; und als man drohte, ihm einen Pistolenschuß in den Kopf zu verpassen, falls er nicht seine wahre Absicht gestehen würde, gestand er tatsächlich, daß er gekommen sei, um zu erfahren, wann man zu Abend essen wolle, weil Arast dann seinen Angriff plane.

Der junge Mann hieß Arion. Lotek war dafür, daß man seinen Onkel ergreifen solle. Man tat es; aber das war nicht alles; der wackere Nestor sagte, man solle ihn und seinen Neffen Spießruten laufen lassen.

»Oho!« sagte Brideron, »was Arion angeht, so könnt ihr dem wie einem Hasen das Fell abziehen; aber bei seinem Onkel, da setzt eure Brille auf und seht genau hin.

Ihr wißt nicht, ob dieser Bauernkerl mit Arast unter einer Decke steckt, und wollt ihn doch stäupen; man brauchte nur euch zu nehmen und sofort zu stäupen, das wäre das gleiche; zum Henker, sollte man die menschliche Haut nicht ein bißchen schonen, oder betrachtet ihr sie als eine Eselshaut? Da ist ein verdammter Unterschied. Aber laßt mich machen; nachdem man den Apfel gegessen hat, findet man die Kerne, ich will alles aufdecken. Komm her, alter Sünder«, sagte er zu dem Bauern. »Hast du deine Finger in die Soße getunkt? Steckst du mit deinem Neffen unter einer Decke und willst uns vergiften?« »So wenig, wie ich Weinbergschnecken vergiften will«, antwortete der Bauer. »Dein Neffe hat aber gesagt, daß er deshalb hergekommen sei.« »Mein Neffe ist ein Henkerswerk«, entgegnete der Bauer, »aber ich, ich begreife von alledem nichts, so wenig wie vom Griechischen.«

»Also soll man zuerst den Neffen stäupen«, sagte Brideron. Nach diesem Befehl wird der Neffe den Soldaten übergeben, die ihm das Hemd herunterziehen, und schon wird er ausgepeitscht. Die Schmerzen sind ihm zu stark. »Reibt mich mit Butter ein«, schreit er, »und ich sage alles.«

Bei diesen Worten hört das Peitschen auf. Der Neffe wendet sich an seinen Onkel und sagt: »Zum Teufel mit Euch, Onkel, und Euerm harten Schädel; ich hab' Euch gleich gesagt, das Ganze taugt nichts und ich lasse meine Haut dabei; wenn es Gott gefällt, verliert Ihr auch ein bißchen von Eurer.« Der Onkel errötete bei diesen Worten und sagte: »Schnell, prügelt mich, ich hab's verdient.« Er bekam die Strafe, zu der er sich selbst verurteilt hatte, und wurde dann im Lager unter Aufsicht gehalten.

Kurz darauf kam ein schwächlicher, hinkender, aber gerissener Fanatiker zu den Verbündeten und bot ihnen an, für zehn Taler Arast, in dessen Nähe er schlief, in der Nacht zu erdrosseln.

»Kreuzelement«, riefen die Edelleute, »das ist genau, was wir brauchen.« »Sachte«, bemerkte Brideron, »es ist nicht gesagt, daß der junge Brideron eurer Meinung ist; ich will niemanden erdrosseln lassen, und wäre es die Katze unseres Feindes. Wißt ihr, was es hier zu tun gibt? Wir müssen den Galgenstrick zu unserm Fanatiker zurückschicken und ihm schreiben, wir hätten es in der Hand gehabt, daß ihm die Zunge einen Fuß lang aus dem Maul hinge. Doch wir wären zu redliche Leute, um mit einem solchen Tod einverstanden zu sein, und wir wollten ihn selbst erdrosseln. Oh, das ist eine große Tat, und eines Tages wird sie in die Geschichte eingehen; glaubt mir, wir wollen uns wie ein Leiterwagen verhalten, der immer nur geradeaus rollt, und aufrecht gehen ohne Krücken.«

Man nahm Briderons Rat an und Dioskurus, so hieß der Elende, wurde zu Arast geschickt.

Inzwischen geriet Brideron völlig außer sich; er küßte vor Freude sein Buch: »Der Drucker, der Binder und das Papier dieses Buches seien gepriesen«, rief er, »ich sehe mein Leben darin wie einen Fisch im Wasser, ich werde an einer Schnur geleitet.« Arast nahm die Großmut der Verbündeten mit Unwillen auf. »Zum Teufel«, rief er, »lieber hätte ich zehn Courtbouillons aus meinem eigenen Blut gemacht, als daß ich die Unversehrtheit meiner Kehle diesen Feinden verdanke. Aber hol's der Geier, wenn sie großmütig sind, bin ich tapfer, und ich werde sie zur Ader lassen, um sie zu lehren, mir nicht wieder mit Großmut zu kommen.«

Der Tag des Kampfes war da. Arast, den die Verbündeten an seinen Räubereien hinderten, wollte sich endlich von ihnen befreien; er versammelte so viele Männer, wie ihm nur möglich war, um zu siegen. Andererseits kamen täglich neue Freunde zu unseren Verbündeten, nachdem sie von den Fanatikern mißhandelt worden waren; es hieß sogar, ein ganzes Regiment käme, um ihre löblichen Absichten zu unterstützen. Arast erschien um sieben Uhr morgens in der Ebene und kam im Galopp angeritten. Brideron, der ihn sah, bemerkte zu seinen Begleitern: »Na, dieser zukünftige Galeerensklave wird bald sein Gesicht unter meinem Absatz haben.«

Er hatte noch das Degengehänge um, das er als seines genommen hatte, denn der andere hatte die Verwechslung noch nicht bemerkt; so glaubte Brideron, in seinem Gehänge eine gewisse Kraft zu spüren, die seiner Meinung nach nur die der Ägide eines wohltätigen Geistes sein konnte, welcher sie darin verborgen hatte.

Um besser auszusehen und kriegerisch zu erscheinen, malte er sich mit Tinte einen Bart an; er steckte seine Haare unter den Hut und setzte sich in der Gewißheit, noch furchterregender denn je zu wirken, an die Spitze seiner zehn Männer. Er läßt sein Pferd tanzen, befiehlt dem einen zurückzuweichen, dem andern vorzulaufen; er zügelt seine edle Heftigkeit durch ein sanftes Verhalten, das in seine Worte übergeht: »Findet Ihr mich heute nicht ganz außergewöhnlich?« fragt er Nestor. »Und entdeckt Ihr nichts in meinen Augen?« »Nein«, antwortete dieser, »nur Schwarzes und Weißes, und wie mir scheint, habt Ihr Eure Nase und Euer Maul noch immer an derselben Stelle.« »Oho«, rief Brideron, »dann habe ich offensichtlich noch nicht das richtige Aussehen; aber es kommt noch.«

Die Sonne schien bereits kräftig genug, um die Hirne zu erhitzen, als die beiden kleinen Armeen aufeinander losgingen; die Pferde wieherten sich an und begannen den Kampf, ein paar Flintenschüsse gingen los, man griff sich mit dem Schwert in der Faust an, das Handgemenge entwickelte sich.

Das Ungestüm seines Mutes hatte Brideron vergessen lassen, daß er wie Telemach ein Gebet an Jupiter hätte richten müssen; es fiel ihm erst ein, als es zu spät war, er fürchtete, daß diese Vergeßlichkeit der Sicherheit schaden könnte, die alle seine Taten begleitete: Er war einer der Angreifer, sein erster Schwerthieb durchbohrte das Ohr eines Feindes, der einen Stock mit Eisenspitzen an beiden Enden in der Hand hielt, mit dessen Hilfe er ein paar Köpfe durchlöchert hatte. Der Bauernlümmel, denn es war einer, lief auf Brideron zu und wollte ihn niederschlagen. »Eselchen«, rief er ihm zu, »wenn deine Amme tot ist, dann geh und suche ihre Hängebrüste im Jenseits.« Zu diesen Worten schwenkte er seinen Stock, doch im gleichen Moment hatte Brideron sein Ohr aufgespießt; er öffnet den Mund, um zu schreien, und Brideron stößt ihm sein Schwert in die Kehle. So starb er, ohne überhaupt schreien zu können, und murmelte nur: »Verfluchter Stock.«

Dieser erste Streich verdoppelte Briderons Mut; er sucht Arast, er will ihn treffen und so zurichten, daß er seine Seele ausspeit wie eine Arznei, sagt er. Auf seiner Suche verwundet er eine große Menge Kämpfer; er tötet den Pächter Hileus, der seinem Herrn nur tausend Francs von seinem Gewinn abgerechnet hatte und noch tausend dabei verdiente. Der berühmte Schleuderschütze Moleon wird von ihm zu Boden geschmettert; der Barbier Crantor hat ebensowenig Glück, er muß in die

Unterwelt hinab, während er doch damit gerechnet hatte, seinem Herrn den Bart bald wieder scheren zu können; auch Mekrates sieht sich auf dem Boden; in der ganzen Gegend hatte es keinen besseren und tüchtigeren Ackerbauern gegeben als ihn. Georges Dandin, der sich dem lustvollen Anblick seiner Frau entrissen und die Eifersucht aufgegeben hatte, die ihm ein erfolgreicher Zuckerbengel verursachte, gehört ebenfalls bald zu den Toten, und auch der kleine Lümmel Elantus, der, als er sein Häuschen verließ, die junge Perrette geküßt und ihr versprochen hatte, sie in ein paar Tagen zu ehelichen.

Inzwischen erfährt Arast von dem Blutbad, das Brideron an allen Orten anrichtet. Aber was sage ich erfährt, sie sind sich beide so nahe, daß er es mit eigenen Augen sieht.

»Guckt euch den Frischling an«, ruft er, »verflucht, ich muß ihm das Handwerk legen.« Er versucht ihn also in dem Getümmel zu erwischen, gemeinsam mit ein paar Holzhackern, die ihm versichern, daß sie Brideron ganz ohne Axt den Schädel spalten werden. Hätten sie ihm in dem Augenblick gegenübergestanden, wäre es um sein armes Hirn geschehen gewesen; doch der Himmel nahm ihn unter seinen Schutz, und den Holzhackern gelang es nicht, bis zu ihm vorzudringen.

Statt auf den jungen Mann stieß Arast auf den wackeren Nestor, der, mit einem alten, völlig verrosteten Degen in der Hand, vergeblich versuchte, es in den Därmen der Gegner zu säubern. In seiner rasenden Wut will Arast ihm seine lange Nase abschlagen, doch Nestors Soldaten schützen ihn, und die Nase ist gerettet.

Was für ein Gemetzel! Das Blut fließt wie beim Schlächter, Fanatiker und Christen fallen bunt durcheinander in den Staub.

Nun kommt Lotek auf einer zwanzigjährigen Stute angeritten; er gibt ihr mit aller Kraft die Sporen, um Arast mit dem Schwert der Jungfrau zu treffen. Dieser, da er seine Absicht gegen die Nase des verehrungswürdigen Nestors nicht ausführen konnte, hält sich dafür an dessen Soldaten und lichtet deren

Reihen. Schon liegt der junge Hylas zu seinen Füßen, ein so schöner Schäfer oder Hirte, daß die Schäferin Colinette, um ihn zu begleiten, zwei ihrer Schafe dem Wolf überlassen hat. Jacob ergeht es nicht besser; der junge Bauer war so schlank und geschmeidig, daß er durch eine enge Luke kriechen konnte, um den Wein seines Vaters zu stehlen.

Der alte Nestor erstickte fast in seinem Hemd, als er seine besten Soldaten auf dem Boden liegen sah; das ist nicht mehr der verständige, weise Mann, er denkt nur noch daran, seinem Sohn Pistratus mit den Augen zu folgen, den er gerade in die Ritterakademie schicken wollte. Um seinen Vater zu verteidigen, war der junge Mann wie ein Hirsch zwischen Arasts Soldaten gesprungen und hatte diesem selbst einen so heftigen Säbelhieb verpaßt, daß seine Fanatikerseele auf und davon gegangen wäre, ohne jemals wiederzukommen, hätte er nicht sein Schwert über den Kopf gehalten und ihn damit abgelenkt. Doch schließlich mußte Pistratus sterben und durfte die Ritterakademie nicht sehen, denn Arast stieß ihm sein Schwert in den Nabel.

Inzwischen stürmte Lotek voran und tötete ebensooft, wie er zuschlug. Die Hiebe des Schwertes der Jungfrau waren keineswegs schwach. Nestor hatte sich vom Kampfplatz entfernt, um den Nabel seines sterbenden Sohnes zu verbinden, doch dieser verschied in seinen Armen, noch bevor man ein altes Hemd hatte zerschneiden und ihm damit die Wunde zusammenpressen können. »Ach, mein Sohn, armer Kerl«, rief der untröstliche Greis, »ich hatte schon das Geld für die Ritterakademie in meinem Schrank, jetzt muß ich es anlegen, denn ich möchte es nicht mit Wucher verleihen; dein Logis war gemietet, man hat dich erwartet, und jetzt stirbst du! Adieu, mein Herz, dein Vater läßt dich nicht lange auf ihn warten.« Während dieser Klage suchten Arast und Lotek sich gegenseitig; sie sahen sich zwar, konnten aber nicht zueinander gelangen. »Komm doch her«, schrie Lotek Arast zu, »komm her, Schnapphahn, ich will dir ein bißchen Brei auf meiner Schwertspitze in den Mund stopfen.«

Bei diesen Worten macht Arast die größte Anstrengung, den ihm drohenden Feind zu erreichen. Die Umstehenden unterbrechen ihren Kampf, um den beiden zuzusehen. Schon hebt Lotek seine gefürchtete Klinge; doch Arast sollte nicht durch dieses Schwert umkommen, sein Tod war Briderons Waffe vorbehalten. Lotek erhält einen Schlag mit einem frischen Knüppel auf den Kopf, der ihn dermaßen betäubt, daß er keine Kraft mehr hat, seinen Feind zu treffen.

Kaum hatte Lotek den Schlag empfangen, der eine Beule an seinem Kopf hinterließ, als sich sein ganzer Zorn gegen den Schädel jenes richtet, der ihn verabreicht hat, nämlich des jungen Amphimachus, Sohn eines Konditors im nahegelegenen Dorf, Gegenstand der Liebe und Wonne aller Fünfzehnjährigen. Man sieht den jungen Mann ein paar schwankende Schritte machen und schließlich auf eine alte tote Mähre fallen. Sein Mund verzerrt sich, als er den Geist aufgibt, seine Glieder strecken sich.

Nachdem Lotek den Amphimachus getötet hatte, mußte er sich aus der Schlacht zurückziehen; der Knüppelhieb verursachte ihm Schwindel, sein Kopf hielt einen so schrecklichen Angriff nicht aus. Fast wäre er bei seinem Rückzug aufgehalten worden. Ardamus, ein sehr geschickter Pferdeknecht, der gewohnt war, auf Gäule einzuschlagen, wollte ihn gerade zum Ausruhen ins Jenseits befördern, als ihn ein Trupp Soldaten aus der Gefahr befreite.

Jetzt findet Arast keinen Widerstand mehr, alles weicht vor ihm zurück. Brideron seufzt tief im Innern, als er seinen rasenden Feind so erfolgreich sieht; er läuft los, setzt sich in Galopp, läßt einen Fanatiker, dem er ein Auge ausgestochen hat, halbtot hinter sich zurück. »An dieser Stelle muß Minerva mir mein schreckliches Aussehen verleihen«, ruft er im Laufen. »Ich muß einen Schrei ausstoßen, bei dem der Flegel Arast zittern wird. Mut, Brideron, huste, bevor du schreist! Ah . . .«

Bei diesem Schrei, der aus einem kräftigen Magen aufsteigt, zittert Arast und bebt, ohne zu wissen, warum; man hätte meinen können, er höre die Stimme des Henkers, der ihn zur Richtstätte ruft.

Die Angst verwirrt ihm den Geist; jetzt feuert ihn nicht mehr eine gelassene Wut an, sondern er rennt drauflos wie ein tollwütiger Hund, die Augen stehen ihm aus dem Kopf; ein bestimmtes Vorgefühl sagt ihm, er müsse sein Letztes geben. Endlich berührt der Fanatiker Arast die Klinke der Pforte zum Tod. Gewissensbisse verfolgen ihn in seinem Lauf; der Elende erinnert sich der aufgespießten Frauen, der zu früh auf die Welt geholten Kinder und tausend anderer Grausamkeiten, die er begangen hat; er möchte seine Gedanken wie eine Feder abschütteln, doch sie bleiben haften wie eine festgesteckte Ärmelstulpe. Er will einen Schrei ausstoßen wie Brideron, aber sein Schrei wird von der Angst erstickt.

Er läuft auf Brideron zu: »Da, du Hurensohn«, ruft er ihm zu und versetzt ihm einen Schlag mit seinem Schwert, »auf zu den Invaliden.«

Brideron weicht dem Hieb aus, ich weiß nicht wie, denn er hatte nie gelernt zu parieren; er greift seinen Feind seinerseits mit der Spitze an, ihre beiden Schwerter brechen von den vielen Hieben in Stücke. Brideron, der genau weiß, daß er siegen wird, wundert sich über nichts und packt mit nervigem Arm seinen Mann an der Kehle, während dieser ihn an den Haaren zerrt. Die ganze Armee hat den Kampf unterbrochen und sieht ihnen zu. Arast stand noch in voller Kraft, er war erst vierzig. Brideron dagegen hatte erst die Hälfte der seinen, aber seine Narrheit und sein Vertrauen wogen die ihm fehlende Hälfte weit auf.

Kurz, Brideron rammt seinem Feind sein Knie in den Bauch, wirft ihn zu Boden und hält ihn unter sich fest. »Ah, du alter Kuckuck, elende Kröte, ich halte dich wie mit Fesseln, was hast du jetzt zu sagen? Bist du bereit fürs Jenseits, sind deine Stiefel geschmiert?« »Ach, was willst du«, entgegnet Arast, »ich habe so wenig gedacht, daß ich sterben würde, wie ich jetzt glaube, ich werde gehenkt; ich hoffte darauf, heute abend zu saufen wie ein Kalb, das zwei Tage keine Milch bekommen hat. Jetzt hat's mich schön erwischt; aber komm, mein Sohn, ich tue Buße, wo immer du willst, nur laß mich los; ich verstehe mich darauf, wundervolle Knopflöcher zu machen, du wirst sie an deinem ersten neuen Rock sehen.« »Nun ja«, erwidert Brideron, »ich lasse dich los, aber wenn du den Dummen spielst, bist du's dann auch.«

Brideron steht also von Arast auf und sagt zu ihm: »Gib mir die Hand; du bist sicher ganz zerschlagen.« Kaum ist der Fanatiker auf den Beinen, flieht er hinter eine kleine Hecke, um nicht wieder von Brideron erwischt zu werden.

Dieser triumphiert insgeheim, da er das erwartet hatte. Und in seiner Begeisterung über den Einklang der Geschehnisse mit denen in seinem *Telemach* ruft er: »Daunier, ihr seht es, der Sieg ist unser. Der Lümmel ist zwar listig, aber ich habe eine Quinte und vier Asse in der Hand.«

Nach diesen Worten gibt er ein Zeichen, man solle Arast den Weg versperren. Der Elende dreht sich um und will durch einen Trupp Bauern laufen. Da packt ihn Brideron, schüttelt ihn wie einen Pflaumenbaum und wirft ihn ein zweites Mal zu Boden. Ohne nur ein einziges Wort zu sagen, zieht er sein Messer aus der Tasche und schneidet ihm die Kehle durch.

Kaum ist Arast tot, ergibt sich der Rest der Fanatiker. Medorus, Arasts Sohn, war mit dem Diener seines Vaters geflohen; dieser glaubte, er bekäme eine Belohnung von den Edelleuten, wenn er ihnen einen Arm oder ein Bein von Medorus brächte; er ermordete ihn heimtückisch und schnitt ihm dann eine Hand ab, die er ins Lager der Verbündeten brachte. »Hier, Messieurs«, sagte er zu ihnen, »ihr habt den Vater getötet, und ich habe den Sohn erschlagen; da ist seine Hand als Beweis, es ist die rechte.« »Du Elender!« rief Brideron. »Verdammt, er soll von unsern Hunden zerfleischt werden.«

Statt belohnt zu werden, sah sich der Mann also auf diese

Weise mißhandelt. Lobenswerte Strenge unserer Edelleute, die durch den unbesiegbaren Brideron angeregt war.

Bei Medorus' Tod erinnert sich Brideron an den des Sohnes von Adrast, und ihm fällt ein, daß der Sklave, der den jungen Fürsten tötete, ihm den Kopf abschnitt und nicht die Hand und daß dieser Kopf Telemach zu sehr schönen Überlegungen angeregt hatte. »Warum hat dieser Hundsfott von Mörder, den wir bestraft haben, nicht Medorus' Kopf abgeschlagen?« ruft er. »Da ich nur die Hand habe, muß ich sie noch einmal sehen, ich werde schon etwas darüber zu sagen finden.«

Er läuft also hin und sieht sich die Hand an, und während er einen Finger nach dem andern untersucht, sagt er zu ihr: »O Hand, es ist erst einen Augenblick her, da hingst du noch am Arm; der Arm hängt an der Schulter, und die Schulter am Hals, wenn ich mich nicht täusche; warum, Gott's Donner, hängst du an gar nichts mehr?«

Inzwischen baten die Fanatiker um Gnade und sagten: »Ach, ihr guten Herren, nur dieser nichtsnutzige Arast hat uns zugesetzt und uns böse gemacht; er hat uns wie die Schweizer bezahlt; aber jetzt, wenn ihr uns freilaßt, werden wir ganz scheinheilig tun. Oh, wie wir die Predigten unserer Pfarrer lieben werden; aber laßt nur Ostern kommen, dann werdet ihr sehen, daß wir keine Werwölfe sind.«

Lotek entgegnete: »Wir vergeben euch, ihr ungehörnten Stiere, aber wir wollen alles Land von euch unter uns verteilen, und zur Strafe werdet ihr betteln gehen, Gott gebe, daß man barmherzig gegen euch sei.«

Die Anführer versammelten sich und beschlossen, daß man Brideron das beste Teil geben müsse.

Währenddessen war der großmütige Nachahmer Telemachs damit beschäftigt, Nestors unglücklichen Sohn Pistratus in einem Graben beerdigen zu lassen. Da er in seinem Buch las, daß Telemach Pistratus in ein Bett hatte legen lassen, bereitet der gewissenhafte Nachahmer mit eigener Hand im Graben ein Lager aus Stroh, das er von einer nahegelegenen Hütte holt;

und nachdem er ihm ein Ohr abgeschnitten hat, das er verbrennen will, um die Asche wie bei Hidras in eine Urne zu tun und Nestor zu geben, läßt er den Graben zuschaufeln und begleitet die Handlung mit folgender trauriger Rede: »O du, Pistratus, mein Freund, woran dachtest du, als du dir den tödlichen Stoß versetzen ließest? Ach, was hast du jetzt gewonnen, deine Augen sehen nichts mehr, deine Nase läuft nicht mehr, deine Zunge bewegt sich so wenig wie das Pendel einer kaputten Standuhr, und dein Körper ist ein Brett, über das man laufen kann, ohne daß es Vorsicht schreit. Ich erinnere mich, o Pistratus, an deine schönen Reden, du drehtest deine Sätze so hübsch wie eine Pirouette; ach, jetzt ist dir dein Tummler zu nichts mehr nütze, in den ein ganzer Schoppen ging und den du manchmal voll mit Branntwein ausgetrunken hast. Adieu, mein Lieber, da niemand dich mehr heilen kann.«

Nach diesen Worten schichtet Brideron Holz aufeinander, schlägt auf seinen Zündstein, das Feuer geht an, und er wirft Pistratus' Ohr in die Flammen; bald ist es verbrannt. Aber wie jetzt eine Urne machen, denn Brideron hatte keine Weißblechdose mehr. Die Einfallskraft ist eine gute Hilfe. Unser junger Mann besaß noch eine Büchse, in der er die Nadeln aufhob, um seine Strümpfe zu stopfen, und diese Büchse wurde dazu bestimmt, die Asche vom Ohr des Gefallenen aufzubewahren. Man brachte die neue Urne zu Nestor, der bei ihrem Anblick höchst überrascht fragte, was das sei. »Das ist das Ohr Eures Sohnes, das ich verbrannt habe, um Euch die Asche zu bringen«, erwiderte Brideron traurig. »Ach, mein Sohn«, sagte der Greis, »es wäre nicht nötig gewesen, mein Kind mit einem fehlenden Ohr zu bestatten; aber da es nun hier ist, danke ich dir für deinen Eifer.«

Danach ging Brideron zu der Versammlung, wo man beriet, was man mit dem Besitz der Fanatiker machen solle. Sobald man ihn sah, bot man ihm das beste Teil an; doch er erwiderte, er wolle es nicht. »Weshalb nicht?« wird er gefragt, »Ihr seid ein so tapferer Bursche, Euch ist es . . .« »Ach, Messieurs«, ruft er,

»schwatzt mir nicht mehr die Ohren voll von meinen guten Taten, ich weiß selbst, daß ich so schrecklich bin wie eine Muskete; aber zum Teufel, noch einmal psst! Solche Gedanken machen eitel, und Eitelkeit ist mir von meinem Onkel Phokion und Telemach verboten worden; das könnt ihr also lassen. Was die Güter betrifft, die ihr mir anbieten wollt, behaltet sie für euch und gebt mir nur einen guten Truthahn, den ich zu Omeneus mitnehme; wir werden uns dort gemeinsam daran gütlich tun. Ich kenne mich, wäre ich reich, taugte ich nichts, denn ich bin verfressen, das wißt ihr; im übrigen, wenn ihr auf mich hören wollt, dann nehmt den Fanatikern nichts weg; he, alle Wetter, habt ihr denn bei euerm Kampf daran gedacht, die Unglücklichen an den Bettelstab zu bringen? Sollen sie nichts zu beißen haben, während ihr an euren Täubchen nagt?«

Während er so sprach, sah man einen Unbekannten mit einem Stock in der Hand näher kommen; er trug Gamaschen, sein zerschlissener Rock zeigte beredt, daß seine Börse ein Loch hatte und er darauf angewiesen war, daß man ihm auf seinem Weg ein Almosen gab. Doch war der Unbekannte von recht schönem Wuchs, und sein schmales Gesicht schien auszudrücken, daß er ein guter Mensch war; er ging auf die Anführer zu und hielt ihnen folgende Rede:

»Messieurs, ihr seht hier einen armen Offizier, der nach seiner Rückkehr aus dem Krieg in Ungarn von Räubern bestohlen wurde, die ihm nur Lumpen gelassen haben. Ich habe in Ungarn den ersten Pistolenschuß in der letzten Schlacht abgegeben; ich bin Iomedes, Bürger von Chartres, und geboren in Montlhéry.

In meinem Geldbeutel stecken nur noch sechs Weiße, die reichen gerade für ein Glas Branntwein; laßt mir die Reste von eurer Suppe und euerm Fleisch geben, wenn ihr nicht alles bis auf die Knochen abgenagt habt.«

Bei dem Namen Iomedes erkannten ihn die meisten Anführer, denn sie hatten ihn oft Karten spielen sehen. Lotek umarmte ihn und sagte: »Wir werden Euch Euern Bettelsack füllen, macht Euch keine Sorgen; aber Eure Schuhe sind durchlöchert, Ihr könnt Eure Finger durchs Leder stecken; geht in mein Zelt und sagt, man solle Euch meine Pantoffeln geben, dann sind Eure Füße im Trocknen.«

Bevor Iomedes seinen Namen genannt hatte, war Brideron voller Hoffnung gewesen; er glaubte, der Mann sei sein Vater; doch als er dessen Namen hörte, senkte er den Kopf; er ließ ihn wie eine Blüte fallen: ein Vergleich, der an dieser Stelle im *Telemach* gezogen wird.

Dennoch lief er auf unseren Abenteurer zu, umarmte ihn und sagte:

»Ihr kennt mich nicht, Monsieur, weil Ihr mich noch nie gesehen habt, aber ich heiße Brideron, ich bin der Sohn des berühmten Brideron, der im ungarischen Krieg so viel Aufsehen erregt hat. Ich suche ihn und habe schon die halbe Welt gesehen, glaube ich; er muß irgendwo in der anderen Hälfte stecken, und vielleicht passiert es, daß der Dummkopf, wenn ich hingehe und ihn in jener Hälfte suche, in diese überwechselt, so können wir lange umeinander herumlaufen; aber das Schicksal will es, und ich habe so viel geheult, daß mein Gehirn ganz trocken ist, als wäre es eingefroren. Ihr tut mir leid, ich war in dem gleichen elenden Zustand wie Ihr, und ohne eine gewisse verdammte Kalypso, die mich verführen wollte, wäre ich vielleicht in einem Graben verwest.«

Während er so schwatzte, streichelte Iomedes ihn und entfernte den Staub von seinem Hut. Dann sagte er zu ihm: »O Brideron, ich habe Euern Vater gesehen. Ich glaube, er ist jetzt einäugig; wäret Ihr es auch, ei, dann würdet Ihr Euch ähneln wie ein Ei dem andern.«

Lotek erzählte Iomedes vom Tode ihres guten Freundes Pistratus. »Der arme Teufel!« rief Iomedes aus, »und wie nimmt es sein Vater auf?« »Ach«, entgegnete Lotek, »wir haben ihm eben eine Fleischbrühe machen lassen, damit er wieder Bouillon in die Knochen bekommt.« Und sie führten Iomedes zu dem wackeren Mann.

Während Iomedes Nestor einen Besuch abstattete, sagte Brideron zu den Anführern: »Messieurs, laßt den Besitz der Fanatiker in Ruhe. Gott würde euch strafen und der Hagel alles vernichten; nehmt nur ein paar Äcker und ein Haus, das ihr Iomedes schenkt, er ist ein Bettler und müßte sonst im Spital sterben, garantiert ihm sein Brot für den Rest seines Lebens; ich bin auch der Meinung, daß der Besitz, den ihr ihm schenken wollt, dem Fanatiker weggenommen werden soll, der am wenigsten taugt.« Ein paar Fanatiker, die dies hörten, riefen: »Hol's der Geier, jetzt sehe ich, daß Gott uns retten will; ihr seid brave Leute, daß ihr uns unser Brot laßt. Nun also, ihr sucht den schlimmsten von uns, da kennen wir niemanden, der teuflischer wäre als der Bäcker Georges; der hat seinen Backofen hergegeben, um den Küster der Pfarrgemeinde von ... drin zu rösten; er würde euch alle wie die kleinen Pasteten reinstecken, wenn er könnte; ah, der böse Mensch!«

Die Verbündeten hatten zunächst einige Bedenken, diesem Mann seinen Besitz wegzunehmen, weil es hieß, er sei ein Zauberer. »Verdammt«, sagten sie, »wenn er uns nun allen, wie wir hier sind, den Mund schief macht, dann spucken wir nach der Seite, und das wäre sehr unangenehm; wir haben noch Lust, Kinder zu machen, und die kleinen Unschuldslämmer würden unser Übel erben.«

»Habt keine Angst«, erwiderte Brideron, »ich habe immer sagen hören, es gebe keine anderen Zauberer auf der Welt als spanische Kühe. Wir sind, zum Henker, weit von ihnen entfernt, und ich glaube, sie denken gar nicht an uns.« Diese Begründung bewog die Verbündeten, wie gewünscht zu unterschreiben. Danach forderte Brideron jeden Fanatiker auf, Iomedes ein Sechs-Sous-Stück zu schenken, damit er sich rasch ein Stück Tuch für einen Rock kaufen könne. »Ihr habt gesehen«, sagte er zu ihnen, »wie zerlumpt er ist, der arme Mann; da man euch eure Zelte läßt, müßt ihr ihm ein bißchen mit eurer Börse helfen.«

»Oh ja«, erwiderten sie, »ihr habt alle Macht, und wir verpfänden auch unsere Perücken oder Hüte, um ihm das Geld zu geben.« »Hm«, machte einer von ihnen, »ich hab zwar die Summe nicht bei mir, aber ich schenke ihm eine Pfeife aus Elfenbein, die hat mich vor zehn Jahren dreißig Sous gekostet.«

Man setzte also Iomedes in Georges Besitztümer ein, die man konfisziert hatte. Die Verbündeten trennten sich, und Brideron schlug den Weg zu Omeneus' Schloß ein, nachdem er Lotek, Nestor und die anderen Anführer zum Abschied umarmt hatte.

FÜNFZEHNTES BUCH

Der junge Brideron eilte so schnell er konnte zu Omeneus zurück; er starb vor Begierde, alle seine schönen Taten zu erzählen, besonders seinen Abstieg in die Unterwelt.

Als er in die Nähe des Schlosses kam, erkannte er Mentors Werk; die Misthaufen, die Sand- und Abfallhaufen, die bei seinem Aufbruch den Zugang versperrt hatten, waren verschwunden; überall hatte Phokion kehren lassen.

Er traf seinen Onkel in Gesellschaft von Omeneus in einer Weinlaube an, wo sie ihren Schoppen tranken und sich die Zeit vertrieben. »Schnell, etwas zu trinken her und den Becher vollgefüllt, wenn der Wein gut ist«, rief der Sohn des alten Brideron. Omeneus schenkte ihm ein, und er trank rasch aus, bevor er sie beide umarmte.

Da Telemach bei seiner Ankunft in Salent in Mentors Augen gelesen hatte, ob er mit ihm zufrieden sei, erwartete Phokion bei Brideron die gleiche Unsicherheit, und der Schüler bemühte sich auch, beunruhigt und wißbegierig zu wirken; er sah also seinen Onkel an, wobei er sich ein Auge zuhielt, um seinen Wunsch deutlicher zu machen. »Ich bin zufrieden«, sagte Phokion in ernstem Ton, »du hast zwar oft die Peitsche verdient, aber hast dich wacker geschlagen; du bist ein tapferer Krieger. Hättest du niemals Fehler begangen, so wüßtest du nicht, was ein schlechtes Verhalten ist. Jetzt hast du diese Neugierde nicht mehr. Doch apropos Neugierde, hast du nicht an dem Tag, als du dich mit Hippias schlugst, denn ich wette, daß ihr beide euch geprügelt habt, also hast du da nicht in deinen Adern Kraft und Stärke gespürt?« »O ja«, entgegnete Brideron, »ich hatte ein Gefühl, als ob man mir von hinten Mut und Tatendrang eingeblasen hätte, deshalb habe ich ihn auch zu Boden geworfen.« »Sehr gut!« sagte Mentor, »denn ich hatte die Stunde berechnet, in der du dich mit ihm schlagen würdest, und in Gedanken habe ich meinen Rock über dich gebreitet.«

Während Omeneus einen weiteren Schoppen abfüllen ließ, oder besser ihn selbst abfüllen ging, sagte Phokion zu Brideron: »Hol's der Geier, mein Sohn, du wirst sehen, wie ich hier alles neu gemacht habe; Omeneus gibt täglich fünf Sous weniger aus als früher. Ich habe Protesilas und seinen Gefährten aus dem Haus jagen lassen, und Philokles ist wieder hier.« »Oho, oho!« rief Brideron, »zum Teufel, Ihr habt Eure Zeit gut genutzt, geben wir doch zu, daß wir tüchtige Leute sind; ich möchte wetten, daß Mentor und Telemach ihre Abenteuer nicht so gut bestanden haben wie wir.

Aber erzählt mir doch alle Eure schönen Taten, Onkel, und danach erzähle ich Euch, wie ich ganz allein in die Unterwelt hinabgefahren bin.« »Wie, mein Sohn«, rief da Phokion, »du warst in der Unterwelt? Ach, da gibt es keinen Zweifel mehr, du bist ein wahrer Telemach, und so sehr ich ganz offensichtlich eine Göttin bin, ich achte dich, ich ehre dich; ich hatte daran gezweifelt, daß du in dieses Land gehen würdest, aber da du die Reise dorthin gemacht hast, muß die ganze Erde dich als Telemach anerkennen und mich als Minerva, in der Gestalt deines Onkels.«

Das war noch die letzte Verrücktheit, die dem Onkel fehlte, und wir werden im folgenden seine närrische Gewißheit sehen, daß in ihm Minerva steckte.

Brideron mußte ihm seinen Abstieg in die Unterwelt erzählen, wir haben ihn bereits an seiner eigentlichen Stelle erfahren. Danach berichtete Phokion seinem Neffen in allen Einzelheiten über die Veränderungen, die er in Omeneus' Schloß vorgenommen hatte. »Ich habe seine Ausgaben geordnet«, sagte er, »und er wirft nicht mehr sein ganzes Hab und Gut zum Fenster hinaus wie vorher; er galt als reich, aber er ist bettelarm, und ich glaube nicht, daß er mehr als fünfzig Sous hat, um dich nach Hause zu schicken, zumindest hat er mir gesagt, soviel habe er in Münzen da. Vergiß nicht, mein Sohn, mäßig zu leben, wenn du wieder zu Hause bist. Doch ich merke, daß ich ohne Ehrerbietung rede; vergeßt nicht, o Brideron, morgens einen guten Brei zu essen und abends einen Braten wie Omeneus, und im Sommer könnt Ihr noch einen Salat hinzufügen.

Ich habe auch die überflüssige Pracht von Omeneus' Kleidern abgeschafft; man sollte den Taler in der Tasche haben und nicht als Litze auf dem Rock; außerdem ist der Schmuck nicht für einen Männerkörper gemacht, Herkules war nur mit einer Löwenhaut bedeckt; achte auf diesen Punkt, was sage ich, o mein Sohn, achtet auf ihn; außerdem würden die schönen Kleider bei Euch nicht lange halten, denn ohne Eure Telemachfigur beleidigen zu wollen sei gesagt, daß Ihr dreckig seid wie ein Schwein und Eure Röcke immer voller Fett und Kerzenruß sind; wenn Ihr bescheiden seid in Eurer Kleidung, verdammt, dann ist es Eure Frau ebenfalls, und Eure Kinder werden nie Castorhüte verlangen, wenn Ihr nur welche aus Wollstoff tragt.«

Brideron hörte sich alle diese weisen Reden an. »Verflucht«, sagte er, »ich glaube, jetzt ist Omeneus schrecklich klug und weise, er wird sich den Kopf damit vollstopfen. Säuft er immer noch wie ein Loch?« »Nein«, erwiderte Phokion, »er nimmt nur noch vier kräftige Mahlzeiten am Tag ein.« »Wie tugendhaft, alle Wetter!« rief Brideron. »Seht Ihr, Onkel, diese Mäßigkeit taugt mehr als alle Beulen und Schwerthiebe, die ich während unserer Kämpfe ausgeteilt habe; weiß Gott, ist es denn eine so große Mühe, jemandem den Bauch aufzuschlitzen? Gewiß nicht, dazu braucht man nur den Arm zu bewegen und zuzustoßen; aber hat man Wein im Keller und Fleisch am Haken, wie kann man dann vom Tisch aufstehen? Das ist Seelengröße, und die hat Gott mir verliehen.«

Phokion entgegnete folgendermaßen: »Omeneus lebt jetzt zwar ordentlicher als vorher, aber da er lange im Schlamm gefault hat, riecht er noch manchmal danach, ich meine die Verfressenheit und Fleischeslust stechen ihm noch ab und zu in die Nase. Obwohl Omeneus weise ist, habe ich bemerkt, daß die geringste Kleinigkeit ihn beschäftigt; zum Beispiel hatte ich ihm gesagt, er solle seinen Wein selbst abfüllen, damit ihn kein anderer trinkt, und wenn jetzt ein Rest in der Flasche bleibt, versteckt er ihn in einem Schrank. Das ist nicht gut, was zuviel ist, ist zuviel. Ein Hausherr muß, um den Namen eines Weisen zu verdienen, einem Koch gleichen: er steht mit gekreuzten Armen da, während dem Aal die Haut abgezogen oder das Huhn gerupft wird; diese Arbeit betrifft nur die Küchenjungen; dann aber ist es an ihm, das Frikassee zu bereiten, sich anzustrengen, die ganze Kunst seines Berufsstandes anzuwenden; du siehst ihn den Finger in die Soße tauchen, er leckt ihn ab, prüft ihren Geschmack, ob sie genügend oder zu reichlich gesalzen ist; sein Pfeffer, sein Salz, das die Küchenjungen gebracht haben, stehen neben ihm.

Da hast du, mein lieber Brideron, den treffendsten Vergleich, den ich dir geben kann, um dir begreiflich zu machen, was ein Hausherr sein kann oder sein soll. Seine Bediensteten kaufen, bereiten vor, reinigen, ziehen ihn an, bringen ihn zu Bett, und diese Aufgaben betreffen nur sie allein; aber an ihm ist es dann, alles, was sie gemacht haben, in Ordnung zu bringen, nachzusehen, ob sie zu viele Waren oder Vorräte gekauft haben, ob sie nicht den Esel beschlagen haben statt des Pferdes, mit einem Wort, er verfügt über das Geld; und es ist nicht seine Sache, den bereits abgefüllten Wein in einem Schrank zu verschließen, wenn noch ein Rest übrigbleibt.«

Brideron entgegnete: »Aber zum Teufel, Onkel, nach Euern Worten kann sich ein Hausherr also nicht sagen lassen, wieviel Pfeffer zum Beispiel an eine Soße gehört, und ihn selbst dranmachen, damit man ihn nicht täuscht oder zu viel nimmt. Mir scheint aber, daß man auf diese Weise an Gewürzen sparen könnte, denn bei uns zu Hause habe ich immer sagen hören: schon wieder zu stark gepfeffert. Ja, wenn meine gute Mutter die Kunst des Pfefferns oder Salzens selbst verstanden hätte, wären ihr wahrscheinlich am Jahresende mehr als zwanzig Francs in der Tasche geblieben, die sie so nicht hatte; Ihr könnt sagen, was Ihr wollt, aber ich will ein paar Monate lang einen

Lehrer haben, um das zu lernen.« »Es ist gut, wenn man es weiß«, bemerkte Phokion, »aber man muß sich dieser Kunst im geheimen bedienen, um nicht schäbig zu erscheinen. Doch wechseln wir das Thema. Der Himmel liebt dich, mein Sohn, das sage ich dir, und er sieht für dich ein langes Leben mit einem großen Haushalt und einem guten Einkommen vor; die Ordnung, die du bei Omeneus siehst, ist nur eine Ameise im Vergleich zu jener, die du bei dir einführst und die man einen Elefanten nennen könnte. Es wird Zeit, daß wir hier verschwinden und Omeneus sich bequemt, uns wegzuschicken, und daß er dir die fünfzig Sous gibt, die er mir für deine Reise versprochen hat.«

Nach diesen Worten sagte Brideron: »Zum Henker, jetzt muß ich Euch endlich das Schloß zu meinem Herzen öffnen, lieber Onkel, sonst macht Ihr es noch mit dem Dietrich auf, denn dazu seid Ihr geschickt genug. Ich sage Euch also, daß ich Omeneus' Tochter liebe; ich habe sie zwar noch nie gesehen, und er hat uns auch nicht gesagt, daß er eine hat, aber ich habe bei ihm eine junge Dirne entdeckt, die mir gefällt und die von den Mägden bedient wird. Ich möchte wetten, daß sie seine Tochter ist.« »Da hast du recht«, entgegnete Phokion, »zumindest ist sie sein Bastard; aber gleichviel.« »Nun glaubt ja nicht, alter Onkel, daß das Mädchen mir wie die freche Charis gefällt«, bemerkte Brideron, »das ist jetzt wahrhaftig auf eine ganz andere Art. Ich liebe sie, wißt Ihr, so wie Telemach Antiope liebte, und das kann er Euch noch besser sagen als ich. Das Angenehme an ihr ist, daß sie nett ist, die kleine Hündin, und so tut, als wisse sie das nicht; ständig spinnt sie, näht sie, stickt sie; also schließe ich daraus, daß sie bei mir zu Hause ständig spinnen, nähen, sticken wird; die vielen Hemden, bestickten Mützen, Leinwandstücke, die ich dann haben werde! Jede Woche wechsle ich zweimal die Wäsche, und das wird ein großes Vergnügen! Ja, zum Teufel, sie wird meine Frau, oder Ihr müßt erklären, warum nicht. Ich führe hier eine stolze Sprache, denn ich weiß genau, daß Ihr der gleichen

Meinung sein müßt wie ich, oder Ihr seid ein läppischer Mentor. Aber ich will sie erst heiraten, wenn ich zu Hause bin.« Phokion entgegnete: »O Brideron, Charis war gewiß nicht so liebenswert, und du tust gut daran, dein Herz an diese kleine Larve zu hängen, sie ist hübsch wie ein neuer Pantoffel; darüber hinaus ist sie ein wahres Lastpferd; schon um vier Uhr morgens ist sie auf den Beinen; stets sind ihre Arme verschränkt, wenn sie geht, sie errötet, wenn sie das Maul aufmacht, weil sie immer glaubt, sie wisse nicht, was sie sage, und im Grunde hat sie ein bißchen recht, denn ich habe bemerkt, daß sie nicht viel im Hirn hat; aber das kommt noch, mit der Zeit wächst jedem Tier sein Fell.

Hast du gestern bemerkt, wie sie ihren hitzigen Vater besänftigte, der einen Diener anschrie, weil der seinen Nachttopf nicht geleert hatte und er deshalb den ganzen Inhalt ins Bett gekippt hat, als er ihn benutzen wollte? Hast du beobachtet, wie Antiope, denn diesen Namen muß sie haben, hast du also beobachtet, wie sie die Schläge verhinderte? ›Ganz ruhig, lieber Vater‹, sagte sie, ›vielleicht habt Ihr geschlafen und in Euer Bett gepißt, weil Ihr geglaubt habt, Ihr würdet in den Nachttopf pissen; ärgert Euch nicht, lieber Papa, das nächste Mal leere ich ihn selbst aus.‹ Aber sag mal, o Brideron, hast du ihr gesagt, daß du mit Liebe für sie voll bist bis zum Spundloch?«

»Hölle und Teufel, davor habe ich mich gehütet«, erwiderte der junge Mann, »sie hätte mich wie Auswurf betrachtet; wirklich, da weiß ich besser, was sich schickt.«

»Das hast du gut gemacht«, bemerkte Phokion, »außerdem mußt du warten, bis dein Vater selbst sie dir holt. Aber offensichtlich ahnt sie etwas und liest in deinen Augen, denn zum Teufel, gestern wollte sie nicht zu Abend essen und behauptete, sie habe eine Migräne; ha, ich wette, das war nur, weil sie gemerkt hat, daß du sie anstarrst, als wäre sie eine Standuhr. Aber wir schwatzen zuviel, wir müssen aufbrechen.«

Die Beine unserer Abenteurer waren schon bereit für die Reise. Omeneus, der den Entschluß seiner beiden Freunde kannte, überkam ein schrecklicher Kummer; er setzte sich auf einen Schemel und klagte über die Traurigkeit, in die er versinken würde, er würde dürr wie Heu in der Sonne. Brideron wagte nicht, das alte Lied von seinem Aufbruch anzustimmen, und sagte zu Phokion: »Zum Henker, ich fühle so etwas wie einen Messingdraht in mir, der mich festhält, schneidet ihn mit einer Schere durch, lieber Onkel.« »Ich freue mich über dich«, bemerkte Phokion. »Vor einiger Zeit warst du so hart wie eine unreife Renette, aber jetzt bist du wie ein fauler Apfel, die Verliebtheit und die Freundschaft machen dich weich, und ich sehe es gern, daß du eine Kaldaune bist, wo es gilt, deine Freunde zu verlassen; dazu braucht es Courage; also auf, nicht lange gefackelt, folge mir.« »Nein, zum Teufel«, entgegnete Brideron, »Ihr sollt mir bei dieser Gelegenheit als Bote dienen; geht zu Omeneus und sagt ihm, ich schickte Euch in meinem Namen und ließe ihm ausrichten, ich würde in der Morgenfrühe aufbrechen, und selbst wenn er wie ein alter Esel krepieren würde, ich müßte nach Hause zurück.«

»Oho! oho!, verdammt, das werde ich nicht machen«, rief Phokion. »Du bist ein drolliger Kerl, Brideron, ich soll wohl der Diener deiner Laune sein? Aber ich bin nicht so . . . Weil es gilt, Omeneus adieu zu sagen, meinst du, du müßtest Pillen nehmen; willst du die Tränen nicht sehen, die ihm über die Backen laufen? O, gewöhne dich daran, alles wahrzunehmen; wenn deine Kinder mal die Krätze haben, kannst du sie dann nicht ansehen? Höre, Brideron, Krätze, Räude, Tränen und alles andere, ein Mann mit Herz muß alles ansehen können. Auf, geh zu Omeneus und verabschiede dich.«

Brideron entgegnete: »Habe ich lange genug gezaudert? Ich erinnere mich nicht mehr, ob ich es noch länger tun muß; seht im *Telemach* nach, ob ich noch weiter das störrische Pferd spiele?« »Nein«, sagte Phokion, »geh jetzt.«

Brideron gab sich also einen Ruck und ging in das Zimmer, wo Omeneus auf einem Schemel saß. »Also adieu, armer Mann«, sagte Brideron zu ihm. »Seht mich nicht an, denn Eure

Augen würden die Henker der meinen sein.« Schließlich sagte Omeneus in einem Übermaß an Schmerz: »Wie böse das von Euch ist, mich so zu verlassen. Ja, wenn Ihr bei Euch zu Hause eine so gute Rindfleischsuppe bekämt wie bei mir! aber Euer Vater ist ja nicht da, vielleicht hat ihn der Wolf gefressen, und Eure Mutter begnügt sich unterdessen mit ein bißchen Speck; aber geh nur, Brideron, elender Hund, lauf, doch laß mir wenigstens Phokion, er ist ein braver Teufel, ich werde ihn in mein Testament aufnehmen, wenn ich sterbe; lieber hätte ich vier Frauen mit zehn Faustschlägen umgebracht, als daß ich ihn nicht behielte!«

Da erwiderte ihm Brideron mit schwacher Stimme, und er hatte große Mühe, sie zu dämpfen, denn von Natur aus war sie sehr kräftig: »O Omeneus, reißt mir alle meine Haare einzeln aus, oder auch meine Nägel einen nach dem andern, aber laßt mir meinen alten Onkel; er ist mir vom Himmel geschickt, und ich werde ihn behalten, solange es mir beliebt. Ich habe meinen Vater verloren, ich weiß nicht, was ich machen soll, warum läßt er sich nicht wiederfinden? Vielleicht hat meine Mutter sein ganzes Hab und Gut verzehrt, und ich finde nur noch Rüben, um etwas auf dem Grill zu rösten; verdammt, Ihr seht, wenn ich dann nicht meinen Onkel habe, bin ich unglücklicher als ein schlecht beschlagenes Pferd auf Kieselsteinen. Versetzt mir rasch einen Messerstich in den Unterleib, wenn Ihr meinen armen Onkel zurückhalten wollt.«

Je länger Brideron redete, desto mutiger wurde er. »Ich bekomme Kraft«, sagte er leise zu Phokion, »und ich könnte Omeneus' Käppchen mitnehmen, ohne Mitleid mit seinem Glatzkopf.«

Als Phokion sah, daß Omeneus sich die Schuhe auszog, um vor Wut ins Bett zu gehen, sagte er zu ihm: »Grämt Euch nicht und legt Euch nicht vor den Hühnern schlafen, nur weil wir fortgehen; hört Ihr, Alter, ich habe Euch meine Weisheit geschenkt und werde sie nie von Euch zurückverlangen; eher verzichte ich selbst darauf, als daß Ihr auch nur ein Krümelchen zurückgeben müßtet.

Außerdem habt Ihr Philokles bei Euch, ich meine Simon; geht öfter in seine Hütte, und Ihr werdet von ihm alles Nötige lernen, um Euer Hauswesen zu führen; seid stets mäßig, trinkt den Wein nur eine Flasche nach der andern, eßt, soviel Ihr könnt, aber niemals mehr als nötig. Das sind die letzten Ratschläge, o Omeneus, die Euch ein Mann gibt, von dem Ihr geglaubt habt, er sei wie jeder andere.« »Zum Henker«, entgegnete Omeneus, »Ihr wollt mir doch nicht weismachen, daß Ihr ein Weibsbild seid, obwohl Ihr wie ein Mannsbild ausseht; aber ich sterbe.« »Psst, behaltet Eure Seele«, bemerkte Phokion, »sie ist Euch noch nützlich. Mir ist ein Brei so gleichgültig wie ein Braten, ein Stück guter Käse genügt mir; also wenn Ihr mir das ganze Fleisch der Gegend anbieten würdet, es würde mich so wenig ins Wanken bringen wie einen Berg. Adieu, alter Sünder, tröstet Euch.«

Diese Worte gaben Omeneus ein wenig Mut; es tat ihm zwar leid, aber er war nicht traurig. »Wenn es denn sein muß«, sagte er, »dann möge Gott Euch Abenteurer leiten; ich verliere alles, aber, wie Brideron sagt, ich weiß nicht, was ich machen soll. Schließlich, wenn ich nichts mehr habe, verliere ich nichts. Doch wenn Ihr mich in einiger Zeit besuchen könntet, Phokion, zum Beispiel in der Karnevalszeit, dann würde ich Euch gut bewirten und Ihr würdet sehen, wie es in meinem Haus zugeht; falls es wieder genauso schief ist, wie Ihr es angetroffen habt, rückt Ihr es wieder gerade, darauf versteht Ihr Euch. Reist also ab, o Phokion; Ihr habt recht, wenn Ihr sagt, Ihr wäret kein Mann wie die andern; denn abgesehen davon, daß keiner so häßlich ist, habt Ihr ganz offensichtlich einen Zauber an Euch oder in Euern Gliedern, der Euch klug und weise macht. Ach, die schönen Tage, die ich mit Euch verbracht habe, wo sind sie hin? Warum kann man sie nicht wieder einfangen wie einen Hasen oder einen Hut, den der Wind heruntergeweht hat?« Phokion benutzte diesen Augenblick für den Aufbruch; Simon erschien und umarmte ihn. Omeneus lief hinter ihnen her und begleitete sie ein Stück; doch damit alles nach der in seinem Buch angegebenen Reihenfolge ging, nahm Brideron ihn in die Mitte. Das Fünfzig-Sous-Stück wurde Phokion übergeben, da man ihn für am fähigsten hielt, die Ausgaben zu verwalten, und Omeneus überließ ihnen einen Bauern, der sie auf den Weg zu Briderons Dorf brachte, das nicht weit von der Gegend entfernt lag, die sie nun verließen.

SECHZEHNTES BUCH

Während der Reise sagte Brideron zu Phokion: »Laßt uns ein wenig über das Hauswesen reden, lieber Onkel, denn da ich heiraten will, muß ich es gründlich erlernen; sagt mir als erstes, wieviel Lohn ist für die Dienerschaft angemessen?« »Das hängt von deren Aufgaben und den Gepflogenheiten der Gegend ab«, erwiderte Phokion. »Sind wir nicht durch Orte gekommen, wo der Wein zehn Sous die Pinte kostete, und woanders kostete er nur vier? In Riom kostet ein Schinken einen Taler, in Orléans fünfzehn Sous und so fort. Aber das ist nicht das Wichtigste, was man wissen muß . . . nehmen wir an, du bist verheiratet, dann mußt du als erstes deiner Frau gegenüber eine Miene annehmen, die du bis zum Tode beibehältst; pfui über die Ehemänner, die ihr Maul bald freundlich verziehen, bald finster gerade lassen; man muß immer gleich bleiben, mein Sohn. Was verursacht die schlechten Ehen? die schlechte Laune des Mannes oder der Frau: sie ist nie zufrieden, sagt der Mann; er ist immer mürrisch, sagt die Frau. Danach wird wortlos gegessen, schweigend geht man zu Bett, und brummend steht man wieder auf; ist ein Ehemann statt dessen aber stets fröhlich mit seiner Frau und scherzt mit ihr, verdammt, dann empfindet sie stets freundliche Gefühle für ihn, die Ehe läuft von ganz allein. ›Was möchtest du essen, mein Häschen?‹ fragt sie dich. ›Was du möchtest, mein Täubchen‹, antwortest du ihr, und auf diese Weise habt ihr immer nur Worte aus Zucker und Honig für einander.

Kommen wir jetzt zu den Kindern; da gilt ein großes Item, denn in deinem Alter macht man häufig alle neun Monate eins. Man muß ihnen eine Amme geben, die dick ist und drall und jung, das Kind wird dann kräftiger; gib vor allem acht, daß sie nicht liederlich ist, denn die Milch der Amme ist dann sozusagen auch liederlich und das Kind, das sie nuckelt, wird es ebenfalls, da wird eins mit dem anderen übernommen, nicht anders als bei einem Einlauf, wo sich alle Kräuter vermischen. Sind die Kinder weg von der Amme, gibst du ihnen Spielsachen, damit sie ihren Spaß haben, denn man muß die unschuldigen Kleinen auch unterhalten; ein Mann unterhält sich, indem er Karten spielt, trinkt, sich einen Wanst anfrißt; ein Kind unterhält sich mit seiner Klapper.

Das Kind wird groß, man zieht ihm eine Hose an, bringt ihm Lesen bei und im Namen Gottes sein Kreuz machen; jetzt muß man zu verhindern suchen, daß er mit seinen Kameraden dumme Streiche macht. Deine Mutter hat dich immer mit den Bauernkindern im Wald herumstreunen lassen, als du klein warst, das gab dir eine kecke Art, die mir nicht gefallen hat; aber Gott sei gedankt, meine Obhut hat dich wieder gebessert, und ich habe sozusagen Pflöcke gegen deine überschäumende Laune gesetzt, um sie in Grenzen zu halten.

Da ist also ein recht großes Kind: jetzt muß man sehen, was man aus ihm machen will. Bestimmt man es für die Armee, muß man es zu den Kadetten schicken und es frühzeitig die Muskete tragen lassen, damit sich seine Schultern daran gewöhnen. Will man einen Abbé aus ihm machen, gibt man es in die Lateinschule oder in Pension zu einem guten Pfarrer, der ihm die Anfangsgründe beibringt. Aber kehren wir zur Mutter des Kindes zurück, denn manchmal braucht man mehr Klugheit, um dieses Geschöpf zu leiten als das andere. Zum ersten rate ich dir, nicht eifersüchtig zu sein.« »Ich bin es aber«, bemerkte Brideron, »und zum Teufel, ich würde einer Frau in die Haare fahren, die mir schlechte Streiche spielte.« »Nur ruhig Blut«, fuhr Phokion fort, »behalten wir die Zügel in der Hand. Häufig glaubt man etwas zu bemerken, aber man täuscht sich. Ich werde dir ein Beispiel erzählen.

Dein Onkel sah eines Tages im Traum, wie seine Frau den Sohn unseres Steuereinnehmers frisierte. Verdammt, was denkt ein Ehemann, wenn er sieht, daß seine Frau die Haare eines Fremden frisiert? Jeder Haarwickel, den sie eindreht, ist ein Horn auf seinem Kopf.

Dein Onkel wartete bis zum zehnten. Doch schließlich konnte er den Anblick nicht mehr ertragen; er steht auf, da er zu sitzen meinte, und will dem Sohn des Steuereinnehmers die Wickel mitsamt den Haaren ausreißen; er rennt los und trifft unterwegs auf ein Hemd, das da zum Trocknen hängt; er hält es für den Kopf des Steuereinnehmersohnes, er packt es und zerreißt es. Während des tollen Treibens wacht er auf, und als er sieht, daß er sich getäuscht hat, sagt er: ›Zum Henker, ich habe zwar ein Hemd zerrissen, aber mein Kopf ist heil.‹

Und damit kehrte er um und legte sich wieder schlafen. Nimm dir ein Beispiel an dem Hemd und bilde dir nicht eines Tages ein, du hieltest die Haare eines Galans in der Faust, wenn es nur ein Wäschestück ist.«

»Aber wenn meine Frau mich nun zum Hahnrei macht«, bemerkte Brideron, »denn das kann passieren, es gibt so viele, die das sind, was soll ich dann machen?« »Die Frage ist ziemlich schwierig«, entgegnete der Onkel, »offen gesagt, ist es sehr verdrießlich, wenn man seinen Kopf nicht so behält, wie man ihn auf die Welt gebracht hat, ich kann mich da hineinversetzen; aber ich antworte dir, daß man, bevor man überzeugt ist, Hörner zu tragen, erst einmal nach den Stangen sehen muß. Und zwar auf folgende Weise:

Du bemerkst zunächst, daß ein bestimmter Mann dein Haus besucht, und zwar öfter als andere; seine Besuche sind kurz, wenn er nur dich antrifft; sie sind lang, wenn deine Frau anwesend ist.

Erster Verdacht. Ist man gern mit der Frau anderer Leute zusammen, so ist das stets ein Zeichen, daß man ihr Gemahl werden möchte. Jetzt hält der Ehemann seine Augen offen, er prüft, auf welche Weise seine Frau den Besucher empfängt; lacht sie fröhlich mit ihm, so ist nichts zu befürchten, denn wenn eine Frau mit einem anderen Mann als ihrem eigenen ein Liebesverhältnis haben will, wendet sie Raffinesse an und man glaubt, sie kann jenen, der ihr gefällt, nicht ausstehen; sie verfällt ins Träumen vor ihrem Mann, sie spielt die Ernste, die

Bekümmerte; jetzt beginnen die Hörner zu wachsen, oder zumindest wird der Boden zur Saat vorbereitet.

Sieht man also, daß sie listig ist, muß man ihr mit gleicher Münze zahlen; man tut, als ginge man wegen eines dringenden Geschäftes weg; eine halbe Stunde später kommt man zurück und geht ganz leise in ein Zimmer neben dem, in dem der Galan die Frau besucht; hört man lautes Schwatzen, kann man in Ruhe schlafen, Amor macht keinen Lärm; irgendwo habe ich gelesen, er flüstere ins Ohr; aber hört man, daß man nichts hört, oho, dann muß einen der Schauder vor den Hörnern erfassen, das ist ein Zeichen, daß sie sich ganz leise Zärtlichkeiten sagen, ein Zeichen, daß die Frau sagt: ›Haltet ein, Monsieur, laßt das sein.‹ Sie spricht nicht sehr laut, denn sie wird angegriffen. Der Galan erwidert noch leiser: ›Zum Teufel, Madame, Ihr seid sehr streng zu beklagenswerten Leuten; weil Ihr schön seid, spielt Ihr die Stolze‹, und noch andere Dinge, die heimlich gesagt werden. Oh, wenn man dessen sicher ist, dann tritt man geräuschlos ein, und plötzlich siehst du eine Frau, die bis zum Weiß der Augen rot wird, der Galan bleibt stumm wie ein Karpfen. Gewöhnlich stehen ihre Stühle nebeneinander, und beide sind ganz verdutzt.

Jetzt muß man sich folgendermaßen verhalten. ›Monsieur‹, sagst du zu dem Galan, ›Ihr seid ein Windbeutel, und meine Frau ein Aas, weil sie Euch anhört: seid so freundlich und macht, daß Ihr die Treppe hinunterkommt, oder ich lasse Euch durchs Fenster fliegen wie einen Sperling, dem man die Freiheit gibt; ich finde es reizend von Euch, daß Ihr herkommt, um mir ein Bündel Holz zu schenken, aber ich habe genügend Geld in der Tasche, um mir selbst welches zu kaufen, und ich möchte meinen Vorrat im Keller haben und nicht auf dem Kopf; geht wieder, ich brauche Euch nicht für den Schmuck meines Hauptes, dafür trägt mein Perückenmacher Sorge.‹ So redet man, mein Sohn. Der Galan verschwindet sofort, und du bleibst der Sieger auf dem Schlachtfeld.« »Aber zum Teufel, das Schlachtfeld ist ja nicht nur im Hause«, bemerkte Brideron.

»Und auf dem Land wird eine Frau im Obstgarten angegriffen, im Park, überall, und der Ehemann ist nicht da, um sich zu verteidigen.«

»In diesem Fall muß man die Frau belauern; und findet man sie woanders mit demselben Mann, so muß man sie schön nach Hause bringen und sie einschließen.« »Aber, Onkel, ich habe sagen hören, es gebe keinen Schlüssel, um eine Frau einzuschließen, man habe noch keinen Schlosser gefunden, der geschickt genug sei, einen solchen anzufertigen.« »In diesem Fall muß man selbst als Schlüssel dienen«, bemerkte wiederum Phokion, »und bei ihr Wache halten wie bei einer Toten.« Während Phokion so redete, bemerkten sie auf einem kleinen Hügel einen Mann mit einer schwarzen Halsbinde und Halbstiefeln, seine Haare steckten in einem Haarbeutel, ein kleiner Diener fütterte sein Pferd mit Hafer, und der Unbekannte schien ungeduldig darauf zu warten, daß es fertig sei.

Phokion und Brideron mußten sich an der gleichen Stelle ausruhen, weil sie müde waren. Brideron ging auf den Unbekannten zu und sagte zu ihm: »Ihr scheint von der Armee zu kommen, Monsieur, denn Ihr seht ganz wie ein entlassener Offizier aus. Kennt Ihr nicht zufällig einen gewissen Brideron?« »Ja, ich kenne ihn«, erwiderte der Unbekannte, »und falls Ihr ihn sucht, könnt Ihr hierbleiben, denn ich kann Euch versichern, daß er nach Hause zurückkehrt.« Kaum hatte der Fremde diese Worte etwas unwirsch gesprochen, als er unsern Abenteurern auch schon den Rücken kehrte und sich entfernte.

Brideron betrachtete ihn aufmerksam und sagte zu seinem Onkel: »O Phokion, der arme Sire ärgert sich. Aber seht mir in die Augen, Onkel: ahnt Ihr nicht, was ich sagen will?« »Nein«, antwortete ihm Phokion. »Lassen wir jetzt allen Klimbim, zum Teufel«, sagte Brideron, »nehmt Euer Buch, und Ihr werdet sehen, daß dieser Mann sicher mein Papa ist, oder so gut wie; ich fühle in mir irgend so etwas wie Freundschaft für ihn, mir ist, als schrien alle meine Därme nach dem, der sie mir gegeben hat. Der Kerl hat mir zwar schroff geantwortet, aber gleichviel, er darf mit mir reden, wie es ihm paßt. Verdammt, wie wäre es, lieber Onkel, wenn wir für einen Augenblick Telemachs Weg verlassen würden und zu dem Unbekannten sagten: He, Ihr seid Brideron, Ihr habt eine Frau, die so und so ist, und hier steht, nach dem, was man sagt, Euer Sohn.«

Phokion entgegnete: »Ach, mein Sohn, du träumst. Das ist doch nicht dein Vater. Und selbst wenn er es wäre, zum Henker, darfst du ihn dann hier erkennen? So wenig wie den heiligen Bimbam; laß dich leiten, selbst wenn es mich meinen Spitzenkragen kostet, ich möchte nichts von dem unterlassen, was uns noch zu tun bleibt; denke jetzt nur daran, daß du traurig sein mußt wie Telemach, und laß uns unser Gespräch wieder aufnehmen.« »Einverstanden«, entgegnete Brideron, »ich bin Telemach, und mein Vater ist ein Dummkopf, denn ich will nicht mehr mit ihm reden.

Also zurück zu unserm Gespräch. Ihr sagt, man müsse selbst seine Frau bewachen? Verwünscht, wenn das so ist, dann ist das Gewerbe eines Ehemannes ein schlechtes Gewerbe; ebenso gern wäre ich Gefängniswärter.«

»Das mag sein, mein Kind«, erwiderte Phokion. »Aber man muß auf seinen ehrbaren Ruf achten und darf ihn nicht preisgeben wie ein ausgesetztes Kind; statt ihn zu verlieren, mein Sohn, darf man weder schlafen noch trinken, man muß dürr werden, asthmatisch, wassersüchtig und bettelarm wie ein Scherenschleifer, mit einem Wort, ein Ehemann muß der Sklave und Hüter seiner Ehre sein.«

Gegen diese Erklärungen wandte Brideron ein, daß eine Frau groß genug sei, sich selbst zu bewachen, und es, mit einem Wort, sehr ärgerlich sei, daß die Ehre eines Mannes in seiner Frau stecke, da sie es doch sei, die darüber verfüge.

»Zum Henker!« rief er, »ich soll etwas hüten, was ich gar nicht habe, sondern was der Dieb in Händen hält? Das ist genauso, als würdet Ihr mir jetzt sagen: ›Brideron, hüte den Papagei deiner Mutter, daß er nicht wegfliegt!‹ Da würde ich

Euch antworten: ›Ich habe weder den Käfig, noch das Vieh.‹ Das ist genau das gleiche.«

»Nun ja, mein Sohn«, erwiderte Phokion, der sich durch einen so starken Gegenbeweis geschlagen sah, »aber es muß so sein, wie ich gesagt habe.«

Während des Gesprächs sah Brideron, wie der Diener des Unbekannten dem Pferd wieder die Zügel anlegte; der Unbekannte betrachtete von der Spitze des Hügels aus die Landschaft. »Seht Ihr«, sagte Brideron zu Phokion, »jetzt betrachtet mein Papa die Weite des Landes, so wie Odysseus einst die immense Weite des Meeres betrachtet hatte. Ich wette, er wird von dem kleinen Hügel so rasch herunterkommen wie eine Kugel; da läuft er schon, Teufel, hat der einen Schritt.«

In der Tat ging der Unbekannte rasch den Hügel hinunter, während Brideron sprach.

Jetzt bemerkte Brideron, daß der Diener ihm den Steigbügel hielt und der Unbekannte sich gewandt aufs Pferd setzte; er reitet los, entfernt sich, Brideron folgt ihm mit den Augen. »Ha, Onkel«, ruft er, »wenn wir es richtig machen, laufen wir ihm hinterher; die Pest soll das Buch vom *Telemach* holen, das mir verbietet, meinem Vater meine Ehrerbietung zu erweisen. Das ist lächerlich, die Tränen kommen mir, seht doch nur.«

»Weine nur, weine«, bemerkte Phokion, »ich hindere dich nicht daran, dein natürliches Herz bricht sich Bahn, als echter Schlemmer hast du den Braten gerochen; denn schließlich, da ich es dir doch sagen muß, dieser Fremde ist dein Vater in eigener Person.« »Na, habe ich es Euch nicht gesagt?« rief Brideron. »Glaube nicht, daß der gute Mann nichts gefühlt hätte, als er dich sah«, sagte Phokion. »Mehr als hundertmal hat er bei sich gesagt: der kleine Junge dort ähnelt mir, und sein Gesicht flößt mir ich weiß nicht welche zärtlichen Gefühle für ihn ein; das hat er gedacht, als er mit dir sprach; aber er ist zu schlau, um dich zu fragen, wie du heißt und warum du nach einer Nachricht von ihm fragst; er hat seine Gefühle für dich verscheucht, wie man eine Fliege von dem Wein verscheucht, den man trinken will; er hat gefürchtet, seine Frau wäre so schlecht und hätte böse Absichten gegen ihn; er hat gefürchtet, die Galane wären von seiner Ankunft benachrichtigt; schließlich hat er gefürchtet, wir wären Diebe, und deshalb hat er sich beeilt wegzukommen.«

Während dieser Rede tat Brideron alles, was er vermochte, um zu weinen, doch sagte er noch folgendes:

»Zum Teufel, Onkel, werde ich denn immer wie ein kleiner Bastard sein, der seinen Vater nicht findet? Soll es denn heißen, daß der brave Mann in Reichweite meines Armes war und ich nicht einmal seinen Rockschoß berührt habe? Wenn ich ihn doch wenigstens gefragt hätte, wie es ihm geht! Was weiß ich denn, ob ihn nicht die Gicht oder irgendein Schlag unterwegs noch dahinrafft? Ach, lieber Onkel, ich werde Euch beide Augen auskratzen, wenn meine eigenen niemals mehr meinen geliebten Papa sehen. Ach, hoffentlich haben die Verehrer oder der unverschämte Freund meiner Mutter nicht eine Falltür an unserm Eingang angebracht, um meinen armen Vater zu fangen! Wären wir beide zu Hause, ich würde für ihn meinen Degen ziehen; ich hätte gut hinter ihm aufsitzen können, oder wir wären beide abwechselnd geritten.«

»Sei still, Schreihals«, antwortete Phokion, »der Himmel will dir Geduld beibringen; wenn du deine Leidenschaften zurückhältst, gewöhnen sie sich an den Zügel; vor unserer Reise bist du durchgegangen wie ein junges Füllen; jetzt läufst du einigermaßen brav im Schritt, und es liegt nur bei dir, daß du dir nicht den Hals brichst. Stell dir eine gute Suppe auf einem Tisch vor, stell dir außerdem vor, du hast großen Hunger; nun nimm an, die Suppe ist zu heiß; bist du ein gieriger Esser, so verbrennst du dich beim Kosten; bist du aber mäßig, dann ißt du, sobald die Suppe abgekühlt ist, nach deinem Verlangen. Nun also, der Himmel schenkt dir sozusagen eine heiße Suppe, oder auch eine Gelegenheit, die deine Ungeduld reizt; du würdest alles verderben, wenn du dich nicht zurückhältst; nur wenn du dich mäßigst, findest du eine volle Befriedigung.«

Brideron hörte sich diese Rede mit Bitterkeit an; er blickte in die Landschaft und sah weder seinen Vater mehr noch dessen Pferd.

Das war für Phokion der Augenblick der Prüfung, der Augenblick, da er beweisen mußte, was er tatsächlich war. Unsere beiden Abenteurer befanden sich in einer seltsamen Unruhe, da sie nicht wußten, wie die Dinge weitergehen würden; wie soll man eine neue Gestalt annehmen, wenn man nur eine einzige hat? Hier war jedoch das Wunder fällig, das Phokion an seiner Person zeigen sollte; er zitterte innerlich und fürchtete, es würde ihm nicht gelingen, aus diesem letzten und außergewöhnlichen Abenteuer ehrenhaft hervorzugehen; so stark die Zauberkraft seiner Narrheit auch war, so gab sie seinem Geist doch nicht die absolute Gewißheit, er könne sich in etwas anderes verwandeln als das, was er war. Wäre er zur Maus geworden, hätte ihn das nicht gestört, denn dann hätte in ihm eine Verwandlung stattgefunden; und das wäre in jedem Fall etwas Neues gewesen und der Bewunderung würdig. Trotz seiner Besorgnis fand er immer noch etwas zu sagen, während Brideron ihn mit beiden Augen anstarrte, aus Angst, ihn plötzlich nicht mehr zu sehen. Doch da sein Onkel ihm immer noch als sein Onkel erschien, sagte er zu ihm: »Auf, nicht lange gezaudert, verwandelt Euch rasch, denn ich bin auf das Wunder gespannt.« In diesem Augenblick blies ein Windstoß dem Zögling den Hut vom Kopf. Während Brideron ihm hinterherrannte und seinem Onkel zurief, er solle mit dem Davonfliegen warten, bis er ihn erwischt hätte, entledigte Phokion sich rasch seines Leibrocks, unter dem er eine von Omeneus geschenkte rote Tuchweste verborgen hatte, und nachdem er ein kleines schwarzes Samtkäppchen aus der Tasche gezogen hatte, ebenfalls ein Geschenk Omeneus', erschien er in den Augen seines Neffen plötzlich verwandelt, der, als er ihm den Kopf zuwandte, einen Schrei ausstieß und rief: »Hölle und Teufel, es stimmt tatsächlich, daß Ihr nur so getan habt, als wärt Ihr mein Onkel? Ah, Monsieur, wer immer Ihr sein möget, Minerva oder Mars, führt mich auf dem schnellsten Wege nach Hause.« »Lauf zu«, entgegnete ihm Phokion, »in diesem Augenblick kommt dein Vater zu Hause an und schließt seine Frau in die Arme; ich verlasse dich; aber obwohl du mich nicht mehr siehst, werde ich immer als Kobold bei dir sein.« Mit diesen Worten sprang er leichtfüßig in den Wald und verschwand aus den Augen seines Neffen. Er wird den Rest seines Lebens im Tollhaus verbracht haben, denn sicher hat man ihn dorthin geschickt.

Die Abenteuer des Telemach von Fénelon

Der Roman *Fortsetzung des vierten Buches der Odyssee von Homer oder Die Abenteuer des Telemach, Sohn des Odysseus* von François de Salignac de la Mothe-Fénelon, seit seinem Erscheinen im Jahre 1699 ein immenser literarischer Erfolg, galt als ein Meisterwerk der klassischen französischen Literatur. Der katholische Geistliche hatte ihn für den Duc de Bourgogne, einen der Enkel Ludwigs XIV. geschrieben, dessen Erzieher er war.

Wie bereits der Titel erklärt, knüpft das Werk unmittelbar an den vierten Gesang der *Odyssee* an. Telemach hatte sich in Sorge um seinen Vater, der nach dem Ende des Trojanischen Krieges nicht zurückgekehrt war, und empört über das freche Treiben der Freier seiner Mutter Penelope, auf die Suche nach Odysseus gemacht. Begleitet wird er von der Göttin Pallas Athene (Fénelon gibt ihr die lateinische Form Minerva) in Gestalt von Mentor, einem alten Freund des Odysseus.

Die Handlung setzt ein mit der Landung der beiden nach einem Sturm auf der Insel der Kalypso. Der junge Fürst berichtet der Göttin von seinen Abenteuern während der bisher ergebnislos verlaufenen Suche in Ägypten, Phönizien, Zypern und Kreta. Kalypso verliebt sich leidenschaftlich in ihn, er jedoch liebt die Nymphe Eucharis. Um weitere Komplikationen zu vermeiden, drängt der kluge Mentor zur Abreise, die er durch den Bau eines Schiffes zu realisieren glaubt. Als es die Nymphen jedoch verbrennen, stürzt er Telemach ins Meer und erreicht mit ihm schwimmend ein tyrisches Schiff in der Nähe der Küste. Sie kommen zu König Idomeneus nach Salent, wo sie, wie bereits in Ägypten und auf Kreta, in die politischen Ereignisse verwickelt werden. Während sich Telemach dem Feldzug gegen die Daunier anschließt und seine ersten Heldentaten vollbringt, berät Mentor den König bei inneren Reformen. Idomeneus berichtet ihm von seinem blinden Vertrauen in seinen Günstling Protesilas, von dem er sich trotz dessen Intrigen und Verräterei noch immer nicht getrennt hat. Mentor bringt den König dazu, den Günstling und seinen Gehilfen zu verbannen und das durch die beiden begangene Unrecht wieder gutzumachen.

Inzwischen erzählt im Lager der Verbündeten der thessalische König Philoktet Telemach von den näheren Umständen des Todes von Herkules und daß ihm dieser verhängnisvolle Pfeile überlassen habe, ohne die Troja nicht hätte erobert werden können. Da er das Geheimnis dieses Todes jedoch trotz eines Schwures verraten habe, sei er durch eine qualvolle, unheilbare Wunde, die er sich mit einem der Pfeile versehentlich selbst beigebracht habe, bestraft worden. Odysseus sei es dann durch eine List gelungen, Philoktet nach Troja zu locken, wo die Söhne des Aesculap seine Wunde geheilt haben.

Telemach gerät mit Hippias, einem der Anführer, in Streit. Der König der Daunier, Adrast, nutzt die demoralisierte Stimmung im Lager zu einem unvermuteten Angriff. Ein schreckliches Schlachten beginnt, doch wird es durch ein plötzliches Gewitter unterbrochen. Telemach kümmert sich um die Verwundeten und veranstaltet eine Totenfeier für Hippias, dessen Asche er in einer goldenen Urne sammelt und seinem Bruder übergibt.

Da Telemach aufgrund einiger Träume überzeugt ist, daß sein Vater nicht mehr lebt, begibt er sich in die Unterwelt, wo er die Qualen der Undankbaren, Heuchler und schlechten Könige sieht, aber auch zu den Elysischen Gefilden gelangt, in denen er seinen Urgroßvater trifft, der ihm versichert, daß Odysseus noch am Leben sei. Der Greis erzählt ihm von der Glückseligkeit der Gerechten und der guten Könige.

Nach seiner Rückkehr ins Lager beweist Telemach seine Klugheit in einer Verhandlung, die zwei Überläufer betrifft. Die Schlacht beginnt erneut, Telemach bringt allem Tod und Verderben, was sich ihm auf der Suche nach Adrast, der seinerseits ein schreckliches Blutbad anrichtet, in den Weg stellt. Die beiden treffen endlich aufeinander, Adrast mißbraucht Telemachs Großmut, der ihm das Leben schenken wollte, und wird daraufhin von diesem mit dem Schwert durchbohrt.

Die Feinde versöhnen sich, die Toten werden beweint, die Beute verteilt, wobei sich Telemach durch bescheidene Zurückhaltung auszeichnet. Alle trennen sich und ziehen wieder in ihre Heimat.

Telemach kehrt nach Salent zurück und ist über die Veränderung überrascht, die Mentor durch seine Ratschläge an Idomeneus bewirkt hat. Er bekennt Mentor seinen Wunsch, sich mit Antiope, der Tochter des Königs, zu vermählen, doch dieser erinnert ihn daran, daß er nach Ithaka zurückkehren müsse, um Penelope vom Treiben ihrer Freier zu erlösen, und erklärt ihm, daß er seine Gattin allein aus der Hand seines Vaters erhalten könne. Trotz Idomeneus' Versuch, Telemach und Mentor zurückzuhalten, schiffen sich beide nach Ithaka ein. Während der Fahrt spricht Mentor zu Telemach über die Kunst, Untertanen zu regieren. Eine Windstille zwingt sie, auf einer Insel zu landen, auf der Odysseus gerade angekommen ist. Telemach spricht mit ihm, ohne seinen Vater zu erkennen, doch als er den Unbekannten im Schiff wegfahren sieht, erfaßt ihn eine große Unruhe. Mentor klärt ihn auf und versichert ihm, daß er bald mit seinem Vater vereint sein werde. Er veranlaßt ihn, Minerva ein feierliches Opfer zu bringen. Danach erlebt Telemach mit Erstaunen die Verwandlung des alten Mentors in die anmutige Göttin Minerva, die ihn bei allen seinen Abenteuern begleitet und beschützt hatte. Sie erteilt Telemach zum letzten Mal einige gute Lehren und verschwindet in einer goldenen Wolke. Der junge Fürst reist rasch nach Ithaka und findet dort seinen Vater im Haus des treuen Schweinehirten Eumäus.

Fénelon nutzt dieses Prosaepos, das gleichzeitig auch Erziehungsroman, Lehrbuch politischer Ethik und Abenteuerroman ist, um in langen Dialogen seine Gedanken über die verschiedenen Staatsformen zu entwickeln, das Idealbild eines Fürsten zu zeichnen und dem zukünftigen Thronfolger in kräftiger Schwarz-weiß-Malerei ausführliche Lehren in Fragen der Moral zu erteilen.

Anmerkungen

10 *Der große Mann* – Fénelon

14 *Im echten Telemach* – In Fénelons Werk *Die Abenteuer des Telemach*.
Dorfbürger – Die »bourgeois de village«, zu denen Kaufleute, wohlhabende Handwerker, Steuerbeamte, Offiziere des Königs usw. gehörten, bildeten einen eigenen Stand.

15 *Ungarn* – Wahrscheinlich ist hier die Belagerung Wiens durch die Türken im Jahr 1683 gemeint, für dessen Befreiung der Kaiser seine deutschen Verbündeten um Hilfe gebeten hatte. Am »Türkenkrieg«, der zur Eroberung Ungarns führte, nahm Frankreich zwar nicht offiziell teil, doch beteiligten sich Franzosen auf eigene Initiative daran, besonders Protestanten, die sich damit der Verfolgung im eigenen Land entzogen.

22 *Phaeton* – Sohn des griechischen Sonnengottes Helios, der, als er sich den Sonnenwagen auslieh, aus Unerfahrenheit beinahe die Erde in Brand gesteckt hätte und daraufhin von Jupiter durch einen Blitz erschlagen wurde.

25 *O Ihr, wer immer Ihr sein möget* – Brideron erinnert sich nur noch sehr ungenau an die Worte, mit denen bei Fénelon Telemach die Göttin Kalypso begrüßt. Dort heißt es: »Wer du auch sein magst, Sterbliche oder Göttin – doch nach deinem Aussehen kann man dich nur für eine Gottheit halten – könntest du gefühllos sein gegen das Unglück eines Sohnes . . .«

26 *Vogelschießen* – Einmal jährlich wurde dieses Fest veranstaltet, bei dem auf einen an einer hohen Stange befestigten Vogel aus Blech geschossen wurde. Die erfolgreichsten Schützen bekamen einen Preis, der Gewinner wurde zum »Vogelkönig«. Im Jahre 1683 gab es in Nîmes z. B. als Preise: ein Gewehr, eine blaue Schärpe mit Silberspitzen, einen silberverzierten, modischen Degen, ein goldenes Degengehänge und zwei goldene Ketten.

32 *Frisur* – Die Frisuren der eleganten Damen hatten Ende des 17. Jahrhunderts eine solche Höhe erreicht, daß Saint-Simon behauptete, die Damen hätten ihr Gesicht in der Mitte des Körpers.

33 *Die Geschichte vom Mädchen mit dem Milchtopf* – Diese Geschichte eines Mädchens, deren Luftschlösser sich rasch auflösen, wurde

von mehreren Autoren in Verse gesetzt. Am bekanntesten ist die Fabel von Lafontaine.

34 *Eine Kuh, der man das Maul verbunden hat* – Um sie während der Feldarbeit am Fressen zu hindern, bekamen die Kühe Maulkörbe umgehängt.

Lied – Statt des unübersetzbaren Liedes im Originaltext steht hier ein deutsches Lied aus der Zeit von Adam Krieger.

36 *Werber* – Da für die vielen Kriege Ludwigs XIV. ständig Soldaten gebraucht wurden, wimmelte es im Land von Werbern, die wegen ihrer brutalen Anwerbemethoden berüchtigt waren.

39 *Weizenfelder* – Eine Kritik an den Jagden des Adels, die infolge der krassen Willkür, die dabei herrschte, für die Bauern eine der größten Plagen der Zeit waren.

Du bist jetzt wie Telemach – Bei Fénelon sind Telemach und Mentor an Siziliens Küste gestrandet, wo geflüchtete Trojaner unter König Acestes Herrschaft leben. Als diese erfahren, daß der Sohn des grausamen Odysseus in ihren Händen ist, fordern sie seinen Tod. Mentor rettet Telemach, indem er Acestes durch die Weissagung, er werde in drei Tagen von Barbaren überfallen, die Möglichkeit gibt, diesem Überfall zuvorzukommen und ihn damit zu Dank verpflichtet.

46 *Ruten* – (perche), altes Längenmaß zwischen 5 und 7 Metern.

Wasser – Die Händlerrufe (les cris de Paris) waren ein sehr belebendes Element auf den Straßen. Die Streichholzverkäuferinnen (s. S. 213) riefen: »Streichhölzer für die Gewehre, dem lieben Gott die Ehre, kauft Streichhölzer.«

47 *Karten* – Die französische Gesellschaft des 18. Jahrhunderts war berühmt für ihre Spielleidenschaft. Ganze Vermögen wechselten manchmal in einer Nacht ihre Besitzer.

48 *Ein Pfund Fleisch* – Zu dieser Zeit wurden heute kaum vorstellbare Mengen gegessen – allerdings nur in den wohlhabenden Kreisen. Unter dem Volk herrschte Hunger und große Armut.

Sesostris – Ein alter, gütiger Herrscher in Ägypten, der sich jedoch von einem bösen Vertrauten täuschen ließ.

49 *Areopag* – Ältester Gerichtshof im antiken Athen. Brideron täuscht sich also in doppelter Hinsicht, wenn er diese Institution mit den Abenteuern des Telemach in Verbindung bringt.

Auf die Galeeren – Solange die Galeeren als Kriegsfahrzeuge dienten, brauchte der Staat viele Menschen zu ihrer Bedienung. So kam es vor, daß einerseits eine Todesstrafe in Galeerenstrafe umgewandelt wurde, andererseits Vergehen wie Betteln, Landstreicherei etc. damit geahndet wurden. Den größten Anteil an Galeerensträflingen bildeten die Protestanten.

50 *Um Gräben auszuheben* – Das Bauen und Instandhalten der öffentlichen Wege war eine Fronarbeit, doch wurden auch Gefangene dafür herangezogen.

51 *Termosiris* – Ein Priester des Apollo, dem Telemach in seiner Gefangenschaft begegnet und der diesen freundlich tröstet. Allerdings scheint sein Äußeres nach Fénelons Beschreibung wesentlich angenehmer zu sein, als Brideron behauptet.

52 *Den Zehnten* – (la dîme). Eine der vielen Steuern, die auf dem Volk lasteten. Hier handelt es sich um eine Naturaliensteuer an Kirche und Adel.

53 *In effigie gehängt* – Scheinhinrichtung durch Hängen oder Verbrennung des Bildes eines abwesenden Verbrechers.

56 *Ins Spital* – 1656 war in Paris ein Spital gegründet worden (L'hôpital général), um die Bettelei einzudämmen, die beträchtliche Ausmaße angenommen hatte. Die Bettler – ca. 40 000, darunter viele aus der Provinz – sollten, gesund oder krank, dort aufgenommen werden. Die Gesunden mußten unter der Aufsicht von Handwerkern in Werkstätten arbeiten. Doch wandelte sich die Einrichtung sehr bald vom Armenhaus zu einer Art Strafanstalt, in der auch Vagabunden, Dirnen und kleinere Straftäter unter härtesten Bedingungen eingeschlossen wurden (Beschränkung der Nahrung, Strafen wie Halseisen, Pranger, Verlies usw.) Andererseits nahm das Spital auch Bedürftige auf, die freiwillig für Lebenszeit auf ihre Freiheit verzichteten – bei Flucht drohte ihnen die Galeerenstrafe – und dafür Essen, Kleidung und eine bevorzugte Behandlung erhielten. Sie mußten die vom Spitalverwalter zugewiesenen Arbeiten ausführen.

Ähnliche Spitäler wie in Paris wurden in rascher Folge in vielen Provinzstädten gegründet.

Als ich das Fenster öffnete – Zu dieser Zeit waren die in Quadrate unterteilten sehr kleinen Fensterscheiben aus undurchsichtigem Glas und selbst dann noch ein Luxus. In den Dörfern waren die Fenster häufig nur mit einem Laden verschlossen.

62 *Bourguignon* ... – Damals gab man den Dienern häufig den Namen der Provinz, aus der sie kamen.

63 *Pygmalion* – König der Phönizier in Tyrus (s. Anm. S. 132).

Bessere Holzschuhe – Wahrscheinlich liegt das Dorf in der Auvergne, dort wurden die besten Holzschuhe hergestellt.

65 *Meinen Taubenschlag* – Das Recht Tauben zu halten, deren Kot als Dünger sehr geschätzt wurde, war ein Herrenrecht. Die Briderons waren also Grundherren dieser Gegend, was aber nicht bedeutet, daß sie dem Adel angehörten.

67 *Polichinelle* ... – Gestalten der Commedia dell'arte unter ihrer französischen Bezeichnung.

68 *Von der Farbe eines Bären* – Bei Fénelon führt Kalypso Telemach in eine Grotte, in der eine Quelle »durch ihr sanftes Gemurmel zum Schlummer einlud« und wo die Nymphen zwei Ruhestätten von weichen Gräsern bereitet hatten, über die für Telemach eine Löwenhaut und für Mentor eine Bärenhaut gelegt waren.

70 *Schlummerte noch* – Nach dem Vorbild des Hofes, an dem bis zu Entbindungen alles öffentlich war, gab es auch in anderen Schichten wenig Intimität.

77 *Ein Fiebernder* – Bei Fénelon heißt es an dieser Stelle: »Ich glich einem Menschen, der in einem tiefen und reißenden Strom schwimmt: anfangs zerteilt er mit kräftigen Armen die Wellen und kämpft siegreich gegen den Strom an, aber sind die Ufer zu abschüssig und kann er das Land nicht erreichen, so erschlafft allmählich seine Kraft, nimmt ab, seine erschöpften Glieder erstarren, und der Strom reißt ihn mit sich fort.«

79 *Metophis* – Bei Fénelon ein niederträchtiger ägyptischer Beamter.

80 *Die Knie von Hazael geküßt hatte* – Briderons Erinnerungen sind häufig etwas verschwommen, wie hier etwa: Telemach hatte weder Knie noch Schuhe geküßt, sondern sich vor Hazael niedergeworfen.

84 *Meine Strümpfe mit den neuen Sohlen* – Es ist anzunehmen, daß an die Strümpfe aus Sparsamkeit neue Sohlen genäht wurden, da sie sich am schnellsten abnützten.

Alte Hüte – Das Verkaufen alter Hüte war ein ambulantes Gewerbe der Zeit. Die Händlerinnen weckten die Aufmerksamkeit mit dem Ruf: »Alte Hüte zu verkaufen.«

86 *Hesperien* – Bezeichnung der Griechen und Römer für Italien. (Zu Omeneus s. Anm. S. 139.)
Vogelschießen – s. Anm. S. 26.

89 *Ein Gascogner* – Die Bewohner der Gascogne gelten als Aufschneider und besonders redefreudig.

95 *Nikodemus* – Im Neuen Testament ist Nikodemus ein Pharisäer, der Jesus naive Fragen stellt, daher im Französischen die Bedeutung von »Einfaltspinsel«. Bei Fénelon heißt die entsprechende Figur Aristodemus. Brideron gibt dem Namen durch die Verstümmelung eine ihm sehr vertraute Bedeutung.

96 *Ein wahres Geschenk* – Es war üblich, dem König besondere Seltenheiten zum Geschenk zu machen, etwa Früchte, abnorme Tiere, archäologische Merkwürdigkeiten etc.

97 *Die französischen Partikel* – Die Frage der Zuordnung der Partikel (Wörter, die nicht zu beugen sind, wie Adverben, Interjektionen usw.) war zu Marivaux' größter Belustigung damals Anlaß zu heftigen Diskussionen unter den Grammatikern.

98 *Ein Lied auf euch* – Vom 17. bis 19. Jahrhundert war es weitverbreitet, besondere Begebenheiten, auch im Alltagsleben, in Liedern zu besingen.

101 *Minerva* – Es sei daran erinnert, daß Telemach von der Göttin Minerva auf seiner Reise begleitet wurde, die Mentors Gestalt angenommen hatte.

102 *Zauberstab* – 1694 hatte ein gewisser Jacques Aymar in Lyon mittels seines Zauberstabes Mörder ausfindig gemacht und damit die Aufmerksamkeit der berühmtesten Philosophen der Zeit erregt, die für oder gegen dieses Phänomen Stellung nahmen, u. a. Leibniz.

110 *Wusch sie sich das Gesicht* – Körperpflege war im damaligen Frankreich fast unbekannt. Ein Anstandsbuch empfiehlt, man solle sich alle Tage die Mühe machen, die Hände zu waschen. Außerdem sei es häßlich, sich mit der bloßen Hand zu schneuzen oder die Nase am Ärmel abzuwischen.

116 *Manteau* – Eine Art Überkleid, meist aus Samt, Seide oder Spitzen.

118 *Ägide* – Der unzerbrechliche Schild der Minerva. S. Anm. S. 170.

120 *Telemachs Sprung* – s. S. 293.

123 *Epirus* – Gebirgslandschaft in Nordwestgriechenland, wohin im *Telemach* das phönizische Schiff fährt.

127 *Dein Fläschchen mit dem ungarischen Königinwasser* – Eine Art Kölnischwasser auf der Basis von Rosmarin.

129 *In die Neue Welt zum Kindermachen* – Dirnen wurden damals nach Amerika deportiert, besonders auf die Antillen.

132 *Um so mehr Bräute* – In manchen Fällen beschaffte der Herr dem von ihm geschwängerten Mädchen einen Ehemann.

Eine Astorbe . . . – Im *Telemach* vergiftete Astorbe den phönizischen König Pygmalion. Baleazar ist sein Sohn. Fénelon hatte Pygmalion als Beispiel eines ungerechten Herrschers mit vielen Einzelheiten ausgestattet, und man hatte in der Gestalt ein satirisches Porträt Ludwigs XIV. gesehen. Analog dazu wurde Astorbe mit Madame de Maintenon verglichen. Als das Buch erschien, war Fénelon jedoch bereits wegen seiner mystischen Theologie vom Hof verbannt.

133 *Achitoas* – Ein Sänger und Leierspieler auf dem phönizischen Schiff.

Bourrée – Alter französicher Volkstanz. Zu der *Übereinstimmung* sei angemerkt, daß es bei Fénelon heißt: »Auf allen Ruderbänken saßen Flötenspieler, deren Musikstücke Achitoas von Zeit zu Zeit durch die herrlichen Töne seiner Stimme und seiner Leier unterbrach, durch Töne, würdig an der Tafel der Götter gehört zu werden und die Ohren Apolls selbst zu entzücken. Die Tritonen, Nereiden und alle jene Gottheiten, die dem Neptun gehorchten, sogar die Seeungeheuer, kamen aus ihren nassen und tiefen Höhlen hervor, um sich um das Schiff zu scharen.«

135 *Baetica* – Römischer Name für die spanische Provinz Andalusien. Fénelon gibt eine ausführliche Beschreibung dieses Landes, »von dem man so viel Wunderbares erzählt«, und das »die Herrlichkeit des Goldenen Zeitalters bewahrt zu haben scheint«, sowie seiner Bewohner und ihrer Lebensform.

Eine Torheit – Telemach betrachtet die Schiffahrt durchaus als eine »sinnreiche Kunst«, nur wird sie verderblich, wenn sie zu Eroberungsfahrten genutzt wird. Wieder einmal hat Brideron wenig begriffen.

139 *Für unsere Sünden* – Der Schiffer erkennt seinen Irrtum.

Salent – Bei Fénelon eine Stadt im Gebiet der Salentiner (Volksstamm in Kalabrien), die der kretische König Idomeneus gegründet hat. Dieser, ein Enkel des Minos, hatte der Sage nach seinen eigenen Sohn töten lassen auf Grund eines Gelübdes, das erste Lebewesen, das ihm bei seiner glücklichen Heimkehr von Troja begegnen werde, Neptun zu opfern. Er wurde daraufhin von seinem Volk vertrieben und fand Aufnahme bei den Salentinern.

142 *Närrisch wie ein Bracke* – Wie ein Spürhund.

143 *Tempel des Jupiter* – Bei Fénelon begibt sich Idomeneus mit seinen Gästen zum Tempel des Jupiter, in dem die wichtigsten Begebenheiten von Troja dargestellt sind. Telemach erkennt seinen Vater, der die Pferde des Rhesus ergreift. Dieser, König von Thrakien, war den Trojanern zu Hilfe geeilt und bei seiner Ankunft von Odysseus und Diomedes getötet worden. Laut Orakelspruch sollte Troja uneinnehmbar sein, falls die weißen Pferde des Rhesus trojanisches Futter fräßen.

144 *Theophanes* – Ein alter Priester des Tempels, der, nachdem er die noch zuckenden Eingeweide der Opfertiere erforscht hatte, sich auf den heiligen Dreifuß setzte und in einer Art Extase Telemach eine Weissagung machte, die er jedoch nicht vollendete.

146 *Leutnant des Königs* – Seit 1691 ein militärischer Rang, der Befehlshaber eines Gouvernements. Zur Zeit Ludwigs XIV. gab es in Frankreich 32 Gouvernements.

147 *Hugenotten* – 1598 war im Edikt von Nantes den Hugenotten von Heinrich IV. freie Religionsausübung und eine politische Sonderstellung zugesichert worden. Unter Ludwig XIV. wurde dieses Edikt jedoch 1685 widerrufen, und mindestens 200 000 Hugenotten flohen daraufhin ins Ausland. Die Zurückgebliebenen wurden durch alle möglichen Arten von Schikanen zur Aufgabe ihres Glaubens gezwungen. Dazu gehörte auch die Dragonade: Dragoner wurden in den Häusern der Hugenotten einquartiert und benahmen sich dort wie in Feindesland. Sie plünderten, legten Feuer, entführten Kinder usw.

148 *Acestes* – s. Anm. S. 39

149 *Wie die Schafe* – Marivaux spielt hier auf die sprichwörtliche Geduld der französischen Protestanten an: »Geduldig wie ein Hugenotte«.

150 *Seine vier Mahlzeiten* – Die Hugenotten hatten einen großen Anteil an Handel und Industrie und galten als vermögend.

151 *Honig zu schlecken* – Vor der Widerrufung des Edikts von Nantes wurde häufig versucht, die Protestanten durch materielle Vorteile

zur Aufgabe ihres Glaubens zu bewegen. Dafür gab es einen besonderen Fond, die »caisse des conversions«.

152 *Freunde* – Die Beziehungen zwischen Protestanten und Katholiken waren häufig gut, besonders in den Städten, und es mußten mehrere Verordnungen erlassen werden, die den Katholiken untersagten, den Protestanten während der Dragonaden Zuflucht zu gewähren oder ihre Möbel und Wertsachen aufzubewahren.

153 *Der Generalprokurator* . . . – In größeren Städten durften die Protestanten bereits ab 1656 keine städtischen Ämter mehr übernehmen. 1681 wurden ihnen auf Grund eines Erlasses auch Ämter wie die des Notars, des Anwalts, des Gerichtsvollziehers usw. entzogen. Die Betroffenen mußten diese Ämter innerhalb eines halben Jahres niederlegen.

157 *Krieg der Barrikaden* – Unter Heinrich III. war es 1588 in Paris zu der »journée des Barricades« gekommen, einem blutigen Aufstand gegen den König, als dieser den Anführer der Katholischen Liga, Henri de Guise, daran hindern wollte, die Stadt einzunehmen.

157 *Wie die Reisekoffer* – Die Emigration war verboten. Wer bei den Vorbereitungen dafür überrascht wurde, kam auf die Galeeren.

158 *Pylos* – Von Nestor regierte Stadt und Landschaft am Peloponnes.

162 *In Scheinen zu bezahlen* – In Frankreich gab es zu diesem Zeitpunkt noch keine Staatsbank und damit keine offiziellen Banknoten. Das Mißtrauen in die von Privatbanken ausgegebenen Scheine war begründet, da sie häufig rasch an Wert verloren. Erst 1718 gab es die von dem Schotten John Law gegründete »Banque royale«, die jedoch durch ihren Zusammenbruch, der bereits 1720 erfolgte, Frankreich in eine schwere Finanzkrise stürzte, bei der auch Marivaux sein Vermögen verlor. Es war übrigens die erste Papiergeldinflation.

164 *Vom harten Winter* – Der berühmte »harte Winter«, in dem es so kalt war, daß, wie Liselotte von der Pfalz es schilderte, sogar der Wein am königlichen Hof in den Gläsern gefror, war erst 1709, während die hier geschilderten Ereignisse um das Jahr 1700 spielen.

166 *Adrast* – Bei Fénelon König der Daunier (Bewohner des nordöstlichen Teils Apuliens), der als gottlos und gewalttätig bekämpft und dramatisch besiegt wird.

Fanatiker – Auch Kamisarden genannt. Eine Gruppe von Hugenotten im Dauphiné und Vivarais, die sich zunächst bei den Angriffen der französischen Soldaten friedlich verhielten. Als sie jedoch bei einer ihrer Zusammenkünfte 300 Tote verloren, fingen sie an, organisierte Bauernbanden zu bilden, die ungezählte Grausamkeiten begingen. Zum Schutz gegen sie bildeten sich Bürgermilizen. Der Einsatz von königlichen Truppen führte zu dem berühmten Cevennen-Krieg 1702-1704. Auch hier hält Marivaux sich nicht streng an die historischen Daten, da es ihm um Darstellung der Auseinandersetzungen geht, nicht um historische Genauigkeit.

169 *Das Aufgeld eingerechnet* – Zum Ausgleich zwischen dem Nennwert der Münze und ihrem Realwert.

170 *Möge dieser Rockschoß* – Während Minerva in Mentors Gestalt Telemach mit ihrer Ägide bedeckt, flößt sie ihm »den Geist der Weisheit und der Vorsicht, unerschrockenen Mut und sanfte Mäßigung« ein.

173 *Viertelstück* – Ein Faß von 300 Litern Inhalt.

176 *Pinte* – Eine Maßeinheit, die je nach Gegend verschieden ist. Hier wahrscheinlich ein knapper Liter.

177 *Ihr kauft Euer Fleisch aufs Kerbholz* – Bei Bäckern und Fleischern war es üblich, daß die gekaufte Menge an einem in zwei gleiche Teile gespaltenen Holzstück mit einer Kerbe markiert wurde. Bezahlt wurde wöchentlich oder monatlich.

186 *Polichinelle* – (s. Anm. S. 67) Diese Gestalt der Commedia dell'arte (ital. Pulcinella), boshaft und bucklig, mit Vogelnase und kegelförmigem hohen Hut, wurde im 17. Jahrhundert in ganz Europa zu einer beliebten Figur im Puppen- und Marionettenspiel.

Protesilas – Ein Günstling des Idomeneus, dem es gemeinsam mit dem Diener Timokrates gelang, Philokles, den Freund des Königs, bei diesem in Ungnade zu stürzen. Philokles zog sich nach einem verfehlten und von dem König bereuten Mordanschlag als Einsiedler auf die Insel Samos zurück und konnte nur mit Mühe bewogen werden, in sein Land zurückzukehren.

Champagne – s. Anm. S. 62.

189 *Pikett* – Ein bereits im 14. Jahrhundert am französischen Hof gespieltes beliebtes Kartenspiel.

192 *Spital* – s. Anm. S. 56.

198 *Ein Schoppen genüge* – Ein Schoppen ist eine halbe Pinte, hier also wahrscheinlich ein knapper halber Liter.

199 *Das weiße Gewand* – Es ist anzunehmen, daß damit gefährliche oder sehr aufsässige Insassen gekennzeichnet wurden, die eine besonders harte Behandlung erhielten.

208 *Lotek* – Gemeint ist Philoktet, der Freund des Herkules, dem dieser sterbend Pfeile und Bogen vermachte. Wegen einer übelriechenden Wunde – der Sage nach von einer Giftschlange verursacht, nach Fénelon von einem dieser Pfeile – wurde er auf der Fahrt nach Troja auf der Insel Lemnos ausgesetzt, doch im 10. Jahr des Krieges nach Troja geholt. Wahrscheinlich hatte Marivaux bei der Darstellung des Lotek einen gewissen Hauptmann Poul im Auge, der in Ungarn gedient und zu Beginn des Cevennenkrieges mehrmals über die Fanatiker gesiegt hatte. Er galt als besonders kühn und erfahren und »die Länge und das Gewicht seines armenischen Säbels machten ihn furchterregend«.

209 *Dem großen Terkules* – Herkules stirbt an einem Gewand, das ihm seine eifersüchtige Frau Dejanira gegeben hatte, weil es angeblich seine Liebe wiedererwecke. In Wahrheit war es vom vergifteten Blut der Zentauren getränkt, und Herkules verbrannte elend darin. – Im übrigen war zur Zeit, als Marivaux schrieb, der Glaube an die Wirkung des Liebestrankes in Frankreich noch weit verbreitet.

Profoß – Ein königlicher Richter, der über Vagabunden richtet, über »jene, die auf dem Lande stehlen, über Falschmünzer, und der Meuchelmorde zur Kenntnis nimmt«, wie es in einem Dictionnaire der Zeit heißt. Er ist der Vorgesetzte der »maréchaussée«, einer berittenen Polizeiwache.

213 *Wie vor einer Stinknase* – Die Stinknase ist eine chronische Erkrankung der Nasenschleimhaut, die ein äußerst übelriechendes Sekret absondert.

215 *Neoptolemus* – Sohn des Achills.

219 *Schweizer* – »So wenig Vernunft annehmen wie ein Schweizer« war eine sprichwörtliche Redensart, die auch soviel bedeutete wie stur sein, aller Welt widersprechen.

220 *Achills Schatten* – An dieser Stelle hört Telemach eine überirdische Stimme und sieht Herkules in einem Glorienschein. Er übermit-

telt ihm Jupiters Befehl, mit Achills Sohn nach Troja zu ziehen und verheißt ihm gleichzeitig, daß seine Wunde von Aesculap, dem Gott der Heilkunde, geheilt würde.

222 *Ein paar Salzschmuggler* – Die Erhebung der Salzsteuer (gabelle) unterlag einem äußerst komplizierten System. Die Bevölkerung war gezwungen, eine bestimmte Menge zu verbrauchen, die andererseits auch nach oben begrenzt war. Da die Preise von Provinz zu Provinz oft über das Zehnfache variierten, war der Salzschmuggel ein lohnendes Gewerbe. Um ihm vorzubeugen, wurde die Bevölkerung großen Schikanen ausgesetzt. Die Steuerkontrolleure hatten das Recht, zu jeder beliebigen Zeit in jeden Haushalt einzudringen, um die Qualität des Salzes zu prüfen. Sehr gutes Salz galt als geschmuggelt.

223 *An Hippias Stelle* – s. S. 294.

226 *Die Lieder vom Pont-Neuf* – Die Brücke Pont-Neuf – trotz ihres Namens heute die älteste von Paris – war das Zentrum des Straßengewerbes. Hier tummelten sich alle Arten von Händlern, Quacksalbern, Straßensängern, Musikanten und Komödianten.

227 *Poitevin* – So wie die Diener nach ihrer Herkunftsprovinz genannt wurden, bekam auch dieser Soldat seinen Namen. Tatsächlich heißt er Rimachus und ist die Gegenfigur zu Eurymachus, bei Fénelon ein durchtriebener Doloper (Volksstamm in Nordgriechenland).

229 *Briderons Schild* – Der Text ist eine Ironisierung der Beschreibung von Achills berühmtem Schild. Homers Gegner hatten darauf hingewiesen, daß eine so große Anzahl von Szenen unmöglich auf einem einzigen Schild Platz haben könne, ebenso wie man sich fragen müsse, woher die Reden der dargestellten Personen bekannt seien.

230 *Mit ihm das Haus bewohne* – In einigen Provinzen, der Auvergne etwa, gehörte das Haus zum unteilbaren Erbe der Kinder.

235 *Einen Scharpiepfropfen* – Einen Tampon aus zerzupfter Leinwand, die damals statt Zellstoff verwendet wurde.

237 *Piken* – Brideron zitiert im ersten Teil des Satzes seinen *Telemach* wörtlich. Allerdings fällt ihm der Anachronismus nicht auf, über den Marivaux sich lustig macht.

239 *Orvietan* – Ein seit dem 17. Jahrhundert verwendetes Universalmittel, das von einem Quacksalber aus Orvieto erfunden worden war.

242 *Acherontia* – Bei Fénelon ein fiktiver Ort, dessen Name nach dem Fluß in der Unterwelt Acheron gebildet ist.

251 *Farnglas* – Ein einfaches Glas, in das Farnasche gemischt ist.

252 *Gabel* – Zwar gab es zu dieser Zeit bereits Gabeln aus Eisen oder Stahl, doch waren das meist Vorlegegabeln. Besteckgabeln waren auf dem Land immer noch ein Luxus.

253 *Gib acht aufs Fieber* – Gemeint ist das Faulfieber, eine besonders häufige Todesursache auf dem Land. Wahrscheinlich wurde es durch die vielen Sümpfe verursacht. Es begann mit Mattigkeit und »düsterer Gemütsstimmung«, die Haut begann sich schwärzlich zu färben, alle Körperausscheidungen bekamen einen fauligen Geruch, Verletzungen gingen rasch in Brand über. In fast allen Fällen führte eine allgemeine Auflösung des Körpers zum Tode.

257 *Pacolet* – Eine alte Märchenfigur, die auf einem sehr raschen Pferd reitet. Wahrscheinlich kommt der Name aus dem Polnischen und heißt soviel wie Soldatenknecht.

259 *Zu erdrosseln* – Seit Beginn des Cevennenkrieges waren auf die Köpfe der wichtigsten Rebellenanführer Preise gesetzt, was von Fénelon ebenso verurteilt wurde wie von Marivaux.

260 *Courtbouillon* – Gewürzter Sud zum Ansetzen von Fischen und Schalentieren.

263 *Ritterakademie* – Eine Anstalt, in der junge Adlige für den Hofdienst ausgebildet wurden.

266 *Eine Quinte* – Im Pikettspiel fünf aufeinanderfolgende Karten der gleichen Farbe. Brideron meint, er habe die nötige Punktzahl, um haushoch zu gewinnen.

267 *Wie die Schweizer bezahlt* – Den Fanatikern hatte es nicht an Geld gefehlt. Abgesehen von dem, was sie raubten, erhielten sie aus dem Ausland Unterstützung.

Laßt nur Ostern kommen – Zu den Festen, besonders zu Ostern, wurde der Eifer der Neukonvertierten von den Pfarrern auf die Probe gestellt.

268 *Tummler* – Ein Trinkgefäß ohne Fuß und Henkel.

270 *Wie eine Blüte* – Briderons Vergleich ist etwas mißglückt. Bei Fénelon heißt es: »Sobald er aber seinen Namen genannt hatte, entfärbte sich Telemachs Gesicht gleich einer schönen Blume, die der rauhe Nordwind mit seinem zerstörenden Hauch ihrer Anmut beraubt.«

271 *Spanische Kühe* – Eine französische idiomatische Redewendung lautet: »Zaubern wie eine spanische Kuh«, was so viel heißt wie »kein großes Kirchenlicht sein«.

275 *Castorhüte* – Aus Biberhaar angefertigte Filzhüte, die damals sehr in Mode, aber auch sehr teuer waren.

276 *Einem Koch gleichen* – Mentor spricht darüber, wie ein Staat zu regieren sei. Unter anderem solle der König den Überblick über das Ganze haben und sich nicht in Details verlieren: »Der Vorzug eines Königs ... besteht nicht darin, daß er alles selbst verrichte; es ist eine große Eitelkeit zu hoffen, daß er so sein Ziel erreiche, oder die Welt überreden zu wollen, daß er fähig dazu sei.«

278 *Als wäre sie eine Standuhr* – Zu dieser Zeit waren Standuhren auf dem Land fast völlig unbekannt.

283 *Zehn Sous* – Der Wein war zwar im allgemeinen billig, doch verursachten die teilweise hohen Transportkosten große Preisunterschiede.

Riom – Im Original steht zwar »Rome«, doch da es diese Stadt in der Gegend nicht gibt, ist anzunehmen, daß es sich um Riom handelt, eine Stadt in der Auvergne, in der Marivaux aufwuchs.

291 *eine neue Gestalt annehmen* – Bei Fénelon heißt es: »Auf einmal bemerkte Telemach, daß das Antlitz seines Freundes eine neue Gestalt annimmt. Die Runzeln der Stirn verschwinden gleichsam wie die Schatten der Nacht, wenn Aurora mit rosigen Fingern die Pforten des Orients öffnet und den ganzen Horizont in Flammen setzt. Seine tiefliegenden und ernsten Augen nehmen eine blaue Farbe von himmlischer Anmut an, und ein göttliches Feuer strahlt aus ihnen. Sein grauer, wirrer Bart verschwindet. Züge edler Erhabenheit, mit holder Anmut gepaart, zeigen sich den erstaunten Augen Telemachs. Er erkennt ein weibliches Gesicht, dessen feine Haut einer zarten Blume gleicht, die sich soeben den Strahlen der Sonne geöffnet hat ...«

Ein Teil der Anmerkungen stammt aus dem von Frédéric Deloffre herausgegebenen Band: Marivaux, »Œuvre de jeunesse«, Paris 1972.

Die Textstellen und die Schreibweise der Namen, die sich auf das Werk Fénelons beziehen, wurden dem 1984 im Reclam Verlag erschienenen Band »Die Abenteuer des Telemach«, Übersetzung von F. Rückert, herausgegeben von Volker Kapp, entnommen.

Nachwort

Nicht nur dem jungen Helden Brideron war ein seltsames Schicksal beschieden, von dem Roman läßt sich das gleiche sagen: mehr als zweihundert Jahre mußten vergehen, bis die vollständige Fassung des *Télémaque travesti* endlich in Frankreich erschienen ist. Wie kam das? Zunächst fand das 1714 entstandene Frühwerk keinen Verleger. D'Alembert, der die Parodie als ein »sehr großes Unrecht« mißbilligte, vermutete, Marivaux habe sie aus Gewissensbissen überhaupt nicht beendet. Andere glaubten, der Tod Fénelons im Januar 1715 habe Marivaux bewogen, sie nicht zu veröffentlichen, was den Tatsachen entsprechen mag. Jedenfalls ist das Werk erst 1736 in mehreren Lieferungen in Amsterdam erschienen. Der Autor distanzierte sich von der Veröffentlichung und behauptete, es stamme nicht von ihm, er habe es nur vermittelt, später räumte er ein, es bearbeitet zu haben.

1775, also zwölf Jahre nach Marivaux' Tod, erschien es in der »Bibliothèque des romans« auch in Frankreich. Der Herausgeber schrieb: »Der *Télémaque travesti* ist gewiß ein sehr seltsames Stück, der Beweis dafür ist, daß alle, die seit vierzig Jahren über ihn reden, ihn nicht kennen.« Schade nur, daß die Leser ihn zu diesem Zeitpunkt noch immer nicht kennenlernen konnten, denn das, was da endlich veröffentlicht wurde, waren nur die ersten drei Bücher, also etwa ein Viertel des gesamten Textes. Der Herausgeber behauptete kategorisch: »Monsieur de Marivaux führte seine Arbeit nicht weiter. Wir haben alles zusammengetragen, was er von dieser unterhaltsamen Parodie veröffentlichte, und haben nichts davon gehört, daß man in seinen Papieren etwas auf diesen Gegenstand Bezügliches gefunden hätte.« In der 1781 erschienenen Gesamtausgabe von Marivaux' Werken, in der dieser Teil aufgenommen wurde, hieß es im gleichen Sinn: »Man kennt die Gründe nicht, die Monsieur de Marivaux bewogen haben, das Werk abzubrechen. Er hat nur diese drei Bücher geschrieben.« Bis in die jüngste Zeit haben sich selbst Marivaux-Spezialisten mit diesen Auskünften zufriedengegeben.

In der Gesamtausgabe von 1825 fehlte schließlich auch der 1781 veröffentlichte Teil, und damit verschwand das Werk gänzlich aus der Literatur. Erst mehr als hundert Jahre später wurde die in Holland gedruckte Originalausgabe wiederentdeckt, und es ist das Verdienst von Frédéric Deloffre, 1956 die erste vollständige Ausgabe des *Télémaque travesti* in Frankreich herausgebracht zu haben.

Die Frage, warum Marivaux sich als Autor von dem Werk distanziert hatte, ist nicht schwer zu beantworten. Als er es 1714 schrieb, war der Streit der »Anciens« gegen die »Modernes« in vollem Gang, das heißt der Streit der Literaten, die die klassische Bildung, symbolisiert im »göttlichen« Homer, als absolutes Ideal betrachteten, gegen jene, die den Vorrang der Gegenwartskunst vor ihren antiken Modellen postulierten. Marivaux, der auf seiten der »Modernes« stand, hatte sein Werk beeinflußt vom polemischen Ton der Zeit geschrieben. Er war noch jung, unbekannt und unbefangen genug, seine Unabhängigkeit von den herrschenden religiösen und politischen Vorurteilen deutlich zu zeigen. Als der Roman jedoch 1736 in Holland erschien, hatte sich der Streit beruhigt und der literarische Geschmack gewandelt, Marivaux selbst war ein in ganz Europa bekannter Autor, Anwärter auf einen Sitz in der »Académie Française«. Er hatte genügend Schwierigkeiten wegen seiner ungewöhnlichen, neuen Sprache gehabt und kannte das traditionsgebundene Literaturverständnis seiner Zeitgenossen zur Genüge, um nicht neue Anfeindungen zu befürchten. Sie ließen dennoch nicht auf sich warten. In der anhaltenden Diskussion über die Autorenschaft – die inzwischen eindeutig geklärt ist – zeigten besonders jene Literaten, die vorgaben, Marivaux nicht für den Autor des *Télémaque travesti* zu halten, sehr deutlich, was sie von einem solchen Angriff auf ihre Ideale hielten. Das Werk sei »in jeder Hinsicht eines Mannes seines Ansehens wenig würdig«, schrieb ein Kritiker und stellte fest: »Die Absicht dieses Werkes ist es, Homer lächerlich zu machen.« Ein anderer erklärte, Marivaux könne gar nicht der Verfasser sein, denn er hätte »niemals als Helden einen Dummkopf ohne die geringste Erziehung genommen, der in einer niederen bäurischen Sprache ständig Vulgaritäten von sich gibt, die den Leser abstoßen«. Der Schriftsteller Palissot beantwortete seine eigene Frage, warum Marivaux so oft »wider den guten Geschmack und manchmal sogar gegen die Sprache gesündigt« habe, mit dem Hinweis darauf, daß der Autor »keine guten Studien betrieben« habe, man dürfe »sogar vermuten gar keine«. Im übrigen könne man für sein Ansehen nur hoffen, daß er nicht der Verfasser des *Télémaque travesti* sei, dieses »schändlichen Erzeugnisses«. Auch wenn dieses vernichtende Urteil erst kurz nach Marivaux' Tod erschien, so weiß man doch aufgrund vieler anderer Stellungnahmen, daß es den allgemeinen Tenor zu Lebzeiten des Autors wiedergab.

Wie groß Unverständnis und Feindseligkeit jener waren, deren »erzürnter Geist« sich hütete, »in einer schrecklichen Zerstörung der Charaktere, die ihr bewundert, Nützliches zu vermuten«, wie der Autor selbst in seinem Vorwort schrieb, zeigt anschaulich die berühmte *Eloge d'Alembert*. Der Enzyklopädist hatte mehr als zwanzig Jahre nach Marivaux' Tod in einer angeblichen Würdigung des Autors noch einmal das häufig erörterte Thema seiner Beziehung zur Klassik aufgenommen. Dazu muß noch erwähnt werden, daß Marivaux außer dem *Télémaque travesti* noch einen *Homère travesti ou l'Iliade en vers burlesque* (1716) geschrieben hatte, was für viele seiner Zeitgenossen der Gipfel der Vermessenheit gewesen war.

D'Alembert schrieb also, daß es Marivaux nicht möglich gewesen sei, »sich bereits in seiner Kindheit mit der reinen, kräftigen Milch der Antike zu nähren«. (Marivaux hatte – soviel ist inzwischen geklärt – zwar Lateinstudien betrieben, konnte aber kein Griechisch.) Die Zeit der Parodie sei »der schändliche Teil seines Lebens« gewesen, erst sein Roman *La vie de Marianne* habe »den *Télémaque* und den *Homère travesti* vergessen lassen«. Weil Marivaux »die Respektlosigkeit gegenüber dem göttlichen Homer so weit getrieben« habe, ihn zu parodieren, was d'Alembert als ein »verbrecherisches Unterfangen, das unsterbliche Werk herabzuziehen«, bezeichnete, könne der »Parodist von Homer, der erklärte blasphemische und beharrliche Feind der Ilias, mit den verhärteten Ungläubigen verglichen werden, die, indem sie die Religion angreifen, kühn das mit Füßen treten, was sie unglücklicherweise verachten«.

Sich über die Unmoral eines andern ereifern, hebt stets das eigene Ansehen. Doch machte auch d'Alembert der Eifer blind. Denn es lag Marivaux völlig fern, Homer und sein Werk »mit Füßen zu treten« oder zu »verachten« – in seinem Vorwort erklärt er es deutlich genug. Auch wollte er Fénelon nicht angreifen, den er verehrte, sondern vielmehr die Maßlosigkeit des Kultes lächerlich machen, der mit Homer getrieben wurde. Als Moralisten ging es ihm darum, die Überbewertung seiner Helden anzugreifen, ihre Eitelkeit und Lächerlichkeit zu demaskieren und auf die verheerenden Folgen falscher Ehrbegriffe hinzuweisen. Er läßt daran keinen Zweifel, wenn er schreibt, »daß im Grunde gerade den Helden Verachtung gebührt, deren Tugenden in Wahrheit nur dem Hochmut geopferte Laster sind, nämlich dem Hochmut, nur achtenswerte Leidenschaften zu haben«. Das Thema der Übereinstimmung von Sein und Schein gehört zu den Grundthemen in Marivaux' Werk. Den philosophischen Vagabunden läßt er schreiben: »Es gibt keine größere Schwäche als den Hochmut, Tugenden zu heucheln, die man nicht hat . . . Ich würde lieber das Vergnügen haben, ein Narr zu sein, als den Schmerz, den Weisen zu spielen, bei aller Ehre, die mir das einbrächte.« Und so ist das eigentlich Lächerliche an seinen beiden Helden ja auch nicht, wie sie die jeweilige Situation bestehen, sondern daß sie glauben, um jeden Preis etwas ganz anderes sein zu müssen, als sie es ihrer Natur, ihrem Wesen nach sind.

Doch mehr noch als den Moralisten reizten den Stilisten Marivaux die Möglichkeiten einer Parodie. Denn hier werden nicht nur Themen und Charaktere parodiert, sondern vor allem Stil und Sprache, was dem Autor ein besonderes Vergnügen bereitet haben muß, denn er war – was leider bisher noch viel zu wenig gewürdigt worden ist – ein meisterhafter Parodist. Wen immer er in seinen Werken in der Ichform reden läßt – junge Mädchen, alternde Frauen, schlichte Bauernjungen –, es geschieht ebenso aus dem Blickwinkel der Figur wie in deren Ausdrucksweise und Sprechrhythmus.

Mehrmals kritisierte er Werke, in denen der Autor »zu sehr anwesend« sei: »Stets spricht der Autor, man sieht ihn arbeiten, man verliert ihn nicht aus den Augen.« Was er im Vorwort zu seinem *Homère travesti* schrieb, gilt für sein gesamtes Prosawerk: »Fast immer sind es meine Figuren, die sprechen. Ich habe versucht, den Autor vergessen zu machen.« Denn der Autor denkt beim Schreiben an den Leser und bemüht sich, seinetwegen einen bestimmten Stil anzunehmen. »Ihr seht den Menschen dann nicht so, wie er ist«, heißt es in der *Betrachtenden Prosa*. »Und ich finde, daß es einen Reiz haben kann, ihn so zu sehen, wie er ist.«

Dieses Bemühen um Natürlichkeit bedeutet zwangsläufig, gegen überkommene Sprachnormen zu verstoßen. Das hat Marivaux auch häufig genug getan und damit den fast einhelligen Spott seiner Zeitgenossen hervorgerufen. Die wenigsten verstanden, daß gerade mit der »merkwürdigen Mischung von subtiler Metaphysik und trivialen Wendungen, von gesuchten Gefühlen und volkstümlicher Redweise«, wie es mißbilligend hieß, Marivaux das gelang – ja überhaupt nur gelingen konnte –, worauf es ihm als »Anatom des menschlichen Herzens« ankam: das ganze Geflecht menschlicher Gedanken und Empfindungen zu erfassen und in Sprache zu bringen. »Wenn es auch nicht eure Worte sind«, lesen wir in der *Betrachtenden*

Prosa, »so sind es zumindest eure Gedanken«, und die bedienen sich nun einmal nicht eines ausgewogenen Autorenstils.

Dem jungen Marivaux kam also die Parodie, bei der das unvermittelte Nebeneinander von gehobener und banaler Sprache nicht nur erlaubt ist, sondern als Stilmittel gefordert wird, seinen Intentionen sehr entgegen. Man sollte sich nicht durch dic gattungsbedingten burlesken Übertreibungen täuschen lassen, die nur der kleine Tribut an das Genre sind. Indem Marivaux den Schauplatz der Handlung ins ländliche Frankreich seiner Zeit verlegte und seine Figuren ihrem Stand entsprechend handeln und reden ließ, hat er trotz des unwirklichen Ablaufs der Ereignisse – über den sich im übrigen nicht nur der Leser wundert, sondern mindestens ebenso die beiden Protagonisten selbst – einen eigenständigen »realistischen« Roman geschaffen. Es gibt wenige Werke, aus denen wir so bis ins Detail genau über den Alltag der Menschen dieser Zeit unterrichtet werden, ob es nun um Eßgewohnheiten geht, um Krankheiten oder den aussichtslosen Kampf gegen Ungeziefer, um das Schicksal der Armen, um Zimmereinrichtungen oder landwirtschaftliche Probleme. Und die Tatsache, daß der bis in die jüngste Zeit als eifriger Salonbesucher und Verfasser steriler Liebeskomödien eingeschätzte Autor bereits im Jahre 1714 den Misthaufen als »weise Vorsichtsmaßnahme gegen die Erschöpfung des Bodens« pries, zeigt einmal mehr, welch gutes Mittel gegen Vorurteile eigene Lektüre ist.

Der Roman spielt in der Nähe von Orléans um 1700, also in einer für den Autor nur wenig zurückliegenden Zeit. Der Krieg in Ungarn, in den der alte Brideron gezogen ist, entspricht ebenso den historischen Ereignissen wie der Kampf gegen die Fanatiker oder Kamisarden. Nur kam es Marivaux nicht auf die Genauigkeit historischer Fakten an, er wollte vielmehr den Irrsinn des kriegerischen Gemetzels allgemein deutlich machen, wobei er nicht vor den aberwitzigsten Schlachtenbeschreibungen zurückschreckte.

Auch die Namen, an denen kein Mangel herrscht, sind zum

Teil existierende Vor- und Familiennamen, authentische Ortsnamen. Andere, zu denen der von Mélicerte gehört, wurden der zeitgenössischen Romanliteratur entnommen oder sind Veränderungen antiker Namen. In der Übersetzung sind diese Namen nach den im Deutschen üblichen lateinischen Formen gebildet, während die französischen Namen beibehalten wurden.

Der Rahmen dieser phantastischen Geschichte ist also realistisch. Auch die Figuren sind es: ihr soziales Milieu ist genau bestimmt und ihre Narrheit durchaus menschlich, wie uns der Autor zu Beginn des Romans erklärt. Daß der edle Fürst Telemach in der Parodie zu einem kleinen Bauerntölpel geworden ist, geschah nicht nur des komischen Effektes wegen, der natürlich um so größer wird, je größer das Mißverhältnis der beiden Helden ist. Dem Autor verschaffte es die Möglichkeit, seiner Freude an einer drastischen, bilderreichen Sprache freien Lauf zu lassen und den verblüffenden Charme schlichter Landbewohner durch die volkstümliche, in ihrer Logik nicht immer nachvollziehbaren Redeweise erkennbar zu machen. Marivaux hatte eine große Vorliebe für die naiv-dreisten Kinder des Volkes, und der junge Brideron ist durchaus nicht nur der Vorgänger des Jacques aus dem *Paysan parvenu* oder des philosophischen Vagabunden aus der *Betrachtenden Prosa*, wir finden ihn auch im Bauern Blaise oder Maître Pierre in seinen Komödien wieder, vor allem aber in seinen Arlequins. Denn wenn diese Figur auch der Commedia dell'arte entstammt, so hat der Autor ihr doch mehrfach die Pfiffigkeit eines jungen französischen Landkindes gegeben.

Bei aller Narrheit hat der junge Brideron – ebenso wie Phokion – eine gute Portion gesunden Menschenverstand und weiß stets sehr genau, wo Barthel den Most holt. Im Gegensatz zu seinem wesentlich älteren Geistesverwandten Don Quichote ist er sich auch stets seines Rollenspiels bewußt und versucht mit großen Anstrengungen und mehr oder weniger Erfolg, ihm gewachsen zu sein. Diese Anstrengungen ersparen uns keine Banalitäten. Aber gerade indem Marivaux Alltägliches und Banales zu Literatur machte, ist er heute für uns so modern. Voltaire hatte ihm »edlere Themen« gewünscht, und anläßlich eines Streites zwischen einem Kutscher und einer Wäscherin, den Marivaux in seinem Roman *La vie de Marianne* mit der ihm eigenen sprachlichen Treffsicherheit wiedergab, schrieb der Abbé Desfontaines, einer der heftigsten Verteidiger von Sprache und Literatur, wie er sie verstand: »Ein Autor sollte es unterlassen, Leute darzustellen, die der Aufmerksamkeit so wenig würdig sind. Der Maler darf alles malen, weil seine Kunst materialistisch ist, aber der Schriftsteller, der für den Geist arbeitet, darf nur das darstellen, was in der Natur groß, edel, hübsch und anmutig ist.«

Marivaux dagegen war der Meinung: »Wenn man etwas erzählt, muß man auch vom Korn reden und vom Stroh.« Und auf diese Weise wurde sein Roman nicht zu einem »edlen« Werk, das wir aus Bildungsdrang zur Kenntnis nehmen, sondern zu etwas, das wir unmittelbar nachvollziehen können. Etwa wenn Brideron die Verlockung einer Versuchung und das schrittweise Nachgeben am schlichten Beispiel eines Fiebernden illustriert, der neben sich leckeres Fleisch sieht: »Er weiß genau, daß es ihm nicht bekommt: er knabbert an einem Gericht . . . dann zieht er sich zurück. Aber er kommt wieder . . . und Bröckchen auf Bröckchen überfrißt er sich.«

Oder denken wir an Mélicertes Kummer, als sie Briderons Liebe zu ihrer Nichte erkennt und sich auf die drastischste Weise Luft macht, auf eine Weise, die nicht trotz, sondern gerade wegen ihrer realistischen Mischung aus Komik und Tragik etwas Rührendes hat: »›Oh, ich wünschte dir, du würdest zum Gründling oder zum Karpfen . . . Mit welchem Vergnügen ich dich auf meinem Rost braten würde! mit welcher Freude dich bis zu den Gräten abnagen! . . . Ich ersticke . . .‹ Während Mélicerte auf diese Weise ihrer Wut Luft machte, sah man, wie sie vor Zorn und Liebe bis in den Nacken rot wurde . . . ihr erregter, verstörter Busen hob sich wie siedende

Milch . . . Eine unüberwindliche Heiserkeit verschloß ihr den Mund . . .«

Die Szene hat ein Pendant in Phokions Klage über Briderons Ungehorsam. Grob, kurz, realistisch gibt sie die Sicht des Erziehers wieder, von der Sorge um das leibliche Wohl des Kindes über das Gewähren von Schutz bis zur Sorge für die geistige Entwicklung – und dafür das Erwarten von Dank: »Tausendmal habe ich dir deinen verschissenen Arsch abgewischt, ich habe dich vor der Peitsche bewahrt, wenn du ins Bett gekackt hast, ich habe dir deine Kreisel gedreht, die Amseln aus den Nestern geholt, ich habe dir deinen Brei gegeben, das Alphabet beigebracht, und trotz alledem verweigerst du mir den Gehorsam!«

Ein letztes Wort noch zu den beiden Abenteurern. Es wäre zu einfach, die sklavische Abhängigkeit dieser Telemachisten von ihrem Vorbild allein damit zu begründen, daß es sich bei dem Werk um eine Parodie handelt, die Nachahmung also rein genrespezifisch sei. Marivaux nahm damit ganz allgemein die menschliche Abhängigkeit von vorgegebenen Klischees in Denken und Fühlen aufs Korn. Später läßt er seine Marianne in ihrem Lebensbericht schreiben: »Oft glaubt man etwas zu beschließen, zu handeln, man glaubt seinen Gefühlen, seinen Einsichten zu folgen, aber nichts da, es stellt sich heraus, daß man nur einen geliehenen Geist hat und von der Torheit jener lebt, die sich unseres Vertrauens bemächtigt haben.«

Marivaux hatte in seinem Vorwort erklärt, er wolle uns »auf den Weg des Nachdenkens« bringen. Das war noch nie ein schlechter Weg, doch hier folgen wir ihm mit besonderem Vergnügen.

Inhalt

Alphabetisches Gesamtverzeichnis der insel taschenbücher

5/1/8.86

5/2/8.86

5/3/8.86

5/4/8.86

5/5/8.86

5/6/8.86

5/7/8.86

Lobel: Mäusegeschichten 173
– Die Maus im Suppentopf 383
Der Löwe und die Maus 187
London 322
London: Die Goldschlucht 407
– Der Ruf der Wildnis 352
Longus: Daphnis und Chloë 408
Lukian: Hetärengespräche 408
Luther im Gespräch 670
Luther: Die Auslegungen von Jona und Habakuk 688
Luthers Vorreden zur Bibel 677
Märchen der Romantik. 2 Bde. 285
Märchen deutscher Dichter 13
Malkowski/Köhler: Die Nase 549
Malory: Die Geschichten von König Artus. 3 Bde. 239
Marivaux: Das Spiel von Liebe und Zufall 805
Maupassant: Bel-Ami 280
– Die Brüder 712
– Das Haus Tellier 248
– Pariser Abenteuer 106
– Unser einsames Herz 357
Mayröcker/Eberle: Sinclair Sofokles, der Baby-Saurier 652
Meier-Graefe: Renoir 856
Melville: Benito Cereno 644
– Israel Potter 517
– Moby Dick 233
Mercier: Mein Bild von Paris 374
Mérimée: Carmen 361
Metken: Reisen als schöne Kunst betrachtet 639
Meysenbug: Memoiren einer Idealistin 824
Michelangelo: Zeichnungen und Dichtungen 147
Michelet: Die Frauen der Revolution 726
Minnesinger 88
Mirabeau: Der gelüftete Vorhang oder Lauras Erziehung 32
Mörike: Alte, unnennbare Tage ... 246
– Die Historie von der schönen Lau 72
– Maler Nolten 404
– Mozart auf der Reise nach Prag 376
Molière: Der Menschenfeind 401
Montaigne: Essais 220
Mordillo: Crazy Cowboy 2004
– Crazy Crazy 2009
– Das Giraffenbuch 37
– Das Giraffenbuch 2 71
Mordillos Träumereien 108
Morgenländische Erzählungen 409
Morgenstern: Alle Galgenlieder 6
– Palmström 314
Morgenstern/Heseler: Schnauz und Miez 2006
Moritatenbuch 559
Moritz: Anton Reiser 433
Mozart-Briefe 128
München 827
Musäus: Rübezahl 73
Nestroy für Minuten 818
Der neue Pitaval 819
Neuester Orbis Pictus 9
Die Nibelungen 14
Nietzsche: Also sprach Zarathustra 145
– Der Antichrist 947
– Ecco homo 290
– Der Fall Wagner 686
– Die fröhliche Wissenschaft 635
– Götzen-Dämmerung 822
– Jenseits von Gut und Böse 762
– Menschliches, Allzumenschliches 614
– Morgenröte 678
– Unzeitgemäße Betrachtungen 509
Nievo: Pisana 880

5/8/8.86

5/9/8.86

5/10/8.86

5/11/8.86

5/12/8.86